설계자들

김연수
장편소설

설계자들

문학동네

차례

환대에 대하여

노인이 마당으로 나왔다.

래생(來生)은 망원렌즈의 초점을 다시 맞추고 노리쇠를 뒤로 당겼다. 실탄이 장전되는 소리가 아주 컸다. 래생이 주위를 둘러봤다. 키 큰 전나무들이 하늘을 향해 우두커니 서 있을 뿐 그 어디에도 움직임은 없었다. 조용한 숲이다. 새들도 날지 않고 풀벌레 소리조차도 들리지 않는다. 이런 숲이라면 총소리가 멀리까지 울릴 것이다. 총소리를 듣고 사람들이 몰려온다면? 래생은 이내 쓸데없는 걱정이라고 생각한다. 총소리는 흔하다. 누가 총소리 따위를 확인하러 이 깊은 숲속까지 일부러 오겠는가. 밀렵꾼들이 멧돼지를 사냥하는 것이라 여길 것이다. 래생은 서쪽 산을 바라보았다. 태양이 산 위로 한 뼘 정도 떠 있다. 아직 시간이 있다.

노인은 물뿌리개로 화단의 꽃에 물을 주고 있었다. 어떤 꽃에는 조금 많이, 어떤 꽃에는 조금 적게 줬다. 꽃에 물을 주는 모습이 차를 따르듯 정성스러웠다. 노인은 이따금 춤을 추는 것처럼 어깨와 머리를 약간씩 흔들었고 꽃잎을 손가락으로 살짝 건드리기도 했다. 꽃을 향해 손을 젓기도 하고 껄껄 웃기도 했다. 노인은 마치 꽃과 대화를 나누고 있는 것 같았다. 래생은 망원렌즈의 초점을 다시 조절하고 노인이 말을 건네고 있는 꽃을 바라봤다. 어디선가 많이 본 듯한 익숙한 꽃이지만 꽃 이름은 생각나지 않았다. 래생은 10월에 피는 꽃들을 몇 개 떠올려본다. 코스모스, 백일홍, 감국…… 그러나 지금 보고 있는 꽃에 어울리는 이름은 생각나지 않는다. 왜 꽃 이름이 기억나지 않는 것일까. 래생은 양미간을 오므려 꽃 이름을 떠올리기 위해 애를 쓰다가 이내 머리를 흔들었다. 하긴 지금 꽃 이름 따위가 무슨 대순가.

정원 한쪽에서 덩치가 아주 큰 검정개 한 마리가 느릿느릿 걸어오더니 노인의 허벅지에 자신의 머리를 문질렀다. 마스티프 순종이 확실하다. 시저가 잉글랜드에 원정 갔을 때 데리고 간 놈. 로마인들이 야생마를 잡거나 사자 사냥을 할 때 쓰던 개. 노인이 검정개의 머리를 쓰다듬어주자 검정개는 꼬리를 흔들면서 노인의 주위를 맴돌았다. 검정개가 꽃에 물을 주는 노인을 자꾸 귀찮게 하자 노인은 바람 빠진 축구공을 휙 하고 정원 끝으로 던졌다. 그러자 검정개가 꼬리를 흔들며 공을 물러 달려갔다. 검정개가 달려가자 노인은 다시 꽃에 물을 줬다. 똑같이 꽃에게 손을 흔들어 인사를 하고 말을 건넨다. 곧이어 검정개가 바람 빠진 축구공을 물고 왔다. 그러자 노인은 이번에는 반대쪽으로 바람 빠진 축구공을 더 멀리 던졌다. 검정개는 공을 물기 위해 재빨리 뛰어갔다. 명색이 사자를 사냥하던 개였는데 이제 바보가 되어버렸다. 하지만 노인과 검정개는 어울려 보였다. 계속해서 똑같은 동작을 반복하는데도 노인과 검정개는 싫증을 내지 않는다. 그게 재미있는 모양이다.

화분에 물을 다 주자 노인은 만족한 듯이 허리를 펴고 웃음을 지었다. 그리고 마치 거기에 래생이 있다는 것을 알고 있다는 듯 산중턱을 바라봤다. 조준경의 십자선 속에 노인의 웃는 얼굴이 들어왔다. 당신은 태양이 한 뼘밖에 남지 않았다는 사실을 알고 있는가. 저 태양이 산을 넘어가기 전에 죽는다는 사실을 알고 있는가. 알고 지금 웃고 있는 건가. 어쩌면 웃고 있는 것이 아닐지도 모른다. 노인의 얼굴은 마치 하회탈 같아서 항상 웃고 있는 얼굴처럼 보였다. 그런 얼굴을 가진 사람들이 있다. 도무지 속을 들키지 않는 사람들. 슬프거나 분노했을 때에도 항상 웃는 표정을 가진 사람들 말이다.

지금 방아쇠를 당길까? 지금 방아쇠를 당기면 자정이 되기 전에는 도시로 돌아갈 수 있을 것이다. 그러면 따뜻한 물을 받아 욕조 속에 몸을 푹 담그고 취할 때까지 계속해서 캔맥주를 마시거나, 비틀즈의 엘피판을 전축 위에 올려놓고 곧 계좌에 입금될 돈으로 뭘 할 것인가를 즐겁게 궁리해볼 수도 있을 것이다. 어쩌면 이 일을 마지막으로 다른 종류의 삶을 살아갈 수도 있을 것이다. 여자고등학교 앞에 피자 가게를 열거나, 공원에서 솜사탕을 파는 일을 해도 좋을 것이다. 래생은 아이들에게 풍선과 솜사탕을 한아름 안겨주고 햇볕 아래서 꾸벅꾸벅 졸고 있는 자신을 상상해본다. 정말 그렇게 살아갈 수도 있지 않을까. 문득 그것이 아주 근사한 삶처럼 여겨졌다. 어쨌건 그것은 방아쇠를 당기고 나서나 생각할 일이다. 노인은 아직 멀쩡하고 계좌에 돈은 입금되지 않았다.

산그늘이 빠르게 내려오고 있었다. 방아쇠를 당기려면 지금 당겨야 한다. 화단에 물을 다 주었으므로 노인은 이제 집안으로 들어갈 것이다. 그러면 일이 어려워진다. 복잡하게 생각할 것 없다. 지금 당기자. 지금 당기고 내려가자!

노인은 웃고 있고 바람 빠진 축구공을 문 검정개는 달려오고 있다. 조준경 십자선 안에는 노인의 얼굴이 선명하게 들어와 있다. 이마에 깊은 주름이 세 개 있고, 오른쪽 눈썹 위에는 사마귀가 하나, 왼쪽 볼에는 검버섯이 있다. 래생은 곧 총알이 관통할 노인의 심장을 바라봤다. 노인이 입고 있는 흰색 스웨터는 공장에서 만든 것이 아니라 누군가가 손으로 직접 짠 것 같았다. 저 스웨터는 곧 피에 젖을 것이다. 방아쇠를 살짝 당기기만 하면 곧 공이가 총알을 때릴 것이고, 탄피 속의 화약이 폭발할 것이고, 탄환은 총구의 강선을 타고 빙글빙글 회전하여 노인의 심장을 향해 날아갈 것이다. 탄속도 빠르고 파괴력도 좋은 드라구노프 탄환이라면 노인의 내장은 총알과 함께 헝클어져 배 뒤쪽으로 쏟아져나올 것이다. 그런 생각들이 떠오르자 래생은 온몸의 솜털들이 쭈뼛쭈뼛 서는 것 같았다. 한 인간의 삶과 죽음이 자신의 손끝에 서 있을 때 래생은 언제나 이상한 기분이 들곤 했다. 지금 당기자. 지금 당겨야 한다.

하지만 어쩐 일인지 래생은 방아쇠를 당기지 않고 총을 바닥에 내려놓았다.

"지금은 좋지 않아." 래생이 중얼거렸다.

왜 지금이 좋지 않은지는 알 수 없는 일이다. 모든 일에는 적당한 때가 있는 법이다. 마치 아이스크림을 먹기에 적당한 때가 있고, 키스를 하기에 적당한 때가 있는 것처럼. 웃기는 이야기 같지만 방아쇠를 당기기에 적당한 때와 심장에 총알이 박히기에 적당한 때도 있을 것이다. 왜 없겠는가? 운좋게 그런 때를 만났을 때 래생이 쏜 총알이 노인의 심장을 향해 일직선으로 날아가고 있다면 그것이 가장 좋은 일일 것이다. 물론 래생이 가장 좋은 때를 기다리고 있는 것은 아니다. 그런 운좋은 때는 영원히 오지 않을지도 모른다. 어쩌면 그런 때가 온다고 해도 래생이 눈치채지 못할 수도 있을 것이다. 래생은 단지 지금은 방아쇠를 당기고 싶지 않을 뿐이라고 생각한다. 이유는 알 수 없지만 어쩐지 그렇다. 래생은 총을 내려놓고 담배를 한 대 피웠다. 산그늘이 노인의 집으로 내려오고 있었다.

주위가 어두워지자 노인은 개를 데리고 집안으로 들어갔다. 노인의 집은 전기가 들어오지 않는 모양이어서 집안은 매우 어두웠다. 거실 안쪽에 촛불이 하나 켜져 있었지만 래생의 망원렌즈로는 내부를 볼 수 없었다. 이따금 노인과 개의 그림자가 붉은 벽돌로 된 벽면에 거대하게 나타났다가 사라졌다. 노인이 촛불을 들고 창가에 서 있지 않는 한 래생이 있는 위치에서 총으로 노인을 죽이는 것은 이제 불가능해진 것처럼 보였다.

해가 산을 넘어가자 어둠이 순식간에 숲을 덮쳤다. 달도 뜨지 않아서 지척의 사물도 구분할 수 없었다. 노인의 집에서 아주 작은 불빛이 흘러나올 뿐이었다. 숲에 내린 어둠은 지나치게 밀도가 높아 습기 차고 무거웠다. 래생은 온 사방에 내린 어둠 속에서 자신이 왜 계속 머뭇거리고 있는지에 대해 생각했다. 그냥 날이 밝기를 기다리자. 날이 밝으면 늘 그래왔던 것처럼 나무 표적판을 쏘듯 멀리서 한 방 쏘고 돌아가면 된다. 래생은 담배꽁초를 주머니 속에 집어넣은 다음 텐트 안으로 들어갔다. 시간을 보내는 것 외에는 아무것도 할일이 없었으므로 래생은 비스킷을 하나 꺼내 먹고 침낭을 뒤집어쓴 채 잠이 들었다.

래생이 잠을 깬 것은 그로부터 두 시간쯤 지난 뒤였다. 풀잎 밟는 소리 때문이었다. 소리는 전혀 주저함 없이 곧장 텐트 쪽으로 오고 있었다. 소리가 무거웠다. 서너 개의 불규칙한 발소리. 몸통이 풀잎에 쓸리는 소리. 무엇이 오고 있는지 전혀 감을 잡을 수 없었다. 멧돼지나 살쾡이일지도 모른다. 래생은 즉시 노리쇠를 후퇴시켜 장전을 하고 소리가 다가오고 있는 어둠을 향해 총을 겨누었다. 아직 방아쇠를 당겨서는 안 된다. 매복을 하고 있는 용병들은 종종 두려움 때문에 무엇인지 확인도 하지 않고 어둠을 향해 총을 쏘아댄다. 그래서 결국 그들이 만나는 것은 사슴이나 정찰견 혹은 수색을 나갔다가 길을 잃어버린 자신들의 전우였다. 오발로 죽인 전우의 시체 옆에서 용병들은 문신이 새겨진 우람한 덩치로 어린애처럼 훌쩍이며 "어쩔 수 없는 일이었어요" 하고 대장에게 변명을 해댔다. 정말 어쩔 수 없는 일이었을지도 모른다. 한 번도 어둠 속에서 움직이는 두려움의 정체를 확인해본 적이 없으므로 근육만 요란한 덩치들이 할 수 있는 일이라곤 어둠을 향해 그저 총을 갈겨대는 것밖에 없었을 것이다. 래생은 어둠 속에서 무언가가 모습을 드러낼 때까지 차분히 기다렸다. 그런데 어둠 속에서 나타난 것은 뜻밖에도 노인과 검정개였다.

"여기서 뭘 하고 있나?" 노인이 물었다.

웃긴 상황이다. 표적판이 성큼성큼 걸어와서 아직까지 안 쏘고 뭘

하고 있느냐고 묻는 어처구니없는 상황 말이다.

"노인장이야말로 여기서 뭘 하고 계십니까? 하마터면 쏠 뻔했지 않습니까." 래생이 약간 흥분해서 말했다.

"하마터면 쏠 뻔해? 허허, 적반하장이군. 여긴 내 사유지네. 그러니까 자네는 남의 집에 들어와서 함부로 잠을 자고 있는 거지."

노인이 웃으며 말했다. 여유만만한 웃음이었다. 평범한 상황이 아니었는데도 노인은 그다지 당황한 기색이 아니었다. 오히려 당황하고 있는 것은 래생이었다.

"산짐승인 줄로만 알았습니다. 그러니 어떻게 놀라지 않을 수 있겠습니까."

"사냥꾼인가?" 노인이 래생의 총을 보며 말했다.

"네."

"구식 드라구노프로군. 저런 건 전쟁박물관에나 있는 건 줄 알았는데. 요즘 밀렵꾼들은 월남전 때 쓰던 총으로 사냥을 하나?"

"짐승만 잡을 수 있으면 되지, 총이 무슨 상관입니까?" 래생이 다소 심드렁한 목소리로 말했다.

"허긴 짐승만 잡으면 되지, 총이 무슨 상관이겠나. 이쑤시개로 잡든, 젓가락으로 잡든."

노인이 웃으며 말했다. 검정개는 노인의 곁에서 얌전하게 서 있었다. 망원렌즈로 보던 것보다 훨씬 더 덩치가 컸다. 낮에 바람 빠진 축구공을 쫓아다닐 때와는 달리 서 있는 모습이 당당했다.

"좋은 개군요." 래생이 화제를 돌렸다. 노인이 개를 내려다보며 개의 머리를 쓰다듬었다.

"좋은 개지. 여기 자네가 있다는 것도 이놈이 알아냈지. 하지만 이젠 늙었어."

검정개는 계속 래생을 쳐다보고 있었다. 으르렁거리며 적의를 드러내지도 않았고 그렇다고 호의적인 것 같지도 않았다. 노인이 검정개의 머리를 툭툭 쳤다.

"오늘밤 여기서 잘 거라면 괜히 찬이슬 맞으며 고생하지 말고 내 집에 가서 쉬게."

"말씀은 고맙지만 폐를 끼치고 싶지 않습니다." 래생이 말했다.

"나는 괜찮네."

말을 마치고 노인은 성큼성큼 산을 내려가기 시작했다. 검정개가 곧 노인의 뒤를 따라갔다. 손전등도 없는데 노인은 어두운 길이 그리 불편하지 않은 모양이었다. 래생은 다소 혼란스러웠다. 탄환은 장전되어 있었고 표적은 불과 5미터 앞에 있었다. 래생은 어둠 속에서 흔들리는 노인의 뒷모습을 바라보았다. 잠시 후 래생은 총을 어깨에 메고 노인을 따라 내려갔다.

노인의 집은 따뜻했다. 붉은 벽돌로 쌓아올린 실내 한쪽에 벽난로가 지펴져 있었다. 가구나 장식은 거의 없었다. 벽난로 앞에 올이 몇 개 빠진 양탄자 하나와 작은 탁자가 전부였다. 벽난로 위에는 몇 개의 사진들이 놓여 있었다. 사진 속의 노인은 항상 사람들의 중간에 앉아 있거나 서 있었고 주위 사람들은 노인과 사진을 찍는 것이 영광이라는 듯 경직된 웃음을 짓고 있었다. 사진들 속에서 가족사진은 보이지 않는 것 같았다.

"벌써 벽난로를 지피는군요." 래생이 물었다.

"늙으면 추위를 많이 타지. 올해는 추위를 더 타는 것 같아."

노인이 잘 마른 장작 몇 개를 벽난로 속에 집어넣었다. 새로 넣은 장작 때문에 불길이 약간 주춤했다. 래생은 어깨에 메고 있던 총을 엉거주춤 문 옆에 내려놓았다. 노인이 총을 슬쩍 바라봤다.

"그나저나 지금은 시월인데, 그러면 사냥 금지 기간 아닌가?"

아닌가? 하고 물어올 때 노인의 목소리에는 장난기가 섞여 있었다. 처음부터 노인은 잘 알고 지내던 사람처럼 반말을 썼다. 그러나 래생은 노인의 하대가 그다지 기분 나쁘지는 않았다.

"그런 법 다 지키다간 밥을 못 먹고 살죠." 래생이 말했다.

"하긴 모든 법을 다 지킬 필요는 없지. 그건 멍청이들이나 하는 짓이니까."

노인이 혼잣말처럼 말했다. 노인이 부지깽이로 장작 아래를 뒤집자 곧 불길이 올라왔다. 방금 넣은 장작이 불길에 휩싸였지만 쉽게 불이 옮겨붙지는 않았다.

"술도 있고 차도 있는데 어떻게 하려나?" 노인이 물었다.

"차가 좋겠군요." 래생이 말했다.

"몸이 많이 얼었을 텐데 술이 좋지 않겠나?"

"사냥을 나오면 술은 잘 하지 않는 편입니다. 더구나 숲속에서 술을 마시고 자는 건 위험하죠."

"그럼 오늘은 마셔도 되겠군. 내 집에서 얼어죽을 일은 없을 테니."

노인이 래생을 향해 웃으며 말했다. 노인은 부엌으로 가서 양철로 된 컵 두 개와 위스키 한 병을 가져왔다. 그리고 벽난로 안에 있던 주전자를 집게로 조심스럽게 꺼낸 후 양철컵에 천천히 따랐다. 동작이 빈틈없고 가지런했다. 노인은 래생에게 홍차를 건넨 후 자신의 컵에 다가는 특이하게, 홍차를 따르고 그 위에 위스키를 조금 더했다.

"몸이 덜 풀렸다면 홍차에 위스키를 좀 타는 것도 괜찮을 것 같은데. 어차피 사냥은 날이 밝아야 시작할 테니."

"홍차에도 위스키를 타나요?" 래생이 물었다.

"타면 타는 거지, 안 될 것은 또 뭔가?"

노인은 익살스럽게 눈을 살짝 찡그렸다. 잘생긴 얼굴이었다. 젊은 날에는 꽤 미남 소리를 들었을 법한 얼굴. 선이 뚜렷하고 강인하면서도 따뜻해 보이는 인상이다. 강한 것이 세월에 깎여 조금씩 부드러워진 인상이랄까. 래생이 양철컵을 내밀었다. 노인이 래생의 잔에 위스키를 조금 부었다. 따뜻한 홍차에서 위스키향이 올라왔다. 향이 좋았다. 그때 거실 끝에 있던 늙은 개가 어슬렁거리면서 다가오더니 래생의 허벅지 옆에 누웠다.

"자넨 좋은 사람이군."

"예?"

"산타가 자넬 좋아하잖아. 늙은 개는 좋은 사람을 단번에 알아보는 법이지."

노인이 래생의 옆에 얌전하게 누워 있는 개를 눈짓으로 가리키며 말했다. 가까이에서 보니 큰 덩치와는 맞지 않게 개는 지나치게 순해 보이는 눈을 가지고 있었다.

"개가 멍청해서 그런 게 아닐까요?" 래생이 말했다.

"그럴 리가."

노인이 래생을 향해 가볍게 눈을 흘겼다. 노인이 위스키를 탄 홍차를 마시자 래생도 한 모금 마셨다.

"맛이 괜찮은데요."

"의외지? 커피에 타도 괜찮은데, 홍차가 더 좋아. 속을 따뜻하게 해주고 마음을 훈훈하게 해주지. 마치 좋은 여자를 품고 있는 것처럼 말이야."

말을 하고 노인은 어린애처럼 킥킥댔다.

"에이, 좋은 여자를 품는 것만 하겠습니까? 위스키 탄 홍차보다는 좋은 여자가 한결 낫지요." 래생이 말했다.

"하긴, 그건 그래. 홍차 따위가 좋은 여자만할 리가 없지."

래생의 말이 맞다는 듯 노인이 끄덕거렸다.

"하지만 오랫동안 기억에 남을 만한 특별한 맛인데요."

"홍차에는 제국주의의 숨결이 스며 있지. 그래서 이토록 감미로운 거야. 무언가가 감미로우려면 아주 많은 살육이 그 속에 숨겨져 있어야 하거든."

"재미있는 논리군요."

"감자와 돼지고기가 있는데 그것도 좀 들겠나?"

"좋지요." 래생이 말했다.

노인은 집밖으로 나가서 까맣게 그을린 고깃덩어리와 감자 몇 개를 들고 왔다. 고기는 털도 다 뽑지 않은 채로 온갖 먼지들이 잔뜩 붙어 있어 몹시 지저분해 보였고, 게다가 썩은 냄새까지 나는 것 같았다. 노인은 재 속에 돼지고기를 집어넣어서 재를 잔뜩 묻힌 다음 쇠꼬챙이에 끼우고 불 위에 걸었다. 그리고 부지깽이로 장작 아래를 뒤집은 후 재 속에 감자를 집어넣었다.

"별로 먹음직스러워 보이는 조리 방법은 아니군요." 래생이 말했다.

"페루에 잠시 머문 적이 있는데 그곳 인디언들에게 배웠지. 지저분해 보여도 그럭저럭 맛은 있다네."

"겉보기에는 신통찮아 보이지만 인디언들의 비법이라니까 뭔가 있겠죠."

그러자 노인이 래생을 보고 살짝 웃었다.

"며칠 전에야 페루 인디언들과 나의 공통점을 발견했지."

"무슨 특별한 공통점이 있었습니까?"

"둘 다 냉장고가 없더란 말이지."

노인은 이따금 고기를 뒤집었다. 불빛에 비친 노인의 얼굴은 진지했다. 긴 쇠꼬챙이를 찔러 감자가 잘 익었는지 꺼내보기도 하고 "귀한 손님이 왔으니 맛있게 익으려무나" 하고 혼자서 중얼거리기도 했다. 고기가 익는 동안 노인은 위스키를 탄 홍차를 다 마시고 이번에는 위스키만 따르더니 래생에게 한잔 더 하겠느냐고 물었다. 래생이 잔을 내밀었다. 목을 타고 거칠게 내려갔다가 빈속에서 다시 부드럽게 올라오는 위스키의 향이 좋았다. 술기운이 기분좋게 몸속으로 퍼져나갔다. 문득 아주 비현실적인 느낌이 들었다. 표적과 저격수가 벽난로 앞에서 사이좋은 척 능청을 떨고 있다니. 노인이 쇠꼬챙이로 고기를 뒤집을 때마다 벽난로 안에서 맛있는 냄새가 났다. 늙은 검정개가 벽난로 가까이에 가서 냄새를 맡으려 하는데 불이 무서운지 가까이 가지는 못하고 끙끙거리기만 했다.

"산타야, 가만히 있어. 네 몫은 줄 테니까 걱정 말라고." 노인이 목

털미를 만져주며 검정개에게 말했다.

"개 이름이 산타입니까?"

"이놈을 만난 날이 크리스마스였거든. 그날 이놈은 주인을 잃었고 나는 한쪽 다리를 잃었지."

노인은 바지를 살짝 올려서 왼쪽 다리를 보여주었다. 노인의 왼쪽 다리는 의족이었다.

"이 개가 나를 살렸지. 거의 5킬로미터나 되는 눈길을 끌고 갔으니까."

"특이한 인연이군요."

"내 인생에서 가장 훌륭한 크리스마스 선물이었어."

노인이 개의 머리를 쓰다듬었다.

"덩치에 비해서 순하군요."

"꼭 그렇진 않아. 예전에는 사람만 보면 달려들곤 해서 묶어놓지 않고는 기를 수가 없었는데 늙으니까 오히려 너무 얌전해진 거야. 나는 그게 낯설어. 인간과 친해진 동물은 모두 낯선 것이지."

벽난로에서 고기 익는 냄새가 났다. 노인은 쇠꼬챙이로 고깃덩어리를 이곳저곳 찔러보더니 고기를 꺼냈다. 그리고 톱날이 있는 칼로 두툼하게 고기를 썰었다. 노인은 래생에게 고기 한 덩어리를 주고, 자신의 몫으로 한 덩어리를, 그리고 산타에게 한 덩어리를 주었다. 래생은 재를 떨어내고 고기를 한입 베어물었다.

"맛이 독특한데요? 돼지고기 같지도 않고."

"맛있지?"

"네, 근데 소금은 없습니까?"

"소금은 없네."

"냉장고도 없이, 소금도 없이 사시다니 대단하십니다. 페루 인디언들도 소금 없이 삽니까?"

"아냐, 소금은 얼마 전까진 있었는데 떨어졌어." 노인이 약간 멋쩍어하면서 말했다.

"사냥을 하십니까?"

"예전엔 했지. 하지만 이제 사냥은 안 해. 한 달 전쯤인가 밀렵꾼의 덫에 걸려 있는 것을 발견했지. 그때까진 살아 있었어. 숨을 헐떡이는 멧돼지를 보고 잠시 생각을 했지. 죽일까, 죽을 때까지 기다릴까. 죽을 때까지 기다리면 멧돼지를 죽인 건 덫을 놓은 밀렵꾼의 책임이지만 내가 죽이면 고기를 얻자고 멧돼지를 죽인 꼴이 아닌가. 자네 같으면 어떻게 하겠나?"

노인이 속을 알 수 없는 미소를 지었다. 래생은 양철컵을 빙그르 돌린 다음 안에 있는 술을 마셨다.

"글쎄요, 누가 죽이건 그건 별로 중요한 문제가 아닌 것 같은데요?"

래생의 말을 듣고 노인은 생각에 빠졌다. 잠시 후 노인이 입을 열었다.

"정말 그렇군. 생각해보니 누가 죽였는가는 별로 중요한 문제가 아니야. 어쨌든 우리는 지금 인디언들처럼 맛있는 멧돼지 고기를 먹고 있지 않나."

말을 마치고 노인이 큰 소리로 웃었다. 래생도 웃었다. 별로 우습지도 않은 농담이었는데 노인은 계속 웃었고 덩달아 래생도 한참 동안 큰 소리로 웃었다.

노인은 기분이 아주 좋은지 래생의 잔에 철철 넘치도록 위스키를 따르고 자신의 잔에도 가득 따른 다음 건배를 했다. 노인과 래생은 양철컵 속의 위스키를 한 번에 마셨다. 노인이 쇠꼬챙이를 들어 재 속에 있는 감자를 꺼냈다. 감자를 한입 베어물고 "잘 익었군" 하고 말했다. 노인이 래생에게도 감자를 하나 건넸다. 래생이 재를 떨어내고 감자를 한입 베어물고는 "예, 정말 잘 익었군요" 하고 말했다.

"겨울에는 항상 감자를 먹어. 겨울에는 감자만큼 좋은 것이 없지."

"감자만 보면 생각나는 사람이 있습니다."

벽난로의 따뜻한 불과 술기운으로 얼굴이 벌겋게 달아오른 래생이 뚱딴지같이 감자 이야기를 꺼냈다.

"들으나마나 불쌍한 사람이겠군." 노인이 말했다.

"불쌍한 사람이지요."

"아직 살아 있나 아니면 이미 죽은 사람인가?"

"이미 죽은 사람입니다. 아프리카에 있을 때였는데 한밤중에 느닷없이 비상이 걸렸습니다. 트럭을 타고 도착해보니 수용소에서 탈출한 반군 병사가 할머니를 인질로 잡고 있더군요. 앳된 얼굴이었습니다. 열다섯 아니면 열넷? 제가 보기에 소년은 꽤 흥분해 있었고 공포에 질려 있긴 했지만 그다지 위험해 보이지는 않았습니다. 할머니는 소년에게 뭐라고 계속 말하고 있었고 소년은 AK소총으로 할머니의 머리를 겨누고 있었습니다. 다른 손으론 허겁지겁 감자를 먹고 있었구요. 하지만 절대로 위험한 순간은 아니었어요. 우리 모두 그걸 알 수 있었죠. 그런데 그때 무전기로 사살하라는 지시가 떨어졌습니다. 잠시 후 누군가 방아쇠를 당겼습니다. 우리들이 달려가서 죽은 소년의 반쯤 날아간 머리통을 보고 있는데 입속에 아직 삼키지 못한 감자 한 덩어리가 으깨져 있더라고요."

"저런, 배가 몹시 고팠던 모양이었군."

"머리가 반쯤 날아간 아프리카 소년의 입속을 들여다보고 있는데 굉장히 이상한 기분이 들었습니다. 10초만 기다렸으면 어땠을까. 그러면 감자를 삼키고 죽을 수 있었을 텐데, 뭐 이런 생각 말입니다."

"그걸 삼킨다고 그 가여운 아프리카 소년에게 뭐가 달라졌겠나."

"뭐, 달라지는 건 없죠. 그래도 입속에 있는 아직 삼키지 못한 감자는 이상한 기분이 들게 하더란 말입니다." 래생이 약간 감상적인 톤으로 말했다.

노인이 남은 위스키를 마시고는, 쇠꼬챙이를 들어 남은 감자가 없나 재 속의 이곳저곳을 찔러보았다. 구석에 감자가 하나 있었다. 노인이 래생에게 감자를 건넸다. 래생이 잠시 감자를 멀뚱하게 보다가 손을 저어 정중하게 사양했다. 노인은 감자를 보고 약간 곤혹스러운 표정을 짓더니 다시 벽난로 속으로 던져넣었다.

"위스키가 한 병 더 있는데, 하겠나?" 노인이 말했다.

래생이 잠시 생각을 하다가 "그럴까요?" 하고 말했다.

노인이 부엌에서 위스키 한 병을 가져와 래생에게 따라주었다. 노인과 래생은 잠시 위스키를 마시며 아무 말 없이 벽난로 속의 장작들이 타는 것을 바라봤다. 술기운을 따라 아주 비현실적인 기분이 밀고 올라왔다. 노인은 그저 벽난로 안의 불빛만을 바라보고 있었다.

"불이 아름답군요." 래생이 말했다.

"알고 보면 재가 더 아름답지."

위스키가 든 양철컵을 빙그르르 돌리며 불빛을 바라보고 있던 노인이 말했다. 그리고 마침 재미있는 이야기가 생각났다는 듯 얼굴을 살짝 찡그렸다.

"우리 할아버지는 고래 작살꾼이었어. 고래잡이가 금지되기 훨씬 전의 일이지. 바다라곤 찾아볼 수도 없는 함경도 내륙 출신이었는데도 장생포에 내려와서 최고의 고래 작살꾼이 되었지. 그런데 한번은 고래잡이를 나간 할아버지가 고래에게 끌려 깊은 바닷속으로 들어간 적이 있었다네. 할아버지가 향유고래의 등짝에 호기롭게 작살을 꽂았는데 그만 작살 줄에 발이 엉켜 얼떨결에 바닷속에 빠진 것이지. 사실 향유고래는 식민지 시절의 왜소한 포경선과 손으로 던지는 조악한 작살 따위로 잡을 만한 덩치가 아니야. 향유고래 수컷은 18미터까지 자라고 몸무게는 60톤이나 나가니까. 생각해보게, 60톤이라면 다 자란 아프리카 코끼리 열다섯 마리를 한꺼번에 저울에 올려놓은 것과 같은 무게라네. 나라면 말이야, 그 정도 덩치가 나가는 놈들은 설령 그것이 고무풍선이라 하더라도 안 건드리고 싶었을 거야. 암, 그렇고말고. 그런데 우리 할아버지는 그 무시무시한 향유고래의 등짝에 작살씩이나 꽂은 것이야."

"어떻게 되었습니까?" 래생이 물었다.

"당연히 난리가 났지. 뱃머리에서 바다로 떨어졌을 때의 충격으로 할아버지는 일종의 그로기 상태에 빠졌다네. 할아버지는 꿈과 가수면 사이를 오락가락하며 성난 향유고래가 이끄는 대로 깊고 어두운 바닷속으로 하염없이 끌려내려갔지. 맹렬한 속도로 끌려내려가던 할아버지가 겨우 정신을 차렸을 때 처음 본 것은 향유고래의 지느러미에서 나오는 푸른빛이었다고 하네. 할아버지는 자신이 바닷속에 있다는 것도 잊은 채 푸른빛을 내는 향유고래를 멍하니 바라보았지. 18미터나 되는 거대한 향유고래가 푸른빛의 지느러미를 흔들며 밤바다를 헤엄치는 광경은 신비롭고 고요하며 아름답다고 할아버지는 내게 말했지. 나는 그때를 회상하며 눈가가 촉촉해지는 할아버지에게 고래가 발광체 생물이 아니어서 향유고래의 지느러미에서는 푸른빛이 날 수 없다고 친절하게 말해주었지. 그러자 할아버지는 내 머리를 향해 요강을 집어던지셨어. 하하, 화끈한 분이셨지. 할아버지는 만나는 사람들마다 그 고래 이야기를 하셨는데, 나는 빛을 내는 그 망할 푸른색 지느러미 부분 때문에 사람들이 할아버지의 고래 경험담을 거짓말이라고 생각한다고 말했지. 그러자 할아버지는 내게 이렇게 말씀하셨지. 사람들이 고래에 대해 떠들어대는 말들은 모두 거짓말이야. 그들이 고래에 대해 떠들어대는 말들은 모두 책에서 주워 읽은 것들이겠지. 하지만 고래는 책 속에 사는 게 아니라 바다에 살아. 어쨌든 할아버지는 그렇게 향유고래에게 끌려 바닷속으로 하염없이 끌려들어가다가 정신을 잃었다네."

노인은 양철컵에 위스키를 반쯤 따르고 한 모금을 마셨다.

"할아버지가 다시 눈을 떴을 때 밤하늘에는 보름달이 떠 있었고 귓가에는 파도가 출렁이고 있었다네. 할아버지는 자신이 운 좋게도 파도에 떠밀려 작은 암초에 걸린 것이라고 생각했지. 하지만 그것은 암초가 아니라 향유고래의 머리 위였어. 믿을 수 없는 일이지. 할아버지는 수면 위로 떠 있는 부표, 바다를 홍건히 적시고 있는 향유고래의 붉은 피, 그리고 등에 작살을 꽂은 채 머리로 할아버지를 떠받치고 있는 향유고래를 비스듬히 누운 채 바라보았지. 생각해보게. 그것은 참으로 기이한 풍경이고 이해할 수 없는 일이 아닌가. 이따금 고래들은 부상당한 동료 고래나 갓 태어난 새끼 고래를 수면 위로 들어올려 숨을 쉬게 한다는 이야기를 어디선가 들은 듯도 해. 하지만 동료 고래도 아니고 새끼 고래는 더더욱 아니고 하다못해 물개나 펭귄도 아니고 그냥 인간인 우리 할아버지를, 게다가 자기 등짝에 작살까지 꽂은 우리 할아버지를 향유고래가 왜 오랫동안 머리로 떠받치고 있었는지는 솔직히 이해가 잘 안 가는 일이지."

"네, 전혀 이해가 안 가는 일이군요. 이빨로 물어뜯어도 시원치 않을 판에." 래생이 위스키를 마시며 말했다.

"의식을 되찾고 난 후에도 할아버지는 향유고래의 머리 위에서 한동안 누워 있었어. 상황이 참으로 머쓱했지만 향유고래의 머리통 위에서 뭘 할 수 있겠나. 밤바다 위에는 보름달에서 내려오는 은은한 달빛과 검은 파도 그리고 등짝에 작살을 꽂은 채 열 양동이도 넘는 피를 흘린 향유고래와 참으로 처지가 난감하게 된 한 인간밖에 없었던 게지. 달빛에 비친 붉은 피 때문에 할아버지는 향유고래에게 미안했다고 하네. 뭐, 미안하다뿐이겠나. 할아버지는 향유고래의 등에 박힌 작살을 뽑아주고 싶었지만 쉽지 않은 일이었지. 마치 잘못된 인생처럼, 작살이란 들어갈 때는 쉽게 들어가지만 빠질 때는 쉽게 빠지지 않거든. 대신 할아버지는 허리춤에 차고 있던 칼로 작살 줄만 끊었어. 할아버지가 줄을 끊자 향유고래는 물속으로 내려갔다가 이내 다시 물 위로 올라와선 부표를 붙잡고 버둥거리고 있는 할아버지를 향해 다가

왔지. 그러고는 그 커다랗고 검은 눈으로 자기가 던진 작살줄에 엉킨 채 민망하게 버둥거리고 있는 한심한 인간을 바라보았다고 하네. 할아버지 말이, 그놈이 아주 가까이 다가와서 할아버지를 멀뚱멀뚱 바라보았대. 순진하고 호기심 많은 눈으로 '아니, 이렇게 쪼그맣고 겁 많은 놈이 어떻게 내 등짝에 작살을 꽂을 수 있었을까. 참으로 용기가 가상하군' 하는 표정이었다나. 그러더니 콧등으로 장난스럽게 할아버지를 살짝 밀쳤어. 마치 '이봐, 꼬마 친구, 장난이 너무 심했잖아? 그런 위험한 짓은 하면 안 돼' 하고 할아버지를 타이르는 것 같았대. 바다에 그놈이 흘린 피가 흥건했는데도 할아버지가 자기 등짝에 작살을 박은 일 따윈 이미 훌훌 털어버린 것 같았다지. 이 부분의 이야기가 나올 때마다 우리 할아버지는 무릎을 탁 치며 '과연 그놈은 덩치만큼이나 배포도 크더라고, 우리 같은 좀생이들하고는 차원이 달라!' 하고 큰 소리로 사람들에게 외쳤지. 할아버지와 향유고래는 밤새도록 그렇게 바다에 떠 있었다네. 할아버지를 찾기 위해 부표를 추적하던 포경선의 희미한 동체가 보일 때까지 향유고래는 할아버지 곁을 지켜주었지. 멀리서 포경선이 다가오자 그제야 향유고래는 인사라도 하듯 할아버지 주위를 한 바퀴 돈 뒤 바다 깊은 곳으로, 정말로 아주 깊은 곳으로 유유히 사라졌지. 등짝에 우리 할아버지의 이름이 박힌 작살을 꽂은 채로 말이야. 이상한 일이지?"

"네, 참으로 기이한 이야기군요." 래생이 말했다.

"바다에서 죽을 고비를 넘기고 집으로 돌아온 할아버지는 작살꾼의 삶에 대해 회의감이 들었는지 할머니에게 이제 작살꾼 노릇은 그만해야 할까봐, 하고 말했다네. 그러자 다정하고도 인내심 많은 우리 할머니는 할아버지를 안고서 고래 잡는 일이 싫어졌으면 이제 그만해도 된다고 말했지. 할아버지는 어린애처럼 할머니 품에 안겨 울면서 '무서워졌어, 정말 무서워졌어' 하고 말했다지. 그리고 정말로 한동안 고래잡이를 나가지 않으셨네. 그러나 그 징징대던 엄살의 시절은 얼마 가지도 못했어. 삶은 지난했고 여기저기에 벌린 입들도 많았고 태어나서 배운 거라곤 고래 잡는 법뿐이었던 할아버지가 작살꾼 노릇 말고 참새 새끼처럼 조잘대는 자식들을 먹여살릴 별다른 방법이 없었기 때문이었지. 할아버지는 다시 바다로 나갔고 작살꾼으로 은퇴한 일흔 살까지 동해에서 얼쩡거리는 모든 종류의 고래에게 작살을 쏘아댔지. 그런데 한 가지 재미있는 일은 1959년에 고래잡이를 나간 할아버지가 예전의 그 향유고래를 다시 만났다는 것이네. 바다에서 기적적으로 살아난 지 꼭 30년이 지난 후였지. 향유고래의 등에는 할아버지가 박아넣은 녹슨 작살이 여전히 꽂혀 있었지만 향유고래는 마치 그것이 자기 몸에 원래 있었던 신체의 일부인 양 여전히 자유롭고 당당하게 헤엄을 치고 있었다지. 사실 작살을 맞은 고래가 오랫동안 생존하는 일은 포경사에서 흔히 있는 일이야. 18세기의 작살을 꽂고 19세기에 잡힌 놈도 있었다고 하니까. 어쨌든 그 향유고래는 포경선을 보고도 도망가지 않고 오히려 등에 박힌 작살을 잠망경처럼 올린 채 할아버지 배 가까이까지 어슬렁어슬렁 헤엄쳐 왔지. 그리고 배 주위를 천천히 한 바퀴 돌았대. 마치 할아버지를 향해 '어이, 친구 이게 도대체 얼마 만이야, 정말 반갑군. 그런데 뭐야? 자네 아직도 고래잡이를 하고 있는 거야? 이거 해도 해도 너무하는군' 하는 표정으로 말이지, 하하하."

"조부님 입장이 아주 머쓱했겠습니다." 래생이 말했다.

"머쓱하다뿐인가. 뱃사람들 말로는 그 향유고래를 본 우리 할아버지의 무릎이 갑자기 꺾였다지. 그리고 갑판 위에 주저앉아서 대성통곡을 했다고 하네. 한참을 울던 할아버지는 향유고래를 향해 이렇게 소리쳤지. 고래야, 미안해. 내가 정말 미안해. 그동안 등짝에 작살 꽂고 다닌다고 많이 힘들었지? 너랑 헤어진 후에 나도 이놈의 고래잡이 진즉에 때려치우고 싶었어. 너는 바다에 살아서 잘 모르겠지만 요즘 땅에서 사는 게 만만치가 않아. 나 아직도 전셋집에 살아. 그리고 자식새끼들은 얼마나 처먹어대는지 들어가는 돈이 장난이 아냐. 하여간 살기가 팍팍해서 그랬어. 용서해줘. 다음에 만나면 대포나 한잔하자고. 술은 내가 들고 갈 테니까. 너는 대왕오징어나 한 마리 잡아와. 대왕오징어는 한 마리만 구워도 소주 열 박스는 마실 거니까. 미안해, 고래야. 네 등짝에 작살 꽂아서 미안해. 내가 못난 놈이어서 정말 미안해. 엉엉엉."

"정말 고래에게 그렇게 소리쳤답니까?" 래생이 물었다.

"정말 그렇게 소리쳤다는군."

"참 재미있는 분이셨군요."

"재미있는 분이셨지. 어쨌든 그날 이후 할아버지는 작살꾼 노릇을 그만두고 장생포 바다를 떠났어. 그후로는 서울에 올라와 내내 술만 마시며 지내셨지. 뭐, 갑갑하셨을 거야. 바다에도 못 나가지 삼팔선에 철책이 쳐져 고향에도 못 돌아가지. 그러니 술에 취하면 사람들을 붙잡고 그 지겨운 고래 이야기를 다시 시작하시는 게지. 이제 알 만한 사람들은 그 이야기를 수백 번은 들어서 아무도 듣고 싶어하지 않는데도 굳이 고래 이야기를 시작하시는 게야. 그런데 그게 꼭 자신의 무용담을 자랑하려고 그랬던 건 아니라네. 할아버지는 사람들이 고래처럼 살아야 한다고 믿었지. 요즘엔 사람들이 모두 쥐새끼처럼 작아지고 약아져서 느리고 거대하며 아름다운 발자국은 다 사라졌다는 게야. 거인이 사라진 세상이 된 것이지."

노인이 양철컵을 들어 다시 술을 마셨다. 래생도 자신의 빈 양철컵에 술을 붓고 조금 마셨다.

"말년에 할아버지는 간암 말기 판정을 받았지. 뱃사람으로 살면서 열여섯 살부터 여든두 살 때까지 하루도 쉬지 않고 술을 퍼마셨으니 그럴 만도 해. 하지만 병원에서 돌아오자마자 할아버지는 무슨 일이 있었냐는 듯이 또다시 질펀하게 술을 마셨지. 그리고 자식들을 다 모아놓고 한마디 하셨어. '병원에는 안 간다. 고래들도 때가 되면 죽으니까.' 그리고 정말 병원에는 가지 않으셨지. 한 달쯤 후에 할아버지는 단정하게 옷을 차려입고 집을 나서서 장생포 바다로 돌아갔어. 바닷사람들의 말에 따르면 할아버지는 거기서 작은 배를 하나 빌리고 그 배에다 정말로 열 박스의 소주를 실은 후, 수평선 너머로 보이지 않을 때까지 계속 노를 저어 갔다네. 그리고 바다에서 돌아오지 않으셨지. 할아버지의 시신은 영영 찾을 수가 없었어. 아마도 할아버지는 향유고래의 향기가 나는 곳까지 정말로 노를 저어 갔을 게야. 거기서 향유고래를 만났다면 그동안 못다 한 이야기를 하느라 하룻밤에 소주 열 박스는 작살냈을 것이고 만나지 못했다면 할아버지는 죽을 때까지 바다 위를 떠돌며 혼자 술을 마셨을 것이네. 암, 그러고도 남으실 분이지."

"굉장한 엔딩이군요."

"존엄한 죽음이지. 사내는 무릇 자신의 삶을 존엄하게 끝낼 그런 죽음을 결정할 수 있어야 한다고 나는 생각하네. 오로지 자기 운명을 제대로 살고 간 사람만이 그런 죽음을 결정할 수 있지. 하지만 나는 아니지. 나는 평생을 괄태충처럼 살아왔기 때문에 그런 존엄한 죽음을 가질 자격이 없지."

노인이 씁쓸한 웃음을 지었다. 래생은 할말이 없어서 입을 다물고 있었다. 노인이 정말로 비관적인 표정을 짓고 있어 뭐라고 위로라도 한마디 하고 싶었지만 정말로 할말이 없었다. 노인이 자기 양철컵에 술을 가득 따랐다. 그리고 단번에 그 술을 마셨다. 노인과 래생은 한동안 말없이 각자의 술잔을 비웠다. 불길이 사그라질 때마다 래생이 벽난로 안에 장작을 하나씩 넣었다. 새로 넣은 장작에 불이 붙고, 소리를 내며 맹렬히 타오르고, 불잉걸이 되어 이글거리고 다시 흰 재가 되는 동안 래생과 노인은 말없이 잔을 비웠다.

"오늘 쓸데없이 내가 너무 말을 많이 했군. 나이가 들수록 입은 닫고 지갑은 열라고 했는데."

"아닙니다. 즐거운 대화였습니다."

노인이 위스키 병을 들어 흔들었다. 병 바닥에 한 잔 정도의 술이 남아 있었다. 노인이 병 속의 위스키를 눈으로 가늠했다.

"내가 마셔도 되겠나?"

"그럼요." 래생이 말했다.

노인이 자신의 잔에 마지막 술을 따랐다. 그리고 남은 술을 마셨다.

"오늘은 이만하고 자세나. 피곤한 사람 잡고 내가 너무 떠들었군."

"아닙니다. 덕분에 즐거운 저녁이었습니다."

노인이 먼저 벽난로의 오른쪽에 누웠다. 산타가 어슬렁거리며 와서 노인의 곁에 누웠다. 래생은 벽난로의 왼쪽에 누웠다. 붉은 벽돌로 된 맞은편 벽면에 두 사내와 늙은 개의 그림자가 한데 엉켜 있었다. 래생은 문가에 놓아둔 자신의 총을 바라보았다.

"내일 아침 먹고 가게나. 빈속으로 사냥을 하려면 힘들 테니."

노인이 모로 누운 채 말했다. 래생이 잠시 머뭇거리다가 입을 열었다.

"네, 그러겠습니다."

장작이 타는 소리와 늙은 개가 숨을 고르는 소리가 유독 크게 들렸다. 노인은 더이상 말이 없었다. 래생은 노인의 숨소리와 늙은 개의 숨소리를 한참 동안 듣다가 잠이 들었다. 평온한 잠이었다.

아침에 일어났을 때 노인은 식사를 준비하고 있었다. 감자를 넣은 된장국과 무김치 그리고 쌀밥이 전부였다. 노인은 별말이 없었다. 노인과 래생은 말없이 아침을 먹었다. 식사를 마치고 래생은 서둘러 자리에서 일어났다. 집을 나설 때 노인은 삶은 감자 여섯 개를 보자기에 싸주었다. 래생이 노인에게 정중하게 인사를 하고 감자를 받았다. 감자가 따뜻했다.

래생이 다시 산 위의 텐트로 돌아왔을 때 노인은 물뿌리개를 들고 화단에 물을 주고 있었다. 꽃에 물을 주는 모습이 여전히 차를 따르듯 정성스러웠다. 그리고 여느 때처럼 꽃과 나무에게 말을 걸고 손인사를 했다. 래생은 조준경의 가늠자를 조금 조절했다. 어디선가 본 듯한 꽃이 망원렌즈 속에서 선명해졌다가 이내 흐려졌다. 여전히 그 꽃 이름을 모르고 있다. 노인에게 물어봤다면 좋았을 텐데.

좋은 정원이다. 마당에 감나무 두 그루가 딴청 피우듯 서 있고 구석의 화단에는 자신의 계절을 조용히 기다리는 꽃이 있다. 늙은 개 산타가 노인의 곁으로 와서 머리를 비벼댔다. 노인이 늙은 개 산타의 머리를 쓰다듬어줬다. 노인과 늙은 개는 잘 어울려 보인다. 노인이 바람 빠진 축구공을 정원 끝으로 던졌다. 늙은 개 산타가 공을 가지러 달려갔다. 그동안 노인은 꽃에 물을 주었다. 꽃들에게 무슨 말을 건네고 있는 것일까. 자세히 보니 노인은 정말 왼쪽 다리를 조금씩 절고 있다. 어젯밤 술을 마실 때 왼쪽 다리에 대한 사연을 들었으면 좋았을 것이다. 하지만 사연을 몰라도 상관없다고 래생은 생각했다. 늙은 개 산타가 공을 물고 돌아왔다. 노인이 이번에는 좀더 멀리 공을 던졌다. 늙은 개 산타는 오늘 기분이 좋은 듯 제자리에서 펄쩍 한 번 뛴 뒤 공을 가지러 정원의 끝으로 달려갔다. 노인은 화분에 물을 다 주었는지 물뿌리개를 놓고 환하게 웃었다. 웃고 있는 것일까. 하회탈 같은 저 얼굴은 지금 웃고 있는 것일까.

래생은 망원렌즈의 십자선을 노인의 가슴에 놓고 방아쇠를 당겼다.

탕!

아킬레우스의 뒤꿈치

래생은 쓰레기통에서 발견되었다. 아니라면, 쓰레기통에서 태어났거나.

지난 27년 동안 래생의 양부 역할을 해온 너구리 영감은 술만 마시면 래생의 출생에 대해 비아냥거리길 좋아했다. "너는 수녀원 앞 쓰레기통 속에서 발견되었지. 그게 아니라면 수녀원 앞 쓰레기통이 네 어미거나. 뭐, 둘 다 한심하긴 마찬가지지만. 그나마 한 가지 다행한 일이라면 수녀님들이 사용하는 쓰레기통은 아무래도 다른 곳보다 깨끗하다는 거야." 하지만 래생은 너구리 영감의 비아냥거림에 별 개의치 않았다. 아이를 쓰레기통에 버리는 부모 따위에게서 태어나느니 차라리 깨끗한 쓰레기통에서 태어나는 게 더 낫다고 생각했다.

래생은 수녀원에 부속된 고아원에서 네 살 때까지 자랐고, 그후에 너구리 영감의 도서관으로 입양되었다. 신의 은총이 봄 햇살처럼 내리고 자상한 수녀님들이 정성스러운 손길로 아이들을 돌보는 고아원에서 계속 자랐다면 래생의 삶도 달라질 수 있었을 것이다. 하지만 래생은 암살자, 청부업자, 사냥꾼들만 우글거리는 너구리 영감의 도서관에서 자랐다. 식물의 뿌리처럼, 세상의 모든 비극은 자신이 발 디딘 바로 그곳에서 시작된다. 그리고 래생은 자신이 뿌리내린 바닥을 떠나기에는 너무나 어렸다.

아홉 살 생일이 되던 날, 래생은 너구리 영감의 등나무 흔들의자에 깊숙이 파묻혀 『호머 이야기』를 읽고 있었다. 책 속에서는 트로이의 얼간이 왕자 파리스가, 책을 읽는 동안 래생이 너무나 사랑하게 된 영웅 아킬레우스의 뒤꿈치에 화살을 쏘기 위해 막 활시위를 당기고 있는 중이었다. 알다시피 아주 긴박한 순간이었으므로 래생은 너구리 영감이 등뒤에서 오랫동안 자신을 지켜보고 있었다는 사실을 전혀 눈치채지 못했다. 너구리 영감은 성난 얼굴이었다.

"누가 너에게 글을 가르쳤지?"

너구리 영감은 래생을 학교에 보내지 않았다. 언젠가 래생이 "저는 왜 다른 아이들처럼 학교에 가지 않아요?" 하고 물었을 때 너구리 영감은 냉소적인 표정으로 "인생을 살아가는 데 학교 따위가 전혀 필요하지 않기 때문이지" 하고 말했다. 너구리 영감의 냉소가 옳았다. 래생은 단 한 번도 학교라는 곳을 다니지 않았지만 서른두 해를 살아오는 동안 불편한 일이라곤 전혀 없었다. 불편이라니, 도대체 무엇 때문에 불편할 수 있단 말인가? 어쨌든 학교도 보내지 않은 래생이 책을 읽고 있다는 사실에 너구리 영감은 약간 놀란 것 같았다. 보다 정확히 말하자면 너구리 영감은 래생이 책을 읽을 수 있다는 사실에 일종의 배반감 같은 것을 느낀 것 같았다. 래생이 대답을 하지 않고 너구리 영감을 빤히 쳐다보고 있자, 너구리 영감은 상대방을 은근히 협박하는 그 특유의 나지막하고 무거운 목소리로 다시 한번 또박또박 물었다.

"누가, 너에게, 글을, 가르쳤는지, 물었다."

마치 래생에게 글을 가르쳐준 사람을 잡아서 어떻게 하기라도 할 것처럼 너구리 영감의 목소리는 단호하고 무서웠다. 래생은 작고 떨리는 목소리로 아무도 나에게 글을 가르쳐주지 않았다고 말했다. 너구리 영감이 래생의 말을 믿지 못하겠다는 듯 여전히 무서운 표정을 짓고 있었기 때문에 래생은 정말로 그림책을 보면서 혼자서 글을 배웠다고 연이어 말했다. 그러자 너구리 영감은 래생의 뺨을 세차게 때렸다.

래생은 터져나오는 울음을 가까스로 참으면서, 정말로 그림책을 보며 혼자서 글을 배웠다고 말했다. 그건 사실이었다. 래생은 20만 권의 장서가 빼곡히 꽂혀 있는 어둡고 구불구불한 너구리 영감의 도서관에서 겨우 자신이 읽을 만한 책들을 찾아낸 다음(그것은 미국 흑인 노예들이 나오는 번안 만화책, 싸구려 성인잡지, 기린이나 코뿔소 같은 동물들이 그려져 있는 조악한 그림책 따위들이었다), 글자와 그림을 맞춰가면서 혼자 글자의 원리를 깨쳤다. 래생은 서재 한구석에 자신이 모아놓은 그림책들을 손가락으로 가리켰다. 절름발이인 너구리 영감은 절뚝거리며 그곳으로 걸어가서 래생이 모아놓은 그림책들을 일일이 살펴보았다. 그리고 내 도서관에 어떻게 이런 조악한 책들이 있었을까 어처구니가 없군, 하는 표정을 지었다. 너구리 영감은 다시 절뚝거리며 돌아와서 여전히 의심스러운 눈초리로 래생의 얼굴을 살피더니 래생의 손에 들려 있던 양장본 『호머 이야기』를 뺏어 들었다. 그러고는 한참 동안 책과 래생의 얼굴을 번갈아 바라보다가 이윽고 입을 열었다.

"책을 읽으면 부끄럽고 두려운 삶을 살 것이다. 그래도 책을 읽을 생각이냐?"

래생은 너구리 영감이 자신에게 하는 말의 의미를 전혀 이해할 수 없었기 때문에 너구리 영감의 얼굴을 그저 멍하니 바라보았다. 그럴 수밖에. 부끄럽고 두려운 삶이라니, 아홉 살짜리 소년이 어떻게 그런 삶을 이해할 수 있겠는가. 아홉 살 무렵의 소년이 생각할 수 있는 삶이라는 것은 누군가 차려놓은 식탁 앞에서 투정을 부리는 삶이거나 샌드위치에서 삐져나온 양파처럼 생뚱맞은 일들이 계속 생기는 삶밖에 없는 것이다. 그러므로 너구리 영감이 래생에게 했던 말은 선택이 아니라 어떤 협박처럼, 혹은 저주나 주문처럼 들렸다. 마치 신이 아담과 이브에게 이 선악과를 먹으면 천국에서 쫓겨나게 될 것이다, 그런데도 먹을 것이냐? 하고 묻는 것처럼 말이다. 래생은 무서웠다. 래생은 이 선택이 무엇을 의미하는지 전혀 이해하지 못하고 있었다. 하지만 너구리 영감은 답을 기다린다는 듯 래생의 얼굴을 빤히 쳐다보고 있었다. 사과를 먹을 것인가, 말 것인가.

이윽고 래생은 고개를 빳빳이 들고 두 주먹을 불끈 쥔 채 침착하고 결의에 찬 표정으로 너구리 영감에게 말했다. "책을 읽을 거예요. 내 책을 돌려주세요." 너구리 영감은 이를 앙다물고 겨우 눈물을 참고 있는 아홉 살짜리 소년을 한참 동안이나 물끄러미 바라보더니 『호머 이야기』를 돌려주었다.

그때 래생이 그토록 당당하게 너구리 영감에게 책을 돌려달라고 말한 것은 책을 읽고 싶은 욕망이 남달랐기 때문이거나 너구리 영감에게 오기를 부리고 싶었기 때문이 아니었다. 그것은 부끄럽고 두려운 삶에 대해 래생이 아무것도 몰랐기 때문이다.

너구리 영감이 돌아가고 난 다음 래생은 그제야 흘러내리기 시작하는 눈물을 손등으로 훔치며 등나무 흔들의자 안으로 몸을 동그랗게 말았다. 래생은 북서쪽으로 창이 나 있어 쉽게 어두워지는 너구리 영감의 건조하고 어두운 서재와 복잡하고 이해할 수 없는 분류법들로 천장까지 쌓여 있는 책들과 먼지들이 조용히 잠복해 있는 서가들이 만드는 미로를 바라보았다. 그리고 자신이 책을 읽는다는 사실이 어째서 너구리 영감을 그토록 화나게 하는지에 대해 생각했다. 생의 대부분을 도서관 귀퉁이에 앉아 책만 읽으며 보낸 너구리 영감을 떠올릴 때 그것은 서른두 살이 된 지금에도 사실 이해할 수 없는 일이다. 그러니 아홉 살짜리 소년이 느끼기에 그 사건은 마치 주머니 가득 사탕을 가지고 있는 사람이 고작 남의 입속에 들어 있는 사탕 한 알을 뺏어가는 것처럼 야비한 일로 느껴졌다.

"욕심쟁이 영감탱이, 설사병에나 걸려버려라!"

래생은 너구리 영감에게 저주를 퍼붓고 손등으로 눈물을 닦았다. 그리고 다시 책을 펼쳤다. 어떻게 책을 펼치지 않을 수 있겠는가. 이제 책을 읽는다는 것은 단순한 취미 활동 같은 것이 아니었다. 그것은 빰을 맞으면서, 부끄럽고 고통스러운 삶을 살 것이라는 저주와 협박 속에서, 어렵고 어렵게 얻어낸 아홉 살 소년의 위대하고도 고유한 권리였다. 래생은 트로이의 얼간이 왕자 파리스가 활시위를 당기는 장면을, 활시위를 떠난 화살이 자신의 영웅 아킬레우스에게 날아가는 장면을, 그 빌어먹을 화살이 기어이 아킬레우스의 뒤꿈치에 박히는 장면을 읽었다.

뒤꿈치에 박힌 화살 따위는 가볍게 뽑아내고 그 즉시 달려가서 파리스의 심장에 창을 박아줄 줄 알았던 아킬레우스가 히사를리크 언덕 위에서 피를 흘리며 죽어갈 때 래생은 몸을 부들부들 떨고 있었다. 무언가 결코 일어나서는 안 되는 일이 일어난 것이다. 이 무슨 일인가. 신의 아들이 어떻게 죽을 수 있단 말인가. 어떤 창으로도 뚫을 수 없고 어떤 화살로도 죽일 수 없는 불사의 몸을 가진 영웅이 파리스 같은 얼간이에게, 게다가 자신의 손바닥보다 작은 그의 유일한 약점 하나를 가리지 못해서 바보처럼 죽는단 말인가. 래생은 아킬레우스가 죽는 장면을 몇 번이고 반복해서 읽었다. 그러나 그 어디에도 아킬레우스가 다시 살아났다는 문장은 없었다.

'맙소사, 아킬레우스가 얼간이 파리스의 화살에 정말로 죽어버렸어!'

래생은 너구리 영감의 서재로 깊은 어둠이 깔릴 때까지 그 자리에 우두커니 앉아 있었다. 소리를 지를 수도 몸을 움직일 수도 없었다. 가끔 등나무 흔들의자에서 삐걱거리는 소리가 났다. 책들이 어둠에 젖고 책장들이 마른 잎사귀처럼 부스럭거렸다. 손을 뻗치면 닿는 곳에 스위치가 있었지만 래생은 전등을 켤 생각도 하지 않았다. 래생은 벌레들이 우글거리는 동굴 속에 갇힌 어린애처럼 어둠 속에서 내내 떨고 있었다. 터무니없는 삶이다. 아킬레우스는 쓸데없는 곳에 갑옷을 걸치지 말고 유일하고도 치명적인 약점이 있는 왼쪽 뒤꿈치에 튼튼한 갑옷을 걸쳐야 했다. 바보 멍청이, 아홉 살짜리 소년도 알고 있는 것을 모르다니. 래생은 아킬레우스가 그 작은 약점을 가리지 못했다는 것이 너무나 약이 올랐고 그것 때문에 죽었다는 것을 용서할 수 없었다.

어둠 속에서 래생은 내내 울었다. 자신이 읽어야 할 혹은 읽을지도 모를 도서관의 이 광대한 책의 페이지마다 사람들이 살고 있고 그 페이지들 속에서 영웅들이, 사랑스럽고 아름다운 소녀들이, 역경과 좌절을 뚫고 삶의 목표를 이룬 무수한 사람들이 자신의 유일하고 작은 약점을 가리지 못해 얼간이의 화살에 맞아 죽어가고 있다. 래생은 이 신뢰할 수 없는 삶이 놀라웠다. 그가 어떤 자리에 오르건, 불사의 몸을 가지건, 위대한 무엇을 움켜쥐건 그것은 한순간의 작은 실수로 사라질 수 있었다.

그 순간 삶에 대한 엄청난 불신이 래생의 몸을 밀치고 들어왔다. 언젠가 나는 여기저기에 수없이 깔려 있는 불행의 덫들에 걸려버리고 말 것이다. 삶을 송두리째 흔들어놓는 불행이, 아무리 발버둥쳐도 떨어지지 않는 끈질기고 집요한 공포가, 언젠가 내 말랑말랑한 삶을 덮칠 것이다. 래생은 자신이 애써 부여잡고 있던 모든 것들이 어느 한순간에 싱겁게 무너져버릴 거라는 이상하고도 기묘한 느낌에 빠졌다. 그것은 아주 공허하고도 슬프며 몹시도 쓸쓸한 느낌이었다. 그날 저녁, 래생은 아주 오랫동안 너구리 영감의 도서관에 앉아 있었다. 래생은 계속 눈물을 흘렸고 너구리 영감의 흔들의자에서 울다가 잠이 들었다.

털보네 애완동물 화장장

"요즘 같아선 아주 죽을 것 같아. 도무지 일이 없어. 그러니 만날 개나 태우고 있는 거지."

털보가 피우고 있던 담배를 땅바닥에 집어던졌다. 백 킬로그램이 넘는 체구 때문에 쭈그려앉아 있는 털보의 바지 엉덩이 부분이 터질 것 같았다. 래생은 털보의 말에 대꾸하지 않고 주머니에서 꺼낸 목장갑을 꼈다. 털보가 엉덩이를 털면서 무거운 몸을 일으켰다.

"아니, 요즘도 시체를 산에 묻는 몰지각한 사람들이 있더라니깐. 이거, 너무들 하는 거 아냐? 죽일 땐 죽이더라도 사람이 뒤처리는 깔끔해야지. 시대가 어떤 시댄데 시체를 산에 묻어. 요즘은 개도 산에 안 묻어. 그러니 포클레인만 댔다 하면 산에서 시체가 줄줄이 나오지. 도대체 이놈의 세상엔 도의란 게 없어요, 도의가. 칼로 푹 찌르고 그냥 가버리면 그게 양아치지, 무슨 암살자야. 게다가 요즘엔 산에 시체 묻는 것도 쉽지가 않아요. 저번에 인천 놈들 이민가방 들고 산에 오르다가 줄줄이 다 걸렸잖아."

"걸렸어요?" 래생이 물었다.

"그럼 장정 셋이 야밤에 삽 하나씩 들고, 게다가 그 커다란 이민가방을 밀고 당기면서 산에 오르면 뻔하지. 마을 사람들이 그걸 보고 아, 쟤네들은 이 야심한 밤에 산 넘어서 이민을 가는구나, 그러겠어? 아주 바보들이거든. 그러니까 내 말이 어차피 산에 묻을 거면 우리 털보네 소각장을 이용해주면 좀 좋아? 안전하지, 깔끔하지, 게다가 환경도 살리고 말이야. 가뜩이나 장사가 안돼서 죽겠는데."

털보가 목장갑을 끼며 투덜거렸다. 털보는 항상 투덜거린다. 하지만 오랑우탄만한 덩치를 가진 이 사내의 투덜거림은 곰돌이 푸처럼 귀엽다. 그것은 어쩌면 털보가 곰돌이 푸같이 생겼기 때문일 것이다. 아니라면 곰돌이 푸가 털보처럼 생겼거나. 털보는 불법적으로 시체를 화장시키는 시체 처리업자다. 물론 합법적으로는 애완동물을 화장하는 일을 하고 있다. 애완동물 화장장에서 털보는 합법적으로 개를 태우고 고양이를 태운다. 그리고 불법적으로 시체를 태운다. 시체를 태우는 사람의 얼굴이 왜 저따위로 귀엽게 생겼을까.

"세상에, 얼마 전에는 말이야, 애완동물 화장장에 이구아나를 들고 오는 연놈들이 있더라니깐. 이름이 앤드류라나, 안드레라나? 이구아나 이름이 앤드류가 뭐야, 앤드류가. 얄망이, 뽀삐, 이렇게 쉽고 부르기 좋은 이름들 많잖아. 하여간에 이름 짓는 꼬락서니들하고는. 근데 그놈의 이구아나 한 마리 죽었다고 젊은 부부가 서로 부둥켜안고 앤드류야 미안하다, 제시간에 밥을 줘야 했는데, 앤드류야 우리가 잘못했다, 하면서 어찌나 울어대던지. 옆에서 내가 아주 민망해 죽겠더라니깐."

털보가 연신 수다를 떨어댔다. 래생은 털보의 말을 듣는 둥 마는 둥 하면서 창고 문을 열었다.

"어느 것 쓸까요? 카트." 래생이 물었다.

털보가 이리저리 살펴보더니 안쪽에 있는 카트를 손가락으로 가리켰다.

"이거요?" 래생이 물었다.

털보가 눈짐작을 하더니 고개를 끄덕였다.

"뭐, 그 정도면 되겠지. 송아지 옮길 것도 아닌데. 차는 어디 세웠어?"

"화장장 뒤쪽에."

"뭘 그리 멀리 세웠어. 시체 끌고 오려면 얼마나 힘든데."

털보가 카트를 끌고 터덜터덜 걸어갔다. 느리고 낙천적인 발걸음. 욕심도 조바심도 내지 않는 털보의 발걸음이 래생은 늘 부러웠다. 털보는 욕심을 부리지 않는다. 큰 건수가 있다고 설부르게 몸을 움직이지도 않는다. 그저 이 작은 애완동물 화장장을 굴리면서 조금씩 돈을 번다. 시체를 태워서 털보는 두 딸을 키웠다. 큰딸은 이번에 대학도 들어갔다. "적게 먹어야 오래가지. 애들 뒷바라지하려면 몇 년은 더 버텨야 하는데." 털보는 무서움을 탄다. 돈이 좀 급하다고 찜찜한 물건을 받는 일도 없다. 그래서 평균수명이 턱없이 짧은 이 바닥에서 털보가 오래 버티고 있는 것이다.

래생이 차 트렁크를 열었다. 트렁크 안에 들어 있는 두 개의 검정 방수포를 보고 털보가 고개를 갸웃거렸다.

"왜 두 구지? 너구리 영감한테는 한 구라고 들었는데?"

"사람 하나, 개 하나." 래생이 말했다.

"이게 개야?"

털보가 작은 방수포를 가리키며 물었다.

"그건 사람. 큰 쪽이 개."

"뭔 개새끼가 사람보다 덩치가 커?"

못 믿겠다는 듯 털보가 방수포를 열었다. 그 속에 늙은 개 산타가 들어 있었다. 열린 지퍼 사이로 산타의 길게 내민 혀가 축 늘어져 있었다.

"니미럴, 이젠 별걸 다 가지고 오는구만. 개는 왜 죽이고 지랄이래. 이 개가 자네 불알이라도 물었어?"

"그냥 새 주인을 가지기엔 개가 너무 늙은 것 같아서." 래생이 담담하게 대답했다.

"참 오지랖도 넓으세요. 개 걱정 말고 우리 앞가림이나 잘합시다. 우리가 지금 개 걱정까지 해줄 팔자가 아닙니다." 털보가 비아냥거렸다.

지퍼를 다시 닫으면서 래생은 순간 멈칫했다. 개는 왜 죽인 것일까. 쓰러져 있는 노인 옆에서 개는 멍하니 서 있었다. 태양을 등지고 래생이 늙은 개를 바라봤다. 늙은 개도 래생을 바라보았다. 탁해진 늙은 개의 갈색 동공 속으로 햇볕이 쏟아져들어갔다. 늙은 개는 래생을 향해 으르렁거리지 않았다. 늙은 개는 그저 자기 주인이 왜 움직이지 않는지 의아할 뿐이다. 래생은 새로운 방식을 배우기에는 너무 나이가 들어버린 늙은 개를 바라봤다. 늦가을의 태양이 정수리 위에서 가는 햇살을 뿌리고 있었다. 이제 이 조용하고 아름다운 숲에는 너에게 먹이 줄 사람이 없어. 너는 산속을 뛰어다니며 먹이를 찾기에는 너무 늙었고. 내 말 무슨 뜻인지 알겠지? 늙은 개는 탁하고 슬픈 갈색 눈으로 그저 멍하니 래생을 바라봤다. 래생은 늙은 개의 목덜미를 쓰다듬었다. 그리고 총을 들어 늙은 개의 머리를 쏘았다.

"노인네인데 꽤나 무겁군."

털보가 방수포 한쪽을 잡으면서 말했다.

"이건 개라니까. 저게 노인네고." 래생이 짜증을 내며 말했다.

털보가 여전히 헷갈린다는 듯 고개를 갸웃거렸다.

"아, 그놈의 개새끼 무겁네."

두 구의 시체를 카트에 담자 털보는 습관적으로 주위를 두리번거렸다. 새벽 2시의 애완동물 화장장은 조용했다. 생각해보면 당연한 일이다. 아무도 새벽 2시에 애완동물을 화장하러 오지 않는다.

털보가 가스밸브를 열고 소각로에 불을 넣었다. 불길이 소각로 내부로 퍼져나가자 뱀의 허물이 벗겨지듯 비닐로 된 검정 방수포가 금세 벗겨졌다. 방수포가 사라지자 노인과 개의 모습이 드러났다. 노인은 반듯하게 누워 있었고 늙은 개는 노인의 배 위에 머리를 괴고 있었다. 소각로 안이 열기로 가득 채워지자 힘줄들이 당겨지면서 노인의 시체가 순간적으로 꿈틀했다. 그 모습은 아직도 이승에서 무언가를 부여잡을 게 있는 형상처럼 안타까워 보였다. 무엇을 붙잡을 수 있을까. 하지만 이제 끝이다. 두 시간이 지나면 먼지밖에 남지 않을 것이다. 그리고 먼지로는 아무것도 붙잡을 수 없다.

래생은 비틀어진 노인의 시체를 물끄러미 바라봤다. 그는 장군이었다. 30년의 군사정권 시절 내내 그는 독재자의 그늘에서 암살을 조직하고 명단을 짰었다. 어떻게 그럴 수 있었을까? 북한 출신 군인들이 군대에서 성공하는 것도 어려웠고 정보부 같은 곳에 자리잡는 것은 더더욱 어려운 시절이었다. 하지만 그는 살아남았다. 서슬 퍼런 20년의 군부독재 시절에도 살아남았고, 또다른 쿠데타 이후 10년의 신군부 시절에도 살아남았다. 그는 이북 출신 군인에게 쏟아지는 무수한 혐의와 정치적 협잡 속에서 꾸역꾸역 살아남아 장군이 되었다. 누군가 독재자의 비위를 거스르면 모자에 빛나는 별을 단 이 장군은 너구리 영감의 도서관을 찾아왔다. 그리고 표적이 된 사람의 명단을 건네고 뻔뻔스럽게도 국민의 세금으로 계산을 치렀다.

하지만 이제 그는 자신이 짜던 명단에 올랐다. 원래 그런 것이다. 좋은 시절은 언젠가 끝이 나고 힘을 잃은 권력은 살아남기 위해서 벌여놓았던 일들을 수습하고 찌꺼기들을 정리해야 한다. 언제나 그렇듯 시간은 빙글빙글 돌아서 삶의 뒤통수를 치는 법이니까.

래생이 열두 살이었을 때 노인은 군복을 입고 도서관에 왔었다. 멋진 군복이었다. 노인이 래생에게 다가와 말을 건넸다.

"뭘 읽고 있니?"

"소포클레스요."

"재미있니?"

"전 아버지가 없어서 무슨 말인지 도통 모르겠어요."

"아버지는 어디 계신데?"

"수녀원 앞 쓰레기통에요."

모자에 두 개의 번쩍이는 별을 단 장군은 빙긋 웃으면서 래생의 머리를 쓰다듬어주었다. 20년도 넘은 일이다. 소년은 기억하지만 노인은 그때의 순간을 기억하지 못했을 것이다.

래생은 담배를 하나 꺼내 물었다. 털보가 래생의 담배에 불을 붙여 주고 자기도 담배 하나를 꺼내 물었다. 담배 연기를 뿜어대면서 털보는 휘파람으로 새소리 흉내를 냈다. 그리고 화장장 밖으로 어슬렁거리며 나가더니 다시 한번 누가 오지 않는지 주변을 확인했다. 래생은 소각로의 불길 속에서 이제는 한덩어리로 엉켜 있는 노인과 개의 사체를 계속 바라봤다.

많은 바보들이 자신이 직접 시체를 태우는 것으로 완전범죄를 할 수 있다고 착각한다. 그들은 아무도 없는 들판에 휘발유 한 통을 들고 가서 직접 시체를 태우려고 한다. 하지만 시체는 생각처럼 그렇게 간단하게 타지 않는다. 그러므로 장난처럼 시체에 불을 붙였을 때 들판에 남겨지는 것은 고약한 냄새를 풍기며 흉물이 되어 있는 커다란 고깃덩어리다. 그리고 그 고깃덩어리로 법의학자들은 시체의 나이와 성별, 키, 얼굴, 생김새, 치아의 상태를 감안하여 누구인지를 찾아낼 수 있다. 시체를 완전히 태우려면 시체가 온전히 들어가는 밀봉된 가마에서 천삼백 도 이상의 고온으로 두 시간 이상을 태워야 한다. 화장터, 도자기나 숯을 굽는 가마, 제련소의 용광로가 아니라면 이런 고열을 내는 조건을 찾아내기는 아주 어렵다. 그래서 털보네 소각장이 밥을 먹고 사는 거다. 뼈를 잘게 부수는 것도 중요하다. 법의학자들은 골반뼈 세 조각만으로도 나이와 성별, 키, 그리고 살인 방법을 찾아낼 수 있다. 뼛가루와 치아들도 모두 확보해야 한다. 잘게 부서진 뼛가루에는 여전히 많은 단서가 남아 있고 치아는 화재와 같은 극단적인 조건에서도 원래 성질을 그대로 유지하기 때문이다. 망치로 치아를 부수고 뼛가루들을 안전하게 흩어놓아야 한다. 그래야 그의 죽음을 세상이 찾을 수 없다.

래생은 다시 담배를 하나 꺼내 물고 시계를 바라봤다. 새벽 2시 10분. 아침이나 되어야 일을 다 마치고 집으로 돌아갈 수 있을 것이다. 갑자기 피로가 래생의 목과 어깨 위로 내려앉는다. 길 위에서 하룻밤, 노인의 집에서 하룻밤, 그리고 털보네 애완동물 화장장에서 하룻밤. 사흘 밤을 밖에서 보내고 있다. 고양이 밥이 다 떨어졌을 텐데…… 래생은 어두운 방에서 배를 곯고 있을 두 마리의 샴고양이를 생각했다. 독서대와 스탠드. 그것이 고양이들의 이름이었다. 이 두 마리의 샴고양이들은 어이없게도 자신들의 이름을 닮아가고 있다. 독서대는 식빵 모양으로 몸을 웅크린 채 바닥에 떨어진 휴지 조각을 조용히 응시하는 것을 좋아하고 스탠드는 목을 쭉 빼고 창밖을 바라보는 것을 좋아한다.

털보가 삶은 감자 몇 개를 바구니에 담아서 가져오더니 래생에게 하나를 내밀었다. 공교롭게도 다시 감자였다. 노인이 아침에 건네준 감자 여섯 개가 아직 차 안에 있을 것이다. 래생은 배가 고팠지만 고개를 흔들었다. "왜 안 먹어? 강원도 감자라 얼마나 맛있는데." 털보가 이 맛난 걸 왜 안 먹는지 이해가 안 된다는 듯 고개를 갸웃거리며 감자 하나를 통째로 입에 구겨넣었다. 그리고 들고 온 소주를 병째로 벌컥벌컥 반이나 마셨다.

"얼마 전에 김사장 여기서 태웠거든." 털보가 입가에 묻은 소주를 손등으로 훔치며 말했다.

"푸주의 김사장?" 래생이 물었다.

"응."

"누가 작업했는데요?"

"두호가 베트남 애들 데리고 작업한 거 같아. 요즘은 베트남 애들이 대세야. 워낙 저렴하거든. 어디 베트남뿐이겠어. 중국 애들도 있지, 특수부대 출신의 탈북자들도 있지, 거기에 필리핀 애들까지. 거참, 사람 한 명 죽이는 데 50만원 한다는 놈도 있다더라고. 요즘은 자객값이 다 똥값이야. 그러니 모두들 저렇게 악다구니를 써대는 거지. 김사장 그 양반도 그렇게 설쳐댈 때 얼마 못 간다 싶었지."

래생이 담배 연기를 길게 내뿜었다. 암살자에게 떨어지는 돈이 똥값이 된 것에 털보가 개탄할 필요는 없다. 베트남 애들이 죽이건 필리핀 애들이 죽이건 시체가 많아질수록 털보는 이익이다. 그저 래생의 비위를 맞추느라고 그러는 것뿐이다. 털보가 감자를 조금 베어먹고 소주를 한 모금 마셨다. 그리고 뭔가 생각이 났다는 듯 입을 열었다.

"근데, 희한한 일이 있었어. 김사장 시체를 다 태우고 나니까 거기에 반짝반짝하는 구슬 같은 게 있는 거야. 뭔가 싶어서 보니까 그게 사리더라고. 그것도 콩알만한 게 열세 개나 나왔다니까, 거참."

"무슨 말도 안 되는 소리예요? 김사장 몸에서 사리가 왜 나와." 래생이 어이없다는 투로 말했다.

"진짜야. 보여줘?" 털보가 억울하다는 표정으로 말했다.

"됐어요." 래생이 귀찮다는 듯 손을 저었다.

"정말이라니깐. 나도 안 믿기더라고. 김사장 별명이 뭐야. 가리지 않고 이것저것 다 처먹는다고 오케이 김사장 아냐. 그렇게 먹어대고 그렇게 쑤셔대더니 그렇게 가는 거지. 근데 어떻게 그딴 썩을 몸에서 사리가 나오냐, 사리가…… 참 내…… 그것도 열세 개나…… 내가 보기에 사리는 수행, 금욕, 절제 이런 거랑 아무 상관도 없어요. 그건 그냥 복권 같은 거야."

"그게 진짜 사리 맞아요?" 여전히 믿기지 않는다는 표정으로 래생이 물었다.

"진짜 사리라니까." 털보가 과장된 제스처로 어깨까지 들썩거리며 소리쳤다. "요 위에 월정암 혜초스님한테 보여줬더니 뒷짐지고 한참 동안을 요렇게 보더라고. 그러더니 슬슬 입맛을 다시면서 자기한테 팔라고 그러더라니까."

"혜초스님한테 김사장 사리가 왜 필요한데요?"

"계집질하지, 도박 좋아하지, 만날 술 퍼마시지. 그런데 그 땡초가 또 욕심은 많아요. 자기 다비식 때 사리 안 나오면 사람들이 뭐라 수군댈까 은근히 걱정하거든. 그러니 김사장 사리가 수중에 있어봐. 죽기 전에 딱 삼키고 죽으면 일단 사리 열세 개는 보장된 거 아냐?"

래생이 피식 웃었다. 털보는 다시 감자 하나를 입속에 구겨넣었다. 그리고 소주를 한 모금 마셨다. 털보가 혼자 먹기 미안한지 래생에게 감자를 내밀었다. 털보의 두툼한 손 위에 있는 감자를 보고 있는데 순간 꽃에게도, 늙은 개에게도, 장작 위에 오른 돼지고기에게도, 재 속에 들어간 감자에게도 일일이 말을 걸던 노인 생각이 났다. 귀한 손님이 왔으니 맛있게 잘 익으려무나. 노인의 그 단조롭고 낮은 목소리. 외로워서 그랬을 거라고 래생은 생각했다. 이파리들을 다 떨구고 혈관 같은 가지들만 남아 있는 겨울나무들처럼 삶이 외로워서 그랬을 것이라고 래생은 애써 생각했다. 털보가 여전히 감자를 내밀고 있었다. 문득 배가 고팠다. 래생이 털보의 손에 있는 감자를 받아서 한입 베어물었다. 감자를 오물거리면서 래생은 말없이 소각로 안의 불길을 바라봤다. 불길과 연기에 휩싸여 있어 이제 무엇이 노인인지 무엇이 개인지 구분이 가지 않았다.

"맛있지?" 털보가 물었다.

"맛있어요." 래생이 감자를 오물거리며 말했다.

"그나저나 대학 등록금은 왜 그리 비싼 거야? 우리 큰딸 요번에 대학 들어갔잖아. 시체 다섯 구는 해줘야 등록금 내고 자취방이라도 구하겠더라고. 근데 요즘 같은 시절에 시체 다섯 구가 어디 들어와야 말이지. 경기가 안 좋은 건지 세상이 건전해진 건지. 정말 예전 같지가 않아. 이래서야 나 같은 사람이 어떻게 먹고사나."

털보가 이 건전한 세상에 도저히 화가 나서 못 참겠다는 듯 얼굴을 찡그렸다.

"예쁜 딸들 생각해서 이제부터라도 착하게 살아요. 건전하게 애완동물들 열심히 태우면서."

"애완동물이 돈이 돼야 말이지. 화장할 때 무게 재서 킬로당 돈을 받는데, 요즘 애완동물들이 죄다 쥐새끼만큼 작아가지고. 어휴, 말도 마. 거기에 가스비 빼고, 세금 내고, 전기세 주고, 이것 빼고 저것 빼고 뭐 남아? 기린이나 코끼리를 애완동물로 키우는 세상이 오면 좋겠어. 그럼 이 털보도 부자 될 텐데."

털보가 소주병을 흔들어 바닥에 남아 있는 술을 입속으로 털어넣었다. 그리고 인생이 지겨워 죽겠다는 표정으로 기지개를 켰다.

"팔까?" 털보가 뜬금없이 물었다.

"뭘요?"

"아이 참, 김사장 사리."

"팔든가. 들고 있어봐야 뭐해요." 래생이 귀찮은 듯 말했다.

"그 땡중이 30만원 준다는데 괜히 손해 보는 기분이거든. 아무리 걸레 같은 김사장 몸에서 나왔다지만 그래도 명색이 사린데."

"사리 같은 소리 하고 있네." 래생이 빈정거렸다.

"20만원만 더 얹어서 50만원 달라고 해볼까?"

래생은 털보의 말에 더이상 대꾸하지 않았다. 피곤했고 털보와 시시껄렁한 농담을 나눌 기분도 아니었다. 래생이 말없이 불속을 바라보고 있자 머쓱해진 털보가 빈 소주병을 흔들더니 한 병을 더 가지러 갔다.

굴뚝으로 흰 연기가 연신 솟구쳐올랐다. 이곳에서 시체를 태울 때마다 래생은 그들의 숨가빴던 영혼이 저 굴뚝을 통해 빠져나간다는 터무니없는 생각을 했다. 많은 암살자들이 저 소각로에서 태워졌다. 이곳은 폐기된 암살자들의 무덤이었다. 실수를 저지른 암살자들, 경찰의 추적을 받게 된 암살자들, 그리고 그 누구도 알 수 없는 이유들로 죽음의 명단에 오른 암살자들과 늙은 자객들이 저 소각로에서 태워졌다.

설계자들에게 용병과 암살자들은 일회용 건전지 같은 것이었다. 사실 그들에게 늙은 자객들이 왜 필요하겠는가. 설계자들에게 늙은 자객이란 그저 불필요한 정보와 증거를 잔뜩 품고 있는 곤혹스런 물집 같은 것이었다. 생각해보면 당연한 일이다. 이 세상에 그 누구도 방전된 일회용 건전지를 소중하게 보관하지 않는다.

래생은 이 소각장에서 자신의 오랜 친구인 추를 태웠다. 나이는 추가 여덟 살이나 많았지만 둘은 허물없이 지냈다. 추를 여기서 태우고 난 다음부터 래생은 자신의 인생이 뭔가 변하기 시작했다고 느꼈다. 익숙한 것들이 어느 날 문득 낯설어지기 시작한 것이다. 탁자에 대해서, 꽃병에 대해서, 자동차에 대해서, 자신의 가짜 운전면허증에 대해서 뭔가 어색한 느낌이 드는 것이다. 그 어색함은 아주 공교로운 것이다. 한번은 자신의 가짜 운전면허증 속에 있는 사내를 직접 찾아본 적도 있었다. 세 아이의 자상한 아버지였고 성실하고 유능한 용접공이었다고 주위 사람들이 말하는 운전면허증 속의 사내는 8년 전에 실종된 사람이었다. 아마 어떤 이유로 설계자의 명단에 올랐을 것이다. 이 자상한 용접공의 시체는 산속에 파묻혀 있거나, 드럼통에 갇힌 채 깊은 바닷속에 들어가 있을 것이다. 어쩌면 여기 털보네 소각장에서 태워졌을지도 모른다. 8년이나 지났지만 가족들은 여전히 자상했던 아버지를 기다리고 있었다. 차를 몰고 돌아오면서 래생은 '그러니까 지금까지 내 차는 시체가 운전하고 있었던 셈이군' 하고 자신에게 빈정거렸다. 시체처럼 살아가고 있는 느낌, 좀비가 되어버린 삶. 사실 그것은 꽤나 낯설 만한 일이다.

추가 죽은 것은 2년 전이었다. 추는 래생과 마찬가지로 암살자였다. 하지만 래생과 달리 추는 어디에도 소속되지 않았고 이곳저곳을 떠돌며 일을 했다. 마피아들에게는 '가장 위험한 적은 미친놈(pazzo)이다'라는 격언이 있다. 자기에게 이제 아무것도 잃어버릴 것이 없다고 생각하는 사람, 사람들에게 아무것도 바라지 않고 또한 스스로에게 아무것도 요구하지 않는 사람, 상식으로 이해할 수 없는 동선을 가진 사람, 오로지 자기가 세운 이해할 수도 믿을 수도 없는 고집과 이상한 원칙으로 묵묵히 살아가는 사람은 거대한 힘 앞에서도 좀처럼 두려워하지 않는다. 추가 바로 그런 사람이었다.

마피아의 소중한 격언처럼 미친놈하고는 애당초 싸움을 시작해서는 안 된다. 아무것도 잃을 것이 없다고 생각하는 사람과 싸우는 것은 곤혹스럽다. 반대로 뭔가를 잃지 않으려고 궁지에 몰린 자들은 다루기가 편하다. 이들은 설계자들이 가장 좋아하는 먹잇감이다. 그들이 갈 곳은 뻔하다. 그들은 마지막까지도 자신이 그것을 움켜쥘 수 없다는 것을 인정하려 하지 않기 때문에 결국 죽는다. 하지만 추는 달랐다. 추는 자신이 아무것도 욕망하지 않을 때 광포하고 거대한 힘을 가진 이 세계도 그를 어쩔 수 없다는 것을 증명하려 했다.

추는 껄끄러운 사람이었지만 그가 일을 수행하는 방식은 깔끔하고 군더더기가 없었기 때문에 너구리 영감은 자주 추에게 어려운 일을 맡겼다. 너구리 영감은 추를 도서관 소속으로 만들고 싶어했다. "무리에서 빠지면 사자라도 들개의 표적이 되지" 하고 너구리 영감은 추에게 넌지시 말했다. 그러자 추는 한껏 비웃는 표정으로 너구리 영감을 바라보더니 "난 뭐, 당신처럼 구차하게 오래 살고 싶은 생각이 없으니까" 하고 말했다. 그런 유의 인간이었다.

추는 어디에도 소속되지 않고서도 이 바닥에서 20년 동안 암살자로 살았다. 20년 동안 추는 국가기관이 주는 청부건, 회사가 주는 청부건, 푸주의 삼류 청부업자가 주는 청부건 가리지 않고 이 바닥의 온갖 더러운 일을 다 했다. 20년이라니, 암살자로서는 꽤나 오래 버틴 셈이다.

그런데 4년 전 어느 날, 추의 자동 태엽이 멈춰버렸다. 왜 그런 일이 일어났는지는 아무도 모른다. 심지어 추조차도 자신에게 왜 그런 일이 일어났는지, 왜 그 순간 20년 동안이나 쉴 새 없이 움직여오던 자동 태엽이 문득 멈췄는지 쉽게 이해가 가지 않는다고 래생에게 말했다. 추는 표적이었던 여자를 살려주고 돌아왔다. 여자는 그저 스물한 살의 고급 콜걸일 뿐이었다. 얼마 후 갖가지 청탁, 뇌물수수, 그리고 여중생과의 성추문 등등으로 궁지에 몰려 있던 K의원이 옥상에서 투신자살을 했다는 신문기사가 났다. 여중생과의 섹스를 즐겼던 그 저질스런 인간이 이미 오래전부터 충분히 걸레였던 자신의 명예 따위를 지키겠다고 투신자살을 했을 리는 없다. 아마 그 신문기사를 본 모든 설계자들이 그 순간 추를 떠올렸을 것이다. 추는 거기서 멈추지 않고 콜걸 청부의 설계자까지 찾아서 죽이려고 했다. 하지만 설계자를 찾는 데는 실패했다. 천하의 추라도 그것은 쉽지 않았을 것이다. 그 무렵 추는 이미 쫓기는 몸이었다. 게다가 설계자들은 암살을 설계하는 것보다 자신의 몸을 은밀하고 안전한 곳에 숨기는 것에, 자신이 빠져나갈 비상구를 마련하는 데 더 많은 애를 쓴다.

설계의 세계는 거대한 카르텔이다. 설계자들이 추를 반드시 죽여야 했던 것은 그들의 자존심 때문이 아니었다. 이 바닥에 자존심 같은 건 애초부터 없었다. 추를 반드시 죽여야 했던 것은 미래에 올 고객들을 위해서였다. 다른 사회와 마찬가지로 설계의 세계에도 나름의 엄격한 질서와 규율이 있다. 그 질서와 규율을 바탕으로 시장이 형성되고 고객이 온다. 질서가 무너지면 시장이 무너지고 시장이 무너지면 고객도 없다. 추도 알고 있었을 것이다. 그 여자를 살려주겠다고 마음을 먹는 순간, 추는 이미 자살을 한 것과 다름없었다. 하지만 추는 운이 나쁜 창녀 하나를 구하겠다고 목숨을 걸었다.

두 달도 안 돼서 푸주의 트래커들이 추가 놓아주었던 여자를 찾았다. 여자는 작은 항구도시에 숨어 있었다. 특급 호텔에서 VIP만을 접대하던 이 고급 콜걸은 역전의 냄새나는 여관방을 돌아다니며 선원들에게 몸을 팔고 있었다. 여자가 사창가로 가지 않고 공장 같은 곳에 조용히 숨어 있었다면 트래커들의 추적으로부터 조금은 더 오래 버텼을지도 모른다. 하지만 여자는 결국 냄새나고 더러운 곳으로 돌아갔다. 아마도 돈이 떨어졌을 것이다. 서울에서 아무것도 챙겨 가지 못했으므로 입을 옷도 잘 곳도 마땅치 않았을 것이다. 게다가 겨울이었다. 추위와 허기에 시달리면 인간은 추상적인 공포에 대해 무감각해진다. 그러니 이래 죽으나 저래 죽으나 마찬가지라고 생각을 했을 수도 있다. 그걸 두고 어리석다고 말해야 할지는 잘 모르겠다. 여자도 변두리 항구도시에서 싸구려 창녀 노릇을 하며 술 취한 선원들의 좆을 빠는 게 좋을 리는 없었을 것이다. 하지만 여자에게는 달리 선택의 여지가 없었다. 여자의 손을 보면 그게 무슨 말인지 알 수 있을 것이다. 여자의 손은 너무나 가늘고 고왔다. 그 손은 마치 한 번도, 싱싱 돌아가는 컨베이어 벨트 앞에서 열 시간씩 나사를 돌리거나 겨울 바다에서 미역이나 굴을 따는 삶을 상상조차 해본 적이 없는 것 같았다. 좋은 집안에 태어났다면 피아니스트가 되었을 법한 손이었다. 하지만 여자는 그리 좋은 집안에 태어나지 못했고 열다섯 살부터 창녀 짓으로 돈을 벌었다.

사창가로 돌아가면 오래 버티지 못한다는 걸 여자도 알고 있었을 것이다. 하지만 여자는 알면서도 돌아갔다. 우리는 더럽고 역겹지만 자신이 발 디딘 땅을 결국 떠나지 못한다. 돈도 없고 먹고살 길도 없는 것이 그 원인이기도 하지만 그것이 다는 아니다. 우리가 이 역겨운 땅으로 되돌아오는 것은 그 역겨움이 익숙하기 때문이다. 역겨움을 견디는 것이 저 황량한 세계에 홀로 던져지는 두려움을 견디는 것보다, 두려움의 크기만큼 넓고 깊게 번지는 외로움을 견디는 것보다 더 익숙하기 때문이다.

설계자에게서 서류가 오자 너구리 영감은 래생을 불렀다. 래생이 도서관의 서재로 들어섰을 때 너구리 영감은 책상에 앉아 서류들을 읽고 있었다. 아마도 그 서류에는 여자의 사진, 여자의 주소, 여자의 동선, 여자의 취미, 여자의 몸무게, 여자와 관계된 사람 등등의 여자를 죽이는 데 필요한 모든 정보가 들어 있을 것이다. 그리고 살인 방식과 시체 처리 방식 따위도 들어 있을 것이다.

"38킬로그램밖에 안 나간대. 목을 부러뜨려. 개구리 밟는 것만큼 쉬운 일이지. 이딴 걸 설계라고 돈을 처발라야 한다니."

너구리 영감이 래생의 눈을 보지 않고 말하면서 봉투를 집어던지듯 내밀었다. 개구리 밟는 게 쉬운 일인가? 래생이 고개를 갸웃거렸다. 냉소적인 농담을 날리는 것은 민망함을 숨기고 싶을 때 너구리 영감이 쓰는 화법이다. 이제 스물한 살짜리 여자를, 그것도 38킬로그램밖에 나가지 않는 여자를 죽여야 한다는 게 부끄러운 것인지, 아니면 아무리 도서관이 쇠락했다고 하지만 별로 돈도 되지 않는 이런 값싼 청부까지 해야 한다는 게 자존심 상한다는 건지 알 수 없었다.

래생은 서류를 건성으로 읽었다. 사진 속의 여자는 마치 일본의 아이돌 스타 같았다. 여자의 나이는 스물한 살이었지만 열다섯 살밖에 안 된 것처럼 앳돼 보였다. 래생은 그전까지 한 번도 여자를 죽여본 적이 없었다. 물론 여자와 아이는 죽이지 않는다는 원칙 따위를 가지고 있었던 것은 아니다. 래생이 지금까지 여자를 죽이지 않았던 것은 단지 여자를 죽여야 하는 순서가 래생에게 오지 않았기 때문이다. 래생에게는 아무런 원칙도 없었다. 아무런 원칙을 가지지 않는 것. 그게 래생의 유일한 원칙이었다.

"시체는 어떻게 하죠?" 래생이 물었다.

"당연히 털보네 소각장에서 태워야지. 그럼 광화문에 매달아둘래?" 너구리 영감이 짜증을 내며 말했다.

"M시에서 털보네 소각장까지면 꽤나 먼 거린데. 트렁크에 넣고 오다가 검문이라도 걸리면……" 래생이 우물쭈물 물었다.

"술 안 처먹고 고양이처럼 얌전하게 운전하면 경찰이 총 맞았다고 검문을 하냐? 이 바쁜 세상에."

냉소적인 목소리였다. 냉소는 너구리 영감이 자신의 분노를 숨기고 싶을 때 대신 꺼내는 감정이었다. 래생이 우두커니 서 있자 너구리 영감은 그만 꺼져달라는 뜻으로 손을 내저었다. 그리고 자리에서 일어나 서가에서 초판본 브로크하우스 백과사전 중 한 권을 꺼내더니 독서대에 올려놓았다. 앞에 서 있는 래생 따위는 이제 안중에도 없다는 듯 너구리 영감이 백과사전을 중얼거리며 읽기 시작했다. 독학으로 마스터한 어색한 독일어 발음이 서재를 둥둥 떠다녔다. 문을 열고 나오면서 래생은 '독일 사람들은 저 말을 한마디도 알아듣지 못할 거야' 하고 중얼거렸다.

이제 너구리 영감은 자신의 서가에 사전이 아닌 책은 한 권도 놓아두지 않았다. 래생이 기억하는 최근 10년 동안 너구리 영감은 사전 이외의 책을 읽지 않았다. "사전이란 참 좋은 것이지. 감상적이지도 않고 징징거리지도 않고 교훈적이지도 않고 무엇보다 저자들의 그 역겨운 잘난 척을 안 봐도 되니까." 그것이 너구리 영감이 백과사전 이외에 다른 책을 읽지 않는 이유였다.

*

여자가 숨어 있는 항구도시는 병든 닭처럼 초라했다. 식민지 시절 군수물자 조달을 위해 한때 번성했던 이 항구도시는 지속적으로 쇠락의 길을 걷고 있는 것 같았다. 그리고 이제 쇠락을 막을 아무런 힘도 없어 보였다. 래생은 고속버스에서 내린 다음 곧장 터미널 주차장으로 들어갔다. 그리고 '2847' 번호판을 찾았다. 주차장 끝에 낡은 무쏘 차량이 서 있었다. 래생은 주머니에서 열쇠를 꺼내 차 문을 열고 차에 올라탔다. 시동을 켜자 주유등에 불이 들어왔다.

"아이, 이 새끼 기름도 안 넣어놨네."

래생이 허탈한 웃음을 짓고는 어떻게 생겼는지, 어디에 있는지도 모르는 멍청한 설계자를 향해 짜증을 냈다.

래생은 여관 지하주차장에 차를 세웠다. 설계자가 원한 주차 장소는 비상계단 바로 앞에 있는 세번째 칸이었지만 그곳엔 이미 3천 시

시급 고급 세단이 주차되어 있었다. 래생은 시계를 봤다. 오후 1시 20분. 고급 세단의 주인이 어젯밤에 들어와서 아직 나가지 않은 건지, 아님 거나하게 점심 한 그릇 먹고 바로 불륜에 들어간 건지 알 수가 없었다. 래생은 할 수 없이 주차장 벽 쪽에 차를 세웠다. 래생이 차에서 내려 주차장 천장과 벽을 둘러봤다. 오래되고 낡은 여관의 지하주차장에 CCTV 같은 것은 없었다. 래생은 차 트렁크를 열고 이민가방과 방수포를 꺼냈다.

서류에 나와 있는 것처럼 여관 카운터에는 아무도 나와 있지 않았다. 벽시계는 오후 1시 28분을 가리키고 있었다. 래생은 열쇠함에서 303호 열쇠를 꺼내들고 방으로 올라갔다. 그리고 문 앞에서 가죽장갑을 끼고 303호의 문을 열었다.

낡은 여관이었다. 침대 위에는 한눈에 보기에도 오랫동안 빨지 않았을 것 같은 더러운 이불이 있었고 선반에는 반쯤 남은 두루마리 휴지, 쇠로 된 재떨이, 그리고 팔각 성냥갑이 있었다. 벽지는 원래 무슨 색이었는지 알아볼 수 없을 만큼 바래 있었고, 창문에 붙어 있는 독일식 진공관 라디오 모양을 한 에어컨은 30년도 더 된 고물처럼 보여서 그것을 틀었다간 뭔가 끔찍한 것이 튀어나올 것만 같았다. 매트리스와 침대 사이에는 누군가 버려놓은 콘돔이 끼어 있었는데, 거기에는 남자의 것인지 여자의 것인지 알 수 없는 음모 하나가 말라비틀어진 정액에 엉겨붙어 있었다. 오래전에 죽은 벌레들과 까만 먼지가 잔뜩 끼어 있는 형광등의 침침한 불빛 때문에 방안의 풍경은 전체적으로 30년대 흑백영화의 한 장면을 연상시켰다.

"정말 참담한 방이군."

래생은 트렁크에서 꺼낸 이민가방과 서울에서부터 들고 왔던 샘소나이트 아타셰케이스를 방구석에 놓고 침대 끝에 앉았다. 일억만 마리의 세균들이 마치 천국에 막 도달한 것처럼 환호를 지르고 있을 것 같은 더러운 침대였다. 래생은 담배를 하나 꺼내 물고 팔각 성냥갑에서 성냥을 하나 꺼내 불을 붙였다. '요즘도 이런 게 나오는군.' 래생이 팔각 성냥갑을 보고 고개를 갸웃거렸다.

시계가 2시 정각을 가리키자 래생은 서류에 나와 있는 번호로 전화를 걸었다.

"방에 들어왔습니다. 303호."

전화기 저편의 사내는 아무 말도 하지 않고 3초간 전화기를 들고 있었다. 불쾌한 숨소리만 전화기 건너편에서 들려왔다. 그리고 툭 하고 전화를 끊었다. 래생이 전화기를 멀뚱멀뚱 바라보았다. "그 새끼, 개폼은." 래생은 창문을 열고 역사 뒤편의 좁고 어지러운 골목을 바라보며 다시 담배 한 대를 더 피웠다. 업소들이 우르르 몰려 있는 사창가 골목의 오후 2시는 조용했다.

여자는 그로부터 두 시간이 지나서야 방으로 들어왔다. 방으로 들어서자마자 여자는 무신경한 표정으로 래생을 슬쩍 보더니 "안녕하세요" 하고 말했다. 자신의 얼굴이 충분히 예쁘다는 것을 자신하는 여자들에게서 흔히 보이는 오만하고 무성의한 인사였다. 열다섯 살도 안 되어 보이는 앳된 얼굴, 160센티미터 정도의 아담한 키, 길에서 남자들이 한 번쯤 고개를 돌릴 만한 미모, 얼굴에 드리워진 가냘프고 우울한 그림자가 마치 은행잎이 떨어진 달력 그림을 떠올리게 하는 복잡한 느낌의 얼굴이었다.

"옷 벗으세요." 여자가 말했다.

여자는 곧장 옷을 벗었다. 애당초 여자가 입고 있던 옷은 원피스, 브래지어, 팬티뿐이었으므로 여자가 벌거벗은 몸으로 래생 앞에 서기까지는 불과 5초도 걸리지 않았다. 래생은 그저 침대 한편에 우두커니 앉아서 여자를 바라봤다. 깡마른 여자의 몸에서 유독 큰 가슴이 포르노 만화에 나오는 일본 미소녀처럼 기묘한 느낌을 주었다. 꽤나 오래 콜걸 생활을 했음에도 여자는 아이처럼 뽀송뽀송한 피부를 가지고 있었다.

국회의원 K의 방에서 무슨 일이 있었는지는 정확히 모른다. 하지만 무슨 일이 일어났건 그게 여자와 무슨 상관이겠는가. 여자는 그저 미소녀 판타지를 가진 거물 늙은이들의 후줄근하고 잘 서지도 않는 좆을 열심히 빨았던 죄밖에 없다. 게다가 여자가 많은 돈을 번 것도 아니다. 늙은이들은 꽤 비싼 돈을 내고 여자를 품었겠지만 그 화대의 대부분은 브로커에게 갔을 것이다. 여자는 그저 운이 나빴을 뿐이다. 하지만 나쁜 운도 결국엔 삶의 일부다.

"옷 안 벗으세요?" 여자가 래생을 보고 말했다.

래생은 아무 말 없이 그저 여자를 바라봤다. 래생이 아무 짓도 하지 않고 여자의 벗은 몸을 바라보고만 있자 여자가 래생을 향해 픽 하고 짜증 섞인 조소를 날렸다.

"빨리 하죠? 나 바쁜데."

여자가 래생을 달래듯 말했다. 하지만 그 표정은 여전히 상대방을 깔보는 표정이었다. 래생은 여자에게서 시선을 떼지 않으면서 가죽 코트 안쪽으로 천천히 손을 집어넣었다. 권총과 칼. 무엇을 꺼내야 여자가 놀라서 비명을 지르거나 소란스러운 행동을 하지 않을까. 통계에 따르면 사람들은 총보다 칼에 더 공포를 느낀다고 한다. 이상한 일이다. 공포는 언제나 비이성적이다. 래생은 칼 대신에 총을 꺼내기로 맘을 먹었다. 하지만 그 무엇도 꺼내기 전에 여자가 경직된 표정으로 래생을 바라봤다.

"다시 옷을 입어도 될까요?" 여자가 떨리는 목소리로 물었다.

"무슨 뜻이지?" 래생이 냉정한 목소리로 말했다.

"옷을 벗은 채로 죽고 싶지 않아요."

여자가 래생의 얼굴을 정면으로 바라봤다. 그것은 분노도 아니고 증오도 아니었다. 그것은 짧은 시간 동안 이 세계에 대해 너무 많은 것을 눈치채버린 지친 눈동자였고, 공포에 치여서 이제 아무것도 보지 않으려는 텅 빈 동공 같은 것이었다.

"옷을 벗은 채 죽지는 않을 거야." 래생이 말했다.

하지만 여자는 여전히 벌거벗은 채 래생 앞에서 아무 짓도 하지 않고 서 있었다.

"옷 입으세요."

래생이 하대를 하다가 다시 높임말을 썼다.

그제야 여자가 바닥에 떨어져 있는 옷을 주섬주섬 입기 시작했다. 미키마우스가 그려진 앙증맞은 팬티를 집는 여자의 손이 몹시 떨렸다. 여자가 옷을 다 입자 래생은 침대에서 일어나 여자의 어깨를 잡고 침대에 앉혔다. 그리고 방문을 잠갔다. 여자가 핸드백에서 버지니아 슬림 한 개비를 꺼내 입에 물고 라이터로 불을 붙이려고 했다. 하지만 떨리는 손 때문에 여자는 라이터를 켜는 데 번번이 실패하고 있었다.

래생이 주머니에서 꺼낸 지포 라이터로 불을 붙여주었다. 여자는 래생에게 고개를 살짝 숙여 인사를 하고 담배 연기를 깊숙하게 빨더니 허공을 향해 탄식처럼 후 하고 길게 내뿜었다. 여자는 마치 자신에게 이런 상황이 닥칠 것에 대해 많이 연습한 것처럼 침착하려고 애를 썼지만 여자의 앙상한 어깨는 벌써 후들후들 떨리고 있었다.

"몸에 상처가 나는 건 싫어요. 그렇게 해줄 수 있나요?" 여자가 낮은 목소리로 말했다.

여자는 살려달라고 목숨을 구걸하지 않았다. 그저 몸에 상처 없이 죽게 해달라고 말하고 있었다. 문득 추가 떠올랐다. 저 여자의 무엇이 추의 자동태엽을 멈추게 했을까. 여자의 앙상한 몸이 동정심을 유발해서? 일본의 미소녀 포르노 영화를 떠올리게 하는 여자의 미모 때문에? 여자의 얼굴에 서린 알 수 없는 우수가 괜스레 죄책감을 유발해서? 아니다. 그건 웃기는 일이다. 추는 그런 싸구려 낭만 때문에 일을 그르칠 사람이 아니다.

"몸에 상처가 나는 것이 싫다……"

래생이 여자가 한 말을 천천히 따라 했다. 그 순간 여자의 눈동자가 불안하게 흔들렸다. 죽는 것보다 몸에 상처가 나는 게 더 싫다는 듯 말하고 있는 저 여자의 내심이 믿기지 않았다. 래생이 바닥을 응시하다가 천천히 고개를 들었다.

"몸에 상처가 나지는 않을 거예요." 래생이 되도록 편안한 목소리로 말했다.

순간 여자가 놀란 표정을 지었다. 방 모서리에 놓여 있는 커다란 이민가방의 정체를 여자는 이제야 알아낸 것 같았다. 큰 가방이 불러오는 상상 때문인지 여자는 이제 온몸 전체를 후들후들 떨고 있었다.

"저 가방에 제 시체를 담아갈 건가요?"

말을 더듬지는 않았지만 여자의 목소리는 불안하게 들렸다. 래생이 고개를 끄덕였다.

"어디로 가죠? 제 시체는 쓰레기장이나 산속에 버려지는 건가요?"

'말해줘야 하나?' 래생은 잠시 생각했다. 여자에게 그런 것까지 굳이 말해줄 필요는 없다. 하지만 말하건 말하지 않건 달라지는 것도 없다.

"산에 묻히거나 쓰레기장에 버려지지는 않아요. 화장장에서 태워집니다. 물론 합법적인 방식으로 태우는 것은 아니지만."

"그럼 아무도 제가 죽었다는 사실을 모르겠군요. 장례식 같은 것도 없는 거고요."

여자의 말에 래생이 고개를 끄덕거렸다. 지금까지 버텨오던 여자가 눈물을 터뜨렸다. 죽는 마당에 시체 따위야 어떻게 되건 그게 무슨 대술까. 하지만 여자는 지금 죽음보다 죽음 후에 존재할 자기 모습을 걱정하고 있었다. 스물한 살짜리 여자가 왜 그런 생각을 하고 있는 것일까?

여자가 이를 앙다물고 손바닥으로 눈물을 닦았다. 그리고 너 따위에게 더이상 눈물을 보이지도, 목숨을 구걸하지도 않겠다는 단호한 표정으로 래생을 바라봤다.

"그래서 이제 저를 어떻게 죽일 건가요?"

15년을 암살자로 살아왔지만 이런 질문을 받아본 것은 처음이었으므로 래생은 약간 당혹스러운 표정을 지었다.

"지금 저에게 질문을 한 건가요?" 래생이 물었다.

"네." 여자가 싱겁게 대답했다.

설계자는 여자의 목을 부러뜨리라고 지시했다. 38킬로그램밖에 나가지 않는 여자의 저 가녀린 목을 부러뜨리는 것은 쉬운 일이다. 여자가 요란한 반항만 하지 않는다면 조용히 끝날 것이고 생각보다 고통도 덜할 것이다. 하지만 여자가 거칠게 반항한다면 부러진 목뼈가 살 밖으로 튀어나올 수도 있다. 목이 부러졌는데도 의식을 잃지 않은 채 기도가 막혀 질식할 때까지 고통 속에서 몇 분이나 버둥거려야 하는 경우도 있다.

"어떻게 죽고 싶나요?" 래생이 건조한 목소리로 물었다.

말을 던지고 나서 래생도 어색한 느낌이 들었다. 어떻게 죽고 싶냐니, 지금 레스토랑에서 스테이크 주문을 받는 것인가. 이게 가당키나 한 대화인가. 여자가 고개를 숙이고 잠시 생각을 했다. 하지만 여자가 무슨 생각을 골똘히 하고 있는 것은 아니었다. 여자는 단지 자신이 이미 오래전에 내린 결정을 다시 한번 곱씹고 있는 것 같았다.

"저에게 약이 있어요." 여자가 말했다.

저에게, 약이, 있어요. 선뜻 이해가 되지 않아 래생은 그 말을 속으로 되뇌었다. 여자는 이미 자살을 생각하고 있었다. 그리고 자살의 방식으로 약을 선택했다. 그리 놀랄 일도 아니다. 자살에 관한 통계를 보면 남자가 권총자살이나 투신자살을 선호하는 데 반하여 여자는 독약을 먹거나 목을 매는 것을 선호한다. 여자들은 대부분 몸에 상처가 나는 죽음을 싫어한다. 그러나 상상과는 달리 일반인들이 쉽게 구할 수 있는 농약이나 염산 같은 약물은 아주 고통스럽고 시간도 많이 걸리며 실패할 확률도 높다.

"그 정도는 해줄 수 있잖아요?" 여자가 간절한 눈빛으로 물었다.

래생이 여자의 눈길을 슬쩍 외면했다. 목을 부러뜨리고, 여자를 가방에 집어넣고, 털보네 소각장으로 가야 한다. 설계자들은 자신의 설계를 암살자 따위가 임의로 변경하는 것을 무엇보다 싫어한다. 그것은 설계자의 자존심 때문이 아니다. 설계가 변경되면 여러 지점에서 대기하고 있는 사람들의 시간이 바뀌고 그러면 모든 동선들이 엉킨다. 엉킨 동선 때문에 치명적인 흔적이 남거나 일이 틀어지면 그 흔적을 지우기 위해 또다른 사람을 죽여야 할 때도 있다. 그 말은 또다른 사람이 바로 자기 자신이 될 수도 있다는 뜻이다. 그러니 설계자로부터 떨어진 설계를 변경하는 것은 까다로운 일이 아니라 위험한 일이다.

래생이 고개를 들어 여자를 바라봤다. 여자는 여전히 간절한 눈빛으로 래생을 바라보고 있었다. 살려달라는 것도 아닌데, 그 정도는 해줄 수 있잖아요, 하고 여자의 눈빛이 말하고 있었다. 정말 그 정도는 해줄 수 있지 않은가, 그 정도는 해줘야 하는 게 아닌가, 래생이 양미간을 움찔거렸다.

약을 먹으면 화장을 한 뒤에도 뼛가루에서 독성분이 검출된다. 차량이나 옷가지에서 DNA가 발견되고, 뼛가루에서 독성분을 추출해낸다면 설령 여자가 화장되었다 하더라도 그것은 확실히 살인의 강력한 증거가 될 수 있다. 하지만 영화에서나 나올 법한 그런 상황은 현실에서 좀처럼 일어나지 않는다. 설계자들이 필요 이상으로 까다롭게 구는 것은 완벽함 때문이 아니라 개폼 때문이다. 목을 부러뜨리나, 약을 먹으나 똑같다. 여자는 어차피 태워질 것이고, 뼛가루는 강바닥에 조용히 내려앉을 것이다.

"무슨 약을 가지고 있죠?" 래생이 물었다.

여자가 핸드백에서 약봉지를 꺼냈다. 래생이 손을 내밀었다. 여자가 주저하다 래생에게 약을 줬다. 래생은 비닐 팩을 살짝 흔든 다음 창을 향해 비춰보았다. 비닐 팩에 들어 있는 흰색의 가루는 시안화칼륨처럼 보였다.

"청산가리인가요?" 래생이 물었다.

여자가 래생의 눈을 계속 바라보면서 고개를 끄덕였다.

"이 약에 대해서 뭘 좀 압니까?"

여자가 래생의 말이 이해가 안 된다는 듯 고개를 갸우뚱거렸다.

"먹으면 반드시 죽는다는 걸 알아요. 그 정도만 알면 되는 거 아니에요?"

반쯤은 도발적인 그리고 반쯤은 짜증이 섞인 목소리였다.

"어디서 샀죠?"

"아는 언니가 자살하려고 가지고 있던 것을 훔쳤어요."

래생이 여자를 향해 빙긋 웃었다. 여자에게 그것은 비웃음처럼 보였겠지만 사실은 연민에 가까운 웃음이었다. 래생은 무슨 말을 해야 할지 잘 모를 때 늘 그러했던 것처럼 습관적으로 입술을 움찔거렸다.

"그 언니가 만약 인터넷이나 마약 파는 놈들에게서 샀다면 이 약은 가짜일 확률이 아주 높아요. 그러면 아주 골치 아픈 문제가 발생하죠. 설령 진짜라고 해도 청산가리는 당신이 생각하는 것처럼 그렇게 낭만적인 약이 아닙니다. 그리고 수초 만에 즉사하는 약도 아니고요. 당신이 생각하고 있는 약은 간첩들이 먹고 즉사하는 자살용 캡슐을 말하는 것 같은데, 그것은 시안화수소가 녹은 액체지 이런 고체 덩어리가 아니에요."

래생이 담배꽁초를 버리듯 흰색 가루가 들어 있는 비닐 팩을 방바닥에 툭 던졌다. 여자가 황급히 허리를 숙여 마치 소중한 물건을 줍는 것처럼 바닥에 떨어진 비닐 팩을 집었다. 그리고 도무지 믿을 수 없다는 표정으로 래생을 바라봤다.

"그럼 이걸론 죽을 수 없나요?"

"일반적으로 250밀리그램쯤 먹으면 죽습니다. 하지만 꽤나 고통스럽습니다. 근육이 마비되고, 내장이 녹고, 목과 혀가 타들어가고 그리고 질식에 의해서 죽음에 이를 때까지 수십 분에서 수 시간이나 걸립니다. 사람에 따라 더 걸리는 수도 있고 심지어는 살아나는 사람도 있죠. 게다가 죽고 난 다음의 모습도 그리 볼만한 광경은 아닐 겁니다."

여자가 어깨를 축 늘어뜨렸다. 여자의 표정에는 절망감이 가득했다. 창 쪽으로 고개를 돌린 여자는 더이상 울지도 몸을 떨지도 않았다. 그저 초점 없는 눈동자로 창밖의 하늘을 멍하니 바라보고 있었다. 래생이 시계를 바라봤다. 4시 30분이었다. 어두워지기 전에 여관을 빠져나가야 한다. 해가 떨어지면 이 사창가 골목은 화장을 끝낸 창녀들과 욕정과 술에 취한 사내들로 갑자기 웅성거릴 것이다.

"마침 적당한 약이 저 가방 속에 있습니다."

래생이 검정색 샘소나이트 아타셰케이스를 눈짓으로 가리키며 말했다. 여자가 가방을 향해 슬쩍 눈길을 던졌다.

"편안한 약입니다. 청산가리나 쥐약처럼 고통스럽지도 않고 몸에 흉측한 변화가 생기지도 않아요. 그저 잠을 자는 것과 같죠. 바르비투

르산염이라는 약인데 19세기 중반에 아돌프 폰 베이어가 진정제와 수면유도제를 개발하다가 만들었습니다. 친구 바버라의 이름을 따서 이 약의 이름을 지었죠. 실제로 지금도 진정제로 쓰이고 있고요. 최면 효과도 있고 진정 효과도 있고 환각성도 좀 있습니다. 바르비탈이나 루미날 같은 수면제들의 엄마라고나 할까요. 전 세계적으로 안락사를 시킬 때 흔히 사용하는 약이기도 하고요."

래생의 긴 설명에 여자가 미묘한 표정을 지으면서 고개를 끄덕였다.

"한 가지만 대답해주면 약을 드리겠습니다. 그러면 당신이 원하는 대로 약을 먹고 편안하게 죽을 수 있어요."

여자가 고개를 들어 래생을 바라봤다. 물어볼 게 있으면 물어보라는 표정이었다.

"당신을 죽이러 온 키 큰 남자 기억하시죠?"

여자가 고개를 끄덕였다.

"그 남자가 왜 당신을 살려줬죠?"

여자가 침대에서 몸을 좌우로 조금 흔들었다. 여자가 추를 회상하는 듯 이마에 손을 잠시 댔다. 그날의 상황을 떠올리는지 여자는 때로는 의아하다는 표정을, 때로는 끔찍하다는 표정을 지었다.

"잘 모르겠어요. 그 남자는 그저 저를 30분쯤 우두커니 바라보다가 그냥 갔어요."

"아무 짓도 하지 않고요."

"네. 그냥 가만히 앉아서 저를 바라보기만 했어요."

"무슨 말을 하지 않던가요?"

"당신이 알고 있는 곳엔 단 한 군데도 가지 마. 정말로 운이 좋다면 살 수도 있을 거야, 하고 말했어요."

래생이 고개를 끄덕였다.

"그 남자는 죽었나요?" 여자가 물었다.

"아직은 살아 있습니다. 하지만 아마 곧 죽을 겁니다. 명단에 오르면 살아남기가 쉽지 않죠."

"저 때문에 죽는 건가요?"

"어쩌면. 하지만 꼭 당신 때문이라고 말할 수는 없어요."

래생이 시계를 봤다. 그리고 여자를 향해 이제 시간이 되었다는 눈빛을 보냈다. 여자는 아무런 반응도 하지 않았다. 래생은 방구석의 아타셰케이스를 열고 거기서 약병 하나를 꺼냈다. 그리고 잭 다니엘 한 병도 같이 꺼냈다. 조용히 래생의 동작을 지켜보고 있던 여자가 입을 열었다.

"제 시체를 가져가서 몰래 태워버리면 제가 죽었다는 사실을 아무도 모르겠죠? 우리 엄만 저를 계속 기다릴 테고."

래생이 약병에서 약을 꺼내다가 잠시 멈칫했다. 여자가 울음을 터뜨렸다. 조용한 울음이었다. 여자가 요란스럽게 울지 않아서 다행이라고 래생은 생각했다. 래생은 우두커니 서서 여자가 울음을 멈추기를 기다렸다. 추의 자동태엽이 멈춘 것은 저 조용한 울음 때문이었을까? 여전히 무엇이 추를 멈추게 했는지 이해가 되지 않았다. 5분쯤 지났을 때 래생은 이제 더이상 지체할 시간이 없다는 것을 알리려고 여자의 어깨에 손을 살짝 댔다. 여자가 말 안 해도 안다는 듯 짜증스럽게 래생의 손을 쳐냈다.

"엄마에게 편지 한 장만 써도 되나요?"

래생이 곤혹스러운 표정을 지었다.

"전해주지 않아도 상관없어요."

여자의 눈에 여전히 눈물이 가득했다. 래생은 시계를 보고 여자를 향해 고개를 끄덕였다. 여자가 핸드백에서 펜과 다이어리를 꺼내 글을 쓰기 시작했다.

엄마, 미안해.

하늘에 있는 아빠한테도 미안해.

돈 모아서 공부도 하고 시집도 가려고 했는데 잘 안됐어.

먼저 가서 미안해.

내 걱정은 하지 마. 나 이렇게 가는 거 그리 나쁘지 않아.

정말 거지같은 세상이었거든.

여자의 눈물이 '하늘'이라는 글자에 뚝 떨어져서 잉크가 번졌다. 여자가 종이를 찢어 래생에게 건넸다.

"예쁜 글씨군요." 래생이 종이를 보고 말했다.

왜 이따위 말을 하고 있는지 래생 스스로도 이해가 되지 않았다. 여자가 다이어리를 핸드백에 집어넣었다. 눈물을 닦기 위해 손수건을 꺼낸다고 생각했는데 여자가 꺼낸 것은 뜻밖에도 화장품이었다. 여자가 잠시만 더 시간을 줄 수 있냐는 표정으로 래생을 바라봤다. 래생이 그렇게 하라는 뜻으로 손을 살짝 들어올렸다. 여자가 10분이 넘도록 꼼꼼하게 화장을 하는 동안 래생은 우두커니 서서 여자를 바라봤다.

저것은 어떤 종류의 허영일까? 래생이 고개를 갸웃거렸다. 여자가 화장을 끝내고 화장품들을 핸드백 속에 집어넣었다. 딸각, 하고 핸드백이 닫히는 소리가 유난히 크게 들렸다.

"제가 숨을 거둘 때까지 곁에 있어주겠어요? 약간 무섭거든요." 여자가 웃으며 말했다.

래생이 고개를 끄덕이고 약병을 열어 약을 꺼냈다. 여자가 래생의 손바닥 위에 있는 알약을 3초 정도 바라보다가 손가락으로 집어서 입에 넣었다. 그리고 래생이 글라스에 따라준 잭 다니엘 반잔을 단숨에 마셨다.

래생이 여자를 침대에 눕히려는데 여자가 래생을 손으로 밀치고 혼자 침대에 똑바로 누웠다. 그리고 가슴에 손을 올리고 멍한 눈동자로 천장을 바라보았다. 2분쯤 지나자 여자가 환각을 일으키는 것 같았다.

"붉은 바람이 보여요. 푸른 사자들도 있고요. 그 옆에는 무지개 색깔의 앙증맞은 북극곰도 있어요. 저곳이 천국일까요?"

"네, 그곳은 천국이랍니다. 당신은 지금 천국으로 가고 있어요."

"그렇게 말해줘서 고마워요. 당신은 지옥에 갈 거예요."

"그럼 우린 다시 못 만나겠군요. 당신은 틀림없이 천국에 있을 테고 나는 틀림없이 지옥에 있을 테니까."

여자가 래생을 향해 피식 웃었다. 웃고 있는 여자의 눈에서 눈물이 흘러내렸다.

*

여자가 죽은 후에도 추는 2년이나 더 버텼다.

유능한 자칼답게, 설계자들이 그토록 껄끄러워했던 미친놈답게, 추는 이 세계의 광포하고 집요한 추적을 견뎠다. 현상금에 눈이 먼 트래커들과 암살자들이 추의 뒤를 쫓다가 추에게 당했다는 소문이 꼬리에 꼬리를 물고, 또한 부풀려지고 변형되어서 한동안 푸주를 신나게 떠돌아다녔다. 당연한 일이라고 래생은 생각했다. 애당초 추는 푸주의 삼류 암살자들과 도망간 창녀들이나 쫓던 늙은 트래커들이 상대할 만한 사내가 아니었다. 하지만 푸주를 떠도는 모든 거품 같은 소문들처럼 그게 사실인지 아닌지는 알 수 없었다. 트래커가 죽건, 암살자가 죽건 이 세계의 죽음은 대부분 수면 위로 떠오르지 않았다. 어쨌든 그 비눗방울 같은 소문들이 사실이거나 말거나, 추는 잡히지 않았다.

쫓기기 시작한 지 1년쯤 지났을 때 추는 전략을 바꾼 것 같았다. 추는 방어 대신에 공격을 택했다. 추는 설계자 몇 명을 찾아서 죽였고, 청부업자와 브로커들도 몇 명 죽였다. 한번은 푸주 한가운데로 유유히 걸어들어가서 청부업자의 사무실 하나를 통째 박살낸 일도 있었다. 하지만 추가 죽인 설계자들은 콜걸 사건과 아무 상관도 없는 사람들이었다. 게다가 그들은 전문적인 설계자라기보다 청부업자에게 임시로 고용된 아마추어에 불과했다. 추가 무슨 생각으로 그런 일을 벌이고 있는지는 아무도 알 수 없었다. 하지만 추가 표적으로 삼고 있는 사람들이 설계의 세계를 움직이는 사람들이라면 추는 그 근처로 전혀 접근하지 못하고 있었다.

추가 푸주의 사무실 하나를 쑥대밭으로 만들고 그에게는 전혀 필요 없을 것 같은 장부 하나를 훔쳐갔을 때 너구리 영감의 도서관으로 업자들이 찾아왔다. 업자들 중엔 겉으로는 보안회사 사장이지만 사실은 기업형 청부회사를 운영해서 기관과 기업의 돈은 물론이고 암시장의 돈까지 닥치는 대로 끌어모으고 있는 한자도 끼어 있었다. 푸주의 청부업자들을 동네 양아치쯤으로 생각하는 한자가 이 회의에 참석했다는 것은 추가 설계자들의 비위를 얼마나 거슬리게 했는지를 단적으로 보여주는 예일 것이다. 똥이라도 한 움큼 입속에 집어넣은 표정으로 한자는 소파에 우두커니 앉아 있었다.

너구리 영감이 자리에 앉자 푸주의 업자들이 한마디씩 떠들기 시작했다.

—아, 나 참 환장하겠네. 도대체 추, 그 새끼가 원하는 게 뭐야? 원하는 게 뭔지 알아야 달래든가, 미끼를 걸든가, 뭐라도 해볼 거 아냐. 이거야 원.

—내 말이 그 말이야. 이놈은 왜 말을 안 하는 거야? 벙어리야? 돈이 필요하면 돈이 필요하다, 섭섭한 일이 있으면 이래저래 섭섭하다, 화난 일이 있으면 이래저래 화가 났다, 뭔 말이 있어야지. 그냥 들어와서 푹 쑤시고 아무 말도 안 하고 가버리니.

—난 추, 그 새끼 때문에 손해가 이만저만이 아니야. 우리 애들 벌써 셋이나 죽었어, 어디 그뿐인가? 그 애들 시체 처리한다고 또 내 돈 들었지. 이런 시발, 털보만 신나라하겠군. 그나저나 이 새끼는 왜 나한테만 지랄이래? 여기 나보다 더한 놈들도 쌔고 쌨는데.

—자네 집엔 거울도 없나? 여기 너보다 더한 놈이 어디 있어?

—혹시 자네 추한테 어음 끊어준 거 아냐? 현찰을 줘야지, 현찰을! 추가 어음을 얼마나 싫어하는데.

너구리 영감은 중앙에 앉아 이 상황이 무척 재미있다는 표정을 짓고 있었다. 대체 뭐가 재미있어서 저런 표정을 짓는 것일까. 추가 도서관으로 걸어와 너구리 영감의 배에 칼을 꽂을지도 모르는 판국에.

"조선시대 선비들 사이에서는 이런 말이 유행했다고 하지. '흥선과 개구리가 튀는 방향은 아무도 모른다.' 마치 우리 꼴을 두고 한 말 같군." 너구리 영감이 여전히 웃는 표정으로 말했다.

"근데 영감님 생각에는 추 이놈이 대체 무슨 생각을 하고 있는 거 같습니까?"

조선족 불법 이민자들을 데리고 저가 청부업을 하는 정육점 최가 너구리 영감에게 물었다.

"난들 미친놈 속을 어찌 알겠나. 내 목을 노리는지 어쩌면 자네 목을 노리는지."

"현상금을 한 장으로 올리지요. 결정적인 정보 제공자에게도 현상금을 주고요. 그 정도면 많이들 움직일 겁니다. 형사들도 움직일 거고. 그럼 잡히겠죠."

구석에서 조용히 앉아 있던 한자가 처음으로 입을 열었다.

"돈은? 돈은 우리가 뿜빠이하나?" 정육점 최가 물었다.

"에이, 사업장 규모가 다른데, 뿜빠이는. 이번에 나는 사업장도 작살나서 손해가 이만저만이 아닌데."

추에게 사무실을 털렸던 미나리 박이 한자를 힐끔 보면서 투덜댔다.

"돈은 제가 내겠습니다."

자랑을 하려는 것도 폼을 잡으려는 것도 아니었다. 한자는 그저 이 지겹고 한심한 회의를 빨리 끝내고 싶은 심정 같았다. 한자의 건방에 업자들은 떨떠름한 표정을 지었지만 내심 모두들 안심하는 눈치였다.

"곳간에서 인심 나는 법이라더니 역시 한자야." 너구리 영감이 비아냥거리는 표정으로 한자를 바라봤다.

"우린 뭐, 영감님처럼 사람 가리고 일 가리고 그렇게 안 하니까요. 그저 시키면 시키는 대로 성실하게, 묵묵히, 열심히 일하지요." 한자가 너구리 영감을 향해 빙긋 웃으며 말했다.

아이러니하게도 독재 시절과 군부 시절이 끝나면서 암살 사업은 폭발적으로 성장했다. 군부 시절의 암살 사업은 소수의 설계자들, 기관과 군대에서 전문적으로 훈련받은 암살자들, 그리고 경험 많고 신뢰할 만한 청부업자가 은밀하게 움직이는 비밀공작 같은 것이었다. 사실 그것은 사업이라고 부를 만한 거창한 것이 아니었다. 설계의 세계에 대해 알고 있거나 관련되어 있는 사람들은 소수였고 많은 일거리가 있는 것도 아니었다. 군인들은 대체로 설계자에게 별 관심이 없었다. 눈엣가시 같은 사람들을 온 가족이 보는 가운데 지프차에 실어간 뒤, 남산 지하실에 가둬놓고 반병신이 될 때까지 두들겨서 돌려보내도 아무도 찍소리 못했던 무탈하고도 무지한 시절이었다. 그들에게 고급 설계자들이 필요할 리 없는 것이다.

암살 사업의 팽창을 가속화시킨 것은 자신의 정부를 도덕적으로 포장하고 싶은 새로운 권력의 등장 때문이었다. 아마 그들은 "여러분,

안심하세요. 우리는 군인이 아닙니다"라는 표어를 이마에 붙임으로써 국민들을 속일 수 있다고 생각한 모양이었다. 하지만 그 무늬가 어떤 것이든 권력의 속성이란 본질적으로 동일했다. 덩샤오핑 식으로 말하자면 검은 고양이든 흰 고양이든 결국 하는 짓은 똑같았다. 도덕적 포장을 하고 싶은 이 권력이 맞닥뜨린 한 가지 문제는 예전 시대처럼 입바른 소리를 해대는 얄미운 놈들을 두들겨 패기 위해 남산 지하실을 이용할 수 없다는 것이었다. 그래서 그들은 국민과 언론의 시선으로부터, 기관의 복잡한 명령 체계와 집행 흔적으로부터, 그리고 훗날 자신들에게 닥칠 책임으로부터 도망가기 위해 청부업자와 거래를 시작했다. 이른바 암살의 아웃소싱 시대가 시작된 것이다. 그것은 기관이 직접 하는 것보다 더 저렴하고 더 간단하며, 무엇보다 뒤탈이 없었다. 행여 무슨 일이 외부로 터져나간다고 하더라도 아무 문제가 없었다. 청부업자들이 감옥에 끌려가는 동안 그저 언론이 들이대는 카메라 앞에서 당황스럽고 놀란 표정을 지으며 "어떻게 이런 일이…… 참으로 유감스럽고 끔찍한 일입니다" 하고 능청을 떨기만 하면 되는 것이다.

국가가 설계자들을 아웃소싱하는 방식을 기업이 따라 하기 시작하면서 암살 사업은 폭발적으로 성장했다. 기업은 국가보다 훨씬 일거리가 많았다. 청부업자들의 주고객이 기관에서 기업으로 변해갔다. 일거리가 늘어나자 군소 업체들이 난립하기 시작했고 퇴물 자객들과 깡패들과 퇴역한 군인들과 박봉에 시달렸던 전직 강력계 형사들이 푸주로 몰려들었다. 한자는 악어처럼 잠복한 채 조용하고도 면밀히 이 변화들을 관찰하면서 기회를 기다렸다. 지난 15년 동안 너구리 영감이 시대의 흐름을 전혀 간파하지 못한 채 서서히 쇠락해가는 동안 스탠퍼드 대학의 경영학 석사학위를 가지고 있는 이 말끔한 신사는 합법적인 보안회사 안에서 몰래 용병과 설계자들을 키웠다.

시장의 원리는 시장이 처음 생겼을 때나 지금이나 똑같다. 더 좋은 서비스를 더 싸게 공급하는 놈이 이기는 것이다. 한자는 그것을 알았다. 너구리 영감이 도서관에 처박혀 백과사전이나 읽으며 독재의 그늘 속에서 받아먹었던 달콤한 사탕을 회상하고 있는 동안, 푸주의 삼류 업자들이 푼돈에 눈이 멀어 지저분하게 일 처리를 하고 결국 감옥에 처박히는 동안, 한자는 정재계의 인사들과 교류를 넓히고 각 분야의 전문가들을 영입하고 고급 설계자들을 자기 밑에 거느렸다. 지저분하고 복잡한 난전 같았던 설계의 세계를 한자는 깔끔하고 편리한 대형 마트의 세계로 탈바꿈시켰다. 마치 예쁜 여자 도우미가 손을 흔들며 "어서 오세요, 고객님. 어떻게 죽여드릴까요?" 하고 친절하게 상담해줄 것 같은 세계라고나 할까. 어쨌든, 푸주의 업자들이 뭐라 떠들어대건, 이제 한자의 시대였다.

현상금을 올리는 것 외에 별다른 대책도 없는 길고 지루한 회의가 계속되고 있었다. 그것은 회의라기보다 추에 대한 수다나 성토대회에 가까웠다. 래생은 자리에서 일어나 서재 밖으로 나왔다. 담배에 불을 붙이고 깊숙이 한 모금을 빨았을 때 한자가 문을 열고 나왔다.

래생이 한자에게 담배를 권했다.

"끊었어. 나는 이제 냄새나는 것들이 싫거든."

한자의 말이 재미있다는 듯 래생이 고개를 갸웃거렸다. 한자는 양복 주머니에서 금박 명함 케이스를 꺼내더니 래생에게 명함 한 장을 건넸다.

"연락해. 언제 한번 밥이나 먹어. 우리는 형제나 다름없잖아."

래생은 한참 동안 희고 기다란 한자의 손을 바라보다가 명함을 받았다. 명함을 건넨 한자는 다시 회의장으로 들어가지 않고 곧바로 도서관 밖으로 걸어나갔다. 래생은 피 한 방울 섞이지 않은 자기를 한자가 왜 형제라고 하는지 언뜻 이해가 되지 않았다. 한자와 래생 사이에 끈이 있다면 둘 다 너구리 영감의 도서관에서 자랐다는 것뿐이었다. 하지만 래생과 한자가 같이 지냈던 시절은 없었다. 래생이 이 도서관에 처음 왔을 때 한자는 미국에서 대학을 다니고 있었다.

현상금이 올랐지만 추는 여전히 잡히지 않았다. 이따금 근거 없는 소문들이 허공에 떠 있는 낙엽처럼 팔랑거리다 이내 사라지곤 했다. 너구리 영감은 추를 쫓는 어떤 일에도 관여하지 않았다. 그저 서재에 박혀서 하루종일 백과사전을 읽었다. 너구리 영감이 아무 짓도 하지 않았으므로 래생도 아무 짓도 하지 않았다. 다행한 일이라고 래생은 생각했다. 추 같은 사내와 대결을 한다는 건 상상만 해도 끔찍한 일이었다. 그 무렵 래생은 골목에서 추와 마주치는 꿈을 자주 꿨다. 꿈속에서 래생은 떨고 있었다. 도저히 빠져나갈 수 없을 것 같은 좁고 막다른 골목이 있고, 그 끝에 추라는 무시무시한 암살자가 버티고 있었다. 꿈속이건 현실이건 래생은 추를 이길 수 없다는 사실을 정확히 알고 있었다. 래생 같은 사람이 추를 죽이려면 얼간이 왕자 파리스처럼 뒤에서 몰래 표창을 던지는 수밖에 없었다.

그해 여름은 내내 비가 내렸다. 장마전선이 한반도의 허리춤에 자리를 잡고 술판이라도 벌이는 모양이라고 사람들은 떠들었다. 일이 없는 시절에 늘 그러했듯 래생은 아침부터 캔맥주를 마셨고, 음악을 들었고, 창밖을 멍하니 바라보거나, 두 마리의 샴고양이 독서대와 스탠드와 함께 놀았다. 고양이들이 서로의 몸을 베개 삼아 잠이 들면 침대 위에서 책을 읽었다. 로마제국의 흥망성쇠에 관한 책들, 초원을 떠돌며 끊임없이 이동하던 시절에 그토록 강했지만 성으로 들어가자마자 갑자기 하찮아져버린 칭기즈칸의 후예들에 관한 책들, 그 외에는 커피, 매독, 타자기의 역사에 관한 책들이었다. 무겁고 습기 찬 공기 때문에 눅눅해진 책장을 넘기다 지루해지면 책을 침대 한쪽에 집어던지고 캔맥주를 마시고 잠이 들었다. 그런 여름이었다.

9월의 마지막 날, 추가 래생의 방문을 두들겼다. 장맛비가 내리고 있었다.

래생이 문을 열었을 때 추는 비를 잔뜩 맞은 채 문밖에 서 있었다. 190센티미터나 되는 큰 키 때문에 모자챙에서 뚝뚝 떨어지는 물방울이 공기중에 한참 동안이나 떠 있는 것 같았다. 추는 침낭이 매달려 있는 80리터 배낭을 메고 있었고, 한 손에는 술병이 가득 든 비닐봉지를 들고 있었다.

"죽기 전에 자네랑 술 한잔 하려고." 추가 말했다.

"들어와."

물을 뚝뚝 흘리며 추가 방에 들어서자 독서대와 스탠드가 놀라서 캣 타워 꼭대기로 후다닥 올라가 몸을 웅크렸다. 추는 살이 많이 빠져 있었다. 원래부터 살집이 있는 편은 아니었다. 추는 굵은 뼈와 비쩍 마른 몸집에 훌쩍한 스타일이었다.

래생이 추에게 마른 수건 두 장을 건넸다. 추가 모자를 벗고 배낭을 바닥에 내려놓았다. 그리고 래생이 준 수건으로 얼굴과 머리를 닦고 먼지를 털어내듯 가죽잠바에 묻은 물기를 닦아냈다.

"우산 살 돈도 없나?" 래생이 물었다.

"지하철에다 깜빡 두고 내렸어. 또 사려니 아깝잖아." 추가 말했다.

"곧 죽을 사람이 우산 살 돈을 아끼나?"

"그러게, 곧 죽을 몸인데도 우산 살 돈은 아깝네."

추가 가볍게 웃으면서 말했다.

"갈아입을 옷 줘?"

"괜찮아. 좀 있으면 마르겠지. 게다가 맞는 옷도 없잖아? 자넨 다리도 짧고 팔도 짧으니까."

"난 평균키야. 자네가 유독 긴 거지."

래생이 추 앞에 전기스토브를 갖다주고 커피를 내렸다. 추가 전기스토브의 스위치를 켜고 불빛에 손바닥을 비볐다. 호기심 많은 고양이들이 캣 타워 밖으로 나와서 추를 힐끔힐끔 살폈다. 추가 고양이를 향해 손가락을 흔들었다. 고양이들은 추의 움직이는 손가락에 관심이 있었지만 추의 곁으로 가까이 가지는 않았다.

"나한텐 안 오는군." 추가 실망한 표정으로 말했다.

"내가 나쁜 사람에게는 가지 말라고 가르쳤거든."

래생이 추에게 커피를 건넸다. 추가 커피를 받아 한 번에 마셨다. 그리고 젖은 수건을 바닥에 내려놓고 살짝 몸을 떨었다. 래생이 추의 잔에 커피를 다시 따라주었다.

"내 현상금이 얼마지?" 추가 물었다.

"한 장."

"벤츠 한 대는 살 수 있겠군. 내가 자네에게 벤츠 한 대 선물하지."

래생이 피식 웃었다.

"영광이군. 자넬 죽이면 현찰에 명예까지 덤으로 얻을 수 있겠네. 최고의 암살자를 죽였으니."

"명예가 무슨 소용인가. 현찰이 중요하지."

"그냥 혼자 조용히 죽는 것도 괜찮을 것 같은데."

비닐봉지에서 술병을 꺼내던 추의 동작이 아주 잠시 멈칫했다.

"뭐하러 그러나. 눈먼 돈인데. 자네가 가져. 그동안 자네에게 잘해준 것도 없으니."

"그건 그래. 자네가 뭘 해준 건 정말 없지." 래생이 웃으며 말했다.

"그래도 밥은 내가 더 많이 사지 않았나?" 추가 약간 섭섭하다는 표정으로 말했다.

"그런가? 그런데 난 왜 자네에게 밥을 얻어먹은 기억이 별로 없지?"

"억울하군."

래생이 부엌에서 얼음과 온더록스 잔과 육포를 가져왔다. 그러자 추가 비닐봉지에서 술병들을 꺼내 탁자 위에 올려놓았다. 여섯 개들이 하이네켄 두 팩, 잭 다니엘 두 병, 750밀리리터 조니 워커 블루 한 병, 소주 다섯 병이었다.

"꽤나 이상한 조합이군. 이걸 다 마실 생각인가?" 래생이 물었다.

"그동안 술을 한 잔도 못 마셨거든."

추가 탁자 위에 올려놓은 캔과 술병들을 가지런히 정리했다.

"내가 자네라면 만날 술만 마셨을 것 같은데. 숨어 지내면 별로 할 일도 없잖아."

추는 대답하지 않고 그저 웃음을 지었다. 추가 온더록스 잔에 잭 다니엘을 가득 따르고 단숨에 마셨다. 술이 벌컥벌컥 목구멍으로 넘어갈 때마다 유난히 툭 튀어나온 그의 목울대가 심하게 꿈틀거렸다.

"좋군. 정말 좋아."

추가 입맛을 다셨다. 마치 오래전에 헤어졌던 사람을 만나 반가운 듯 감격적인 표정이었다. 추가 이번엔 온더록스 잔에 얼음을 두 개 넣고 잭 다니엘을 반쯤 따랐다. 그리고 잔을 들어 한동안 술 위에 떠 있는 얼음을 바라보다가 이유도 없이 빙긋 웃었다.

"무서워서 안 마셨어."

그 순간 추의 진한 눈썹이 살짝 떨렸다.

"자네 같은 사람도 무서움을 타는 줄 몰랐군." 래생이 하이네켄 하나를 따면서 말했다.

"지켜줄 친구 하나 없는 곳에서 술에 취하는 건 꽤나 위험한 일이지." 추가 중얼거리듯 말했다.

추는 온더록스 잔에 든 잭 다니엘을 단숨에 마시고 얼음까지 씹어 먹었다. 입속에서 우두둑 소리를 내며 깨지는 얼음이 묘한 느낌을 불러일으켰다. 불쑥, 추가 자신의 잔을 래생에게 내밀었다. 래생이 얼떨결에 하이네켄을 내려놓고 잔을 받았다. 추가 술병을 들어 잭 다니엘을 3분의 2쯤 따르고 손으로 얼음 두 개를 집어 잔 속에 넣었다. 추가 툭 던져넣은 얼음 때문에 잔 속의 술이 심하게 출렁거렸다.

"마셔, 잭 다니엘이야말로 진짜 사내들의 술이지."

추가 래생을 바라봤다. 왠지 추의 명령조 말투가 거슬렸다. 진짜 사내도, 진짜 사내를 위한 술이 있다는 것에도 어쩐지 동의해주고 싶지 않은 심정이었다.

"진짜 사내를 위한 술이라는 말은 자네 같은 가짜 사내들에게 술을 팔기 위해 양조업자가 만들어낸 말이야."

래생의 농담에 추는 웃지 않았다. 추는 여전히 자신이 권한 잔을 단숨에 비워주길 바란다는 표정으로 래생을 바라보고 있었다. 꽤나 심각하고 부담스러운 표정이었다. 래생이 온더록스 잔을 바라봤다. 한 번에 마시기에는 과한 양이었다. 래생은 술 위에 둥둥 떠 있는 얼음 두 개를 손가락으로 꺼내 쟁반에 버렸다. 그리고 술잔을 단숨에 비웠다.

래생이 술잔을 비우자 추는 만족한 표정을 짓더니 자리에서 일어났다. 그리고 방안을 휘익 둘러보고 캣 타워로 가서 고양이들을 바라봤다. 겁 많은 스탠드는 구석에 숨어서 꼼짝도 하지 않았지만 호기심 많은 독서대가 머뭇머뭇 추에게 다가왔다. 추가 손을 내밀자 독서대가 코끝을 킁킁거리며 추의 냄새를 맡았다. 추가 독서대의 머리를 쓰다듬었다. 독서대가 기분이 좋은지 머리를 바짝 낮추면서 가르릉가르릉 소리를 냈다.

한참이나 고양이와 놀던 추가 탁자로 돌아와 술잔을 들더니 침대 끝에 가서 앉았다. 그리고 침대 위에 널브러져 있는 책들을 무성의하게 이것저것 뒤적거렸다.

"그거 아나? 나는 처음에 자네가 아주 맘에 들지 않았어. 너구리 영감의 도서관에 가면 자넨 늘 책을 읽고 있었는데 그게 왠지 얄미워 보였거든. 사실은 부러웠던 거지. 우리 같은 놈들이랑은 어쩐지 달라 보였으니까."

"평소에는 안 읽는데 자네 올 때만 읽는 척한 거야. 뭔가 자네 같은 놈이랑은 달라 보이려고."

"자넨 확실히 우리와 달라 보였어. 뭐랄까. 좀 어벙해 보였다고나 할까?"

"그렇게 열심히 도서관을 드나들었으면 자네도 책 좀 읽지 그랬나."

"우린 또 책 쪽으로는 영 궁합이 맞지 않아서. 그래도 이런 건 나 같은 놈도 읽을 수 있겠는걸."

추가 침대 위에서 집어든 책은 『매독의 역사』였다.

"그거 자네가 생각하는 그런 책 아니야."

추가 『매독의 역사』를 몇 페이지 뒤적거리다가 웃으면서 고개를 끄덕였다. "그렇군, 역시 내가 읽을 만한 책이 아냐. 도대체 그림 한 장 없잖아." 추가 『매독의 역사』를 집어던지고 다시 그 옆에 있는 책을 들었다. 『푸른 늑대』라는 책이었다.

"웬 늑대? 이제 이 짓 때려치우고 늑대 농장이나 하려고?"

추의 말에 래생이 피식 웃었다.

"칭기즈칸 밑에 있던 여덟 명의 전사들에 대한 이야기지. 그 책 속엔 자네 같은 짐승이 수두룩해. 그 푸른 늑대들이 10년 만에 전 세계에서 가장 넓은 땅을 정복하지."

"푸른 늑대들은 나중에 어떻게 되었는데?"

"성에 들어가서 개가 되었지."

추가 매우 흥미 있다는 듯 『푸른 늑대』를 몇 페이지 뒤적거렸다. 추는 자신이 읽고 있는 문장을 이해하려고 애쓰는 것 같았다. 하지만 이내 흥미를 잃고 책을 집어던졌다. 『매독의 역사』 위에 『푸른 늑대』가 툭 하고 떨어졌다.

“그나저나 사람들 말이 자네가 여자를 죽였다고 하던데?” 추가 무심한 표정으로 물었다.

순간 래생의 귓불이 붉게 달아올랐다. 래생은 추의 질문에 대답하지 않았다. 대신 술병을 들어 잭 다니엘을 잔에 3분의 1쯤 따랐다. 추가 침대 끝에 앉아 래생의 동작과 표정을 유심히 바라보고 있었다. 래생이 한동안 술잔을 바라보다가 잔을 비웠다. 첫잔 때와 달리 술이 달았다.

“그 얘긴 어디서 들었지?” 래생이 물었다. 차분한 목소리였다.

“그냥 이곳저곳에서.” 추가 건성으로 대답했다.

“쫓겨다니는 자네가 알 정도면 이 바닥에 있는 놈들은 다 안다는 소리군.”

“이 바닥엔 원래 뜬소문이 많잖아.”

추가 어디서 들었건 그게 무슨 대수냐는 듯 고개를 갸웃거렸다.

“털보에게 들었나?” 래생이 추를 바라보며 물었다.

“털보는 생긴 것과 달리 입이 꽤나 무거운 놈이야.”

추가 애써 털보를 두둔했다. 추가 애써 두둔하는 걸로 보아 털보일 거라고 래생은 생각했다. 털보 말고 달리 말이 새어나갈 곳도 없었다. 털보가 래생을 위해서 위험을 무릅쓸 필요는 없었다. 이 바닥에서는 아무도 추 앞에서 뻗대거나 서투른 도박을 하지 않았다. 게다가 털보에게는 엄마도 없이 힘들게 자란 두 딸이 있다. 이해할 수 있는 일이다. 상대가 형사였다면 털보도 끝까지 입을 다물었을 것이다. 하지만 이해와 무관하게 털보에게 왠지 섭섭한 마음이 들었다. 말이 새어나가고, 그 말이 한 다리를 건너면 설계자들의 표적이 될 수도 있었다.

"설마 여자를 살릴 수 있다고 생각했나?" 래생이 도발적인 표정으로 물었다.

"아니, 전혀…… 나 따위가 누굴 살리고 말고 할 것도 없지. 제 목숨 하나 구하기도 급급한 놈이니까." 추가 자조적으로 말했다.

"그럼 내가 이상한 게 아니라 자네가 이상한 거군."

"내가 이상한 거지. 자네는 당연한 일을 한 거고."

자네는 당연한 일을 한 거고…… 그 말이 래생에게 안도감과 모욕감을 동시에 불러일으켰다. 추가 침대에서 내려와 탁자 앞에 앉더니 술을 따랐다. 잭 다니엘 한 병이 벌써 바닥을 드러냈다. 추가 술잔을 비우고 새 병을 따서 잔에 가득 채웠다. 그리고 다시 잔을 비웠다.

"꼭 묻고 싶었는데, 그 여자를 다시 찾아간 적이 있나?" 래생이 물었다.

"없어."

"그럼 여자는 왜 살려줬지? 여자를 살려주고 돌아오면 '살다보면 그런 날도 있는 거지' 하고 설계자들이 어깨라도 두들겨줄 줄 알았나?"

"솔직히 나도 잘 모르겠어."

추가 잔에 술을 가득 따르더니 한 번에 마셨다. 2년 동안 술을 단 한 잔도 마시지 않았다는 추는 20분도 안 되는 시간 동안 혼자서 잭 다니엘 한 병을 비우고 있었다. 추의 얼굴에 취기가 오르는 것 같았다. 설마, 여기가 안전하다고 믿고 있는 걸까?

"자네에게 일을 지시했던 설계자들을 만나본 적이 있나?" 추가 물었다.

"15년 동안 한 번도 없었지."

"한 번도 궁금하지 않던가? 누가 자네에게 동작을 지시하는지, 누가 신호등을 켜고, 브레이크를 밟을 때와 액셀을 밟을 때를, 좌회전을 할 때와 우회전을 할 때를, 닥치고 있어야 할 때와 말해야 할 때를 일일이 정하는지."

"갑자기 그게 왜 궁금해졌지?"

"뼈밖에 없는 그 앙상한 여자를 보고 있는데 문득 설계자라는 놈들이 궁금하더군. 정말이지 집게손가락 하나로도 죽일 수 있는 여자였어. 너무나 겁에 질려서 얼어붙은 것처럼 그 자리에서 꼼짝도 하지 못했지. 후들후들 떨고 있는 그 여자를 보고 있는데 어떤 놈들이 책상 위에 앉아 펜대를 굴리면서 이딴 설계를 하는지 확인하고 싶어졌어."

"자네에게 그런 낭만적인 호기심이 있는 줄은 미처 몰랐군." 래생이 빈정거렸다.

"그건 낭만이나 호기심 따위와는 상관없어. 그건 내가 그동안 얼마나 쪼다 얼간이였는지를 그제야 알았다는 뜻이야." 추가 신경질적으로 말했다.

"설계자들도 우리 같은 하수인들일 뿐이야. 의뢰가 들어오면 설계를 하지. 그 위에는 설계자를 설계하는 놈이 있겠지. 그 위에는 그놈을 설계하는 또다른 설계자가 있을 거고. 그렇게 끝까지 올라가면 결국 뭐가 남을까? 아무것도 없어. 맨 위에 있는 것은 그냥 텅 빈 의자

뿐이야." 래생이 말했다.

"그 의자에도 분명 누군가가 앉아 있겠지."

"아무도 없어. 다르게 말하면 그건 그저 의자일 뿐이야. 누구나 앉을 수 있는 의자. 그리고 아무나 앉을 수 있는 그 의자가 모든 걸 결정하지."

"무슨 말인지 잘 모르겠군."

"일종의 시스템 같은 거지. 자넨 칼을 들고 올라가서 맨 꼭대기에 있는 놈을 찌르면 모든 게 해결된다고 생각하겠지. 하지만 그곳엔 아무것도 없어. 그곳에 있는 것은 텅 빈 의자뿐이니까."

"이 바닥에서 20년을 살았어. 수도 없이 많은 선배들을 죽였지. 친구를 죽인 적도 있고, 후배를 죽인 적도 있어. 딸 돌잔치에 내가 아기옷을 선물한 후배였지. 그런데 자네 말에 따르면 나는 의자 따위가 시키는 대로 지금껏 살아온 것이군. 자넨 의자가 시키는 대로 뼈밖에 안 남은 그 여자의 목을 부러뜨린 것이고."

추가 잭 다니엘이 가득 들어 있는 잔을 들어 격하게 마셨다. 래생도 숨을 고르고 자기 잔에 잭 다니엘을 따랐다. 하지만 래생은 잔에 따라 놓은 잭 다니엘을 마시지 않고 하이네켄을 한 모금 마셨다. 여자의 목을 부러뜨리진 않았다는 구차한 변명이 입속에 올라왔다가 맥주를 따라 미끄러지듯 다시 목구멍으로 내려갔다.

"변기가 더럽다고 바지에 똥을 쌀 순 없어." 래생이 차분한 목소리로 말했다.

추가 래생의 얼굴을 비웃듯 바라봤다.

"자네는 말투가 점점 너구리 영감을 닮아가는군. 하지만 그건 좋지 않아. 말만 번지르르한 것들은 언젠가 뒤통수를 치거든."

"자네가 하고 있는 짓은 어린애의 투정 같은 거야. 그게 멋있다고 생각하나? 하지만 자네가 뭔 짓을 하건 이 세계는 아무것도 달라지지 않지. 자네가 여자를 위해서 결국 아무것도 할 수 없었던 것처럼." 래생이 빈정거리며 말했다.

추가 래생을 향해 피식 웃었다. 그 웃음은 확실히 비웃음처럼 보였다. 추가 가죽잠바의 지퍼를 조금 내렸다. 추의 겨드랑이 사이로 권총집을 칼집으로 개조한 가죽 홀스터가 보였다. 추가 홀스터에서 칼을 빼내 탁자 위에 천천히 올려놓았다. 거칠지도 위협적이지도 않은 조용한 동작이었다.

"이 칼로 자네를 아주 아프게 죽일 수 있지. 오래도록 고통에 떨게 하면서, 피가 솟구치고 칼날이 뼈에 부딪혀 사각거리는 소리가 나고, 몸에서 흘러나온 내장이 바닥으로 축 늘어질 때까지 계속할 수 있지. 그때도 텅 빈 의자니 시스템이니 하는 소리를 지껄이면서, 그래봐야 아무것도 달라지는 것은 없다고 말할 수 있을까? 아니지, 그런 것들은 모두 개소리야. 자기는 안전하다고 믿는 놈들이 떠들어대는 개소리에 불과하지."

래생은 탁자 위에 놓인 칼을 바라봤다. 그것은 일반 가정에서 쓰는 독일제 헨켈 부엌칼이었다. 방금 전에 갈아놓은 것처럼 날이 잘 서 있었다. 늘 그랬듯 손잡이 앞부분에 손수건이 단단하게 묶여 있었다. 추는 구하기 쉽고 튼튼하고 녹이 잘 슬지 않는다는 이유로 헨켈을 사용했다. 칼잡이들이 이 칼을 쓰지 않는 것은 여자들이 집에서 요리할 때나 쓰는 칼이라는 편견 때문이었다. 하지만 실제로는 좋은 칼이었다.

회칼처럼 쉽게 이가 나가거나 부러지지도 않았다.

래생은 칼에서 눈을 떼고 추를 바라봤다. 추는 화가 나 있었다. 하지만 추의 눈동자에 그가 전매특허처럼 가지고 있던 독사 같은 매서움은 없었다. 급하게 마신 양주 한 병에 추는 약간 취한 것 같았다. 래생은 서랍 안에 들어 있는 자신의 칼에 대해 생각했다. 칼로 사람을 찔러본 적이 언제였는지 래생은 기억을 더듬어본다. 6년 전 혹은 7년 전? 정확히 기억나지 않는다. 서랍에서 칼을 꺼낼 수 있을까? 지금 움직이면 추가 저 칼을 들지도 모른다. 서랍에서 칼을 꺼낼 수 있다고 하더라도 추와 제대로 싸울 수 있을까? 승산이 있을까?

없을 것이다. 래생은 담뱃갑에서 담배를 꺼내 불을 붙였다. 추가 자기에게도 한 개비를 달라는 뜻으로 손을 내밀었다. 래생이 다시 담배를 꺼내 불을 붙이고 추에게 건넸다. 추가 담배 연기를 깊숙이 빨고 고개를 뒤로 젖힌 채 천장을 바라봤다. 그리고 찌르려면 지금 찌르라는 듯 한참이나 그 자세를 유지했다.

래생이 담배를 반쯤 피웠을 때 추가 천장을 향해 젖히고 있던 고개를 바로 세우고 래생을 바라봤다.

"정말 어처구니없는 일이지 않나? 현상금을 타먹겠다고 온갖 양아치들이 나를 죽이러 오는데 정작 나는 누굴 죽여야 하는지 뭘 해야 하는지 아무것도 모르고 있거든. 사실 나는 자네가 말하는 저 꼭대기에 뭐가 있는지 관심도 없어. 그게 자네 말대로 텅 빈 의자든 아니면 그 의자에 어떤 얼간이가 앉아 있든 나 같은 돌대가리에게는 아무 상관도 없는 이야기지. 나 같은 놈은 죽었다 깨어나도 그런 복잡한 세상을 이해할 수 없거든."

"한자에게 갈건가?"

"아마도."

"한자에겐 가지마."

"안 가면 이제 어디로 가지?"

"외국으로 가. 멕시코, 미국, 프랑스, 아프리카…… 갈 데는 많아. 그곳 용병회사에서 일자리를 구할 수 있을 거야. 그 일자리가 자넬 지켜줄 거고."

래생의 말에 추는 슬며시 웃었다.

"내가 그 깡마른 여자에게 해준 말과 똑같은 말을 자네가 내게 해주는군. 자네에게 고맙다고 해야 하나?"

추가 잔을 들어 술을 비웠다. 그리고 잔을 가득 채우고 또다시 비웠다. 추가 술병을 들어 잔에 3분의 2쯤 술을 따르자 두번째 잭 다니엘 병이 비워졌다.

"같이 마시지 않겠나? 혼자 마시니까 외로워서 말이지." 추가 말했다.

농담으로 한 말이 아니었다. 탁자 앞에 우두커니 앉아 있는 추의 모습은 정말로 외로워 보였다. 래생이 자신의 잔에 있던 잭 다니엘을 비웠다. 추가 조니 워커 블루를 새로 따서 래생의 잔에 가득 따라주었다. 추가 잔을 들어 건배를 청했다. 래생이 잔을 들어 추의 잔에 부딪쳤다.

"나는 조니 워커 블루가 훨씬 좋군. 진짜 사내니 어쩌니 하고 구라를 치는 잭 다니엘보다 말이야." 래생이 술잔을 비우고 감탄하듯 말했다.

래생의 말에 추가 웃었다. 그저 그 말 자체가 재미있다는 웃음이었다. 추는 조니 워커 블루 750밀리리터를 다 마실 때까지 별로 말이 없었다. 래생도 별달리 할말이 없었으므로 둘은 말없이 술잔을 비웠다. 래생보다 추가 더 많은 잔을 비웠다. 조니 워커를 다 마시자 추는 비틀거리며 화장실로 들어갔다. 오줌을 누는 소리가 들렸고, 구토를 하는 소리가 들렸고, 변기 물을 여러 번 내리는 소리가 들렸다. 20분이 지나도록 추는 화장실에서 나오지 않았다. 수도꼭지에서 물이 흘러나오는 소리만 들려왔다. 그동안 래생은 탁자 위에 덩그러니 놓여 있는 추의 칼을 계속 바라보았다.

30분이 지나도 추가 화장실에서 나오지 않자 래생은 화장실 문을 두드렸다. 문은 잠겨 있었고 안에서는 아무 응답이 없었다. 래생이 일자 드라이버로 화장실 문을 비틀어 열었다. 물이 가득한 욕조 위로 계속 물이 떨어지고 있었다. 추는 변기에 앉아 한 마리 늙은 곰처럼 웅크린 채 잠이 들어 있었다. 래생은 수도꼭지를 잠그고 추를 부축해서 침대에 눕혔다.

침대에 드러눕자 추는 태어나서 처음 제대로 된 잠을 자는 사람처럼 대자로 누워서 코를 골기 시작했다. 덩치만큼이나 코 고는 소리가 컸다. 추가 심하게 코를 골자 독서대가 캣 타워에서 머리를 삐죽 내밀더니 침대로 내려와서 추의 얼굴과 머리카락에 코를 대고 킁킁거리며 냄새를 맡았다. 그러자 겁 많은 스탠드도 캣 타워에서 내려와 조심스럽게 추의 냄새를 맡았다. 래생은 소파에 앉아서 하이네켄 몇 캔을 더 마셨다. 그리고 독서대와 스탠드가 마치 재미있는 장난감을 만난 듯 추의 머리카락으로 장난을 하고 가슴과 배를 넘어다니며 노는 것을 보다가 잠이 들었다.

래생이 아침에 눈을 떴을 때 추는 어디론가 가고 없었다. 큼직한 배낭도 없었다. 손수건으로 손잡이 앞부분을 단단히 묶은 추의 헨켈만이 선물처럼 탁자 위에 덩그러니 놓여 있었다.

털보네 소각장으로 추의 시체가 온 것은 그로부터 일주일 후였다.

너구리 영감과 래생이 털보네 소각장에 도착했을 때는 추가 래생에게 왔던 날처럼 비가 내리고 있었다. 털보가 차에서 내리는 너구리 영감에게 우산을 받쳐주었다.

"태웠나?" 너구리 영감이 털보에게 물었다.

"아직요." 털보가 그럴 리가 있겠느냐는 표정으로 말했다.

추의 시체는 자재 창고에 있었다. 털보에게도 사체를 넣기 위한 냉장실이 있었지만 그건 개나 고양이를 위한 작은 냉장실이었다. 키가 190센티미터나 되는 추가 들어갈 만한 큰 냉장실은 없었다. 너구리 영감이 방수포의 지퍼를 열었다. 눈을 감은 추가 방수포 안에 들어 있었다.

"칼자국이 스물일곱 군데나 돼요." 털보가 몸서리를 치며 말했다.

너구리 영감이 너덜너덜해진 셔츠를 풀고 추의 몸에 나 있는 칼자국 몇 개를 손으로 확인했다. 명치 쪽에서 들어가 폐를 겨눈 칼자국을 빼곤 대부분 의미 없는 칼자국이었다. 간단하게 죽일 수도 있었는데 암살자는 급소를 찌르지 않고 새끼 사자가 상처난 다람쥐를 가지고 놀듯 천천히 추를 죽였다. 추의 오른쪽 팔꿈치는 부러져서 뼈가 살 밖으로 튀어나와 있었고 왼손에는 헨켈이 여전히 단단하게 쥐여 있었다. 래생의 탁자 위에 추가 놓고 간 것과 똑같은 칼이었다. 래생이 추의 손에서 칼을 빼내려고 했다.

"나도 빼보려고 했는데 빠지지가 않더라고." 털보가 말했다.

너구리 영감은 아무 말 없이 추의 시체를 바라보다가 이제 됐다는 뜻으로 손을 저었다. 허공에 떠 있는 너구리 영감의 손이 조금 떨렸다. 털보가 얼른 방수포의 지퍼를 닫았다.

"한자가 굉장한 놈을 고용했다고 하더라고요. 이발사라는 놈인데, 혹시 그놈이 누군지 아세요?" 털보가 물었다.

"소문만 들었지." 너구리 영감이 침통한 목소리로 말했다.

"그놈이 청소부라고 하더라고요. 인정사정도 없대요. 우리 같은 놈들만 전문적으로 죽이는 청소부라고 하더라고요. 정말 무서운 놈이에요. 뭐하러 스물일곱 군데나 찌른대요. 천하의 추가 이렇게 꼼짝없이 당한 걸 보면 우리 같은 놈들은……" 털보가 잔뜩 흥분한 목소리로 말했다.

"고마운 사람이네. 우리 같은 쓰레기들을 정리해주니까." 너구리 영감이 그 특유의 냉소적인 목소리로 말했다.

털보가 추의 시체를 카트에 담아서 소각장 앞까지 끌고 갔다. 래생과 털보가 추의 시체를 들어서 소각로 안의 스테인리스 받침대 위에 놓았다. 그러자 추의 긴 다리가 받침대 밖으로 삐져나왔다. 털보가 몇 번이고 추의 다리를 받침대 안쪽으로 집어넣으려 애를 썼다. 하지만 시체가 경직되어 있어서 쉽지 않은 일이었다.

"에이, 시발. 이 새끼 다리는 왜 이리 길어가지고 사람 애를 먹여."

털보가 느닷없이 울음을 터뜨렸다. 래생이 바닥에 퍼더앉아 울고 있는 털보의 어깨를 잡고 소각로 밖으로 나왔다. 너구리 영감은 무표정한 얼굴로 아무 말도 없이 소각로에 누워 있는 추의 시체를 바라보고 있었다. 털보가 소각로의 문을 닫고 충혈된 눈으로 전원을 넣었다.

추의 시체가 거의 다 탔을 무렵에 한자가 왔다. 검정 세단 안에는 한자 말고도 운전사와 호리호리한 사내가 있었다. 래생이 호리호리한 사내를 유심히 바라봤다. 하지만 그는 이발사로 불리는 놈이 아닌 것 같았다. 이발사라는 이름으로 떠도는 무시무시한 소문을 감당하기에 그는 너무 젊었다. 하긴 이발사라는 놈이 이 털보네 화장장까지 와야 할 이유는 없었다.

차에서 내린 한자는 너구리 영감에게 다가가서 정중하게 인사를 했다. 너구리 영감이 고개를 아주 조금만 끄떡여 인사를 받았다. 새벽 2시에 이 후미진 곳까지 오면서도 한자는 양복을 단정하게 입고 면도까지 깔끔하게 하고 있었다.

한자가 별뜻 없이 주위를 두리번거리더니 소각로 앞에 쭈그려앉아 담배를 피우고 있는 래생 곁으로 다가왔다. 바람결에 한자의 스킨 냄새가 강하게 났다.

"내가 늦었군. 위대한 전사가 떠나는데 아니 올 수가 있어야지." 한자가 말했다.

래생이 고개를 들어 한자를 바라봤다. 한자가 한쪽 눈을 찡그리며 농담이라는 표정을 지었다.

"추가 나에게 오기 전에 자네 방에 들른 것 같던데." 한자가 말했다.

"그런데?" 래생이 낮은 목소리로 말했다.

"난 자네가 나에게 전화라도 해줄 줄 알았지."

래생은 한자의 말에 대답하지 않고 담배 연기를 깊숙하게 들이마셨다. 한자가 바지 주머니에서 은단 케이스를 꺼내더니 입속에 몇 알을 털어넣었다.

"전화해줬으면 현상금도 좀 챙겼을 텐데 말이야. 내가 결정적인 정보 제공자에게도 현상금의 반을 준다는 얘기, 자네에게 안 했던가?" 한자가 비아냥거리는 표정으로 물었다.

"갑자기 전화번호가 기억이 안 나서." 래생이 바닥에 담배를 비벼 끄며 말했다.

한자가 금박 명함첩에서 명함을 꺼내더니 허리를 숙여 래생의 앞주머니에 끼워넣었다.

"다음부턴 미리미리 전화해. 더불어 살아야지."

말을 마치고 한자는 털보에게 걸어가더니 양복 주머니에서 두툼한 봉투를 꺼내 건넸다. 털보가 허리를 90도로 숙여 봉투를 받았다. 한자가 무슨 말을 할 때마다 털보는 연신 허리를 굽히며 그럼요 그럼요, 당연하죠, 따위의 말을 했다. 털보와 용무를 마친 한자는 고개를 숙여 소각로 안을 3초 정도 바라봤다. 그리고 너구리 영감에게 다시 정중하게 인사를 하고 차를 타고 돌아갔다.

래생은 다시 담배에 불을 붙였다. '더불어 살아야지.' 한자가 했던 말이 머릿속에서 맴돌았다. 아마도 한자 말이 맞을 것이다. 우리 같은 사람들은 더불어 살아가는 법을 알아야 한다. 진짜 사내는 빈속에 잭 다니엘을 처마시고, 변기 위에서 고양이처럼 울다가, 부엌칼을 손에 쥔 채 죽는 것이다.

*

소각로에 불이 꺼졌다.

털보가 소각로 문을 열고 열기가 식기를 기다렸다. 소각로 안을 채우고 있던 연기가 빠져나가자 노인과 늙은 개 산타의 뼈가 하얗게 드러났다. 사막에 쓰러진 채 모래바람에 오래도록 풍화된 낙타의 사체처럼 외롭고 쓸쓸해 보였다.

이제 일을 시작하려는 듯 털보가 피우고 있던 담배꽁초를 집어던졌다. 털보는 바닥에 돗자리를 깔고, 그 위에 작은 상을 놓고, 촛대와 향로, 정종 한 병과 술잔을 갖다놓았다. 털보는 뭐 빠진 게 없는지 상 주위를 둘러보고는 고개를 돌려 래생을 바라봤다. 같이 하지 않겠느냐는 눈빛이었다. 래생이 손을 저었다.

"아저씨나 용서 많이 빌고 극락 가세요. 나는 그냥 지옥에 갈래요."

털보가 혼자 향을 피우고 술을 따라서 상 위에 올렸다. 그리고 소각로 안에 있는 희고 뜨거운 뼈들을 향해 두 번 절을 했다. 5분 정도 털보는 묵념을 하듯 눈을 감고서 주문인지 기도인지 알 수 없는 소리를 낮게 중얼거렸다. 그리고 술잔 속에 손가락을 넣어 소각로 앞과 상 주변과 허공을 향해 골고루 술을 뿌렸다. 도대체 저런 건 어디서 나온 제사법인지 래생으로선 짐작조차 할 수 없었다. 털보가 의식을 마치고 돗자리를 거둘 때까지 래생은 한쪽에 앉아서 내내 담배를 피웠다. 빈속으로 깊숙하게 내려갔다가 올라오는 담배 연기 때문에 속이 쓰렸다.

털보가 긴 쇠갈고리를 집어넣어 레일 위에 있는 받침대를 꺼냈다.

뜨겁게 달아오른 노인과 늙은 개의 뼈에서 여전히 연기가 올라오고 있었다. 불과 몇 시간 전까지 웃고, 떠들고, 정원을 뛰어다녔던 노인과 늙은 개의 육체를 생각해볼 때 남은 뼛조각들은 너무나 앙상하고 보잘것없었다. 털보가 새로 꺼낸 흰 장갑을 끼고 집게를 들어 노인의 뼈를 조심스럽게 수습했다.

"개 뼈는 어떻게 할까?" 노인의 뼈를 수습하던 털보가 물었다.

"같이 섞어요."

"에이, 그래도 어떻게 그러나. 사람 뼈랑 개 뼈를……" 순간 털보가 손을 멈추고 래생을 쳐다봤다. "설마 지시를 어긴 거야?"

털보의 질문에 래생이 아무 대답도 하지 않았다.

"어쩌려고 그래? 설계자 그놈들 쪼잔해서 이런 거 엄청 싫어하는 거 알면서."

"누가 가루 따위에 신경을 써요. 어차피 흔적도 없이 강에 뿌려질 건데……"

"이거 시발 중간에서 나만 좆 되는 거 아니지?"

별 걱정도 다 한다는 듯 래생이 고개를 저었다.

"섞어주면 복 받을 거예요. 노인에게 선물 같은 개였으니까. 아저씨 복 받는 거 좋아하잖아요."

털보가 잠시 생각을 하다가 늙은 개 산타의 뼈를 노인의 뼈가 담긴 상자에 같이 담았다.

"이 양반이 장군이었을 때 말이야, 가끔 여기에 왔었어. 여기 올 때는 군복을 입지 않았지. 아주 멋쟁이 양반이었는데……" 털보가 혼잣말처럼 말했다.

털보는 받침대 위에 남은 뼈가 없는지를 유심히 살핀 다음 빗자루로 재들을 쓸어담았다.

"내가 죽으면 내 시체는 이 소각장에서 태울 거야. 우리 같은 놈들이 남들이랑 똑같이 갈 수야 있나." 털보가 다소 감상적인 톤으로 말했다.

"여기라도 오게 되면 다행이죠." 래생이 말했다.

"그래, 그러면 다행이지."

"그런데 아저씨가 죽으면 화장은 누가 해주죠?"

래생의 말에 털보가 난감한 표정을 지었다.

"그러네, 그 생각을 못했네."

털보가 쇠절구에 뼛조각들을 넣고 공이질을 시작했다. 뼛가루가 절구 밖으로 튀지 않도록 털보는 잘고 조심스럽게 공이질을 했다. 털보의 이마에 땀방울이 송골송골 맺혔다. 언뜻 보기에는 곱게 다 빻인 것 같았는데도 털보는 뼛가루를 손으로 만져보고 조금이라도 뼛조각이 나오면 다시 공이질을 했다.

20여 분이 지났을 때에야 털보가 공이질을 멈췄다. 털보가 단풍나무 상자 속에 뼛가루를 조심스럽게 담고 보자기로 묶은 뒤 래생에게 건넸다. 상자 속에 담겨 있는데도 늙은 개와 노인의 뼛가루에서 뜨거운 열기가 전해져왔다. 래생이 유골이 든 상자를 차 보조석에 놓고 주머니에서 봉투를 꺼내 털보에게 건넸다. 털보가 봉투에서 지폐를 꺼내 꼼꼼하게 두 번을 셌다.

"영수증이나 세금계산서는 필요 없지?" 털보가 웃으며 말했다.

"그것도 농담이라고." 래생이 말했다.

"자주 와. 그래야 우리도 좀 먹고살지. 요즘 죽겠어."

털보가 엄살을 떨었다. 래생이 털보를 향해 힘없이 웃었다.

래생은 차에 올라타서 시동을 걸었다. 산줄기 위로 해가 뜨고 있었다. 햇살이 얼굴 위를 비추자 갑자기 긴장이 풀리면서 현기증이 일었다. 래생은 이마에 손을 얹고 차창에 잠시 머리를 기댔다. 한참이나 차가 출발하지 않자 털보가 다가와서 차창을 두들겼다.

"괜찮아?"

차창 두들기는 소리에 놀란 래생이 퀭한 눈으로 털보를 쳐다봤다.

"피곤하면 여기서 한숨 자고 가."

털보가 래생의 얼굴을 보고 걱정이 된다는 표정을 지었다. 래생이 고개를 저었다.

"가봐야죠."

래생은 다시 한번 털보에게 괜찮다는 듯 고개를 끄덕인 후 사이드 브레이크를 풀고 기어를 넣었다. 그리고 서울로 들어가는 국도를 타기 위해 산비탈 길을 내려가기 시작했다. 룸미러에 여전히 털보가 손을 흔들고 있는 모습이 보였다.

개들의 도서관

물론 그곳에 개라고는 단 한 마리도 없었다.

너구리 영감은 결코 책이 있는 곳에 개를 키울 위인이 아니었다. '개들의 도서관'은 책이라고는 거들떠보지도 않으면서 도서관을 열심히 들락거리는 사람들을 조롱하기 위해, 아니라면 거의 언제나 텅 비어 있다시피 한 도서관을 60년이나 지키고 있는 자신을 조롱하기 위해, 너구리 영감이 이 도서관에 붙인 이름이었다. 실제로 너구리 영감은 '개들의 도서관'이라고 음각으로 새긴 커다란 현판을 도서관 입구에 떡하니 붙여두고 있었다. 도서관에 처음 들어오는 사람들은 대부분 그 커다란 현판 앞에서 어처구니없다는 표정을 지으며 고개를 갸웃거리거나, 피식 웃거나, 조금 더 나아가 불쾌한 표정을 지었다.

"이, 이것 봐. 정말 개야. 허 참, 도대체 뭐가 이따위야?"

자신의 도서관 입구에 이따위 현판을 붙이고 싶은 심리는 도대체 무얼까. 그것은 아마 온갖 책으로 둘러싸인 방에 평생 동안 자신을 감금하는 전통적이고 자의식 강한 지식인들이 흔히 보이곤 하는 상투적인 냉소 같은 것이리라고 래생은 생각했다. 어쩌면 비록 선천성 소아마비로 인한 절름발이였지만 책과 더불어 순박하고 행복했던 젊은 사서를 지난 수십 년간 설계자들의 브로커로 살게끔 한 이 세계에게 너구리 영감이 던지는 일종의 야유일지도 모른다. 하지만 그 이유가 무엇이든 도서관 입구에 '개들의 도서관'이라는 현판을 떡하니 붙이는 건 퍽이나 웃긴 일이다.

'이건 너무 유치하잖아. 내가 만약에 도서관장이었다면 절대로 이따위 현판을 도서관 입구에 붙이지 않았을 거야.' 래생은 늘 그렇게 생각해왔다. 그러나 뜻대로 되지 않는 것이 또 세상일인지라, 이 세계의 구질구질하고도 복잡한 조건과 공교로운 협박 때문에 어쩔 수 없이 '개들의 도서관'이라는 현판을 붙여야만 할 상황이라면(세상에! 대체 누가 그따위 협박을 한단 말인가?) 래생은 도서관 안에 정말 개라도 몇 마리 키웠을 것이다. 당연히 개들에 관한 전 세계 모든 서적들을 구비해놓는 것은 말할 것도 없고.

고개를 갸웃거리며 한 젊은 학자가 묻는다.

"아니, 래생씨, 도서관 이름이 왜 이따위인 거요? 개들의 도서관이라니. 당신은 인류의 고귀한 정신세계를 엿 먹이고 싶은 겁니까?"

래생은 젊은 학자를 향해 점잖고 기품 있는 웃음을 지으면서 말한다.

"천만에요. 인류의 고귀한 정신세계에 감자를 먹이고 싶은 생각은 추호도 없습니다. 도대체 그럴 이유가 없잖습니까? 당신은 우선 개와 책이 어울리지 않는다는 편견부터 버려야겠군요."

래생은 도서관 내부를 여유롭게 어슬렁거리는 개들을 손가락으로 가리킨다.

"도서관의 빽빽한 서가들 사이로 느리게 움직이는 저 개들을 보세요. 아름답지 않습니까? 그리고 이리 와서 D11서가에서 D43서가까지 빼곡히 꽂혀 있는 개에 관한 다양한 서적들을 보세요. 이 도서관은 전 세계에서 개에 관한 서적들을 가장 많이 보유한 도서관이랍니다. 치와와, 콜리, 셰퍼드, 그레이하운드, 세인트버나드, 리트리버 기타 등등, 기타 등등. 전 세계 모든 견종에 관한 서적들이 이곳에 다 모여 있습니다. 또한 이 도서관에는 개들의 음식문화사, 개들의 번식사, 개들의 계통사, 개들의 종족투쟁사 기타 등등, 기타 등등의 역사가 모여 있지요. 그러니 어쩌면 이 도서관은 전 세계 모든 개들의 정신적 심장 혹은 개들의 바티칸이라고 부를 수도 있겠지요."

래생의 말에 젊은 학자가 그제야 고개를 끄덕거린다.

"아하! 그렇군요. 설득력이 있습니다. 개들의 정신적 심장, 개들의 바티칸…… 정말 굉장한 일이군요."

"실로 존엄한 일이지요."

개들의 바티칸이라, 멋지지 않은가. 생각해보면 그것은 개들에게도 책들에게도 즐겁고 우아한 기분이 드는 일일 테다. 하지만 너구리 영감은 이런 우아한 방식의 은유를 사용하지 않았다. 너구리 영감은 식민지 경찰통치가 끝나고 문화통치가 막 시작되던 1920년에 문을 연 이 도서관이 지난 수십 년간 권력의 그늘에 기생하며 어떻게 살아왔는지, 사실상 이 도서관이 한국 현대사에 나타난 온갖 주요한 암살의 본거지로서 얼마나 추잡하고도 굴욕적인 역사를 가지고 있는지, 그리고 그 굴욕적인 역사 속에 살고 있는 자신을 스스로 얼마나 불쾌하게 생각하고 있는지를 표현하기 위해 소심하게 개의 은유를 사용했다. 하지만 그런 삶을 선택한 것은 온전히 너구리 영감 자신이었다. 그걸 가지고 애먼 개를 못살게 굴면 안 되는 것이다. 솔직히 말해, 개들이 무슨 죄가?

*

오전 10시. 래생이 도서관 문을 열었다.

도서관 안은 언제나처럼 텅 비어 있었다. 도서관의 유일한 직원인 사팔뜨기 여자 사서만이 어디를 바라보는지 짐작조차 할 수 없는 눈동자로 래생을 향해 인사를 했다.

"어서 오세요!"

사팔뜨기 여자 사서의 밝고 명랑한 목소리가 도서관 천장 돔을 돌아 종달새 소리처럼 맑고 높게 울렸다. 도서관에 들어올 때마다 어김없이 들려오는 저 높은 톤의 목소리가 래생은 늘 당혹스러웠다. 사팔뜨기 여자 사서의 밝고 명랑한 목소리는 식민지 시절 유명한 일본 장인이 지은 후 지난 한 세기 동안 천천히 병들고 낡아온 이 도서관의 그 무엇과도 어울리지 않았다. 래생은 사팔뜨기 여자 사서에게 가볍게 목례를 했다. 그리고 곧장 너구리 영감의 서재로 걸어갔다.

"서재에 손님이 있어요." 사팔뜨기 여자 사서가 자리에서 일어나며 말했다.

래생이 걸음을 멈췄다. 누가 아침 10시에 일을 의뢰하기 위해 도서관에 오는 것일까?

"손님? 누구죠?" 래생이 물었다.

"왜 그 점잖고, 키 크고, 지적으로 생기신 분 있잖아요."

점잖고, 키 크고, 지적으로 생긴? 그런 조합을 갖춘 인간이 이 도서관을 들락거릴 이유는 어디에도 없었다. 도무지 감도 못 잡겠다는 듯 래생이 고개를 갸웃거렸다. 사팔뜨기 여자 사서가 답답해하는 표정을 지었다.

"왜 양복도 아주 멋진 것만 입고 다니고, 말도 굉장히 우아하고 멋지게 하는 그분 있잖아요."

래생이 코웃음을 쳤다. 한자가 와 있었다. 사팔뜨기 여자 사서는 한자를 점잖고, 지적이고, 멋지고, 우아하다고 생각했다. 그것도 굉장히! 왜 그런 터무니없는 생각을 하는 것일까. 하지만 그것을 터무니없다고 생각하는 래생이 잘못된 것일지도 모른다. 한자는 스탠퍼드 대학 출신의 유학파에다 부자이며, 어엿한 보안회사의 경영인이고, 또 어딜 가나 젠틀한 척해대니까. 게다가 그 얼굴이 잘생긴 얼굴이라는 것은 도무지 인정할 수 없지만 어쨌든 키는 멀대같이 크니까. 래생이 고개를 끄덕이고 너구리 영감의 서재로 들어가려고 하자 여자가 급하게 허리까지 굽히며 래생의 한쪽 팔을 잡았다.

"아무도 들여보내지 말라고 하셨어요, 오늘은."

마치 인생에 한 번밖에 없는 특별한 날이라는 듯 여자는 "오늘은" 이라는 말에 강한 악센트를 줬다. 래생의 팔을 잡은 여자의 손이 완강하다 못해 간절하게 느껴졌다. 래생은 자신의 팔을 잡고 있는 여자의 손을 바라보고 연이어 여자의 얼굴을 바라봤다. 여자가 손을 슬며시 놓았다.

"누가 들여보내지 말라고 했죠? 영감이? 아니면 한자가?"

래생의 말에 여자가 머뭇거렸다.

"말은 한자 그분이 했지만…… 영감님도 옆에 같이 계셨어요."

래생은 너구리 영감의 서재를 바라봤다. 서재의 문은 굳게 닫혀 있었다. 아침부터 달려온 걸로 보아 한자는 이번 설계가 비틀어진 것에 대해 화가 단단히 난 것 같았다. 래생은 사서 자리 앞에 있는 둥근 테이블 위에 노인과 늙은 개의 뼛가루가 담겨 있는 단풍나무 상자를 올려놓고 의자에 앉았다. 그리고 주머니에서 담배 한 개비를 꺼내 불을 붙였다. 래생이 담배에 불을 붙이자 여자가 노골적으로 불쾌한 표정을 지었다.

사팔뜨기 여자 사서는 이제 자신의 용무를 다 끝냈다는 듯 자리에 앉아 뜨개질을 시작했다. 붉은 실이었다. 겨울을 대비해 목도리를 만드는 건지 스웨터를 만드는 건지 아직까지는 짠 게 얼마 되지 않아 알 수가 없었다. 래생은 사팔뜨기 여자 사서가 책을 읽는 모습을 단 한 번도 본 적이 없었다. 적어도 래생이 기억하는 바에 따르면 여자는 책을 전혀 읽지 않았다. 하다못해 신문이나 잡지도 보지 않았다. 그저 여자는 아무도 책을 읽지도, 빌려가지도, 당연히 반납하지도 않는 이 텅 빈 도서관의 사서 자리에 혼자 앉아 한철 내내 뜨개질을 하거나, 한철 내내 네일아트에 푹 빠져서 자신의 손톱을 온갖 색으로 칠하거나, 한철 내내 온갖 종류의 십자수를 했다.

"그건 뭐예요? 일본 전통과자예요?" 여자가 뜨개질을 하다가 난데없이 물었다.

래생이 테이블 위에 놓인 유골함을 바라봤다. 단풍나무 상자로 만든 유골함은 흰 보자기로 싸여 있었다. 그것은 누가 봐도 유골함처럼 보였다. 저 상자가 왜 일본 전통과자처럼 보이는지 래생은 전혀 이해가 가지 않았다.

"네, 일본 전통과자 맞아요. 하지만 당신에게 줄 거 아니니까, 신경 끄세요." 래생이 말했다.

사팔뜨기 여자 사서가 입을 삐죽 내밀었다. 빨간 립스틱을 짙게 바른 도톰한 입술, 여기가 아니라 마릴린 먼로의 얼굴에 태어났어야 했다고 내내 투덜거리고 있는 듯한 입술 위의 작은 점, 눈 주위에 붉게 칠한 아이섀도, 그리고 눈썹을 밀어버리고 새겨넣은 문신 때문에 여자의 얼굴은 전체적으로 기묘하고 백치 같은 느낌을 불러일으켰다. 하지만 사팔뜨기인 것만 빼고 나면 제법 예쁜 얼굴이었다.

사팔뜨기 여자 사서는 이제 래생이 앞에 있다는 사실을 잊어버리기라도 한 것처럼 뜨개질에 열중하기 시작했다. 코를 뜨는 속도가 점점 빨라지는 것 같았다. 하지만 그녀의 뜨개질은 어딘지 모르게 엉성하고 불안해 보였다. 그것은 바늘코를 바라보는 그녀의 시선이 불안해 보이기 때문일 것이다.

"수술을 해요." 래생이 말했다.

사팔뜨기 여자 사서가 무슨 뜻이냐는 듯 래생을 향해 고개를 들었다.

"수술을 하라고요." 래생이 다시 말했다.

"무슨 수술 말이죠?"

"눈 말이에요. 사시 교정 수술. 요즘엔 간단한 수술이라 돈도 얼마 안 든대요."

래생의 말에 여자가 어이없어하는 표정을 지었다. 그것은 제 앞가림도 못하는 거지 같은 게 별 꼴값을 다 떠네, 하는 표정이거나 혹은 남이야 눈이 뒤집히든 말든 네까짓 게 무슨 상관이냐는 표정 같았다.

"저는 다른 사람들이 제가 어딜 바라보는지 아는 게 싫어요." 여자가 퉁명스럽게 말했다.

여자는 래생을 향해 한참 동안이나 불쾌한 표정을 지었다. 마치 그 표정은 '경고합니다. 당신의 건방이 지금 나를 아주 불쾌하게 했어요. 나는 화가 아주 많이 났다고요. 조심하세요' 하고 엄중하게 말하는 것 같았다. 하지만 여자의 심각한 표정과 달리 여자의 한쪽 눈은 도서관 천장을 향해, 다른 눈은 왼쪽 서가를 향하는 식으로 엇갈려 있어, 그 경고는 어쩐지 엄중하기보다 희극적인 느낌을 주었다. 그것은 래생이 여자를 만만하게 보기 때문이 아니었다. 상대방의 눈을 정면으로 바라보지 않고 경고를 한다는 것, 그러니까 바닥이나 천장 위를 어정쩡하게 바라보면서 '조심해, 앞으론 몸조심하는 게 좋을 거야' 하고 말하는 것으로 심각한 위협을 주기는 참으로 어려운 것이다.

"미안해요. 그런 뜻으로 한 말은 아닙니다." 래생이 사과를 했다.

래생의 사과에 여자는 대꾸를 하지 않았다. 대신 여자는 알아들을 수 없는 소리로 작게 웅얼거린 다음, 여전히 짜증스러운 얼굴을 한 채 뜨개바늘로 고개를 숙였다. 아마 여자가 웅얼거렸던 소리는 욕이었을 거라고 래생은 생각했다.

너구리 영감은 사서를 자주 바꿨다. 해고의 사유는 대부분 가당치도 않은 것들이었다. 너구리 영감이 분류한 서가에 엉뚱한 책이 꽂혀 있었다는 이유로, 20년도 더 된 책의 표지가 조금 찢어졌는데 그걸 한 달 넘게 방치했다는 이유로, 9백 개도 넘는 서가 중 하나에 먼지가 너무 많이 쌓였다는 이유로 너구리 영감은 사서들을 해고했다. 심지어 책 위에 커피잔을 올려놓았다는 이유로 해고된 사서도 있었다. 물론 자기 발로 걸어서 나간 사서들도 많았다. 어떤 사서는 일이 너무 없다는 이유로, 어떤 사서는 도서관 분위기가 너무 무거워서 질식할 것 같다는 이유로, 어떤 사서는 늘 텅 비어 있는 도서관에 혼자 있으면 공포 영화 속의 주인공이 된 것 같은 느낌에 빠진다는 이유로 나갔다. 또 이 도서관에 들어오고 난 다음부터는 이상하게도 책을 한 줄도 읽을 수 없었다는 신비로운 이유를 대며 떠나간 사서도 있었다.

래생은 짧게 있었건 길게 있었건 개들의 도서관에 머물렀던 사서들 대부분을 좋아했다. 래생에게 그들은 책에 대해 이야기를 나눌 수 있는 이 세계의 유일한 친구들이었다. 래생은 그들을 통해 자신이 책에서 얻은 정서와 생각을 교환할 수 있었다. 어째서 그런지는 모르겠지만 사서들과 책에 대한 대화를 나누고 있노라면 래생은 어떤 종류의 동질감과 안도감 같은 것을 느꼈다.

대부분의 사서들은 어느 정도 시간이 지나면 이 기묘한 도서관의 정체를 궁금해했다. 그들은 너구리 영감이 없는 틈을 타서 이 도서관은 어디 소속이고 어떤 목적으로 운영되는 곳이냐고 래생에게 조심스럽게 묻곤 했다. 누구라도 이 이상한 도서관에서 너구리 영감 같은 괴팍한 도서관장과 함께 한 달 정도 근무를 하게 되면 당연히 그런 생각이 들 것이다. 그런 유의 질문을 받을 때마다 래생은 이 도서관이 정부의 고위 관료들만 이용하는 일종의 회원제 도서관이라고 설명했다.

"하지만 여기서 책을 읽거나 빌려가는 관료들을 저는 단 한 명도 보지 못했는데요?"

사서들은 고개를 갸웃거렸다. 그러면 래생은 "그러니 나라 꼴이 이 모양이죠" 하고 웃으며 대답하곤 했다.

하지만 저 사팔뜨기 여자 사서는 도서관에 처음 들어온 날부터 지금까지 아무것도 궁금해하지 않았다. 여자는 도서관에 대해 그 어떤 것도 묻지 않았다. 자신의 자리가 어디인지도 묻지 않았고 자신이 할 일이 무엇인지도 묻지 않았다. 심지어, 아니 당연히, 화장실이 어디 있는지 빗자루가 어디 있는지조차 묻지 않았다. 마치 여자는 십자수나, 손톱 손질, 뜨개질 이외에는 이 세상에 대해 아무런 호기심도, 궁금함도, 불편함도 없는 사람 같았다. 너구리 영감이 지시를 내리면 어디를 바라보는지 알 수 없는 기묘한 시선으로 그 말을 듣고 있다가 혼자서 묵묵히 일을 했다.

아무것도 묻지 않은 채 사팔뜨기 여자 사서는 개들의 도서관에서 무려 5년이나 버티고 있었다. 아마도 그녀는 괴팍하고 변덕스러운 너구리 영감 밑에서 가장 오래 버틴 사서일 것이다. 여자는 1년 내내 텅 비어 있는 이 도서관이 무얼 하는 곳인지, 가끔 드나드는 거칠고 비밀스런 표정을 가진 사람들의 정체가 무엇인지 전혀 신경을 쓰지 않았다. 여자는 그저 아침에 출근을 하면 도서관 이곳저곳을 깨끗이 청소했고, 금요일에는 하루 종일 9백 개도 넘는 서가들을 일일이 돌아다니며 걸레로 닦고 책에 쌓인 먼지들을 털어냈다. 그리고 남는 시간에는 뜨개질을 하거나 십자수에 열을 올렸다. 무엇보다 놀라운 점은 책에 대해 그 누구보다 까다로운 너구리 영감이 트집 하나 잡을 수 없을 만큼 여자가 책을 정확하게 분류하고 완벽하게 관리한다는 점이었다. 래생은 책을 전혀 읽지 않는 사팔뜨기 여자 사서가 그토록 완벽하게 책을 관리할 수 있다는 사실이 항상 놀랍고 의아했다.

확실히 여자는 지금까지 만나본 그 어떤 사서보다 기묘한 사서였다. 가끔 래생이 자신이 읽고 있는 책에 대해 이야기를 꺼낼 때면 사팔뜨기 여자 사서는 턱을 괸 채 래생의 이야기를 듣고 있다가 "그 비슷한 책들은 C54서가에 잔뜩 있어요. 그리로 가보세요" 하고 단조롭게 말해버리곤 했다. 어쩌겠는가. C54서가를 향해 난처하고도 허탈한 걸음을 옮길 수밖에.

개들의 도서관에 보관된 책의 숫자는 20만 권 정도로 항상 일정했다. 너구리 영감은 정기적으로 많은 책을 들여왔지만 그만큼의 책들을 정기적으로 버렸다. 너구리 영감이 책을 버리는 이유는 도서관에 더이상의 공간이 없기 때문이었다. 하지만 몇만 권 정도의 책을 더 보관할 공간은 충분히 있었다. 책을 버리는 진짜 이유는 늘어난 책만큼 덩달아 늘어나야 하는 서가들 때문에 오랫동안 공들여서 배치한 도서관 내부의 서가 형태가 바뀌는 것을 너구리 영감이 무엇보다 싫어했기 때문이었다. 래생이 기억하는 지난 20년 동안 개들의 도서관의 서가 형태는 한 번도 바뀌지 않았다. 너구리 영감은 자신이 정한 책 분류 방식을 바꾸지 않았고, 시대가 바뀌면서 당연히 등장한 새로운 주제의 책들을 위해 새 항목을 만들지도 않았다. 그러므로 너구리 영감의 분류 항목에 들어갈 수 없는 책들은 새 책이라 할지라도 곧바로 폐기 목록에 올랐다.

때가 되면 너구리 영감은 버려야 할 책의 책등에 검은 띠를 붙여놓았다. 그것은 수명이 다한 책들에 대한 너구리 영감 나름의 재판 행위였고 또한 장례 절차였다. 마치 때가 되면 늙은 자객들을 명단에 올리고 청소부를 고용해 제거해왔던 것처럼 말이다. 물론 책들의 수명이란 전적으로 너구리 영감의 주관적 관점에 의해 규정된 것이었고, 그 책이 왜 버려져야 하는지를 사서들도 래생도 이해할 수 없었다.

책등에 검은 띠가 붙여진 책들은 사서가 모아서 도서관 마당에 쌓아놓았다. 너구리 영감은 사서가 출근하지 않는 일요일 오후에 책들을 태웠다. 헌책방에 팔거나 하다못해 폐지 수집업자에게 팔아도 될 일이었는데도 너구리 영감은 굳이 책들을 태웠다.

래생은 너구리 영감에게 버림받은 책을 좋아했다. 딱히 그 이유를 설명할 수는 없지만 너구리 영감에게 버림받은 책은 래생에게 사랑받을 자격이 있었다. 또한 개들의 도서관에 있는 책들은 결코 집으로 가져갈 수 없었지만 버림받은 책들은 래생이 소장할 수 있다는 것도 그 이유 중에 하나였다. 책을 태우는 일요일 오전이 되면 래생은 도서관 마당에 휘발유 한 통과 함께 쌓여 있는 책더미 속에서 맘에 드는 책들을 골라냈다. 몇 권의 책을 집어 돌아설 때 너구리 영감에게도 또 래생에게도 선택받지 못한 채 마당에 널브러진 책들은 마치 사형장 앞에서 죽음을 기다리는 포로들처럼 안쓰럽고 절망적으로 보였다.

"굳이 태울 건 없잖아요. 헌책방에 팔아도 되고."

언젠가 래생이 말했을 때 너구리 영감은 이렇게 말했다.

"책이라는 것은 언제나 자신의 고유한 운명을 따라가는 거지."

그러니까 책을 읽는 사람이 거의 아무도 없는 이 웃기는 도서관에 (말했다시피 이 빌어먹을 도서관에서는 사서조차도 책을 읽지 않는

다) 존재하는 책들의 고유한 운명이란 왕에게 한 번도 사랑받지 못하고 평생을 처연한 기다림 속에 처녀로 살다가 늙으면 궁궐 밖으로 내쳐지는 궁녀들처럼 심심하고 참담한 것이었다.

그러므로 인류가 존재하는 한 도서관도 영원히 존재할 거라는 믿음의 근간이 되는 것은 책이 아니라 서가나 도서관 그 자체라고 래생은 생각했다. 개들의 도서관을 지탱하고 있는 것은 조선시대 궁궐을 지을 때 썼다는 값비싼 춘양목으로 만든 서가 그 자체이지 책이 아니다. 식민지 시절에 이름 있는 소목장이 정성스럽게 만들어서 90년이 지나도 뒤틀림 하나 없는 저 육중한 서가들은 한 번도 바뀌지 않았지만, 책들은 계속 버려졌고 또다시 들어왔다.

사팔뜨기 여자 사서는 30분째 뜨개질을 하고 있었다. 래생이 새 담배에 불을 붙일 때마다 여자는 고개를 들어 그 특유의 불쾌한 표정으로 래생을 한 번씩 바라보곤 했다. 래생은 아랑곳하지 않고 계속 담배를 피웠다. 어차피 여자에게 환심을 사기는 글렀다. 여자는 한자를 멋지고 우아하다고 생각했고 래생을 등신이라고 생각했다.

"한자가 언제 왔죠?" 래생이 물었다.

"9시 반."

여자가 고개도 들지 않고 짧게 말했다.

"당신은 언제 왔죠?"

"8시."

일찍도 왔다. 9시에 문을 여는 도서관에 한 시간씩이나 뭐하러 일찍 오는가. 게다가 할일이라곤 청소밖에 없는 이 도서관에 말이다. 정말이지 이해할 수 없는 여자였다. 래생은 다시 너구리 영감의 서재를 바라봤다. 서재 문은 여전히 닫혀 있었다. 9시 반에 한자가 왔다면 너구리 영감과 한자는 한 시간이나 대화를 나누고 있는 셈이었다. 저 둘이 한 시간씩이나 나눌 대화가 있었던가?

한자는 막후의 실력자나 기관의 고위직 인사를 만날 때마다 너구리 영감이 자신에겐 아버지 같은 분이라고 말하고 다녔다. 때로는 '같은 분'이라는 말을 빼고 아버지라고 한 적도 있었다. 한자가 너구리 영감을 자신의 아버지라고 떠들고 다니는 것은 개들의 도서관이 지난 90년 동안 벌여놓은 참담한 역사가 이제 막 암살 사업에서 성장한 한자에게 일종의 전통과 권위를 부여해주기 때문이었다. 의심 많고 겁 많은 막후의 꼰대들은 너구리 영감의 깔끔한 일처리를 여전히 신뢰하고 있었다. 한자가 너구리 영감의 이름을 팔고 다닌다는 소문이 들릴 때마다 래생은 한자가 어쩌면 너구리 영감의 진짜 아들일지도 모른다고 종종 생각했다. 한자 같은 괴물이 나오려면 너구리 영감 같은 괴물 아버지가 있어야 하니까.

래생이 담배에 다시 불을 붙였을 때 너구리 영감의 서재에서 고함 소리가 들려왔다. 사팔뜨기 여자 사서와 래생이 동시에 서재를 바라봤다. 래생과 여자가 서재 문을 바라보고 있는 동안에도 몇 번이나 더 거친 고함 소리가 밖으로 흘러나왔다. 너구리 영감의 목소리였다. 사팔뜨기 여자 사서가 대체 무슨 일이냐는 듯 래생을 바라봤다. 그때 한자가 문을 박차고 서재에서 나왔다. 한자는 상기된 얼굴이었다. 수염도 깎지 않았고 머리를 단정하게 빗지도 않았다. 설계가 틀어진 것을 알자마자 허겁지겁 도서관으로 달려온 것이 틀림없었다. 평정심을 잃은 것처럼 보이는 한자의 얼굴은 처음이라고 래생은 생각했다. 사실 너구리 영감이 술 취한 뱃놈처럼 고함을 지르는 것도 처음 있는 일이었다. 너구리 영감의 주특기는 냉소와 빈정거림이지 고함이 아니었다.

한자가 성큼성큼 걸어오다가 래생을 발견하고 걸음을 멈췄다. 그리고 래생의 얼굴과 흰 보자기에 싸인 유골함을 어이없다는 표정으로 번갈아 바라봤다.

"이게 뭐지?" 한자가 물었다. 성난 목소리였다.

"일본 전통과자." 래생이 말했다.

한자가 래생의 눈을 노려보면서 아랫입술을 질끈 깨물었다. 래생을 향해 주먹이라도 한 대 날릴 기세였다. 하지만 이내 그 특유의 여유 있는 척하는 표정으로 안색을 바꾸며 래생을 향해 피식 웃었다.

한자는 래생에게 무슨 말인가를 하려다가 사팔뜨기 여자 사서를 향해 고개를 돌렸다.

"저기 죄송합니다. 이분과 긴히 나눌 대화가 있는데 잠시만 자리를 비워주시겠습니까?" 한자가 공손한 목소리로 말했다.

사팔뜨기 여자 사서는 한자의 얼굴을 멍하니 바라보았다. 한자가 고개를 살짝 갸웃거렸다. 여자는 그제야 무슨 뜻인지 알았다는 듯 예의 그 꾀꼬리 같은 높은 톤으로 "아! 네, 그럼요. 그러세요" 하고 자리에서 벌떡 일어났다. 여자는 손에 쥐고 있던 뜨개바늘을 책상 한쪽에 대충 밀쳐놓고 자리에서 나왔다. 막상 자리에서 나오긴 했지만 어디로 가야 할지 갈피를 잡지 못한 채 허둥대더니 다시 한자를 향해 헤헤 하는 헤픈 웃음을 지었다. 그리고 도서관 마당을 향해 재빨리 걸어나갔다. 탁 하고 문이 닫히는 소리가 들리고 나서야 한자는 의자를 빼내 래생 앞에 앉았다.

"나도 담배 한 대 주겠나?"

한자가 테이블 위에 있는 담배와 라이터를 눈짓으로 가리켰다.

"이제 냄새나는 것들은 싫다며?"

래생의 말에 한자가 살짝 인상을 찌푸렸다. 오늘은 말장난 같은 건 별로 하고 싶지 않다는 표정이었다. 실제로 잠을 제대로 자지 못했는지 한자의 얼굴은 초췌해 보였다. 래생이 자기 앞에 있던 담뱃갑과 라이터를 한자 쪽으로 밀었다. 한자가 담배를 꺼내 물고 불을 붙였다. 그리고 깊숙이 빨더니 허공을 향해 연기를 길게 내뿜었다.

"오랜만에 피우는 담배라 어지럽네."

어지러워서 그러는 건지 담배 연기가 눈에 들어가서 그러는 건지 한자가 손바닥으로 눈을 비볐다. 눈이 충혈되어 있었다. 한자는 다시 담배를 입으로 가져가려다가 멈칫하더니 재떨이에 비벼 껐다. 그리고 테이블 위에 놓인 노인의 유골함을 한동안 바라봤다.

"권장군의 시체가 필요하다고 했는데 가루로 만들어 왔군. 가루로는 일 못하지." 한자가 혼잣말처럼 말했다.

래생은 대꾸하지 않았다.

"도대체 간단한 일을 왜 이렇게 엉망으로 만드는 거지?"

래생을 달래기라도 하듯 한자의 목소리가 부드러웠다. 한자는 래생을 떠봄으로써 너구리 영감이 왜 설계자들의 지시를 어겼는지 그 속뜻을 알고 싶어하는 것 같았다.

"나는 그저 일당 받는 자객일 뿐이야. 우리 같은 아랫것들은 위에서 시키면 시키는 대로 하니까 무슨 일이 벌어지고 있는지 아무것도 모르지."

래생은 이 사안에 대해 자기에게 찔러봐야 아무것도 나올 게 없다는 뜻으로 한자의 말을 잘랐다.

"아무것도 모르신다……"

한자가 손가락으로 테이블을 가볍게 톡톡 쳤다. 래생이 손을 뻗어서 한자 앞에 있는 담배와 라이터를 가져왔다. 그리고 담배를 꺼내 불을 붙였다.

"하루에 담배를 얼마나 피우지?" 한자가 물었다.

"두 갑."

"그런 뉴스도 안 들어봤나? 암 사망률 1위가 폐암이고 담배를 피우면 보통 사람보다 폐암 걸릴 확률이 열다섯 배나 높다느니 하는 뉴스 말이야. 자네처럼 피우면 무조건 폐암이지."

"폐암에 걸릴 때까지 내가 이 바닥에서 살아남을 거라고 생각하지 않거든."

래생의 말에 한자가 피식 웃었다.

"늘 느끼는 거지만 자넨 참 재미있는 친구야. 견적이 잘 안 나오는 캐릭터라고나 할까, 어쩐지 좀 귀엽기도 하고 말이야. 그래서 내가 자네를 좋아하는 거지."

래생이 반도 안 피운 담배를 재떨이에 비벼 끄고 다시 하나 꺼내 불을 붙였다. '귀엽기도 하고 말이야. 그래서 내가 자네를 좋아하지.' 연신 쫑알대는 한자의 아가리를 주먹으로 세게 쥐어박고 싶은 심정이었다.

"수십억짜리 일거리였어. 자네처럼 일당 받는 양아치는 꿈도 못 꾸는 큰 설계였지. 시작도 하기 전에 너구리 영감이 망쳐놓았지만." 한자가 말했다.

"안타깝군. 수십억을 홀랑 털어먹다니. 이거 괜히 미안한 마음이 드는데."

"일이야 다시 수습하면 어떻게 되겠지. 그런 게 내 전문이니까. 하지만 이 일 때문에 망가진 내 명예와 신용은 어디서 보상받지? 저 고약한 너구리 영감한테? 아니면 자네 같은 양아치한테?"

한자의 입에서 튀어나온 명예와 신용이란 말에 래생은 비위가 상했다.

"왜 너 따위의 명예가 장군의 명예보다 대단하다고 생각하지?"

"시체에게 무슨 명예가 있나? 가만히 놔두면 땅속에서 썩어 문드러질 건데."

"자네를 털보네에서 태우게 되면 내가 자네 시체에 대고 꼭 그 말을 물어봐주지. 소각로에 들어가기 직전에 말이야."

"꼭 물어봐주게. 장담하지만 내 시체도 지금 나와 똑같은 말을 할 거야. 우린 청부업자야. 수십억이 왔다갔다하는 판국에 이런 병신 짓을 할 이유가 어디 있나. 자네가 제대로 넘겨주기만 했어도 지금쯤 잘 포장해서 팔 만한 물건을 만들었을 거야. 그걸 가지고 정치권이나 언론이 무슨 장난을 치건 그건 우리 알 바가 아니지."

"너구리 영감의 유일한 친구였어. 왕따에다 걸레 같은 자존심을 가진 자네는 절대 이해 못하겠지만." 래생이 소리쳤다.

한자는 여유 있게 웃고 있었다. 그는 흥분한 래생이 결국 속마음을 드러낸 것을, 아울러 그가 원했던 대로 래생에게 얻어낼 수 있는 것은 대충 얻어냈다는 것을 즐기고 있는 것 같았다.

"거봐. 이래서 내가 자네를 좋아한다니까." 한자가 말했다.

한자는 이 사건을 9시 뉴스를 통해 내보내려고 했다. 그가 원했던 것은 모든 신문에 대문짝만하게 나오는 암살 사건이었다. 이북 출신의 전직 장군이자 중앙정보부 시절의 핵심 간부였던 노인의 죽음. 그리고 노인의 시체에서는 러시아제 AK소총에서나 쓰이지 국내에선 거의 쓰지 않는 낯선 총알이 나온다. 어쩐지 묘한 냄새를 풍기는 의문의 총기 암살 사건이다.

시체가 발견된 다음날부터 노인의 집 주위에 노란 테이프가 쳐지고 온갖 호들갑을 떠는 방송기자와 신문기자 그리고 사실 뭘 해야 할지도 잘 모르는 경찰들로 사람 한 명 오지 않던 조용한 숲이 갑자기 부산스러워진다. 방송은 증거수집반이 일렬횡대로 서서 탄착 지점부터 1센티미터 간격으로 숲을 뒤지는 요란한 쇼를 보여줌으로써 뭔가 과학적 수사를 통해 실마리를 찾아가고 있다는 티를 낸다. 이내 머리가 벗어지고 텔레비전 화면을 꽉 채울 것 같은 큰 얼굴을 가진 전문가가 심각한 표정을 지으며 인터뷰를 시작한다. 얼굴 큰 전문가는 증거수집반이 발견한 탄피, 껌 종이, 건빵 봉지, 대변 따위의 증거물 1, 2, 3, 4호를 예로 들면서 국제 정세의 변화와 북한 군부의 움직임에 대한 터무니없는 소리를 지껄여댄다. 다음날도, 그다음날도 껌 종이, 건빵 봉지, 대변 따위의 이야기들이 뉴스를 가득 채운다.

무슨 일을 벌이고 싶었던 것일까. 소형 우주선을 타고 대기권 밖으로 날아올라 지구를 5분간 멍하니 바라보다 내려오는 우주관광이 여행 상품으로 나오는 21세기에 그 닳고 닳은 간첩단 사건이라도 하나

엮을 생각이었을까. 하지만 이 설계의 출발지가 어디인지, 이 설계의 궁극적인 목적이 무엇인지는 아무도 모른다. 한자도 이 설계의 정확한 실체를 모를 것이다. 설계자들의 세계에선 아무도 필요 이상의 정보를 소유하려고 하지 않는다. 정보를 많이 가질수록 표적이 되기 쉽기 때문이다. 이 세계에서 오래 살아남으려면 무지해야 한다. 모르는 척하는 것이 아니라 정말로 몰라야 한다. 그냥 죽여버리면 되는데 무엇하러 그가 아는지 모르는지를 고민하겠는가. 그러니 모두들 자기에게 주어진 작은 울타리 속에서만 꼼지락거리며 일을 한다. 그 작은 울타리들이 모여서 터무니없이 크고 복잡한 커넥션과 수많은 이해관계들이 얽힌 설계가 탄생한다. 어쩌면 댐이라도 하나 터뜨릴 생각이었는데 예산 때문에 한물간 퇴역 장군의 암살 사건으로 방향을 급선회했는지도 모를 일이다.

어쨌든 일은 틀어졌다. 노인의 시체는 가루가 되어버렸다. 한자 말대로 가루를 가지고는 아무런 쇼도 펼치지 못한다.

한자가 시계를 봤다. 그리고 할 이야기는 대충 다 끝났다는 듯 자리에서 일어났다.

"가야겠군. 자네 때문에 일이 많이 틀어졌어. 나는 이제부터 그걸 수습해야 하고."

"나 때문에?"

래생이 눈을 치켜뜨고 한자를 바라봤다.

"설계가 변경된 걸 알았으면 나에게 미리 귀띔을 해줬어야지, 왜 자네 자리도 아닌 곳에 꾸역꾸역 기어들어가서 옴팡 뒤집어쓸 일을 만드나." 참 한심하고 딱하다는 투로 한자가 말했다.

이제 한자는 너구리 영감의 서재를 박차고 나올 때에 비해 훨씬 여유와 안정감을 찾은 것 같았다. 현실주의자답게 한자는 잘못된 일을 재빨리 털어낼 줄 알았다. 이미 한자의 머릿속에는 쇼를 펼치기에 적당한 인물이 떠올랐을지도 모른다.

"혹시 오해하고 있을 것 같아서 내가 말해주는 건데, 자신을 과대평가하지 마. 자넨 별거 아냐. 인간이라는 건 말이야, 그가 서 있는 자리가 그 인간의 전부지. 그러니 이 도서관을 떠나는 순간 자넨 그저 푸주의 퇴물 자객이나 한 번 쓰고 버려지는 일주들과 똑같아. 몸조심해. 담배도 좀 작작 피우고. 하루에 두 갑씩이나 피워대는 저질 폐로 나중에 도망이나 제대로 치겠어?"

한자가 그 특유의 거만하고 얄미운 미소를 지었다. 그리고 밖으로 나가기 위해 옷매무새를 가다듬었다.

"아! 내가 명함 줬나?"

한자가 뭔가 중요한 것을 잊어버린 것처럼 과장된 제스처를 취하며 말했다. 래생은 아무 대답도 하지 않고 그저 한자의 얼굴을 바라봤다. 한자가 금박 명함 케이스에서 명함 한 장을 꺼냈다. 그리고 래생 앞에 놓았다.

"자네에게 필요할 거야. 이 도서관은 곧 문을 닫을 것 같으니까. 그리고 훗날을 생각해서 공손하게 말 높이는 것도 좀 배워둬. 형한테 꼬박꼬박 반말하는 거, 그거 남들 보기에 안 좋아. 다 자넬 위해서 하는 말이야."

한자가 눈을 찡긋거렸다.

"나는 아무한테나 반말을 해. 그리고 당신은 나에게 아무나고."

래생이 한자의 명함을 재떨이에 집어넣고 그 위에 담배를 비벼 껐다. 한자가 래생이 하는 짓을 보고 있다가 고개를 설레설레 흔들고는 다시 금박 명함 케이스에서 명함 한 장을 꺼내 이번에는 래생의 상의 주머니에 집어넣었다. 그리고 손바닥으로 래생의 볼을 톡톡 쳤다.

"정신 차려야지. 언제까지 그렇게 귀엽게 살래?"

한자가 휘파람을 불면서 도서관 마당을 향해 뚜벅뚜벅 걸어나갔다. 도서관 문이 닫히기 전, 한자가 사팔뜨기 여자 사서에게 "어휴, 밖에 춥죠? 정말 죄송해요. 별것도 아닌 이야기가 길어져서 말이죠" 하고 유쾌하게 떠드는 소리가 들렸다. 사팔뜨기 여자 사서가 "아니에요, 별로 춥지 않아요. 호호호" 하고 오두방정을 떨며 말하는 소리도 들렸다.

래생은 담배를 하나 더 꺼냈다. 하지만 래생은 담배에 불을 붙이지 않고 그저 바라보기만 했다. 한자의 말이 맞다. 이 일은 원래 래생이 할 일이 아니었다. 설계자들은 신문을 떠들썩하게 만드는 암살에 고급 자객을 쓰지 않는다. 이런 종류의 일은 이제 아무도 불러주지 않는 퇴물 자객이나 군대를 제대하고 아무것도 모른 채 이 세계에 막 뛰어든 철없는 일주들의 몫이었다.

일단 암살 사건이 외부로 드러나면 경찰이 가장 먼저 찾는 사람은 저격수다. 그들이 궁금해하는 것은 결국 '누가 총을 쐈는가'뿐이다. 그리고 그들은 총을 쏜 자만 찾아내면 만사가 해결될 거라는 터무니없는 환상에 빠진다. 생각해보면 누가 총을 쐈는지는 하나도 중요한 문제가 아니다. 그것은 어쩌면 이 암살 사건에서 가장 하찮은 문제일 것이다. 언제나 핵심은 총을 쏜 자가 아니라 총을 쏜 자 뒤에 누가 있느냐는 것이다. 그러나 기나긴 암살의 역사에서 총을 쏜 자 뒤에 누가 있는지 명백히 밝혀진 적은 단 한 번도 없었다.

사람들은 오즈월드가 케네디를 죽였다고 믿는다. 하지만 멍청이 오즈월드 따위가 어떻게 케네디를 죽일 수 있었겠는가. 언론과 경찰이 오즈월드의 주변을 열심히 뒤적거리는 동안 케네디를 암살한 거대한 배후와 암살의 설계자들은 느리고 조용한 걸음으로 뿔뿔이 흩어져 안전한 자기 집으로 돌아간다. 그들은 안락의자에 기대 샴페인을 마시며 뉴스를 본다. 그리고 며칠 뒤 어릿광대였던 오즈월드가 또다른 삼류 암살자들에 의해 계획대로 제거되면 경찰은 이제 사건의 핵심이 죽어버렸으니 어쩔 수 없잖아! 하는 표정으로 슬슬 사건을 종결시킨다. 세상은 한 편의 거대한 코미디다. 그러니 경찰은 총을 쏜 자만 찾아내면 되고 설계자들은 총을 쏜 자만 제거하면 된다.

경찰은 총을 쏜 자를 찾아내고, 취조하고, 고문한다. 얼떨결에 방아쇠를 당긴 이 얼간이는 자기가 쏜 총알만큼이나 빠른 속도로 언론의 뜨거운 이슈가 된다. 주위 사람들은 그가 이런 엄청난 일을 저지를 수 있는 사람이었다는 데 당황하고 놀라워한다. 언론은 이 얼간이의 주변에서 사건과 사실상 아무런 상관도 없는 파편들을 찾아내 모자이크를 한 뒤 이 얼간이를 하나의 신화로 만들어낸다. 그런데 한 가지 재미있는 사실은 정작 총을 쏜 얼간이는 이 사건에 대해 아는 게 거의 아무것도 없다는 점이다. 심지어 그는 자기가 뭔 짓을 저질렀는지도 모를 것이다. 설계자들이 왜 퇴물 자객이나 일주 따위들에게 그런 중요한 정보를 주겠는가. 설계자들이 암살자에게 주문하는 것은 어느 시대나 어느 나라나 한결같다. "누가 너보고 생각하래? 너는 닥치고 방아쇠만 당기면 돼."

래생은 다시 담배에 불을 붙였다. 문득 노인의 시체를 태우지 않았다면 자신은 지금쯤 시체가 되었을 거라는 생각이 들었다. 래생의 시체를 소각로에 집어넣을 때 털보는 어떤 표정을 지을까, 갑자기 털보의 표정이 궁금했다. 또 그 큰 덩치로 오버를 하며 펑펑 울겠지, 그러다 한자가 돈을 건네면 언제 울었냐는 듯 헤헤 하고 굽실거리며 두 번씩 지폐를 세겠지. 래생이 두 모금째 담배를 빨고 있을 때 사팔뜨기 여자 사서가 몸을 부르르 떨면서 자기 자리로 돌아왔다. 여자는 의자에 걸어둔 카디건을 걸치고도 추위가 가시지 않는지 책상 아래에 놔둔 전기스토브를 켜고 열심히 손을 비볐다. 여자는 한참 동안이나 책상 아래에 웅크려 불을 쬐고 나서야 허리를 펴고 자리에 앉았다.

"담배 좀 작작 피우지 그래요?" 여자가 래생을 한심하다는 듯 바라보며 말했다.

래생이 재떨이에 담배를 비벼 껐다. 그리고 너구리 영감의 서재를 바라봤다. 서재의 문은 굳게 닫혀 있었다. 지금 들어가는 것이 좋을까, 아니면 격노한 너구리 영감이 마음을 가라앉힐 수 있도록 조금 있다가 들어가는 것이 좋을까. 어느 쪽으로도 선뜻 마음이 움직이지 않았다.

"이 도서관이 문을 닫으면 뭘 할 생각이에요?" 래생이 여자 사서에게 물었다.

"도서관이 문을 닫아요?"

여자가 놀란 표정을 지었다.

"아뇨, 만약에 문을 닫는다면 말이에요."

래생의 말에 대해 생각을 하는 듯 사팔뜨기 여자 사서가 잠시 머뭇거렸다.

"좋은 남자 만나서 시집갈래요."

"좋은 남자라……" 래생이 여자의 말을 곱씹었다. "그럼 저는 어때요?" 래생이 물었다.

여자가 미친 것 아니냐는 표정으로 래생을 바라봤다.

"총 맞았어요?"

여자가 어찌나 크게 소리를 질렀는지 도서관 천장 돔이 쩌렁쩌렁 울렸다. 래생은 여자를 향해 피식 웃고는 테이블 위의 유골함을 들고 자리에서 일어났다. 그리고 너구리 영감의 서재를 향해 걸어갔다.

서재 문을 열었을 때 너구리 영감은 평소와 다름없이 백과사전을 소리내어 읽고 있었다. 래생의 예상과 달리 너구리 영감의 표정에는 별 변화가 없었다. 너구리 영감은 늘 있던 자리에서, 늘 읽던 책을, 늘 읽던 방식으로 소리내어 읽고 있었다. 몇 년 전부터 너구리 영감은 영문판 브리태니커 백과사전을 다시 읽고 있었다. 브리태니커 백과사전을 다 읽으면 또다시 브로크하우스 백과사전을 읽을 것이다. 같은 책을 수도 없이 반복해 읽는 저 독서의 목적은 대체 무얼까? 래생은 너구리 영감의 독서를 이해할 수 없었다. 래생이 서재 문을 닫을 때까지 너구리 영감은 책 읽기를 멈추지 않았다. 래생이 응접실 테이블 위에 유골함을 내려놓았다. 그럴 뜻은 아니었는데 유리가 깔려 있어 유골함을 놓는 소리가 유난히 컸다. 그제야 너구리 영감이 책에서 시선을 떼고 유골함을 바라봤다.

"왜 하루나 더 있었지?" 너구리 영감이 물었다.

분노한 목소리도 탓하려는 목소리도 아니었다. 그것은 그저 경과를 궁금해하는 목소리였다.

"장군께서 저녁이나 먹고 가라고 해서요." 래생이 담담하게 말했다.

뭔가를 더 물어올 줄 알았는데 너구리 영감은 고개만 끄덕였다. 너구리 영감이 돋보기안경을 책상 위에 벗어두고 의자에서 일어나 테이블로 왔다. 그리고 유골함의 흰 보자기를 풀고 단풍나무 상자를 바라봤다. 노인의 뼈와 늙은 개 산타의 뼈가 흰 종이에 반듯하게 싸여 있었다. 너구리 영감이 종이를 펼치고 뼛가루를 만졌다. 아마 그는 유골함에 생각보다 많은 양의 뼛가루가 있음을, 사람의 뼈와 성질이 다른 뼈가 섞여 있음을 눈치챘을 것이다. 하지만 영감의 표정에는 아무런 변화가 없었다. 어쩌면 겁 먹은 털보가 자기 혼자 살겠다고 영감에게 전화를 했을지도 모른다.

"털보가 곱게 갈아줬구먼." 너구리 영감이 만족스럽다는 듯 말했다. 그저 그뿐이었다. 그는 다시 종이를 접고 단풍나무 상자 두껑을 닫은 다음 흰 보자기로 단단히 묶었다. 그리고 유골함을 자신의 책상에 갖다놓았다.

"조용히 있어. 한동안 아무 일도 하지 말고." 너구리 영감이 말했다. 이제 나가보라는 뜻이었다.

"한자가 화가 많이 났던데요?" 래생이 물었다.

래생의 말에 너구리 영감이 피식 웃었다.

"한자가 화날 일이 뭐 있나. 다 자기 뜻대로 됐는데."

래생이 고개를 갸웃거렸다.

"수십억짜리 설계를 날려먹었다고 방방 뛰던데요?"

"이것 때문에 틀어질 일이었으면 애초에 우리에게 맡겼겠나. 이제 꼰대들에게 도서관이 설계를 비틀어서 일을 망쳤다고 떠들고 다닐 핑곗거리도 생겼으니 한자만 살판난 거지. 허허, 그놈 참. 어찌나 영리한지 도저히 못 당하겠어."

너구리 영감은 이 상황이 매우 재미있다는 표정이었다. 세상에, 이 상황이, 재미있는가?

"도서관, 문을 닫아요?" 래생이 물었다.

너구리 영감이 무슨 뜻인지 모르겠다는 듯 고개를 들어 래생을 바라봤다.

"한자가 도서관 문을 곧 닫을 거라고 엄포를 놓던데요?"

너구리 영감이 잠시 생각을 하더니 묘한 웃음을 지었다.

"닫으면 닫는 거지. 이 도서관에 무슨 대단한 영광이 있었다고 겁을 내나." 너구리 영감이 아무런 감정이 섞이지 않은 톤으로 말했다.

어떻게 그럴 수가 있을까. 지난 60년 동안 모든 것을 자신이 직접 관리해온 도서관이 문 닫는다는데 말이다. 툭 내뱉듯 말하는 너구리 영감의 목소리가 마치 오랫동안 준비하고 또 준비해온 사람처럼 차분했다. 그래서 어쩐지 비장한 느낌마저 들었다.

사람들은 너구리 영감이 도서관에서 태어나서 도서관에서 평생을 살았다고 말한다. 그것은 비유적인 표현이 아니다. 실제로 너구리 영감은 도서관에서 태어났다. 너구리 영감은 도서관 옆에 붙어 있는 조그만 사택에 살며 도서관의 지붕이나 전기 설비, 배관 같은 것들을 관리하는 소사의 아들이었다. 선천성 소아마비로 인해 절름발이였던 너구리 영감은 이 도서관에서 불과 여섯 살 때부터 청소를 시작했다. 열다섯 살에는 사서가 되었고 불과 스물일곱 살에 이 도서관의 주임이 되었다. 경성제국대학을 나온 인재들과 일본에 유학을 다녀온 제국주의 관료들 틈바구니에서 절름발이에다 초등학교도 채 마치지 않은 너구리 영감이 어떻게 주임이 되고 또 도서관장이 되었는지는 잘 모른다. 아마 똑똑한 사람들이 평생을 바쳐 지키기에 이 도서관은 너무나 무료하고 조용한 곳이었기 때문일 것이다. 어쩌면 똑똑한 사람들이 감당하기에는 이 도서관이 너무 위험한 곳이었거나.

너구리 영감은 유골 상자를 유심히 바라보고 있었다. 그러다 래생의 시선을 의식하고는 슬쩍 백과사전을 향해 고개를 돌렸다. 당연히 책을 보려는 것은 아니었다. 정말로 책을 읽으려 했다면 돋보기안경을 썼을 것이다. 멍한 눈으로 책을 응시하는 너구리 영감의 모습이 문득 늙어 보였다.

“가볼게요.” 래생이 말했다.

너구리 영감이 잠시 래생을 바라보더니 고개를 끄덕였다.

서재 문을 열고 나왔을 때 사팔뜨기 여자 사서는 점심을 먹으러 간 모양인지 자리에 없었다. 래생은 사팔뜨기 여자 사서의 자리에 앉았다. 책상 한쪽에 붉은 실 꾸러미와 뜨개바늘이 놓여 있었다. 밖에서 보이지 않도록 세운 칸막이 앞쪽에는 색깔별로 열 개나 들어 있는 매니큐어 세트와 앙증맞은 미니 화장대, 영화 촬영장에서 전문가들이나 들고 다닐 것 같은 메이크업 가방이 있었다. 그 옆에는 사무용품을 정리하는 플라스틱 서랍이 있었는데 그 각각의 칸에는 클립, 호치키스, 칼, 가위, 줄자 같은 이름표가 붙어 있었다. 래생이 클립이라는 이름표가 붙어 있는 서랍을 열자 거짓말같이 그 속에 클립이 있었다. 여자의 책상 곳곳에는 미키마우스, 곰돌이 푸, 판다, 일본 복 고양이 등등의 온갖 인형들이 매달려 있거나 얌전하게 앉아 있었다. 하지만 그것은 어지럽다기보다 마치 처음부터 그 인형들이 거기에 있었던 것처럼, 완벽하게 자기 자리를 찾은 것처럼 보였다. 래생은 빨간 티셔츠만 입고 팬티는 입지도 않은 채 배를 불룩 내밀고 있는 곰돌이 푸 인형을 손가락으로 툭툭 쳤다. 그리고 바보처럼 혼자서 피식 웃었다.

이제 개들의 도서관에는 더이상 책이 들어오지 않았다. 2년 전부터 너구리 영감은 책을 사지 않았고 정기적으로 들어오는 책도 받지 않았다. 그러니 엄밀히 말하면 이제 도서관에는 사서가 필요 없었다. 이 도서관에 필요한 것은 비서나 청소부였다. 전화를 받고, 쓰레기를 분리수거하고, 책들이 놓여 있는 서가에 조용히 내려앉는 먼지들을 이따금 닦아주기만 하면 되는 것이다.

래생은 사서 자리에서 일어나 도서관의 오래된 서가 사이를 천천히 걸었다. 지난 수십 년 동안 한 번도 펼쳐진 적 없어서 성냥 하나만 그어도 화약처럼 터질 것같이 잘 마른 책들이 일렬로 서서 래생을 바라보고 있었다. 래생이 책을 향해 손을 뻗었다. 손가락 끝으로 책등이 스쳐지나갈 때마다 래생은 어린 날에 뛰어다녔던 골목으로 돌아온 느낌이 들었다.

래생은 걸음을 멈추고 서가에서 책 한 권을 꺼냈다. 『만물의 유래사』. 래생은 책의 앞뒤 표지를 살펴보고 책장을 넘겼다. 지난 시절 래생이 해왔던 모든 독서처럼 그 책에 관심이 있어서도, 책 속에서 찾고 싶은 무언가가 있어서도 아니었다. 그것은 말 그대로 습관적인 행동이었다. 책은 "인류가 먹은 최초의 채소는 양파였다"라는 문장으로 시작하고 있었다. 반성적이지도 교훈적이지도 철학적이지도 않았다. 그 문장은 그저 '인류가 최초로 먹은 채소가 시금치나 당근이 아니라 양파였다'는 뜻일 뿐이었다. 편안한 독서를 위해 안락의자를 발명한 사람은 정치가 벤저민 프랭클린이라거나 인류가 최초로 사용한 도구는 망치였다, 같은 문장들이 하염없이 반복되는 책. "그래서 어쩌란 말이냐?" 하고 묻는다면 "아니, 그냥 그렇다는 얘기지" 하고 대답할 수밖에 없는 책. 래생은 피식 웃으면서 "너구리 영감이 좋아할 만한 책이군" 하고 중얼거렸다.

래생은 책을 서가에 다시 꽂고 도서관을 둘러봤다. 2층 환기창을 통해 내려온 햇살이 오래된 서가들을 비추고 있었다. 쇠락한 도서관. 좋은 시절은 모두 지나가버렸다. 한자 말대로 이제 도서관은 문을 닫아야 할지도 모른다. 암살 시장에 나타난 변화들을 감당하기에는 이 도서관의 모든 것들이 너무나 낡았다. 젊고 무모했던 시절. 위험하고 어려운 일도 군말 없이 깔끔하게 처리할 수 있었던 시절. 이곳저곳의 청부업자들이 너구리 영감을 찾고, 비싼 일거리가 연신 들어오고, 호주머니가 지폐로 넘쳐나던 시절. 기관 사람들조차 너구리 영감의 눈치를 봐야 했고, 너구리 영감의 말 한마디면 푸주 전체가 일사불란하게 움직이던 시절은 이제 지나가버렸다. 더이상 새 책이 들어오지 않는 것처럼 그런 큰 일거리들은 이제 도서관의 몫이 아니었다.

너구리 영감은 진즉에 이 늙어빠진 퇴물의 시절을 대비했어야 했다. 힘 있는 회사와 손을 잡거나 그게 여의치 않았다면 도서관의 오래된 고객 명단을 넘겨주고 한자와 거래를 했어야 했다. 절뚝거리며 어두운 골목길을 걷다가 슬러지들에게 칼침을 맞고 시궁창에서 시체로 발견되는 비참한 최후를 맞이하지 않으려면 하다못해 돈이라도 모아 뒀어야 했다. 남들처럼 스위스나 알래스카 같은 곳에 안전가옥을 마련해두는 것은 고사하고라도. 하지만 너구리 영감은 허물어져가는 도서관에서 내내 백과사전이나 읽으며 아무 짓도 하지 않았다. 너구리 영감에게 남아 있는 거라고는 헌책방 도매상조차 콧방귀를 뀔 낡고 낡은 책들뿐이었다.

이제 너구리 영감의 목숨은 한자의 산수에 달려 있었다. 너구리 영감이 여태 살아 있었던 것은 한자가 아직도 뽑아먹을 것이 있다고 생각하기 때문이었다. 한자의 산수에서 너구리 영감이 무용하다고 계산되는 순간, 그는 바로 죽을 것이다. 서가에서 유독 툭 튀어나온 책 하나를 밀어넣으며 래생은 문득 한자의 산수 속에 자신은 어떻게 계산되어 있을지가 궁금했다.

'도서관이 문을 닫을 때 내 인생도 문을 닫을까?' 래생이 피식 웃으며 고개를 갸웃거렸다.

래생은 2층 환기창으로 올라가서 서쪽 벽 모서리를 바라보았다. 그곳에는 아직도 어린 날의 래생이 앉아서 책을 읽었던 작은 책상과 작은 의자가 있었다. 래생은 학교를 다니지 않았으므로 개들의 도서관이 그의 유일한 학교였다. 또래 친구들이 없었던 래생에게 이 도서관은 유일한 놀이터이기도 했다. 래생은 늘 서가와 서가 사이를 뛰어다니며 놀거나 혹은 이 작은 책상에 앉아 책을 읽으며 유년의 대부분을 보냈다.

돌이켜보면 래생의 유년은 무관심과 무료함으로 가득차 있었다. 대부분의 아이들에게 선물처럼 주어지는 어른들의 자상함이라고는 밥그릇에서 떨어지는 밥알 한 톨만큼도 없었다. 래생의 유년을 채우고 있는 기억의 대부분은 오래된 서가들이 만들어내는 미로들, 책과 먼지들, 그리고 하루 종일 무표정하게 책만 읽고 있던 너구리 영감뿐이었다. 어렵게 친해진 사서들은 이내 다른 곳으로 떠나가버렸고, 이따금 들락거리던 암살자들과 표적을 찾는 트래커들, 그리고 교활한 정보상들은 무뚝뚝한 표정만 지을 뿐 아무 말도 없었다. 그중 누군가는 아직 살아 있고, 누군가는 분명히 죽었으며, 누군가는 아직 살았는지 죽었는지조차 알 수 없는 그토록 무뚝뚝하고 무표정했던 사람들 말이다.

아홉 살 생일날 래생의 뺨을 때린 이후로 너구리 영감은 래생의 독서에 대해 아무 말도 하지 않았다. 무엇을 읽으라고도 말하지 않았고 무엇을 읽지 말라고도 말하지 않았다. 자신의 인생에 무관심했던 것처럼 래생에게도 무관심했다. 도서관은 언제나 텅 비어 있었다. 선반 위에 놓여 있는 선인장이나 수석 같은 장식품들과 별다를 바 없는 책들과 함께 아무도 관심 갖지 않았던 래생의 유년도 이 텅 빈 도서관 어딘가에 덩그러니 놓여 있었다.

래생은 순전히 무료함 때문에 책을 읽었다. 책을 읽는 것이 좋았기 때문이 아니라 너무나 심심하고 너무나 외로웠기 때문에 할 수 없이 책을 읽었다. 래생은 아홉 살 때 혼자서 글자를 깨친 다음 열일곱 살까지 이 도서관에서 살았다. 도서관에서 살아야 했기 때문에 래생은 할 수 없이 책을 읽었다. 열일곱 살 때 첫 살인을 해서 번 돈으로 래생은 도서관 밖에 조그만 방을 구했다. 사람을 죽여서 번 돈으로 밥솥과 밥그릇을 샀고, 식탁과 수저를 샀다. 그리고 그 밥솥으로 처음 혼자 밥을 해먹었다.

정오의 햇살이 내리는 2층 환기창 아래서 래생은 도서관 내부를 바라봤다. 점심을 먹으러 간 사팔뜨기 사서는 아직 돌아오지 않았다. 너구리 영감의 서재 문도 여전히 닫혀 있었다. 래생은 동쪽 서가와 북쪽 서가를, 그리고 남쪽 서가와 서쪽 서가를 번갈아 바라봤다. 책들이 머물러 있는 서가는 안개가 깔린 밤바다처럼 적막하고 고요했다. 문득 이 고요한 도서관이 지난 90년간 암살단의 본거지였다는 사실이 믿기지 않았다. 그 무수한 죽음들이, 그 숱한 암살과 의문의 실종과 위장된 사고사와 감금과 납치가 이 도서관에서 계획되고 결정되었다는 사실이 의아했다. 누가 이따위 도서관을 만들고 이 끔찍한 삶들을 도서관에서 시작하려고 했던 것일까. 이해가 되지 않는다. 세탁소전국연합 사무실이나, 양계장활성화조직위원회 사무실 같은 곳에다 만드는 것이 더 어울렸을 것이다. 그런데 왜 굳이 도서관이었던 것일까. 도서관은 이렇게 조용하고, 이곳에 가득 쌓인 책들은 저토록 무책임한데.

캔맥주를 마시다

래생이 캔맥주를 땄다.

오전 7시 반. 붉은 벽돌로 된 4층 연립주택들이 줄줄이 이어진 골목길은 출근하는 사람들로 번잡스러웠다. 래생은 창문을 조금 열고 담배에 불을 붙였다. 이상한 날씨다. 한쪽에선 가늘게 햇볕이 내리쬐는데 또 한쪽에서는 가늘게 빗방울이 내린다. 사실 내린다기보다는 날린다는 표현이 더 적절하다. 잘 다려 입은 정장 차림으로 출근을 하는 사람들이 하늘을 보면서 우산을 써야 할지 말아야 할지 짜증스러운 표정을 지었다. 래생은 이토록 이상한 날씨에도 출근을 해야 하는 사람들을 위로하며 캔맥주를 한 모금 마셨다.

아침과 캔맥주는 어울리지 않아 보이지만 실제로는 의외로 어울린다. 일을 끝내고 마시는 저녁의 캔맥주가 시원함과 보상과 휴식의 느낌을 준다면, 아침의 캔맥주에는 쓸쓸함과 몽롱함과 부적절함 그리고 깊은 밤을 지나와서도 끝내고 싶지 않은 무책임에 대한 욕망이 있다. 래생은 아침에 캔맥주를 마실 때 드는 그런 무책임한 느낌이 좋았다. 창밖으로 허겁지겁 바삐 출근하는 사람들을 보면서 '모두들 참 열심히도 사는군. 내 인생은 될 대로 되라지' 하고 스스로를 빈정거리게 되는 그 무책임함 말이다.

래생이 다시 캔맥주를 한 모금 마셨다. 남들이 바쁘게 출근하는 모습을 보면서 홀짝홀짝 캔맥주를 마시고 있으면 아주 비현실적인 상상들이 머릿속에 떠오르곤 했다. 예를 들어 그것은 죽은 래생이 관 속에 누워서 저녁식사 메뉴를 고민하는 상상 같은 것이다. 래생은 죽어서 관 속에 있는데 여전히 배가 고프다. '어떻게 이럴 수가 있는 거지? 시체가 배가 고프면 대체 어쩌자는 거야.' 래생은 답답하다. 하지만 아무도 죽은 래생을 위해서 밥을 가져다주지는 않는다. 병풍 앞에서는 장례식에 온 사람들이 래생에 대해 이러쿵저러쿵 떠들고 있다. "정말 재수 없는 놈이었지?" "그래, 더할 나위 없이 엿 같은 놈이었어." 사람들은 떠든다. "죽은 사람 앞에 두고 이런 말 하는 게 좀 그렇지만, 사실 좀 짜증나는 놈이긴 했지. 어린놈이 말이야, 나이 많은 어른에게 반말이나 찍찍 해대고 말이야, 고생하는 나한테 여태껏 수고했다는 말 한마디 없었다니깐." 그 목소리의 주인공은 털보다. 래생은 약이 바짝 올라 그따위 말을 지껄이는 털보의 뒤통수라도 한 대 갈기고 싶지만 그럴 수가 없다. 래생은 시체인 것이다.

래생은 피우던 담배를 끈 후, 다시 새 담배에 불을 붙이고 두통약을 한 알 먹었다. 그리고 캔맥주를 한 모금 마셨다. 두통약, 담배, 캔맥주. 머릿속은 마치 거대한 안개가 들어앉은 것처럼 언제나 무겁고 흐릿하다. 어떤 시절, 아무 이유도 없이 불안이 엄습했고 기분이 바닥으로 떨어지곤 했다. 그런 시절에 래생은 아침부터 캔맥주를 마셨다. 집 안에 꼭 틀어박혀서 음악을 틀어놓고, 창틀에 앉아 몸을 달팽이처럼 웅크린 채 내내 캔맥주를 마시는 것이다.

래생은 남은 캔맥주를 마저 마시고 캔을 찌그러뜨렸다. 그리고 책상 위에 찌그러진 캔을 놔뒀다. 책상 위에는 이미 두 개의 찌그러진 캔이 있었다. 그리고 찌그러진 캔 옆에는 얼마 전 래생의 변기 속에서 발견된 폭탄도 있었다. 래생이 폭탄을 집었다. 성냥갑 크기보다 더 작은 폭탄이었다. 너무나 앙증맞게 생겨서 이까짓 게 터져봐야 무슨 일이 생기겠어? 하는 안도감을 주는 폭탄이랄까. 하지만 폭탄을 살펴본 푸주의 잡화 아저씨 생각은 달랐다.

"폭탄이 어디에 있었지?"

"우리집 변기 안에요."

"엉덩이 하나쯤은 충분히 날리겠는데?"

"이 정도 폭약으로 엉덩이가 날아갑니까?"

"변기 속에서는 압력이 높아지거든. 폭죽을 손에 쥐고 있는 거랑 똑같은 상태가 되지. 거기다가 자네가 똥을 눈답시고 엉덩이로 변기를 막아주면 한마디로 폭탄이 터지기에 퍼펙트한 상태가 되는 거야."

"죽을 수도 있다는 말인가요?"

"엉덩이 없이 살아 있는 놈 봤나?"

"경고용이나 위협용은 아니군요."

"터지면 아니지. 하지만 정말로 터질지는 잘 모르겠어. 이런 물건은 한 번도 본 적이 없어서. 방수 처리도 잘 되어 있고, 자네가 똥을 눌 때 반응하도록 독특하게도 화학 신관을 썼지, 폭탄 양도 딱 엉덩이를 날릴 만큼 계산이 잘 되어 있고. 하지만 정말로 터졌을 거라고는 장담 못해. 아마추어가 만든 거니까. 프로들은 폭탄을 이렇게 복잡하게 안 만들지. 복잡하게 만들어야 할 이유가 전혀 없으니까."

잡화 아저씨가 폭탄을 들어올려 불빛에 이리저리 비춰보고 연신 감탄을 했다.

"그래도 확실히 독창적이야. 누가 이렇게 귀여운 폭탄을 만들었을까? 적어도 내가 아는 놈들 중에는 이렇게 독창적인 놈이 없는데, 한번 만나보고 싶은 놈이네."

래생이 기분 나쁜 표정으로 잡화 아저씨를 바라봤다. 래생은 열두 살 때부터 이 잡화점으로 심부름을 다녔다. 그러니 잡화 아저씨와 20년을 알고 지낸 셈이었다. 그런데도 잡화 아저씨는 여차했으면 엉덩이가 날아간 채 죽었을 래생에 대해서, 래생이 설계자의 명단에 올랐을지도 모른다는 비극적인 사실에 대해 전혀 관심이 없는 태도였다. 저 사내에게 래생은 이 잡화점을 들락거리다가 죽어간 무수한 암살자들과 아무 차이가 없는 것이다.

"어쨌든 기관 사람들 짓은 아니군요?" 래생이 물었다.

"모르지. 요즘엔 용병도, 회사도, 설계자들도 너무나 많아서 누가 어디서 뭔 짓을 하는지 아무도 모르니까. 그나저나 무슨 잘못을 저질렀지?"

"따지자면 제가 죽어야 할 이유는 너무 많죠. 이 바닥에서 15년이나 일했으니까."

래생이 이제 그만 감탄하고 폭탄을 달라는 뜻으로 손을 내밀었다.

"어쨌든 이번엔 용케 살아남았네?"

잡화 아저씨가 신관이 분리된 폭탄을 래생에게 건네며 말했다.

"변비였거든요."

변기 속에서 폭탄이 발견된 것은 일주일 전이었다. 집안에 들어섰을 때 냄새가 달랐다. 문을 열면 앞도 안 보고 정신없이 달려오던 고양이들이 머뭇거렸다. 누군가 다녀간 것이 틀림없었다. 래생은 공기중에 미세하게 떠 있는 낯선 냄새를 기억하기 위해 한동안 그 자리에 가만히 서 있었다. 향수? 화장품 냄새? 아니라면 체취? 하지만 그 냄새는 너무나 희미하게 공기중에 떠 있었으므로 정체가 무엇인지 정확하게 알아낼 수 없었다. 어쨌든 이런 냄새를 남기고 간 침입자라면 아마추어일 것이다. 프로들은 냄새를 남기지 않는다.

래생은 조심스럽게 신발장을 열고 분말 스프레이를 꺼내 현관 바닥에 뿌렸다. 낯선 신발 자국이 있었다. 250밀리미터 정도의 운동화 자국이었다. 키가 아주 작은 남자거나 여자의 발자국일 것이다. 거실 바닥에는 신발 자국이 없었다. 침입자는 예의 바르게도 현관에서 신발을 벗고 집안으로 들어갔다.

"경우가 바른 놈이군." 래생이 중얼거렸다.

래생은 거실로 들어가 천천히 집안을 둘러봤다. 누군가 다녀갔다면 거기 있어야 할 것이 없거나 거기에 없어야 할 것이 있기 마련이다. 언뜻 보기에 달라진 것은 없어 보였다. 하지만 자세히 살펴보자 몇 개의 물건이 제자리에 있지 않았다. 래생이 읽다가 책상 위에 차곡차곡 쌓아둔 책들은 반대 순서로 쌓여 있었다. 항상 세번째 책장에 놓아두던 추의 헨켈이 두번째 책장으로 내려와 있었고 캥거루 주머니 편지

꾲이에 있던 고양이 낚싯대도 테이블 위에 놓여 있었다. 부엌에는 아직 물기가 남아 있는 커피잔이 있었고 행주는 살짝 젖어 있었다. 래생은 커피잔을 들어서 냄새를 맡아보고 불빛에 비춰보았다. 그리고 어이없다는 듯 웃었다. 뭘 하는 놈일까?

침입자는 래생이 읽던 책을 맨 위에서부터 한 권씩 살펴봤다. 인생이 그렇게 한가한가? 여기까지 몰래 들어와서 래생이 읽고 있는 책 따위가 왜 궁금했던 것일까. 이해가 되지 않았다. 뿐만 아니라 꽤나 많은 물건들을 별뜻 없이 만지작거렸다. 장난감 낚싯대까지 꺼낸 걸로 보아 고양이와 장난도 치려고 했던 모양이다. 그리고 부엌에 가서 손수 커피를 끓여 마셨고 자기가 마신 커피잔을 설거지까지 해놓고 갔다. 이거 미친 거 아닌가?

래생이 집을 비운 시간은 고작 두 시간이었다. 월요일, 수요일, 금요일 오후 2시에 래생은 늘 수영장에 갔었다. 몇 번 빠진 적도 있었지만 대체로는 그랬다. 아마도 래생이 수영장 안으로 들어가는 것을 확인하고 나서야 집안에 발을 들였을 것이다. 침입자는 래생의 동선을 정확히 알고 있었다. 설계자가 있다. 설계자들이 제일 처음 하는 짓이 표적의 동선을 파악하는 일이니까. 래생이 빠져나간 두 시간 동안 침입자는 집안을 여유 있게 돌아다녔다. 아마추어여서가 아니라 흔적을 남기지 않기 위해 전혀 애를 쓰지 않은 것 같았다. 마치 "내가 왜 여기 왔는지 곰곰이 생각해봐" 하고 질문을 던지듯이.

래생은 거실 중앙에서 한동안 서 있었다. 잠시 후 래생은 무슨 대단한 결심이라도 한 듯 모든 전등을 켠 다음 집안을 뒤지기 시작했다. 칼자국이 났거나 뜯어진 벽지가 없는지 벽지 전체를 꼼꼼히 살펴보고, 같은 식으로 천장과 마룻바닥을 살펴보았다. 가스레인지 내부를 확인하고, 도시가스 밸브 상태를 확인하고, 싱크대 아래를 살펴보고, 냉장고 문을 열어 냉장실과 냉동실 안을 살폈다. 래생은 집안에 있는 모든 서랍을 다 뒤졌고, 자신이 가지고 있는 모든 상자를 다 열었고, 장롱 안과 책장 사이, 신발장, 전등 속, 벽시계 뒷면, 장식장을 뒤졌다. 그리고 침대, 세탁기, 창문 틈, 커튼 속까지 살폈다. 하지만 아무것도 없었다.

래생은 창밖을 바라봤다. 해가 지고 있었다. 설계자들의 명단에 올랐을지도 모른다. 그런데 아무 생각이 나지 않았다. 무언가 생각을 해야 하는데…… 생각을 해야 하는데…… 하지만 머릿속은 거대한 스모그가 들어앉은 것처럼 멍했다. 마치 그동안 생각을 중지하고 살아온 것처럼, 무엇부터 생각해야 하는지조차 알 수가 없었다. 누군가 이 집에 들어왔다. 일반인의 방이 아니라 암살자의 방에 말이다. 재미 삼아 들어오지는 않았을 것이다. 폭탄을 설치했거나, 아니라면 도청 장치라도 설치했을 것이다.

래생은 자신이 찾고 있는 것이 무엇인지도 모르면서 다시 집안을 뒤지기 시작했다. 이번에는 정밀 검사였다. 커피통을 열어서 커피를 다 쏟아낸 뒤 밑바닥을 확인했고, 작센하우스 핸드밀을 분해했고, 조미료통의 조미료를 모두 버린 다음 그 통을 확인했고, 쓰레기통을 다 엎어놓고 쓰레기들을 일일이 뒤졌다. 컴퓨터 본체를 열고 부품들을 모두 뜯어낸 다음 그것을 하나하나 확인했고, 텔레비전과 라디오를 열어서 내부를 살폈고, 냉동실에 있는 갖가지 냉동식품들을 모두 꺼내 포장을 찢은 다음 냉동 생선의 속을 살피고 만두를 하나하나 잘라보기도 했다. 신발장 안의 모든 신발들을 꺼냈고 옷장 안에 있는 모든 옷들의 호주머니 속을 뒤졌다. 그리고 거실 책장 속에 있는 모든 책들을 다 끄집어내서 일일이 살폈다. 심지어 고지서나 편지 안에 무언가가 들어 있을지도 모른다는 생각에 봉투를 열어보기도 했다.

밤이 지나가고 해가 떴을 때에도 래생은 계속 무언가를 분해하고 있었다. 꼬박 스물한 시간 동안 래생은 밥도 먹지 않고 잠도 자지 않은 채 쉴새없이 물건들을 뜯어서 그 안을 살펴봤다. 온 집안의 모든 것이 분해되고 찢겨서 마치 폭탄을 맞은 도시처럼 쑥대밭이 되었을 때에도 래생은 멈추지 않았다. 이따금 어쩌면 침입자가 집안에 아무것도 남기지 않고 갔을지도 모른다는 생각을 했다. 하지만 그러거나 말거나 래생은 멈추지 않고 계속해서 물건들을 분해했다. 래생은 분노에 가득찬 얼굴로 물건을 찢고, 비틀고, 열고, 멀뚱멀뚱 바라보다가 집어던졌다.

래생은 이제 더이상 분해할 것도 없이 완벽하게 망가진 벽시계를 한쪽에 집어던지고 칼로 매트리스를 찢기 시작했다. 매트리스 속의 스프링이 칼날과 부딪치며 미끄러지는 소리가 신경을 거슬렀다. 래생은 매트리스 속에서 스펀지들을 끄집어냈다. 스펀지 사이로 아무것도 보이지 않으면 래생은 다시 그 옆을 칼로 찢어서 똑같이 스펀지를 끄집어냈다. 바보 같은 짓을 하고 있다는 것쯤은 래생도 알고 있었다. 하지만 래생은 매트리스에 대고 부질없는 칼질을 반복하고 있었다. 매트리스에 칼을 쑤셔넣고, 찢고, 미친듯이 스펀지를 뜯어내고, 머리를 기울여 속을 확인하고……

햇살이 베란다를 지나 래생의 얼굴을 비췄다. 래생은 울고 있었다.

래생은 눈물이 가득한 얼굴로 창밖의 해를 바라봤다. 어떤 부끄러움이 그토록 따뜻하고 포근한 느낌과 함께 래생의 얼굴 위로 내리쬐고 있었다. 래생은 자신의 손을 바라봤다. 물건들을 억지로 뜯고 비트느라 손톱이 깨져 있었고, 칼날에 베인 손가락에서 피가 나고 있었다. 문득 배가 고팠다. 스물한 시간 동안 쉬지 않고 이 집 전체를 분해한 것이다. 하지만 밥을 챙겨먹을 힘 같은 건 이제 없었다. 래생은 칼과 드라이버를 한쪽에 던져두고 칼로 난자되어 다 뜯어진 소파에 기댄 채 잠이 들었다.

래생은 오후에 일어났다. 여전히 해가 떠 있었다. 집안은 뜯기고, 분해되고, 찢어진 물건들로 발 디딜 틈도 없었다. 래생은 멍한 눈으로 자신이 벌여놓은 짓거리들을 바라봤다. '대체 왜 그러는 거지?' 래생이 자신에게 물었다. 하지만 래생의 속에 있는 수없이 많은 목소리들 중 그 누구도 대답을 하지 않았다.

래생은 쓰레기봉투를 가져와서 자신이 뜯고 분해한 물건들을 집어넣었다. 오래된 물건도 있었고 새로 산 물건도 있었다. 추억이 있는 물건도 있었고 이것이 왜 집안에 있었는지 이해할 수 없는 물건도 있었다. 그 무엇과도 상관없이 래생은 쓰레기봉투에 물건들을 집어넣었다.

20리터짜리 쓰레기봉투 스무 개를 채웠을 때에야 집안은 깨끗해졌다. 래생은 쓰레기봉투를 연립주택 앞의 공동 쓰레기장에 갖다놓았다. 다 뜯어지고 스프링이 튀어나온 매트리스와 소파도 갖다놓았다. 표적이 되었다면 설계자가 고용한 그림자가 래생을 관찰하고 있을 것이다. 그놈이 쓰레기봉투를 가져갈 수도 있을 것이다. 하지만 래생은 상관없다고 생각했다.

'나는 이제 필요 없으니 내 쓰레기들이 필요하면 맘껏 처먹어라.'

설계자들은 쓸데없이 움직이지 않는다. 표적이 된 것이 확실했다. 살아남을 수 있을까? 살아남을 수 없을 것이다. 지난 15년 동안 설계자들을 피해 살아남은 사람을 단 한 명도 보지 못했다. 빨리 죽는 놈이 있고 좀더 오래 버티다 죽는 놈이 있을 뿐이다. '하지만, 왜, 내가, 표적이, 되었을까?' 질문을 던지고 래생은 피식 웃었다. 생각해보면 그건 꽤나 웃긴 질문이다. 래생이 던져야 할 질문은 '왜 내가 죽어야 할까?'가 아니라 '어떻게 내가 지금까지 살아남을 수 있었을까?' 같은 것이었다. 설계자들이 정기적으로 벌여놓은 일들을 청소하는 이 바닥에서 15년이나 암살자로 살아온 것이다. 그러니 찾아보면 래생이 표적이 되어야 할 이유는 수없이 많을 것이다. 개들의 도서관이 없었다면, 너구리 영감이 없었다면 래생은 벌써 예전에 죽었어야 했다. 서른두 살, 평균수명으로 볼 때는 죽기에 젊은 나이지만 암살자로서는 오래 버틴 셈이다. 15년이다. 죽을 때가 지났다. 〈나라야마 부시코〉에 나오는 오린 할머니처럼 맷돌에 이빨을 부수고 산으로 갈 때인 것이다.

집으로 돌아온 래생이 제일 먼저 한 일은 마트에 캔맥주 열 박스를 주문한 일이었다. 불안이 신경 위로 튀어오를 때, 강바닥 같은 고요한 두려움이 밀려올 때, 끝이 보이지 않는 우울의 깊은 늪으로 하염없이 빠져들고 있을 때, 누군가를 죽이고 돌아왔을 때, 그리고 난감한 일이 바로 코앞에 닥쳐왔을 때 래생은 무책임하게 집안에 처박혀서 캔맥주를 마셨다.

캔맥주의 주간. 계속해서 시원한 캔맥주를 마시고 싶다면 준비가 필요하다. 일단 최대한 캔맥주가 많이 들어갈 수 있도록 냉장고 안의 음식들을 모두 버린다. 마트에 자신이 먹을 수 있는 적당한 양의 캔맥주를 주문한다. 그리고 냉장고를 캔맥주로 가득 채운다. 배가 부르지 않고 또 배가 고프지 않도록 냉동실에서 땅콩과 마른 멸치를 꺼낸다. 그러면 모든 준비가 끝난 것이다. 이제 냉장고를 열고, 캔맥주를 꺼내고, 캔맥주를 따고, 캔맥주를 마시고, 속이 텅 빈 캔을 찌그러뜨리기만 하면 된다.

표적이 되었다. 무엇이든 해야 하지 않을까? 캔맥주를 홀짝홀짝 마시며 래생은 한번씩 생각했다. 하지만 래생은 아무 짓도 하지 않고 캔맥주만 마셨다. 냉장고 문을 열어 캔맥주를 꺼내고, 캔맥주를 따고, 캔맥주를 마시고, 캔을 찌그러뜨리는 일만 했다. 가끔 입속에 땅콩 몇 알을 집어넣고 오물거렸고, 변기에 오줌을 누면서 거울에 비친 자신의 얼굴을 바라보았다. 그리고 변기 물을 내리고 다시 냉장고 문을 열어 캔맥주를 꺼냈다. 냉장고 문을 열면서 '냉장고를 분해하지 않은 것은 정말 잘한 일이야' 하고 자신의 센스에 경탄하기도 했다.

래생이 폭탄을 발견한 것은 그로부터 이틀 후였다. 그때 래생은 변기 속에 머리를 처박고 세번째 구토를 하고 있었다. 서너 번의 구토는 캔맥주의 주간을 제대로 보내기 위한 통과제의 같은 것이다. 구토를 하고 다시 캔맥주를 마시고 구토를 하고 다시 캔맥주를 마신다. 그러다보면 어느새 구토가 멈추고 계속해서 캔맥주를 마실 수 있는 몸으로 바뀌는 것이다. 아무것도 먹은 것이 없었으므로 변기 속의 토사물에는 노란 위액과 같이 올라온 맥주와 멸치 대가리 몇 개밖에 없었다.

래생이 이제 더이상 나올 것도 없는 구역질을 계속하고 있을 때 변기 구멍 깊숙한 곳에 무언가가 달라붙어 있는 것이 보였다. 래생은 한동안 멍하니 변기 구멍 속을 바라보다가 손을 집어넣어 거기 달라붙어 있는 것을 꺼냈다.

그것은 세라믹으로 된 작은 상자였다. 변기 색깔과 같은 흰색이었고 같은 재질이어서 대충 봐서는 구분하기가 쉽지 않아 보였다. 래생은 일회용 비누처럼 생긴 세라믹 상자를 한참 동안이나 자세히 살펴보았다. 그것은 폭탄이었다. 어째서 그럴 수 있었는지 모르겠지만 처음 래생의 마음속에 생긴 감정은 놀라움이나 두려움이 아니라 편안함이었다. 그것이 다행한 일이건 불행한 일이건 상관없이, 마땅히 그 자리에 있어야 할 것이 그 자리에 있어서 생기는 편안함 말이다.

전화벨이 울렸다. 래생이 전화를 받았다. 트래커 정안이었다.

"내가 싹 뒤져봤는데 한 칠팔 년 전에 벨기에에서 이런 물건이 유행했다고 하네."

"변기폭탄이?"

"바보냐? 변기폭탄이 잘도 유행했겠다."

"그럼?"

"변기를 날릴 만큼은 아니고, 캡슐로 만든 다음 몸속에서 아주 작은 폭발을 일으켜 의료사고 정도로 위장하는 거지. KGB 애들이 심장박동기나 인슐린펌프 같은 거 몸에 달고 있는 뚱뚱한 러시아 정치인들 제거할 때 사용했다고 하더라고."

"그게 이 폭탄이랑 뭐가 비슷한데."

"폭탄의 기본 구조가 비슷해. 부품도 벨기에제고. 신관, 센서 다 벨기에제야. 폭약만 미제인데 이건 너무 흔해서 애들도 깡통시장에서 살 수 있는 거고. 어쨌든 여기서 조립한 것 같아. 케이스는 또 중국산이거든. 뭔 폭탄이 이렇게 산만한지. 여기저기서 주문해서 만들었나 봐. 암시장에선 이런 물건 거래 안 한다니까 인터넷으로 주문했겠지. 아니라면 벨기에에 가서 직접 가져왔거나."

"그래서?" 래생이 짜증을 내며 물었다.

"그러니 이 물건만 가지고는 못 찾는다는 거지."

"거기 부품에 제품 번호가 있잖아."

"야, 이 새끼야. 호치키스 알마다 제품 번호 붙어 있으면 찍은 곳을 다 아냐? 부품이 의료용품이라잖아."

"그럼 누가 조립했는지를 찾아." 래생이 말했다.

"이런 거 조립하는 애들이 한둘이냐. 게다가 짭새들 피해서 다 어디 짱박혀 있지. 그놈들이 만나자고 하면 얼씨구나 하고 잘도 튀어나오겠다. 그나저나 이 폭탄이 왜 궁금한 건데? 이게 너희 집 변기 안에 처박혀 있었던 것도 아니잖아."

"우리집 변기 안에 처박혀 있었던 거야. 그러니 계속 찾아봐."

래생은 전화를 끊고 캔맥주를 한 모금 마셨다. 정안은 이제 잠을 잘 것이다. 그는 밤에 움직이고 아침에 잠을 잔다. 밤에 움직이길 좋아하기 때문이 아니다. 그가 만나는 사람들이 대부분 밤에 움직이는 사람들이기 때문이다. 이 도시의 사람들이 출근을 하는 시간에 정안은 이제 퇴근을 한 셈이다. 왜 그럴까? 특별히 그래야 할 이유가 없는데도 이 바닥의 모든 사람들은 약속이나 한 듯이 밤에 움직인다. 밤에 움직이는 인생들은 대체로 피곤한 법이다. 점점 피곤해지고 점점 더 피곤해진다.

래생은 부품들을 모두 정안이 가져가버려서 이제 껍데기만 남아 있는 폭탄을 만지작거렸다. 폭탄을 보고 래생이 고개를 갸웃거렸다. 누가 이런 우스꽝스럽고 요란한 폭탄을 사용하는 것일까. 정말 터뜨리려고 했을까? 정말 바지와 팬티를 내린 채 변기 앞에서 엉덩이를 까고 죽은 사내의 시체를 보고 싶었던 것일까? 하얀 세라믹으로 만든 앙증맞은 폭탄. 그것은 한자가 주머니에 넣고 다니는 은단 케이스처럼 보였다.

하지만 한자는 아닐 것이다. 한자가 만약 래생을 제거하고 싶었으면 이발사를 고용했을 것이다. 최근 몇 년 동안 암살자를 제거할 때 한자는 늘 이발사를 썼다. 이발사가 암살자를 제거하고 털보가 시체를 태운다. 그것이 가장 깔끔하다. 사람들은 아주 오랜 시간이 지나고 난 다음에야 그 암살자가 어쩌면 죽었을지도 모른다고 막연하게 생각을 한다.

"개구리 요즘 뭐하지? 걔 일 잘했잖아. 요새는 일 안 하나?"

"그러게, 요 몇 년 통 안 보이네. 죽었나?"

암살자들은 종종 몸을 숨기기 위해 오랫동안 떠나 있다가 돌아온다. 그래서 때로 죽은 줄 알았던 사람이 멀쩡한 얼굴로 나타나는 경우도 있고, 살아 있다고 믿었던 사람이 영원히 돌아오지 않는 일도 있다. 그러나 그가 죽었건 살았건 아무도 그것에 대해 깊이 생각하지 않는다. 애도하지도 슬퍼하지도 심지어 궁금해하지도 않는다.

무엇보다 한자는 이런 장난을 즐기기에는 너무나 바쁘다. 구태여 이런 앙증맞은 폭탄을 사용할 만큼 센스 있고 귀여운 스타일도 아니다. 게다가 유머 감각도 꽝이고. 당연히 기관 쪽 사람들도 아닐 것이다. 그들은 결코 이런 우스꽝스런 짓거리에 도장을 찍을 사람들이 아니다. 융통성이라고는 전혀 없는 기계적이고 고지식한 사람들인 것이다. 그럼 누굴까? 어떤 놈이 변기 구멍 속에 이딴 폭탄을 집어넣은 것일까. 그 무엇도 이해가 되지 않는다.

래생은 다시 캔맥주를 한 모금 마셨다. 생각을 해야 하는데 머릿속이 너무나 어지럽다. 폭탄이 발견되었는데도 계속 캔맥주 주간이다. 여전히 캔맥주를 손에서 놓지 못하고 있다. '어떻게 그럴 수 있는 거지? 지금 네 인생이 벼랑 끝에 몰려 있다는 것을 알기나 하는 거냐?'

위험한 순간들은 예전에도 있었다. 실수를 한 적도 있었고 현장에 흔적을 남기고 온 적도 있었다. 그림자가 달라붙어서 한동안 래생을 감시한 적도 있었다. 지시를 어겨서 설계자로부터 경고장이 날아온 적도 있었다. 하지만 표적이 되었던 적은 없었다. 누군가가 집안에 들어온 적도 없었다. 너구리 영감은 이 사실을 알고 있을까? 몇 년 전만 해도 설계자가 래생을 죽이기 위해서는 너구리 영감의 동의가 필요했을 것이다. 이제 이 세계에서 힘 빠진 너구리 영감의 동의 같은 것은 필요 없다는 것일까? 아니라면 너구리 영감과 래생을 동시에 작업하고 있는 것일까? 하지만 이런 어처구니없는 폭탄이라니. 어떤 설계자가 이렇게 요란한 방식으로 표적을 제거한단 말인가.

설계의 세계 속에서 살인은 조용하고 단순하다. 영화에 나오는 것처럼 거대한 폭발이 일어나지도 않고, 시끌벅적한 자동차 사고나 총알이 난사되는 일도 좀처럼 없다. 설계의 세계에서 살인은 밤눈처럼 고요하게 고양이 발자국처럼 은밀하게 일어난다. 살인 사건이 외부로 드러나는 일은 거의 없다. 살인 사건 자체가 없으므로 범죄도, 의혹도, 수사도 없다. 당연히 요란한 신문 보도도, 기자도, 경찰도, 검찰도 없는 것이다. 오로지 영문도 모르는 가족들이 숨죽여서 눈물을 흘리는 고요하고 침울한 장례식이 있거나 장례식조차 없는, 아무도 기억해주지 않는 죽음이 있을 뿐이다.

갑자기 빗방울이 굵어지면서 창틀로 후드득 떨어졌다. 래생은 의자에서 일어나 창문을 닫았다. 빗방울이 굵어졌는데도 하늘 한쪽에서는 여전히 햇빛이 내리쬐고 있었다. 이상한 날씨다. 래생은 남은 맥주를 다 마시고 캔을 찌그러뜨려서 책상 위에 놓았다. 그리고 서랍을 열고 아주 예전에 훈련관 아저씨가 래생에게 선물한 인도산 대마초를 꺼내 물끄러미 바라보았다. "그렇게 질이 좋은 것은 아니야. 인도 짐꾼들이 육체의 피로를 잊기 위해서 가끔 피우는 싸구려 대마초지." 상자를 건네며 훈련관 아저씨는 말했다. 래생은 스킨스에 대마초를 말아서 불을 붙였다. 한동안 피우지 않았다. 대마초를 피우면 지나치게 많은 추억들이 떠올랐다. 어떤 날은 나쁜 추억들이 떠오르고 어떤 날은 슬픈 추억들이 떠오른다. 꼭꼭 숨겨놓았던 기억들이 나쁜 냄새처럼 스며나와 몸속으로 배어드는 것이다. 그래서 당시에는 후회하지 않았던 일을 이제 와서 후회하게 된다.

래생이 공장에 들어가겠다고 결심했던 날도 오늘처럼 이상한 날씨였다. 햇빛이 있었고 또 어디선가 빗방울이 흩날리고 있었다. 아마 10년 전쯤이었을 것이다. 래생은 햇볕과 흩날리는 비를 동시에 맞고 있는 빨래들을 바라보고 있었다. 비와 햇빛을 동시에 맞으며 바람에

날리는 빨래들은 피에로처럼 우스꽝스러워 보였고 또 한편으로 슬퍼 보이기도 했다. 왜 공장에 들어가고 싶은 마음이 들었는지는 잘 모른다. 햇살이 있었고 빗방울이 날렸고 점심을 먹기 위해 골목으로 나온 여공들이 날씨가 미친 것 같다고 깔깔거리며 아이스크림을 먹고 있었다. 그때 래생은 너구리 영감의 지시에 따라 지방 소도시에서 은신중이었다. 영세 공장들이 줄지어 연기를 뿜어내는 작은 공업도시였다. 래생은 그 우중충한 공업도시에서 2층 월세방을 얻었다.

그 도시에 사는 사람들은 모두 공장에서 열심히 일하고 있는지 오후 내내 골목에서 사람 한 명 만날 수 없는 조용한 도시였다. 하지만 아침이면 마치 중국의 거리를 보는 것처럼 그 작고 조용한 도시의 길로 자전거나 스쿠터를 탄 사람들이 몰려나왔고, 점심시간이 되면 식사를 하러 나온 수많은 노동자들로 갑자기 북적거렸다. 하지만 그것은 하루에 한두 시간만 볼 수 있는 풍경이었다. 도시는 대개 동네 사람들이 갑자기 모두 화성으로 이민이라도 가버린 것처럼 적막했다.

래생은 창틀에 앉아서 위조 전문가 문(文)이 만들어준 가짜 신분증을 바라보면서 그자의 이름으로 살기 위해 필요한 정보를 외우고 있는 중이었다. '장이문'인가 하는 이름의 스물네 살의 사내였다. 외워야 할 것이 많지는 않았다. 사실 낯선 도시에서 다른 누군가의 이름으로 잠시 살기 위해 필요한 정보는 몇 가지 되지 않는다.

래생이 주민등록번호를 중얼거리고 있을 때 한 무리의 여공들이 깔깔거리며 창문 아래를 지나갔다. 웃고 있는 여공들의 얼굴은 환하고 행복해 보였다. 중간에 있는 키 작은 여자가 래생의 눈길을 끌었다. 통통하고 귀여운 얼굴이었는데 네 명의 여공들 중에 가장 과장된 몸짓을 하며 웃고 있었다. 여자는 온몸을 비틀고 심지어 눈물까지 흘리면서 "아휴, 너무 웃겨, 정말 너무 웃기잖아" 하며 옆에 있는 여공의 어깨를 손바닥으로 때리고 있었다. 여자의 웃음소리가 골목을 쩌렁쩌렁하게 울렸다. 래생은 창밖으로 고개를 내밀고 여공들이 계속 깔깔거리며 골목 끝에 있는 공장으로 들어가는 모습을 바라보았다. 여공들의 환한 표정 때문에 그녀들이 점심을 먹고 돌아가는 공장은 마치 찰리의 초콜릿 공장처럼 근사하게 여겨졌다.

다음날 래생은 여공이 들어간 그 공장으로 찾아갔다. 관리계장이라고 불리는 사람은 정말로 공장에서 관리 업무를 하기 위해 태어난 사람처럼 빡빡한 대차대조표 같은 인상을 가지고 있었다. 관리계장은 래생이 내민 이력서를 꼼꼼히 읽어보고는 "금성고등학교면 인문계 고등학교야?" 하고 물었다. 래생은 고개를 끄덕거렸다.

"인문계 고등학교 다녔으면서 대학은 왜 안 갔어? 운동권이나 뭐 그런 거 아냐?"

운동권이라는 말에 래생은 피식 웃음이 났다. 대학은커녕 초등학교도 못 다녔다고 말하고 싶었지만 래생은 그저 어수룩한 표정으로 머리를 긁적이며 공부를 못해서 그랬다고 말했다.

"얼마나 못했는데?" 관리계장이 물었다.

"거의 바닥이었죠. 완전히 바닥은 아니었지만."

"거의 바닥이나 완전히 바닥이나…… 공장에서 일하려고 해도 머리는 좋아야 해. 요즘은 머리 나쁘면 아무것도 못해. 음…… 스물네 살이고…… 군대는 갔다 왔어?"

"면제입니다."

"거 자식, 머리도 나쁘고 몸도 시원찮고. 그럼 그동안은 어디서 뭐 했어?"

관리계장의 질문에 약간 당황한 래생은 더듬거리는 목소리로 고등학교를 졸업하고 나서는 이곳저곳 공사 현장을 떠돌며 일했다고 말했다. 관리계장이 의심스러운 눈초리로 래생을 바라봤다. 래생은 다시, 그때는 공장이 싫었기 때문에 공사 현장에 갔는데 막상 해보니 생각보다 돈이 모이질 않았고, 또 여기저기 떠도는 것도 지쳤고, 이제는 기술이라도 배우면서 착실하게 살려고 한다고 횡설수설 말했다. 살짝 식은땀이 났다. 무언가를 들킨 느낌이었다. 하지만 래생의 말에 관리계장은 고개를 끄덕이며 웃었다.

"거참, 현장 사람들 말이야. 일당이 좋다고 꼬드겨서 자꾸 젊은 사람들 당겨 가는데, 그거 다 헛소리라고. 곧 목돈이 모일 것 같지만 안정감이 없어서 돈이 모이질 않는다고. 여긴 현장보다 월급은 적지만 그래도 월급 떼일 일도 없고, 퇴직금도 있고, 잔업수당도 꼬박꼬박 챙겨주니까 착실히만 하면 돈이 모이지. 그리고 일요일에는 쉴 수도 있잖아. 얼마나 좋아."

래생의 입장에서는 당연한 사실을 관리계장은 한껏 으스대며 자랑했다.

"열심히 해보자고."

관리계장이 70년대 대한뉴스에 나올 것 같은 산업역군의 표정으로 래생의 어깨를 두드렸다.

"네, 열심히 하겠습니다." 갑자기 산업역군이라도 된 듯이 래생이 힘 있게 말했다.

래생은 곤장 작업3반이라는 곳에 배치되어서 크롬 도금이라는 작업을 했다. 특별한 기술을 요하는 일은 아니었다. 말하자면 그것은 주물로 제작된 제품의 프레임을 크롬액 속에 10초 정도 넣었다가 빼낸 다음 털털 털어서 말리기만 하면 되는 아주 간단한 작업이었다. 관리계장의 말과는 달리 머리를 쓸 일이라고는 전혀 없는, 원숭이도 10분 정도만 설명을 들으면 할 수 있는 일이었다. 하지만 크롬액에서는 아주 고약한 냄새가 났고, 나중에 피부가 상해서 평생 고생하게 된다거나 점점 정자 숫자가 줄어들어 결국에는 불임이 된다는 소문이 있어서 모두가 기피하는 작업이었다.

래생은 새로운 신입이 들어오기 전까지 꼬박 두 달 동안 크롬 도금 작업을 했다. 고무장갑을 낀 두 손으로 프레임 끝을 잡고 빨래를 짜는 것같이 엉성한 자세로 조심스럽게 크롬액에 집어넣었다가 정확히 10초 뒤에 꺼내는 일이었다. 무엇보다 그 작업이 싫었던 것은 멍청해 보이는 자세 때문이었다. 다리를 벌린 채 엉덩이를 뒤로 쑥 빼고 해야 해서, 크롬 도금의 신이 온다고 해도 어딘가 어설프고 멍청해 보이는 포즈일 수밖에 없었다.

크롬액이 튀지 않도록 조심스럽게 용액 속에서 꺼낸 프레임을 털고 있을 때 래생을 이곳으로 오게 만들었던 둥글고 귀여운 얼굴의 여공이 다가왔다. 그녀는 뒷짐을 지고 래생이 작업하는 것을 재미있다는 듯 이리저리 보더니 "뭘 그렇게 열심히 하고 그래요. 점심시간인데 식사도 안 해요?" 하고 말했다.

래생이 어리둥절한 표정으로 여자를 바라봤다. 여자가 공장 벽에 붙어 있는 시계를 손가락으로 가리켰다. 12시 20분이었다.

"점심시간에 일하면 잔업수당도 안 나와요." 여자가 말했다.

골목이 떠들썩하도록 깔깔거리면서 창문 아래를 지나갈 때처럼 여자의 목소리는 명랑했다. 래생이 고무장갑을 벗었다.

"식사하셨어요?" 래생이 물었다.

"아뇨. 과장님 심부름 갔다가 이제 막 왔어요."

"그럼 실례가 되지 않는다면 저랑 같이 식사하시겠습니까?" 래생이 정중하게 말했다.

여자가 멀뚱멀뚱 래생을 바라보았다.

"뭐예요? 목사님처럼 그 엄숙한 말투는?"

공장은 작은 규모였기 때문에 딸린 구내식당 같은 건 없었다. 공장 사람들은 영세공장과 다세대주택이 몰려 있는 골목길로 3백 미터 정도 떨어진 식당에서 점심을 먹었다. 여자가 그럼 같이 나가자는 뜻으로 래생을 향해 손바닥을 펼쳤다. 래생은 여자를 향해 고개를 끄덕이고는 고무장갑을 빨래집게로 집어서 전선에 걸어두고 비닐로 된 앞치마를 벗어서 옷걸이에 걸었다. 그리고 비누 거품을 잔뜩 낸 다음 손을 1분 정도 꼼꼼히 씻었다. 래생의 동작을 지켜보던 여자가 갑갑하다는 듯 허공을 향해 한숨을 쉬었다.

"공장에 들어온 지 아직 한 달도 안 됐죠?" 공장 정문을 막 빠져나왔을 때 여자가 물었다.

"3주 정도 되었어요."

"그럼 아직도 크롬 도금?"

래생이 고개를 끄덕거렸다.

"크롬 도금 작업 오래 하면 정자 숫자가 줄어든대요. 한 번 담글 때마다 몇백 마리씩이나 죽는대요. 그러니 하루종일 하면 대체 정자가 얼마나 죽는다는 거야? 계산이 안 되네, 계산이. 그 정도면 거의 학살 아니에요, 학살? 어떻게 그런 일을 사람에게 시키는지 몰라요."

마치 여자는 어디선가 정말 엄청난 대량학살이라도 일어난 것 같은 표정으로 말했다. 하지만 그게 래생의 고환 속 정자 숫자를 진심으로 걱정해서 하는 말 같지는 않았다.

"괜찮아요. 정자는 엄청 많으니까요. 평생 4천억 개나 생성되죠. 한 번 사정할 때마다 무려 1억 5천만 마리나 쏟아져나오고요. 그러니 충분해요. 아무리 열심히 섹스를 한다고 해도 3천 번이나 섹스를 할 수는 없잖아요. 하지만 여자라면 곤란할 것 같아요. 난자는 평균적으로 평생 4백 개밖에 생성되지 않으니까."

여자가 걸음을 멈추고 어처구니없다는 표정으로 래생을 바라보았다.

"뭐예요? 숙녀 앞에서 섹스니 사정이니, 그딴 이야기나 하고."

여자가 래생을 향해 눈을 흘겼다. 머쓱해진 래생이 쭈뼛쭈뼛 손을 들어올렸다.

"진정…… 그런 뜻은 결코 아닙니다."

"진정?"

여자가 풋! 하고 웃음을 터뜨렸다.

"젊은 사람이 쓰는 단어가 다 왜 그래요?"

여자가 다시 걷기 시작했으므로 래생도 여자를 따라서 걸었다.

"근데 난자가 평균 4백 개밖에 안 만들어진다는 거 정말이에요?"

"책에서 읽었어요."

"책 같은 것도 읽어요?" 여자가 믿기지 않는다는 표정으로 물었다.

래생이 고개를 갸웃거렸다. 책 같은 것도 읽느냐는 말이 언뜻 이해가 되지 않았다.

"어디 터미널에서 파는 야한 잡지 같은 데서 읽은 거죠?" 여자가 웃으며 물었다.

"리처드 카디슨이라는 산부인과 의사가 쓴 『불임의 정복』이라는 책에 자세히 나와 있어요. 그 책에 따르면 태어날 때부터 자기가 가질 수 있는 난자 숫자가 유전자 정보에 의해 정해져 있대요. 어떤 여자는 423개, 어떤 여자는 500개, 어떤 여자는 350개, 뭐, 이런 식으로요."

여자가 다시 걸음을 멈추고 이번에는 약간 멍한 표정으로 래생의 얼굴을 바라봤다.

"그럼 난 벌써 몇 개나 허비해버린 거야?" 여자가 혼잣말처럼 말했다.

여자는 한동안 말이 없었다. 그래서 래생과 여자는 말없이 골목길을 걸었다. 불편하고 어색한 느낌이 들었다. 여자도 같은 기분이었을 것이다. 여자는 래생이 아무 말이라도 건네주기를 바라는 눈치였지만 래생으로서는 별달리 할말이 없었다. 여자를 처음 봤던 월세방 창문 아래를 지날 때 래생이 손가락으로 창문을 가리켰다.

"저는 저 방에 살아요."

여자가 고개를 들어 래생의 방을 바라봤다.

"여기 비싸지 않아요?"

"별로 비싸지 않아요. 보증금 없이 35만원이니까."

여자가 기가 막힌다는 표정으로 래생을 바라봤다.

"아니, 이거 빼고 저거 빼고 월급이라고 딸랑 백만원 받는 사람이 방세로 35만원 내는 게 안 비싸요? 전기세, 수도세, 가스비, 이런 거 다 따로 낼 거 아니에요? 밥은 해먹어요?"

"아직은 이사온 지가 얼마 되지 않아서……"

"사먹어요?

래생이 고개를 끄덕거렸다.

"아침, 저녁 두 끼 다?"

"간혹 컵라면으로 때우기도 하고."

"그럼 통장에 저축하는 돈이 한 푼도 없다는 거 아니에요? 남자들은 어째 그리 다들 철딱서니가 없어요? 힘들게 일해서 번 돈, 알뜰하게 저축할 생각을 해야지. 담배 피워서 연기로 날리고, 술 마셔서 설사로 날리고. 왜 자기 인생을 남의 인생처럼 살아요? 그러면 평생 월세 인생밖에 안 되는 거예요."

여자가 버럭 화를 냈다. 래생은 꾸중을 듣는 아이가 된 기분이었다. 자신이 뭘 그리 잘못했는지도, 왜 이런 상황이 벌어졌는지도 잘 모르겠지만 어쨌든 여자의 말은 모두 맞는 말 같았다.

"들어가봐도 돼요?" 여자가 래생의 방을 턱으로 가리키며 물었다.

"어디요? 제 방에요?" 래생이 깜짝 놀라서 말했다.

"네." 여자가 아무렇지 않은 표정으로 말했다.

"제 방에는 왜?"

"어떻게 사는지 궁금해서요."

래생이 이렇다 저렇다 사정을 말하기도 전에 여자는 2층 방으로 통하는 계단을 성큼성큼 올라갔다. 얼떨결에 래생도 여자를 따라 올라갔다. 여자가 문 앞에 서서 래생을 바라봤다. 래생이 문을 가로막고 섰다.

"오늘 말고, 그러니까 다음에 제가 정식으로 초대하면 안 될까요?" 래생이 우물쭈물 말했다.

"이봐요, 지금 뭘 착각하고 있는 것 같은데 우린 누굴 집에 정식으로 초대하고 말고 할 사이가 아니라구요. 저는 지금 공장 선배로서 당신이 공장생활을 잘할 수 있을지 당신 방을 좀 보겠다는 것뿐이에요. 공장생활이란 게 아무렇게나 할 수 있는 것처럼 보이지만 일상생활부터 단단히 조이지 않으면 결코 잘해나갈 수 없다구요."

정말이지 여자의 표정에는 공장 선배로서의 단호함 같은 것이 있어 보였다. 전투태세 검열을 하는 하사관의 표정이나 청소 상태를 점검하려는 깐깐한 기숙사 사감의 표정 같은 것 말이다. 래생이 그래도 이건 참 곤란한데, 하는 표정으로 여자를 바라봤다. 하지만 여자는 말귀를 알아들었으면 냉큼 문을 열라는 표정으로 래생을 바라봤다. 할 수 없이 래생이 문을 열었다.

방안에는 살림이랄 게 아무것도 없었으므로 어지러울 것도 없었다. 시장에서 산 이불과 요와 베개, 이사를 올 때부터 방안에 덩그러니 있었던 앉은뱅이책상 하나, 라면과 믹스커피를 끓여먹기 위한 전기포트, 그리고 래생이 처음 이 도시에 내려올 때 들고 온 옷가방 하나가 전부였다. 싱크대 아래에는 밖에 나가 밥을 사먹기 귀찮을 때 먹었던 컵라면 용기들이 차곡차곡 포개져 있었고, 베개 옆과 앉은뱅이책상 위에는 래생이 서울에서 가져왔거나 동네 서점에 나가서 사온 책들이 쌓여 있었다. 알베르 카뮈의 『결혼, 여름』과 『페스트』, 이탈로 칼비노의 『나무 위의 남작』, 마르탱 모네스티에의 『자살』, 앤드류 솔로몬의 『한낮의 우울』 같은 책들이었다.

"뭐예요? 정말 아무것도 없잖아요?" 여자가 방안을 휘익 둘러보고 물었다.

"아직 이사를 온 지 얼마 되지 않아서 그래요." 래생이 방바닥에 떨어져 있는 수건을 주워 벽에 걸면서 말했다.

"그래도 사람이 살려면 기본적으로 필요한 게 있는 거죠. 그런 게 없으면 사소한 것들도 다 밖에서 돈으로 해결해야 하는 거예요. 안 그래요?" 여자가 래생을 타이르듯 말했다.

래생이 정말 그렇다는 뜻으로 고개를 끄덕였다.

"텔레비전은 안 봐요?" 여자가 앉은뱅이책상 위에 있는 책들을 보면서 물었다.

"네." 래생이 짧게 말했다.

여자는 마치 자신이 이사올 집을 구경하는 것처럼 방과 욕실과 부엌을 재빨리 돌아다녔다. 욕실에 물이 잘 나오는지 수도꼭지를 돌려보기도 했고, 싱크대 서랍을 일일이 열어보기도 했다. 여자는 이곳저곳을 돌아다니면서 "정말, 어떻게 그릇 하나가 없냐" 하고 중얼거리기도 하고 "확실히 이쪽은 비싼 동네라 그런지 도시가스가 들어오는구나" 같은 말들을 혼잣말처럼 해대기도 했다. 여자가 이곳저곳을 들쑤시고 다니는 동안 래생은 자신의 방을 둘러보면서 여자의 급작스런 방문에도 청소 상태가 그리 나쁘진 않다는 점에 속으로 만족했다. 그때 다용도실에서 여자가 거의 비명에 가까운 소리를 질렀다.

"이게 다 뭐예요?"

여자는 속옷, 양말, 셔츠 같은 빨랫감을 잔뜩 모아둔 박스를 열어젖힌 채 래생의 팬티 하나를 손가락으로 집어들고 있었다. 래생이 황급히 달려가 여자의 손에서 팬티를 낚아챈 다음 박스에 집어넣었다. 래생이 허겁지겁 박스를 닫고 있는 동안 여자는 선반 위에 비닐도 뜯지 않은 채 잔뜩 쌓아놓은 속옷과 양말을 바라봤다.

"속옷 장사 하다가 망했어요? 속옷이 왜 이렇게 많아요?"

"세탁기가 없어서 그래요."

"세탁기가 없으면 손으로 빨면 되지, 그럼 이 속옷과 양말들을 다 한 번씩 입고 버린단 말이에요? 대체 생각이란 걸 하고 사는 사람이에요?"

여자가 성난 목소리로 말했다. 물론 버릴 생각은 아니었다. 그렇다고 욕실에 쭈그리고 앉아 손빨래를 할 생각도 아니었다. 엄밀하게 말하면 몸도 힘들고 머리도 복잡해서 그 속옷들을 어떻게 할지 한 번도 생각을 하지 않았다는 게 옳을 것이다.

여자가 어처구니없어하며 래생의 얼굴을 노려보고 있었다. 래생은 얼굴이 붉어진 채 그저 천장을 바라봤다.

"속옷 빨아줄 여자 있어요?"

여자의 말이 묘했다. 래생이 여자를 향해 고개를 갸웃거렸다.

"당신한테 관심이 있어서가 아니에요. 이런 분수도 모르는 돈지랄을 보면 화가 치밀어서 그래요. 하지만 당신 애인에게 괜한 오해받을 짓은 하고 싶지 않거든요."

"여자는 없지만……" 래생이 여전히 무슨 말인지 모르겠다는 표정으로 말했다.

그럼 됐다는 듯 여자가 빨랫감이 담겨 있는 박스를 열었다. 그리고 선반 아래에 있던 검정 비닐봉지에다가 래생의 속옷들을 집어넣기 시작했다. 래생이 화들짝 놀라 여자의 손을 잡았다. 여자가 래생의 손등을 세차게 때렸다. 여자의 손이 매웠다. 래생이 여자의 손을 놓았다. 여자는 기어이 검정 비닐봉지에 빨랫감을 다 집어넣고 자리에서 일어나더니 집게손가락으로 래생의 얼굴을 가리켰다.

"저기 속옷이랑 양말, 두 개씩만 남기고 다 돈으로 교환해요. 알았죠?"

"속옷은 어차피 필요한 거잖아요." 래생이 억울하다는 표정으로 말했다.

여자가 빨랫감을 잔뜩 담은 검정 비닐봉지로 래생의 얼굴을 툭 쳤다.

"여기 부지런히 빨아 입으면 1년은 족히 입을 속옷이 있잖아요."

래생과 여자가 방에서 나와 다시 골목길로 돌아왔을 때에는 점심시간이 15분밖에 남아 있지 않았다. 여자는 회사 심부름을 다녀왔으므로 식사를 하고 돌아가도 되지만 래생은 이제 공장으로 돌아가야 할 시간이었다. 골목길 중간에서 여자가 시계를 보고 곤혹스러운 표정을 지었다.

"배고프죠?" 여자가 물었다.

"괜찮아요. 한 끼쯤 안 먹어도." 래생이 말했다.

여자가 골목에 있는 슈퍼마켓으로 들어가더니 바나나우유 두 개와 카스텔라를 사서 나왔다. 여자가 래생에게 바나나우유 하나와 카스텔라를 내밀었다. 별것도 아닌 바나나우유와 카스텔라를 보고 있는데 갑자기 여자에게 엄청난 빚을 진 느낌이었다. 래생이 여자에게 인사를 하고 바나나우유와 카스텔라를 받았다. 래생과 여자는 슈퍼 앞 평상에 앉아 바나나우유와 카스텔라를 먹었다.

"날씨 참 좋아요." 여자가 하늘을 보면서 말했다.

"네, 정말 좋네요." 래생이 덩달아 하늘을 보며 말했다.

"이런 날은 빨래 정말 잘 마르는데." 여자가 속옷이 잔뜩 든 검정 비닐봉지를 움켜쥐며 말했다.

다음날 공장에서 여자는 래생에게 알은체를 하지 않았다. 래생이 살짝 손을 들어 인사를 했지만 여자는 그저 얼굴을 조금 붉힌 채 동료들과 자기 자리로 걸어갔다. 동료들과 같이 있어서 그럴 거라고 래생은 생각했다. 하지만 아무도 없는 복도에서 단둘이 마주쳤을 때도 여자는 래생에게 고개만 살짝 숙였을 뿐 아무런 말을 하지 않았다. 여자는 조립 라인에서 일을 했고 래생은 공장 마당에 도금과 도장을 위해 만든 간이 조립식 패널 속에서 일했다. 하지만 작은 공장이었으므로 여자와 래생이 마주칠 일은 얼마든지 있었다. 그때마다 여자는 허둥대는 표정으로 래생을 저만치서 피하거나 어깨를 잔뜩 움츠린 채 걸어갈 뿐이었다.

다음날도 그 다음날에도 여자의 반응은 똑같았다. 래생은 마치는 시간에 먼저 나가 정문에서 여자를 기다리기도 했지만 여자가 동료들 몇 명과 꼭 붙어서 퇴근을 했기 때문에 다가가서 말을 걸 수는 없었다. 사실 이런 식이라면 여자가 혼자서 퇴근을 한다고 해도 별달리 할 말이 없을 것이다. 뭐라고 할 것인가? "제발, 이제 그만 제 속옷 좀 돌려주세요" 하고 말할 것인가?

금요일 밤 래생이 자리에 누웠을 때 여자가 방문을 두드렸다. 래생이 문을 열었다. 여자가 쇼핑백을 두 손으로 꼭 쥐고 고개를 푹 숙인 채 문 옆에 서 있었다. 래생이 인사를 하자 여자는 래생의 얼굴은 보지도 않은 채 쇼핑백만 내밀었다. 래생이 얼떨결에 쇼핑백을 받았다.

"곰곰이 생각해보니 제가 좀 오버했나봐요. 기분 상했다면 미안해요." 여자가 여전히 고개를 숙인 채 작고 떨리는 목소리로 말했다.

"들어오셔서 차라도 한잔하세요. 여기까지 왔는데."

래생이 문을 조금 더 열었다. 여자가 고개를 저었다. 래생이 문밖으로 나가려 하자 여자가 급히 손사래를 치며 래생을 막았다.

"나오지 마세요. 그냥 제가 알아서 갈게요."

말을 마치고 여자는 빠른 걸음으로 복도를 걸어갔다. 래생은 작고 둥근 어깨를 웅크리고 총총히 걸어가는 여자의 뒷모습을 멍하니 바라봤다. 검정 비닐봉지에 남자 팬티를 마구 쑤셔넣던 그 씩씩하고 용감무쌍한 여자는 갑자기 어디로 사라져버린 것일까. 여자의 빠른 발소리가 계단을 다 내려가자 래생은 문을 닫고 방으로 돌아왔다. 그리고 여자가 건넨 쇼핑백을 열었다. 쇼핑백 안에는 잘 개켜진 속옷들이 가지런히 들어 있었다. 래생이 속옷 하나를 꺼내 냄새를 맡았다. 속옷에서 오후 내내 좋은 햇볕에 잘 마른 아기 기저귀 냄새가 났다. 문득 그 순간, 래생은 여자가 자신에게 보여준 호의가 그저 순수한 연민이었다는 것을 깨달았다. 월급의 반이나 되는 돈을 월세와 각종 고지서로 날리고 나머지 반을 담배와 술과 사발면과 팬티값으로 날리는 한심하고 철딱서니 없는 청년에 대한 연민 말이다. '나에게 관심이 있는 게 아니었네?' 래생이 피식 웃음을 터뜨렸다. 하지만 여자가 자신에게 던져준 연민이 고마웠다. 그것이 한심함이건, 그것이 가엾이 여김이건 래생으로서는 타인으로부터 처음 받아보는 연민이었다.

래생은 자리에서 일어나 집밖으로 나갔다. 그리고 여자가 걸어간 골목을 향해 뛰어갔다. 5백 미터쯤 달려가자 여자가 보였다. 래생이 여자의 어깨를 잡았다.

"주말에 영화 보러 갈래요?" 숨을 헐떡거리며 래생이 말했다.

한 달 후에 여자와 래생은 동거를 시작했다. 가방 하나밖에 없는 살림이었으므로 이사라고 할 것도 없었다. 래생이 가방을 들고 그녀의 집으로 들어갔다. 공장에는 스물네 살이라고 속였지만 실제 래생은 스물두 살이었고 여자는 스물한 살이었다. 스물두 살의 남자와 스물한 살의 여자가 동거를 하는 이유는 간단하게만 생각해도 3백만 가지는 될 것이다. 반창고를 붙여주다 눈이 맞거나, 붕어빵을 나눠 먹다가 눈이 맞거나, 스카이콩콩 같은 것을 타다가 눈이 맞거나. 그러니 찾아보면 이 지구라는 아름다운 별 곳곳에는 속옷을 빨아주다가 눈이 맞아 같이 살게 된 커플들도 많을 것이라고 래생은 생각했다.

여자는 스물한 살의 여자라고는 도무지 상상도 할 수 없을 만큼 살림을 잘했다. 요리든 청소든 빨래든 다림질이든 바느질이든 무슨 일이건 재빠르게 척척 했고 아무렇게나 툭툭 건성으로 하는 것 같은데도 일을 마쳐놓으면 근사한 모양이 되는 것이다. 래생이 한 시간이나 꼼지락거리며 기껏 개켜놓은 옷가지들을 여자는 못마땅한 표정으로 바라보다가 래생이 잠시 자리를 비운 사이 후다닥 다시 개켜서 장롱 속에 넣어두거나, 늦잠을 자서 머리를 감고 출근 준비를 하기에도 빠듯한 시간에 된장국과 금방 무친 나물 반찬 그리고 생선구이까지 올라 있는 아침식사를 내놓는 식이었다.

"우리 여기서 차근차근 돈을 모아서 일단 전세 아파트를 장만해요. 그리고 결혼을 하는 거예요. 처음엔 전세지만 당신도 벌고 나도 버니까 20년만 꼬박꼬박 저축을 하면 나중엔 서른 평짜리 근사한 아파트를 장만할 수 있을 거예요."

"20년?" 래생이 깜짝 놀라서 소리쳤다.

문득 20년이라는 말이 아득하게 느껴졌다. 그러니까 월세방을 탈출하고 전셋집을 탈출해서 콧구멍만한 자기 명의의 아파트를 장만하기 위해서 20년 동안 저 빌어먹을 크롬 도금을 하며 살아야 한다는 거다. 그때쯤엔 래생의 고환 속에 정자가 단 한 마리도 남아 있지 않을 것 같았다.

"이봐, 우리는 이제 겨우 스물하나, 스물둘이라고. 그런 비장하고도 건조한 삶을 생각하기에는 너무 이른 것 같지 않아?"

"저는 공장에서 항상 결혼 생각을 해요. 결혼생활에 대해 상상을 하면서 나사를 돌리는 거죠. 예쁜 아이를 낳고 아이가 무럭무럭 자라는 걸 상상하는 거예요. 정말 상상만 해도 마음이 벅차오르고 뿌듯해지는 거죠. 그렇지 않다면 이 고생이 다 무슨 소용이 있겠어요? 아무 의미도 없지요."

실제로 여자는 늘 결혼생활에 대한 이야기를 했다. 아이에 대해, 살 집에 대해, 정원에 대해, 부엌의 주방 기구들에 대해 그녀는 틈만 나면 떠들어대곤 했다. 래생은 결혼생활이라는 게 만화영화에 나오는 미래 사회처럼 아득하게 느껴졌지만 여자가 너무나 행복하고 진지한 표정을 지었기 때문에 늘 그렇게 하자고 대답하곤 했다.

아침밥을 먹으면 래생과 여자는 각자의 자전거를 타고 출근을 했다. 여자가 래생을 위해 자전거를 사왔다. "자전거는 참 좋아요. 운동도 되고 교통비도 아낄 수 있잖아요. 아낀 교통비는 당신 용돈으로 써도 좋아요." 여자가 선심을 쓰듯 말했다. 기어도 없고 앞에는 새끼 고양이를 열두 마리라도 넣을 수 있을 만한 커다란 바구니가 달려 있는 자전거였다. 게다가 바구니 색깔은 분홍색이었다.

"남자들은 아무도 이런 걸 안 타. 이런 건 아줌마들이나 타는 자전거라고. 공장 사람들이 모두 놀려댈 것이 분명해." 래생이 앞바퀴를 발로 툭 차며 투덜댔다.

실제로 운동은 잘도 되었다. 여자의 집은 산복도로에서도 좁은 골목으로 백 미터를 더 올라가야 하는 비탈진 곳에 있었다. 어쩌다 시장이라도 보는 날이면 여자는 새끼 고양이가 열두 마리나 들어가는 바구니에다 두부, 대파, 무, 양파, 당근, 봉지쌀, 비계가 잔뜩 들어간 김치찌개용 돼지고기와 내장을 손질하고 토막낸 생선을 넣었다. 바구니 안에 얼마나 정교하게 물건들을 집어넣는지 여자라면 그걸 다 집어넣고도 그 틈새에 새끼 곰 한 마리 정도는 더 넣을 수도 있을 것 같았다. 래생이 땀을 뻘뻘 흘리며 자전거를 끌고 언덕길을 오르고 있으면 여자는 아이스크림을 먹으며 내내 즐거운 표정을 지었다.

"차라리 리어카를 사주지 그랬어?"

"이런 걸 꼭 해보고 싶었어요." 여자가 함박웃음을 지으며 말했다.

분홍색 장바구니를 단 자전거에 대한 공장 사람들의 반응은 예상했던 것 이상으로 뜨거웠다. 모두들 공장 마당에 세워둔 래생의 자전거 주위로 몰려나와 한마디씩 놀려댔다.

"자네가 이런 걸출한 스타일일 거라고는 내 짐작도 못했네." 관리계장이 래생의 자전거를 보고 웃으며 말했다.

"이러면 곤란하다고. 자네가 이걸 타고 출근해버리면 자네 엄마는 뭘 타고 시장에 가시나?" 3반 작업반장이 분홍색 바구니를 손가락으로 툭툭 치며 거들었다.

한번은 래생이 일을 하고 있는데 공장에서 두 달이 넘도록 같이 일하면서 웬일인지 말 한마디 걸지 않았던 직원이 래생에게 다가왔다. 그는 몇 번이고 말을 걸기를 망설이다가 도무지 궁금해서 못 참겠다는 얼굴로 래생에게 물었다.

"오해는 하지 말아주세요. 그저 궁금해서 묻는 거예요." 사내가 꽤나 진지한 얼굴로 물었다.

"뭐가요?" 래생이 사내를 바라봤다.

"성전환 수술하려고 돈을 모은다는 소문, 정말인가요?"

뜬금없이 이상한 소문이 돌았고 사람들이 그 소문으로 쑥덕거렸다. 소문이 걷잡을 수 없이 퍼져나가서 인근 공장 사람들까지 쑥덕거리게 되자 관리계장이 다가와 "무슨 단호한 조치라도 취해야 하는 거 아냐?" 하고 농담 반 진담 반으로 말했다. 할 수 없이 래생은 자전거에 달린 분홍색 바구니 안에 '소문 사실무근. 수술 계획 일절 없음. 포경수술도 이미 했음'이라고 종이에 써서 3일간 붙여두었다.

하지만 그 자전거 사건으로 인해 갑자기 공장 사람들과 친해진 기분이었다. 공장 일이 한결 쉬워졌고 재미가 있었다. 작업반장이 크롬 도금 대신 원가가 20만 원이나 하는 동판에 드릴링 머신으로 구멍을 내는 정교한 일을 래생에게 맡겼고 틈틈이 선반에서 쇠를 깎는 일도 가르쳐주었다. 작업을 마치고 손에 묻은 기름때를 손톱으로 긁어낼 때, 앞치마에 묻은 쇳가루를 털어내고 빨랫줄에 널어둘 때, 휴식 시간에 종이컵으로 족구를 하는 공장 사람들을 웃으며 바라보고 있을 때 래생은 비로소 공장이라는 세계의 진정한 일원이 된 기분이 들었다. 한꺼번에 많은 가족이 생긴 느낌이었다.

어쩌다 공장 안에서 마주칠 때면 래생과 여자는 수줍은 미소를 은밀하게 교환했다. 일을 마치면 래생과 여자는 공장 사람들이 눈치채지 않도록 각자 자전거를 타고 다른 길로 집에 돌아왔다. 여자가 지름길로 왔고 래생이 더 먼 길을 돌아왔지만 언제나 래생이 먼저 도착했다. 래생은 문을 열어놓고 여자가 돌아오기를 기다렸다. 여자가 땀을 흘리며 골목길을 올라오면 래생은 여자의 자전거를 마당에 두고 잠금장치를 했다. 그리고 곧장 섹스를 했다.

섹스가 끝난 다음에는 저녁을 먹으면서 텔레비전을 보았다. 여자는 개그 프로그램을 아주 좋아했다. 개그맨들이 뭐라고 한소리를 할 때마다 여자는 방바닥을 데굴데굴 구르면서 웃었다. "어휴, 저 남자 너무 웃겨, 정말 웃겨." 여자가 배를 잡고 방을 구르고 눈물까지 찔끔거리며 웃어대는 동안 래생은 심각한 얼굴로 개그 프로그램을 보면서 저 대사가 대체 왜 웃긴지를 곰곰이 생각했다.

"왜 나는 하나도 안 웃긴 거지? 내가 바본가?"

그러면 여자는 여전히 웃음을 멈추지 않은 채 "바보라서 그런 거 맞아요" 하고 말했다. 그럴지도 모른다고 래생은 생각했다.

9시가 되면 여자는 앉은뱅이책상을 가져다놓고 검정고시 공부를 했다.

"중학교 검정고시는 작년에 합격했어요. 이제부터는 고등학교 검정고시를 준비해야 해요. 당신은 어디까지 공부를 했나요? 저는 중학교 1학년까지밖에 학교를 못 다녔어요. 아버지가 학교에 보내주지 않았거든요."

"이력서에는 고졸이라고 썼지만 사실은 초등학교도 안 나왔지."

"거짓말." 여자가 래생을 흘겨보며 말했다.

여자가 검정고시 공부를 하고 있는 동안 래생은 누워서 도스토옙스키의 『악령』을 읽었다. 한없이 두꺼운 책이었고 한없이 지루한 책이었다.

"재미있나요?" 여자가 물었다.

"굉장한 이름을 가진 사람들이 나오는 책이야. 바르바라 뻬뜨로브나 스따브로기나가 주인공의 어머니고, 스쩨빤 뜨로피모비치 베르호벤스키는 주인공의 가정교사고 뭐 그런 식이지. 어쨌든 이런 인물들이 만나면 이름만 가지고도 한 줄이 훌쩍 넘어가버리는 거야. 그러니 이렇게 긴 이름을 가진 등장인물들이 잔뜩 나오는 책은 기본적으로 재미있을 수가 없지."

"그럼 재미도 없는 책을 왜 읽어요? 제 주위에는 그렇게 두꺼운 책을 읽는 사람이 아무도 없어요." 여자가 물었다.

래생이 고개를 갸웃거리고 잠시 생각에 빠졌다.

"아무 의미도 없어. 이건 당신이 개그 프로그램을 보는 것과 비슷한 거지. 그저 빈 시간에 뭘 해야 할지 몰라서 읽는 거야."

11시가 되면 여자는 앉은뱅이책상 앞에서 꾸벅꾸벅 졸기 시작했다. 끄덕거리던 고개가 자꾸만 내려와 책상에 이마를 콩콩 찧는 모습이 몹시 귀여웠다. 래생이 여자의 어깨를 두드리며 이제 그만 누워서 자라고 말했다. 여자는 어리둥절한 표정으로 절대 잔 것이 아니라고, 방금 읽은 것을 머릿속으로 암기하는 중이었다고 변명을 하곤 했다. 여자는 시험이 얼마 남지 않았다며 고개를 세차게 흔든 다음 눈을 부릅뜨고 다시 교과서를 읽기 시작했다. 그리고 3초쯤 후에 다시 꾸벅꾸벅 졸기 시작하는 것이다. 여자의 얼굴이 낡은 국정 교과서에 완전히 파묻힐 때쯤이면 래생은 읽고 있던 책을 덮고 여자를 요 위에 눕혔다. 그리고 앉은뱅이책상을 한쪽으로 밀고 불을 끈 다음 이불 속으로 들어가 옆으로 누워 있는 여자의 작은 등을 안아주었다. 그러면 여자가 몸을 뒤척이며 래생의 아랫배 쪽으로 엉덩이를 쑥 내밀고 래생의 손을 두 손으로 꼭 잡아 자신의 볼에 갖다댄 뒤 이제 되었다는 듯 고개를 끄덕거렸다. 여자는 그 자세를 좋아했다. 사랑하는 사람이 등뒤에서 자신을 지켜주고 있고 그의 손이 자신의 볼에 닿아 있을 때 무엇보다 행복하다고 했다.

"그전엔 뭐했어요?" 잠결에 여자가 물었다.

"몇 년간 여기저기를 떠돌며 공사 현장에 있었지."

"피, 거짓말. 당신 손은 공사 현장을 떠돈 손이 아니에요. 당신은 아주 수상한 사람이에요. 아주 수상한 사람이에요." 여자가 잠꼬대처럼 말했다.

이따금 래생의 손등으로 여자의 볼을 타고 내려온 눈물이 떨어졌다. 어떤 날 그 눈물은 아주 오랫동안 흘러내렸다. 래생은 잠이 든 것처럼 숨소리를 거칠게 내며 방안에 내린 어둠 속으로 창을 통해 들어온 달빛이 천천히 자리를 바꾸는 것을 바라보았다. 그리고 여자가 눈물을 멈추면 래생도 잠이 들었다.

하지만 다음날 아침이 되면 여자는 언제 그랬냐는 듯 명랑해졌고 여느 때처럼 활기찼다. 치카치카 요란한 소리를 내며 양치질을 했고, 머리를 감았고, 노래를 흥얼거리며 아침상을 차렸다. 그리고 래생에게 "오늘은 A코스로 갈 거예요. 저번처럼 같은 코스로 따라오면 안 돼요" 하고 말을 한 뒤 자전거를 타고 공장에 갔다.

좋은 날들이었다. 공장 일도 점점 손에 익어갔다. 3반 작업반장은 래생에게 선반기능사 자격증을 준비하는 게 어떠냐고 물었다. "남자는 기술이 있어야지, 기술만 있으면 어딜 가든 밥은 먹고사니까. 필기만 붙으면 실기야 내가 가르쳐주면 되고." 금요일 저녁에는 공장 사람들과 팀을 짜서 내기 당구를 쳤다. 진 팀이 당구비도 내고 술값도 내야 하는 룰이었고, 그 룰은 꽤나 엄격하게 지켜졌기 때문에 금요일 저녁의 내기 당구는 항상 진지하고 흥미진진했다. 당구장에서 나온 사람들은 연탄불에 돼지 껍데기를 구워서 소주를 마셨다. 관리계장이 있을 때는 사장 욕을 하면서 술을 마셨고 관리계장이 없을 때는 관리계장 욕을 하면서 술을 마셨다. 그 사실을 아는지, 관리계장은 웬만해선 금요일 저녁 당구에도 술자리에도 빠지려고 하질 않았다.

신문에선 래생이 실수를 저질렀던 사건에 대해 아무런 기사도 나오지 않았다. 구태여 일을 복잡하게 만들지 않으려는 무사태평한 공무원들 덕택으로 사건은 평범하게 처리된 것 같았다. 사건이 외부로 터져나오지 않고 모든 것이 조용하게 수면 아래로 가라앉는다면 설계자들도 의뢰인들도 큰 불만은 없을 거라고 래생은 생각했다. 하지만 그것은 순전히 래생 혼자 생각일 수도 있었다. 자신의 경력에 흠집을 남긴 이번 일을 두고 '그따위로 일을 하는 놈을 살려둘 순 없어' 하고 설계자가 생각한다면 래생은 곧 죽을 목숨이었다. 그러나 반년이 지나도록 너구리 영감에게는 아무런 연락이 없었다.

공장에 들어간 지 8개월쯤 되었을 때에야 너구리 영감에게 연락이 왔다. 자전거를 타고 집으로 돌아왔을 때 문틈에 편지가 꽂혀 있었다. 우체국에서 배달을 한 것이 아니라 누군가 와서 직접 꽂아둔 것이었다. 래생이 떨리는 손으로 편지봉투를 열었다.

終結, 歸家.

너구리 영감의 글씨체였다. '종결'과 '귀가' 단 네 자뿐이었다. 문득 무엇이 종결되었는지, 어디로 귀가하라는 말인지 의아했다. 여기 말고 어딘가에 집이 있었다는 사실이 아득하게 느껴졌다.

다음날 오후, 래생은 너구리 영감에게 전화를 걸었다.

"여기서, 조금만 더 쉬고 싶습니다."

전화기 저편에서 너구리 영감은 한동안 아무 말도 하지 않았다.

"그 여공, 좋은 여자냐?" 너구리 영감이 물었다.

"네." 한참을 머뭇거리다가 래생이 대답했다.

"그럼 괜찮은 거야. 이 바닥으로 다시 돌아오지 않을 자신이 있으면 거기서 살아."

냉소도 분노도 질타도 아니었다. 그것은 래생으로서는 너구리 영감에게 처음 들어보는 따뜻한 목소리였다. 래생은 전화기를 들고 가만히 서 있었다. '거기서 살아.' 너구리 영감의 말이 무슨 뜻인지 언뜻 이해가 되지 않았다. 점심을 먹기 위해 공장 사람들이 골목으로 우르르 쏟아져나오고 있었다. 그 속에는 여자도 끼어 있었다. 여자가 래생을 향해 눈을 찡긋했다. 지나가던 남자 직원 한 명이 점심밥도 안 먹고 여기서 뭐하냐는 뜻으로 래생의 어깨를 살짝 쳤다. 래생이 전화기를 손으로 막고 "곧 따라갈게요" 하고 말했다. 공장 사람들을 따라가던 여자가 저만치서 고개를 돌려 래생을 바라보았다. 래생이 먼저 가서 밥을 먹으라는 뜻으로 웃으면서 손을 내저었다. 여자도 웃으며 고개를 돌렸다. 래생은 다시 전화기를 귀에 갖다댔다.

"정말 계속 살아도 됩니까?" 래생이 확인하듯 물었다.

"거기서 네가 가진 이름이 장이문이던가?"

"네."

"그 이름으로 살아. 여기 있는 네 이름은 내가 지워줄 테니. 그럼 아무 문제 없을 거야."

말을 하고 너구리 영감은 전화를 끊었다.

공중전화 부스에서 나와 래생은 공장 사람들이 걸어간 골목을 우두커니 바라봤다. '여기 있는 네 이름은 내가 지워줄 테니. 그럼 아무 문제 없을 거야.' 무엇이 아무 문제도 없다는 것일까. 4월이었다. 골목길을 따라 벚나무들이 꽃을 피우고 있었다. 벚꽃을 환하게 피우기 전에는 이 골목의 가로수들이 벚나무였다는 사실을 몰랐다. 하지만 여기 있는 나무들의 이름을 몰랐다고 해도 사실 아무 문제도 없었을 것이다. 사쿠라, 금방 피었다가 금방 지는 꽃. 뚱딴지같이 어디선가 읽었던 그 구절이 머릿속에서 맴돌았다. 사쿠라, 금방 피었다가 금방 지는 꽃. 래생은 지난 8개월 동안 공장에서 일을 하느라 제법 굳은살이 박인 자신의 손을 내려다보았다. "내 이름이 장이문이었구나." 한 손으로 다른 손의 굳은살을 만지작거리며 래생은 뭔가 대단한 발견이라도 한 듯 중얼거렸다. 벚꽃들이 줄줄이 핀 골목길을 바라보며 오랫동안 자신의 이름이었고 이제 곧 누군가에 의해 지워질 '來生'이라는 이름에 대해 생각했다. 그리고 이름이 지워진다는 것이 무슨 뜻인지를 생각했다. 사쿠라, 금방 피었다가 금방 지는 꽃. 사쿠라.

래생은 다시 공장으로 돌아왔다. 점심은 먹지 않았다. 작업대 위에 오전에 하던 일이 남아 있었으므로 래생은 밀링 머신에 스위치를 켜고 동판에 네 개의 구멍을 내는 작업을 계속했다. 20분쯤 지났을 때 작업대 위에 쌓아둔 동판 작업이 다 끝났다. 래생은 구멍을 뚫은 동판에 후후 바람을 불어 가루들을 제거하고 형광등에 비춰보았다. 그리고 만족한다는 듯 고개를 끄덕거렸다. 동판들을 작업대 한쪽에 차곡차곡 쌓아두고 빗자루로 작업대 위에 흩어져 있는 구리 조각들을 쓸어서 재활용 통에다 넣었다.

래생은 손을 씻고 가방에다 공장에 있는 자신의 물건들을 모두 챙겨넣었다. 빠뜨린 물건이 없는지 공장 내부를 휘익 둘러본 다음 사무실로 들어가서 관리계장의 캐비닛을 열어 자신의 이력서를 꺼냈다. 이력서 따윈 어떻게 되건 상관없었다. 어차피 월급대장이나 근무기록표에도 이름과 주민등록번호가 적혀 있을 것이다. 하지만 래생은 굳이 자신이 제출했던 이력서를 빼냈다. 그리고는 이력서를 구겨서 주머니 속에 집어넣고 공장을 빠져나왔다. 문을 나오면서 래생은 자신이 사라진 공장을 상상했다. 자신이 빠진 세계에서는 무슨 일이 일어날까? 아무 일도 일어나지 않을 것이다. 래생이 있으나 없으나 공장의 기계들은 오늘처럼 내일도 싱싱 잘도 돌아갈 것이다.

래생은 자전거를 타고 집으로 돌아왔다. 그리고 방문을 열고 자신이 반년이나 머물렀던 방을 한참 동안이나 바라봤다. 그 좁은 방에서 일어났던 무수한 동작들이 아주 오래전 일처럼 아득하게 느껴졌다. 래생은 서울에서부터 가지고 내려왔던 캐리어 가방을 꺼내 물건들을 담기 시작했다. 물건들은 처음에 이 방에 왔을 때보다 늘어나 있었다. 캐리어 가방에 들어가기엔 터무니없이 많은 양이었다. 래생은 여자의 방에 들어와서 생긴 모든 물건들을 쓰레기봉투에 담아 한 블록 더 멀리 있는 골목길에 버렸다. 그리고 여자가 빨아둔 셔츠, 여벌의 공장 작업복, 속옷들을 검정 비닐봉지 속에다가 담은 다음 골목의 헌옷 수거함에 모두 버렸다. 방으로 돌아온 래생은 방안 구석구석을 살폈다. 어쩐지, 무언가, 더 버려야 할 게 있을 것만 같았다. 래생은 불안한 시선으로 방안을 두리번거리다가 수건으로 자신이 만진 모든 물건들을 닦기 시작했다. 물건을 닦으면서 무엇 때문에 지문을 지우고 있느냐고 자신에게 물었다. 하지만 래생의 속에 있는 수많은 얼굴들 중 그 누구도 대답을 해주지 않았다.

그 방을 나오면서 래생은 여자에게 아무런 말도 하지 않았다. 편지도 남기지 않았다. 그저 짐을 챙기고 여자의 작은 방을 나왔다. 래생은 반대쪽 언덕으로 올라가서 몸을 숨긴 채 자신이 6개월 동안 머물렀던 산비탈 아래의 작은 집을 오래도록 바라봤다. 노을이 졌고 여자가 콩나물과 두부와 파를 자전거 바구니에 넣고 힘겹게 언덕을 올라가는 모습이 보였다. 집에 도착한 여자는 평소대로 래생의 자전거 옆에 자신의 자전거를 세우고 안으로 들어갔다. 그리고 5분쯤 후 허둥대며 집밖으로 나왔다. 어리둥절하고 멍한 얼굴이었다. 해가 넘어가고 골목에 가로등이 켜질 때까지 여자는 그 자리에 우두커니 서서 움직이지 않았다. 래생은 어둠 속에서 쥐새끼처럼 몸을 숨긴 채 얼음처럼 굳어 움직이지 않는 여자를 오래도록 바라보았다. 지친 여자가 집 안으로 들어가 문을 닫자 래생은 캐리어 가방을 끌고 언덕을 내려왔다. 그리고 서울로 돌아와 장이문이라는 이름을 가진 남자의 신분증을 불태웠다.

*

빗방울이 굵어졌다. 구름 사이로 가늘게 내리던 햇살은 어느 틈엔가 사라졌다. 래생은 남은 맥주를 다 마시고 캔을 찌그러뜨려서 방바닥에 집어던졌다. 방바닥에는 이미 백 개도 넘는 찌그러진 맥주 깡통들이 가득 있었다. 래생은 갖가지 형상으로 찌그러진 맥주 깡통들을 우두커니 바라보다가 냉장고에서 캔맥주를 하나 더 꺼냈다. '무얼 하고 있는 거냐, 죽음이 네 엉덩이 바로 밑으로 성큼 다가왔는데 맥주 따위를 마시며 취해 있는 거냐?' 래생의 속에 있는 수많은 얼굴들 중 그나마 정신머리가 제대로 박힌 놈 하나가 물었다. 하지만 래생은 다시 캔맥주를 땄다. 캔 뚜껑에서 터져나오는 파찰음이 문득 탄식처럼 들렸다. 래생이 피식 웃었다. 캔맥주 뚜껑 따위가 후회를 불러일으키다니, 캔맥주 뚜껑 따위가. 래생이 캔맥주를 한 모금 마셨다. 왜 돌아왔던 것일까, 래생이 중얼거렸다. 돌아오지 않았다면 변기에 처박힌 폭탄 따위에 벌벌 떠는 삶을 살지 않았을 수도 있었을 것이다. 누군가를 계속해서 죽여야 하는 삶을 살지 않았어도 되었을 것이다.

다시 사람을 죽이고 돌아온 날 밤에 래생은 너구리 영감에게 물었다.

"점점 더 많은 사람을 죽이게 될까요?"

"아니. 점점 더 적은 사람을 죽이게 되겠지. 하지만 돈은 점점 더 많이 벌게 될 거야."

"어떻게 그럴 수가 있죠?"

"실력이 나아질수록 더 가치 있는 사람들을 죽이게 될 테니까."

하지만 너구리 영감의 예언이 틀렸다. 암살자들의 값은 계속 떨어지고 있다. 암살자들의 값이 떨어짐으로써 가치 있고 아름다운 사람들의 값도 떨어진다. 그 말은 좀더 근사한 인간들이 이전 시대보다 더 많이, 더 쉽게 죽어나간다는 뜻이다. 영웅 아킬레우스를 탄생시키려면 무수한 신화들이 필요하지만 영웅 아킬레우스를 죽이는 데는 얼간이 왕자 파리스 한 명이면 충분하다. 그렇다면 얼간이 왕자 파리스를 죽이는 데는 얼마가 필요할까?

래생은 책상 위에 놓인 폭탄을 바라봤다. "기관 쪽 사람들이라면 폭탄을 다시 변기에 집어넣고 죽는 게 나아. 그쪽 동네는 아주 고지식하거든." 푸주의 잡화 아저씨는 충고했다. 농담처럼 말했지만 농담으로 한 말은 아닐 것이다. 누군가 명단에 오르면 모두들 그가 고요하게 죽기를 바란다. 괜히 살겠다고 발버둥을 쳐대면 모두가 피곤해진다. 이상한 냄새를 맡은 형사들이 여기저기를 들쑤시게 되고 설계자들은 예민해진다. 그러니 래생이 기관의 명단에 올랐다면 아무도 도와주지 않을 것이다. '어떻게 죽는 것이 좋을까?' 래생이 자신에게 물었다. '그래도 털보네가 가장 깔끔하지.' 래생의 속에 있는 또다른 얼굴이 자조적으로 중얼거렸다. 래생은 남은 맥주를 다 마시고 신경질적으로 깡통을 찌그러뜨려서 방바닥에 집어던졌다.

걱정 마라. 사람은 쉽게 죽지 않는다. 머리에 총을 맞고 그 총알을 고스란히 뇌 속에 간직한 채 30년간 생존한 사람도 있다. 작살에 배를 찔리고도 일주일 이상 무인도에서 버티다가 구조된 사람도 있다. 썩은 나무둥치에 고인 물을 마시며, 선인장의 속을 파먹으며, 자신의 오줌을 들이켜며, 죽은 동물의 위를 뜯어먹으며 사막을 건너오는 사람도 있다. 난파된 보트 위에서 자기 애인의 콩팥과 심장과 간과 대장을 씹어먹으면서 한 달을 표류하다가 구조된 여자도 있다. 심지어 의사가 사망진단서를 발급하고 장의사가 염을 끝내고 관 뚜껑에 못을 박고 있는데 깨어나서 관 뚜껑을 미친 듯이 쳐대는 사람도 있는 것이다. 산다는 건 그렇게 놀랍고 잔인하고 역겨운 것이다.

'그렇게 역겨운 것이지.' 래생이 중얼거렸다. 래생은 냉장고를 열고 마지막 남은 캔맥주를 꺼냈다. 그리고 뚜껑을 따서 한 번에 다 마신 다음 캔을 찌그러뜨려서 바닥에 버렸다. 이제 밖으로 나갈 것이다. 캔맥주 주간이 끝났다.

다음날 아침, 래생이 개들의 도서관에 들어섰을 때 사팔뜨기 사서는 보이지 않았다. 사서의 책상 위에는 휴가중이라는 팻말이 붙어 있었다. 사팔뜨기 사서의 인형과 사무용품들이 고스란히 있는 걸로 보아 정말로 휴가중인 것 같았다. 개들의 도서관이 사서에게 휴가를 줬던가? 래생이 고개를 갸웃거렸다. 어쩌면 휴가 제도가 있었는데 그들이 너무나 빨리 해고되었기 때문에 휴가를 제대로 챙기지 못했던 것일지도 모른다. 래생은 도서관을 가로질러 곧장 너구리 영감의 서재로 걸어갔다.

너구리 영감은 책상에 앉아 있었다. 늘 그랬던 것처럼 그곳에 앉아 책을 읽고 있었다. 래생이 폭탄 케이스를 너구리 영감 책상 위에 올려놓았다.

"제 변기 안에 있었어요. 수제품이고 부품들은 벨기에제랍니다." 래생이 말했다.

너구리 영감이 돋보기안경을 낀 채 폭탄 케이스를 유심히 쳐다봤다.

"네 생각엔 누구 짓인 거 같냐?"

"저로선 짐작도 할 수 없습니다. 영감님은 짐작 가는 데가 있습니까?"

"너무 많지. 그따위로 살았는데 죽어야 할 이유가 없다면 그게 오히려 이상한 거지."

너구리 영감이 남의 일처럼 말했다. 침착한 척 말하는 그 목소리가 얄미웠다. 죽어야 할 이유가 전혀 없다고 말하고 있다거나 죽는 게 억울해서 미치겠으니 살려달라고 애원하고 있는 게 아니었다. 래생은 그저 누구의 짓이냐고 묻고 있을 뿐이었다.

"이런 폭탄을 사용하는 설계자를 아십니까?" 래생이 다소 격앙된 목소리로 물었다.

순간, 너구리 영감의 표정이 미묘하게 변했다. 그것은 확실히 무언가를 알고 있다는 표정이었고 또 이 상황이 아주 재미있다는 표정이었다.

"변기에 폭탄을 집어넣는 설계자는 없어. 설계자들은 아무도 이런 장난을 치지 않지."

"그럼 그저 경고입니까?"

"너 따위에게 대체 무슨 경고를 한다는 거지?" 너구리 영감이 래생을 노려보며 물었다.

너구리 영감의 질문에 래생은 아무 말도 하지 않았다. 사실 할말이 없었다. 너구리 영감은 담배를 꺼내 불을 붙이고 허공을 향해 연기를 길게 내뿜었다. 그리고 어이없게도 백과사전으로 고개를 돌려 중얼거리며 책을 읽기 시작했다. 래생은 너구리 영감이 중얼거리며 백과사전을 읽는 모습을 멍한 표정으로 바라봤다.

저 무책임한 독서의 정체는 무엇일까? 래생은 내내 그것이 궁금했다. 너구리 영감은 세상의 모든 일에 아무 관심도 없었다. 정치에도, 권력에도, 돈에도, 여자와 결혼과 자식에도 관심이 없었다. 그런 것들은 책장 속에 피어나는 작은 곰팡이보다 너구리 영감의 관심을 끌지 못했다. 너구리 영감에게 세상은 허구 같은 것이었다. 너구리 영감은 오로지 책이 만들어내는 문제들, 그러니까 책의 외연과 내연에서 발생하는 문제들에만 진심으로 골몰했다. 책 속에서는 주인공이 혹독한 시베리아 벌판을 걷고 있었고 책 밖에서는 초여름 장마의 덥고 습기 찬 바람 때문에 양장본의 접착제가 떨어지고 있었다. 너구리 영감은 그것이 내내 걱정이었다. 그런데 왜 그는 지난 40년간 암살단의 우두머리로 살았던 것일까. 생각해보면 너구리 영감 같은 사람은 이 암살단의 우두머리로 살아야 할 이유가 전혀 없었다. 헌책방 주인 같은 것을 하고 살았어도 아무 상관 없었다.

래생은 너구리 영감의 책상 위에서 폭탄 케이스를 집어들었다. 그리고 서재 밖으로 나가기 위해 발걸음을 옮겼다.

"한자에게 가. 그러면 살 수 있을 거야." 너구리 영감이 래생의 뒤통수에 대고 말했다.

"한자가 한 짓이 아니면요?" 래생이 고개를 돌리며 물었다.

"누가 지시했건, 한자에게 가면 살 수 있지."

"그렇게 간단한 방법이 있었군요."

"그렇게 간단한 방법이 있었지."

말을 마치고 너구리 영감은 다시 백과사전을 읽기 시작했다. 래생은 예전보다 몸집이 훨씬 작아 보이는 너구리 영감을 잠시 바라보다 서재에서 나왔다.

푸주

더럽고 냄새나고 가엾고 역겨운 곳. 푸주는 그런 곳이다.

쓸모없는 연민과 슬픔, 무한정 번식하는 무기력과 갈 곳 없는 울분이 늦가을의 낙엽처럼 이리저리 쓸려다니다 자멸하는 곳. 바닥으로 떨어진 인생들의 종착지. 위조 전문가, 세탁업자, 살인 청부업자, 무면허 의사, 사채업자, 밀수업자, 청소부, 포주, 보험 사기꾼, 마약상, 장기 매매업자, 무기업자, 시체 처리업자, 자객, 사냥꾼, 용병, 트래커, 해결사, 도둑, 장물아비, 사기 도박업자, 범죄자와 결탁한 형사들, 밀고자와 배신자들이 온갖 종류의 브로커들과 얽히고설켜 여름날의 수캐들처럼 헐떡이며 돈이 될 만한 것들의 냄새를 맡고 다니는 곳. "이봐, 당신 정도의 인생이라면 그냥 자살하는 게 나을 것 같은데?" 하고 넌지시 충고해주고 싶은, 막장까지 떨어진 삼류 인생들이 그래도 한번 살아보겠다고 마지막 베팅을 하려고 들어오는 동네. 그곳이 푸주다.

푸주는 가장 자본주의적인 시장이므로 호주머니만 두둑하다면 무엇이든 살 수 있다. 법에 의해, 정의에 의해, 윤리에 의해 제약을 받는 물건은 푸주에 없다. 멀쩡한 물건들이 갈 곳이 없다는 것은 전혀 자본주의적이지 않다. 그러므로 푸주는 법과 정의와 도덕과 윤리에 의해 갈 곳을 잃은 물건들이 구멍을 찾아 흘러들어오는 곳이다.

푸주에서는 안구, 콩팥, 폐, 간 같은 불법 장기들부터 사제 폭탄, 독극물, 동남아와 북유럽의 여자들, 미얀마와 아프가니스탄에서 수입된 값싼 마약들, 미군부대에서 빠져나온 총기들을 살 수 있다. 운이 좋다면 전직 KGB 요원들이 러시아 마피아에게 헐값에 팔아넘긴 값비싼 장비들과 무기들을 살 수도 있다. 푸주에서는 복수를 살 수도 있고, 환희를 살 수도 있고, 파멸을 살 수도 있고, 갱생과 부활의 새 인생을 살 수도 있다. 5백 달러만 쥐여주면 사람을 죽여주겠다는 베트남 불법체류자를 살 수도 있고, 자신의 거지 같은 인생을 대신해서 깔끔하게 죽어줄 사람이나 시체를 살 수도 있다. 세탁업자에게 은닉한 재산을 세탁할 수도 있고 놀랍게도 자신의 더러운 과거를 세탁할 수도 있다. 감옥에서 15년은 썩어야 할 흉측한 범죄자가 무면허 의사에게 얼굴을 싹 고치고, 위조업자에게 가짜 이름과 가짜 과거를 산 다음 버젓이 서울 시내를 활보하며 새 인생을 시작할 수도 있다. 그러니 남편을 사고로 죽여서 보험금을 타내고 남은 인생을 화끈하게 살겠다는 유부녀 정도는 푸주에서 이야깃거리도 되지 못한다. 팔 수 있는 장기를 다 팔아 도박으로 날린 사내가 열한 살밖에 안 된 자신의 딸을 끌고 와서 이 아이의 장기도 팔 수 있느냐고 물어오는 곳, 그곳이 푸주다.

푸주가 사고팔지 않는 것은 연민 동정 울분 같은 아무도 귀기울이지 않는 싸구려 정서와, 신념 사랑 신뢰 우정 진실처럼 우울하고 힘없는 단어들뿐이다. 푸주는 의리니 신용이니 하는 것들을 담보로 잡지 않는다. 담보는커녕 푸주는 인간의 마지막 밑바닥에 그런 아름다운 정서들이 자리잡고 있을 거라고 믿지도 않는다.

여기저기서 떠밀려온 막장 인생들 덕택에 푸주에서는 쉽게 인생이 무너지는 소리를 들을 수 있다. 생각해보면 푸주만큼 눈물이 많은 동네도 흔치 않을 것이다. 하지만 푸주에서는 아무도 눈물에 귀를 기울이지 않는다. 아무도 쓸데없는 동정으로 체력을 낭비하지 않는다.

멋모르는 사람들은 왜 그들을 몽땅 감옥에 처넣지 않느냐고 외친다. 하지만 그건 웃기는 소리다. 푸주는 결코 감옥에 갇히지 않는다. 푸주는 감옥보다 훨씬 더 큰 세상이고 사실상 감옥 역시 또다른 푸주이기 때문이다. 푸주는 사막에 비가 내리면 갑자기 생겼다 사라지는 와디처럼 부풀어오르고 흘러다니는 세계이고, 소멸하는 것보다 더 빨리 생성하는 암 덩어리 같은 세계다. 그러므로 현명한 검사와 형사는 푸주를 이용한다. 그들은 자신이 원하는 것이 황금알이지 황금알을 낳는 거위가 아니라는 사실을 정확히 알고 있다. 거위를 잡아먹고 나면 알을 얻을 수 없듯이 푸주를 잡아먹고 나면 그들은 이제부터 손가락을 빨아먹고 살아야 한다. 그리고 사실상 푸주는 너무나 거대해서 잡히지도 않는다.

*

"그 남자는 죽어 마땅하지요?"

오십대 파마머리 여자가 간절히 동의를 구하는 표정으로 미나리 박을 바라봤다. 여자의 눈자위와 광대뼈에 채 멍이 가시질 않았다. 미나리 박이 답답하다는 얼굴로 파마머리 여자를 바라봤다.

"아, 죽어 마땅하지요. 천번만번 죽어 마땅하지요. 그러니까 이참에 깔끔하게 죽여버리고 팔자 한번 고치시라니까요." 미나리 박이 힘주어 말했다.

"언니, 이분 말씀 듣고 그렇게 해. 마음 한번 모질게 먹으면 끝나는 일이야." 옆에 앉은 바람잡이 여자가 말했다.

"그 남자는 제 인생을 송두리째 앗아갔어요."

오십대 파마머리 여자가 난데없이 텔레비전 드라마에서나 나올 것 같은 대사를 날렸다. 그리고 눈물을 쏟아내기 시작했다. 손수건을 말아서 꼭 쥔 손으로 여자의 눈물이 뚝뚝 떨어졌다. 어딘지 모르게 억울해 보이는 인상이다. 일을 많이 해서 굵어진 팔뚝과 햇볕에 오래 그을린 거친 피부. 30년 전에나 유행했을 것 같은 여자의 물방울무늬 투피스는 남편을 죽이기 위해 청부업자의 사무실을 찾은 사람의 모습치곤 지나치게 생뚱맞아 보였다. 파마머리 여자가 계속 흐느껴 울자 미나리 박은 정말 짜증이 나서 돌아버리겠다는 표정으로 바람잡이 여자를 바라봤다. 바람잡이 여자가 미나리 박에게 다 된 밥에 코 빠뜨리지 말라는 눈짓을 하면서 파마머리 여자의 등을 토닥였다.

"언니, 괜찮아 괜찮아. 더 울어. 이분 앞에서는 믿고 울어도 돼." 바람잡이 여자가 말도 안 되는 소리를 떠들어댔다.

미나리 박의 책상에서 신문을 보고 있던 래생이 피식 웃음을 터뜨렸다. 대체 누굴 믿으라는 건지. 하지만 파마머리 여자는 정말 '이분'

을 믿고 그러는 건지 더 큰 소리로 서럽게 울기 시작했다. 여자의 울음소리가 커지자 미나리 박은 정말 이 짓도 더러워서 못 해먹겠다는 허탈한 표정으로 담배를 하나 꺼내 물었다.

래생은 신문을 내려놓고 응접실 테이블에 앉은 세 사람을 바라봤다. 울고 있는 파마머리 여자 앞에서 어쩔 줄 몰라하는 미나리 박과 바람잡이 여자의 모습은 꽤나 우스꽝스러워 보였다. 미나리 박은 담배 연기를 길게 내뿜으며 파마머리 여자의 무릎 아래에 놓여 있는 쇼핑백을 바라보고 있었다. 쇼핑백 안에는 파마머리 여자가 착수금으로 가지고 온 돈다발이 들어 있을 것이다. 미나리 박의 사무실 규모에선 꽤나 짭짤한 건수다. 게다가 일도 그다지 어렵지 않다. 바람잡이 여자가 파마머리 여자를 이 청부 사무실까지 데리고 오느라고 몇 달 동안이나 공을 들였을 것이다. 목표를 정하고, 정보를 캐내고, 조심스럽게 접근을 하고, 자연스럽게 친해진다. 그리고 때가 되면 "왜 그렇게 억울하게 살아요? 다른 길도 얼마든지 있는데" 하면서 슬며시 바람을 넣는다. 바람잡이 여자가 단골로 쓰는 "누구나 인생에는 한 방이 있대요" 따위의 말도 했을 것이다. 하지만 웃기는 소리다. 인생은 멀리서부터 복잡하게 꼬여온다. 그러므로 그것은 한 방에 풀리지 않는다.

일을 빨리 끝내고 싶어 안달이 난 미나리 박은 아랑곳도 없이 파마머리 여자는 내내 울고만 있었다. 왜 우는 것일까. 막상 죽이려니까 남편이 불쌍해서? 아니면 평생 뼈 빠지게 일해 돈을 갖다바치고도 남자에게 맞고만 살아온 자신의 인생이 한심하고 안타까워서? 마지막 순간에 죄책감이 들어서? 하지만 파마머리 여자는 지금 쇼핑백에 돈을 넣어 와서 청부살인을 의뢰하고 있는 중이다. 하얀 꽃송이처럼, 흔들리는 코스모스처럼 여자는 눈물을 흘려서 자신의 분노가 정당하며 자신은 더없이 맑고 연약하다는 것을 미나리 박에게 증명하려고 한다. 그리고 굳이 사연을 이야기한다. 하지만 미나리 박 따위에게 그것을 증명할 필요는 없다. 사연도 필요 없다. 미나리 박은 하이에나 같은 살인 청부업자고 돈만 주면 무슨 일이든 처리한다. 그 여자의 사연이 얼마나 안타깝건 그 남자가 무슨 잘못을 했건 그것과 미나리 박의 일처리 방식은 아무 상관이 없다. 당연히 여자의 눈물도 상관이 없다. 내일 여자의 남편이 쇼핑백에 더 많은 돈을 들고 온다면 미나리 박은 얼씨구나 하고 파마머리 여자를 처리할 것이다.

파마머리 여자가 손수건으로 눈물을 닦고 고개를 들었다.

"그냥 말로 잘 타이르면 안 될까요? 그래도 죽이는 건……"

미나리 박이 망치로 머리라도 맞은 표정으로 여자를 바라봤다. 성질 같아선 당장 탁자라도 엎을 기세였다. 그러나 다 된 밥에 코를 빠뜨릴 순 없는 노릇이다. 미나리 박이 심호흡을 하며 성질을 죽였다.

"말로 타일러요? 아따 이 아줌씨, 지금 그걸 말이라고 했소? 얼마나 더 맞아야 정신을 차리시겠소. 여자 때리기 시작한 남자, 그거 고쳐서 못 써요. 암, 고쳐서 못 쓰지. 우리가 조사해보니까 경마에, 술에, 계집질에, 그 인간은 5백 번을 다시 태어나도 인간 안 될 놈이더만. 지금까지야 젊어서 뼈도 튼튼하고 그랬으니 맞고 버텼겠지만 앞으로 나이들어, 거 뭐시냐, 그래, 골다공증, 골다공증 오고 난 다음에 맞으면 어쩔 거요? 뼈에 구멍 숭숭 날 때 맞으면 그땐 파스 같은 걸론 어림도 없다니깐. 암, 어림도 없지."

바람잡이 여자가 미나리 박을 쏘아보고 있었다. 횡설수설하던 미나리 박이 주춤했다. 바람잡이 여자가 파마머리 여자의 손을 잡았다.

"언니, 문제는 그게 아니잖아. 지금은 타이르고 말고 할 문제가 아냐. 그 남자에게 모아둔 돈이 있어, 퇴직금이 있어? 타이른다고 돈이 나오는 것도 아니고 생활이 달라지는 것도 아니잖아. 언니 인생을 생각해야지. 언니 그동안 고생 많이 했잖아. 몸은 몸대로 망가져, 마음은 마음대로 망가져. 언니 너무 힘들어. 이렇게 가면 죽을 때까지 고생뿐이야. 언니, 우리 마음 한번 모질게 먹자. 보험 두 개나 들어놨으니까 남은 인생은 제대로 살자. 언닌 가만히 있기만 하면 돼. 나머지 일들은 이분이 다 알아서 처리해주실 거야."

"동생분 말 들어요. 이제 고생 그만하고 편하게 사셔야죠. 이참에 깔끔하게 정리하고 새 인생 시작합시다." 미나리 박이 바람잡이 여자의 말을 거들었다.

파마머리 여자가 고개를 숙이며 다시 눈물을 터뜨렸다. 바람잡이 여자가 파마머리 여자의 등을 쓰다듬었다. 숨죽여서 흐느끼던 파마머리 여자의 울음이 점점 커져 통곡으로 바뀌었다. 파마머리 여자는 자신이 답답하고 한심하다는 듯 주먹으로 가슴을 때리다가 급기야 옷을 쥐어뜯었다. 미나리 박이 길게 하품을 하고는 앞에 앉아 있기가 몹시 피곤하고 민망하다는 듯 손바닥으로 얼굴을 감쌌다. 바람잡이 여자가 미나리 박에게 눈짓을 주었다. 미나리 박이 소파에서 일어나 래생 쪽으로 다가왔다. "먹고살기 존나 힘드네." 미나리 박이 입술만 달싹거리며 래생에게 말했다.

그때 파마머리 여자가 자리에서 벌떡 일어났다.

"동상, 난 아무래도 안 될 것 같아. 안 될 것 같아. 아무리 그래도 사람이……"

파마머리 여자가 울음과 뒤섞인 맹맹한 목소리로 말했다. 파마머리 여자는 쇼핑백을 집어들고 미나리 박에게 연신 허리를 굽혔다. "죄송합니다. 죄송합니다. 정말 죄송합니다." 그리고 허겁지겁 사무실을 나갔다. 바람잡이 여자가 당황한 얼굴로 자리에서 일어나 파마머리 여자를 따라나섰다.

미나리 박이 허탈한 표정으로 두 여자가 나간 문을 바라봤다.

"저, 저런 미련 곰탱이 같은 년, 진짜 가네?"

미나리 박이 어이없다는 얼굴로 눈을 동그랗게 뜨고 래생을 바라봤다. 래생은 피식 웃으면서 신문으로 고개를 돌렸다.

"아니, 저렇게 갈 거면 자기 남편하고 살아온 이야기를 왜 나한테 두 시간이나 떠들고 지랄이래? 여기가 무슨 가정폭력상담소인 줄 아나. 나 참, 기가 막혀서. 사람 같은 소리 하고 있네. 지가 어디다 대고 사람 이야기를 해. 여기 지만큼 인생 가파르지 않은 사람 어디 있어? 아, 시발. 진짜 인생 회의하게 만드네."

미나리 박이 성질을 못 이기고 쓰레기통을 발로 걷어찼다. 그리고 소파에 앉아 담배를 꺼내 불을 붙였다. 미나리 박이 담배 한 대를 다 태웠을 때쯤 전화가 왔다. 바람잡이 여자에게서 온 전화였다.

"야, 이년아. 도장만 찍으면 된다며? 일을 왜 그따위로 해. 좀 체계적으로 못 하냐? ……무슨 생각을 또 해. 그러니까 그게 무슨 말이야, 시간을 더 달라는 말이야? ……뭐? 가격이 비싸서 망설여진다고? 이런 미친년. 아까는 사람이 어쩌고저쩌고 잘도 지껄이더만…… 그래서 깎아주면 하겠대? ……뭐, 얼마? 이런 쌍, 이게 무슨 콩 볶는 일인

줄 아나. 사람 죽이는 게 장난이야? ……어쨌든 입단속 잘 시키고, 말 새면 이놈 저놈 할 거 없이 다 죽는 거라고 겁도 팍팍 주고."

미나리 박이 전화를 끊었다. 사무실이 조용해졌다. 미나리 박이 담배를 한 대 더 피우며 슬슬 래생의 눈치를 살폈다. 래생이 읽고 있던 신문을 접고 미나리 박을 바라봤다. 미나리 박이 담배를 재떨이에 비벼 끄고 자리에서 일어났다.

"아따, 일 하나 엮어보려니 팍팍하네. 그나저나 우리 귀족 래생씨가 이 누추한 미나리 박 사무실까진 어쩐 일로 행차를 하셨나?" 미나리 박이 과장된 톤으로 물었다.

"도서관에만 처박혀 살다보니 현장 감각이 떨어져서요. 그래서 세상 돌아가는 일도 좀 알고, 또 제가 어떻게 살아가야 할지 아저씨에게 조언도 좀 들으려고요."

래생이 웃으며 말했다. 미나리 박의 표정이 살짝 어두워졌다.

"하이고, 나 같은 게 천하의 래생에게 해줄 조언이 어디 있나. 만날 입에 풀칠하는 것도 아등바등하는데. 근데 나가 오늘은 좀 바쁜데. 급한 약속도 있고."

미나리 박이 급한 척하며 시계를 봤다.

"바쁘시군요. 그럼 간단하게 몇 가지만 물을게요."

"그래, 내가 아는 게 있으면." 미나리 박이 우물쭈물 말했다.

"회의가 있었습니까?"

"무슨 회의? 반상회 같은 거 말인가?"

미나리 박이 딴청을 피우며 농담을 했다. 하지만 당황한 모습이 역력했다. 래생이 싸늘한 표정으로 미나리 박을 바라봤다.

“왜, 요즘 업자들끼리 회의 많이 한다고 하던데. 예를 들어 너구리 영감은 없고 한자는 있는 회의 같은 거. 거기서 중요한 내용이 나왔는지 묻고 있는 거예요.”

“회의 없었어. 회의야 당연히 도서관에서 하잖나.” 미나리 박이 말했다.

“정말 없었습니까?” 래생이 미나리 박을 노려보며 말했다.

“있어도 나 같은 건 모르지. 아줌마 등이나 쳐서 먹고사는 나 같은 놈을 한자가 왜 부르나. 한자가 어디 나 같은 걸 인간 취급이나 하나. 우리야 그저……”

래생이 칼을 꺼내 책상 위에 올려놨다. 미나리 박이 하던 말을 멈췄다.

“추가 쓰던 칼인데, 예전엔 추가 왜 이런 부엌칼을 쓰는지 잘 몰랐어요. 근데 써보니 확실히 좋더라고요.”

미나리 박이 책상 위에 놓인 헨켈을 보고 멈칫했다. 칼 손잡이에는 추가 묶어두었던 손수건이 그대로 있었다. 미나리 박의 눈동자가 빠르게 움직였다. 블러핑인가, 진짜 찌를 생각인가. 머릿속에서 계산기가 척척 돌아가는 소리가 들리는 것 같았다.

“에이, 자넨 이런 캐릭터 아니잖아.” 미나리 박이 억지로 웃으면서 말했다.

“제가 어떤 캐릭터인데요?”

래생이 미나리 박의 눈을 정면으로 쳐다봤다. 미나리 박이 래생의 눈길을 피했다.

“한자가 너구리 영감 벼르고 있었던 건 어제오늘 일이 아니잖아.”

"그런 거 말고. 좀더 정확한 거."

"말했다시피 한자가 왜 나 같은 놈한테 그런 걸 이야기해주겠나. 말이 안 되지."

"한자는 미나리 박 아저씨를 좋아해요. 아저씨는 썩은 고기라도 잘 처먹으니까."

미나리 박이 이를 앙다물었다. 몹시 자존심이 상한 표정이었다. 미나리 박이 다시 담배를 한 대 꺼내 물었다. 담배를 입에 무는 미나리 박의 손끝이 살짝 떨렸다.

"너구리 영감이 보냈나? 업자들 중에서 미나리 박이 한자의 개니까 가서 쑤셔보라고?"

미나리 박이 불을 붙이려다 말고 갑자기 억울한 표정으로 래생을 쳐다보며 물었다. 래생은 아무 대답도 하지 않고 무표정한 얼굴로 미나리 박을 바라보았다.

"섭섭허이, 참으로 섭섭허이. 영감님께 전하시게. 이 미나리 박이 많이 섭섭해하더라고. 정말 해도 해도 너무하는군. 사람 잘못 봤어. 나 미나리 박, 그런 놈 아니야. 어딜 봐서 내가 그런 얍삽한 짓을 할 사람인가?"

미나리 박이 래생의 눈치를 봤다. 래생의 표정에 아무 변화가 없자 미나리 박이 다시 혼자 떠들기 시작했다.

"솔직히 여기저기서 불만들이 많아. 도서관에서 일거리 안 나온 지가 벌써 몇 년째야? 너구리 영감이야 신선 흉내 잘 내시니 풀 뜯어먹고 이슬 마시면서 사는지 어쩌는지 모르지만 우리 업자들은 안 그래. 일 없어도 다달이 애기들 주머니에 얼마라도 넣어줘야지, 짭새들 꿀

처발라야 하지, 커미션에 상납금에 중개료에 다 풀고 나면 라면값도 안 남아. 썩은 고기가 아니라 똥이라도 먹어야 할 형편이라고. 그런데도 너구리 영감은 장부 꼭 붙잡고 물건들 안 풀잖아, 안 그래?"

미나리 박이 래생에게 동의를 구하는 표정을 지었다. 하지만 래생은 여전히 무표정한 얼굴로 미나리 박을 바라보고 있었다.

"이럴 때 너구리 영감 장부에서 큰손들 몇 개만 풀어줘도 얼마나 분위기 좋아지겠어? 그런데 고집불통 영감님은 입 꾹 다물고 계시잖아. 요즘처럼 먹고살기 힘든 판에 업자들 불만이 안 쌓이겠어? 쌓이지. 당연히 쌓이지. 모이기만 하면 너구리 영감 욕하느라고 정신들이 없지. 하지만 그때도 이 미나리 박만은 영감님 편을 들어줬다 이거야. 너희들이 지금 잠시 힘들다고 영감님에게 그런 마음 품으면 안 된다. 예전에 영감님 때문에 좋은 시절도 있지 않았느냐. 사람이 살다보면 내리막이 있는 거고 내리막이 있으면 또 오르막이 있는 거고, 그러니 좀 기다려보자. 정말이야, 물어보라고. 업자들 중에 너구리 영감 편에 서서 이야기하는 사람 솔직히 이 미나리 박밖에 없어. 까놓고 말해서 업자들 중에 이번 명절 때 선물 사들고 영감님 찾아뵌 놈이 어디 있어? 없지? 이 미나리 박만 찾아뵌 거 아냐. 그것도 귀하디귀한 죽방멸치 사들고. 백화점에서 산 남해 명품1호 죽방멸치."

말을 마치고 미나리 박은 마음이 조금 놓이는지 그제야 들고 있던 담배에 불을 붙였다. 그리고 허공에 대고 길게 담배 연기를 내뿜었다.

"다시 묻겠습니다. 한자가 날짜를 잡았습니까?" 래생이 무덤덤한 표정으로 물었다.

미나리 박이 담배 연기를 목구멍 속에 그대로 넣은 채 실로 어이없다는 얼굴로 래생을 바라봤다.

“아따, 환장하겄네. 그렇게 말해도 사람 진심을 몰라주네. 내 비록 아줌마 등을 쳐서 먹고살지만 어른 배신하고 그러지는 않는다, 정말.”

미나리 박이 도대체 말이 안 통해서 미치겠다는 듯 고개를 흔들었다. 래생은 희미하게 웃으며 손가락 끝으로 헨켈을 툭툭 쳤다. 미나리 박이 칼을 툭툭 치는 래생의 손가락 끝을 바라봤다.

“오늘 털보네로 가고 싶어요?” 래생이 말했다.

“나 미나리 박, 푸주에서 30년을 버틴 놈이야. 산전수전 공중전 다 겪은 놈이지. 그런 나한테 식칼 쪼가리나 들고 와서 이러면 우린 또 웃어버리지. 이봐, 래생 동상. 나 미나리 박이라고.” 미나리 박이 갑자기 목소리에 힘을 주며 말했다.

미나리 박이 떨리는 손을 들어 담배를 입으로 가져갔다. 순간, 래생이 테이블 위의 칼을 집었다. 그리고 침착하고 재빠른 동작으로 담배를 들고 있는 미나리 박의 손가락을 그었다. 담배가 끼워진 검지와 중지가 허공으로 날아올랐다가 책상 위에 툭 떨어졌다. 미나리 박이 멍한 눈동자로 손가락 두 개가 사라진 자신의 오른손을 바라보고 또 책상 위를 바라봤다. 저 혼자서 피를 흘리고 있는 두 개의 손가락과 여전히 연기를 내뿜고 있는 담배가 기묘한 느낌을 불러일으켰다. 래생이 고개를 갸웃거리자 미나리 박이 움찔하며 뒤로 한 걸음 물러섰다. 래생이 책상 위에 다시 칼을 차분하게 올려놓았다.

“마지막으로 묻겠습니다. 한자가 날짜를 잡았습니까?”

미나리 박의 손가락에서 흘러내린 붉은 피가 와이셔츠를 적시고 있었다. 미나리 박이 반쯤 정신이 나간 표정으로 연신 피가 흘러나오는 자신의 손을 바라보다가 래생 쪽으로 얼굴을 돌렸다. 래생은 잘린 손가락들 옆에서 여전히 연기를 내뿜고 있는 담배를 집어 재떨이에 비벼 껐다. 그리고 미나리 박의 대답을 기다린다는 뜻으로 고개를 15도쯤 왼쪽으로 젖혔다.

"이런, 니기미 시발, 그렇다고 손꾸락을 자르냐, 시발, 말로 물어보면 되지, 손꾸락은 왜 잘라?" 미나리 박이 울먹거리며 말했다.

래생이 무표정한 얼굴로 다시 책상 위에 놓인 칼을 집었다.

"한자가 큰일을 벌이고 있어. 그거밖에 몰라. 진짜야." 미나리 박이 황급하게 말했다.

래생이 책상 위에 칼을 내려놓고 손끝으로 칼 손잡이를 두어 번 툭툭 쳤다.

"어떤 일?" 래생이 눈을 치켜뜨며 물었다.

"정확히 몰라. 기관 쪽 일인가봐. 대선이 다가오잖아."

래생이 그것으로는 불충분하다는 듯 얼굴을 살짝 찡그렸다.

"나는 그저 한자가 주는 잡일이나 조금 한 거뿐이야. 나만 한 거 아냐. 다른 업자들도 다 했어. 그게 도서관이랑 무슨 상관이 있는지, 너구리 영감의 뒤통수를 치는 일인지 우리는 모르지. 정말이야. 우린 그저 가만히 놔둬도 알아서 죽을 노인들 몇 명 작업한 거뿐이라니까."

미나리 박이 빠르게 말을 쏟아낸 뒤 왼손으로 오른손을 움켜쥐며 고통스런 표정을 지었다.

"나도 명단에 있습니까?"

"그걸 나 같은 게 어떻게 알겠어." 미나리 박이 정말 답답하다는 표정으로 절규하듯 말했다. "래생 동상, 생각을 해봐. 한자가 나 같은 등신에게 왜 그런 말을 해주겠어, 안 그래?" 미나리 박이 이제 제발 그만하자는 듯 래생에게 울상을 지었다.

래생은 잠시 생각을 하다가 칼을 집어들었다. 지레 놀란 미나리 박이 벽 쪽으로 뒷걸음질쳤다. 래생은 책상 위의 크리넥스 티슈를 몇 장 꺼내 칼에 묻은 피를 닦았다. 그리고 칼을 가죽집에 집어넣은 다음 가죽재킷의 안주머니 속에 넣었다. 미나리 박이 래생의 눈치를 보다가 걸려 있는 수건으로 손을 감쌌다. 그리고 책상 위에 놓인 손가락을 향해 손을 뻗다가 래생 쪽을 보더니 멈칫했다. 래생은 미나리 박의 얼굴을 쳐다보며 무슨 말을 더 하려다가 이내 고개를 돌리고 사무실 밖으로 나가기 위해 걸음을 옮겼다. 사무실 문 앞에 섰을 때 래생의 등뒤에서 미나리 박이 부산하게 움직이며 떠드는 소리가 들렸다.

"이게 뭔 일이다냐. 하이구, 이게 대체 뭔 날벼락이다냐."

래생이 2층 목조 계단을 반쯤 내려왔을 때 아까 밖으로 뛰쳐나갔던 오십대 파마머리 여자와 바람잡이 여자가 계단 입구에서 막 올라오고 있었다. 파마머리 여자가 래생을 보더니 황급히 얼굴을 가리고 올라오던 계단을 도로 내려가서 옆으로 피했다. 바람잡이 여자가 계단을 내려가는 여자를 짜증스러운 표정으로 바라봤다.

"놀구 자빠졌네. 저 여편네는 할 거 다 하면서 순진한 척을 한다니까." 파마머리 여자를 바라보던 바람잡이 여자가 래생 쪽으로 고개를 돌렸다. "근데 벌써 가시게? 왜, 좀더 놀다 가시지."

"잘 놀다 가요." 래생이 웃으며 말했다.

"언제 우리 래생씨하고도 멋지게 일 한번 해야 하는데." 바람잡이 여자가 눈웃음을 치며 말했다.

여자의 말에 래생은 그저 고개만 끄덕거렸다.

"그나저나 이 여편네는 왜 안 올라오는 거야?" 바람잡이 여자가 계단 입구를 힐끗 보며 말했다.

래생이 밖으로 나왔을 때 파마머리 여자는 벽 쪽으로 얼굴을 돌리고 있었다. 광대뼈 위에 시퍼런 멍자국과 멱살을 잡힌 채 이리저리 패대기쳐져서 생긴 목 주위의 생채기들이 선명했다. 래생이 담배를 한 대 꺼내 물고 불을 붙였다. 라이터 소리를 의식했는지 파마머리 여자가 래생을 힐끔거렸다. 래생이 파마머리 여자를 보고 피식 웃었다. 그리고 허공을 향해 길게 연기를 내뿜으며 말했다.

"아주머니, 그 남자 고쳐서 못 씁니다. 인생 잘 생각하세요."

*

래생이 도서관으로 돌아왔을 때 사팔뜨기 사서의 자리는 텅 비어 있었다. 휴가중이라고 써놓았던 팻말도 없었다. 항상 자리 왼쪽을 채우던 뜨개질 바구니도, 칸막이 앞쪽에 놓여 있던 색깔별로 열 개나 들어 있는 매니큐어 세트와 앙증맞은 미니 화장대도 없었다. 여자의 책상 곳곳에 매달려 있던 미키마우스, 곰돌이 푸, 판다, 일본 복 고양이 같은 온갖 인형들도 싹 치워져 있었다. 오로지 사팔뜨기 사서가 사무용품을 정리하기 위해 호치키스, 칼, 가위, 줄자 같은 이름표를 붙여놓은 플라스틱 서랍장만이 책상 위에 덩그러니 놓여 있었다. 래생은 사팔뜨기 사서의 자리를 별 이유도 없이 손바닥으로 스윽 한 번 쓸었다.

2층 서가에서 책이 바닥으로 떨어지는 소리가 들렸다. 래생이 2층 서가로 걸어올라갔다. 너구리 영감이 사다리에 올라간 채 서가에 내려앉은 먼지들을 닦아내고 버릴 책들을 바닥에 던지고 있었다. 너구리 영감이 직접 도서관을 청소하는 모습은 꽤나 오랜만이었다. 래생이 어릴 적에는 종종 너구리 영감이 서가를 정리하는 모습을 볼 수 있었다. 너구리 영감은 절름거리는 다리로 물통과 걸레를 들고 도서관의 이곳저곳을 돌아다녔다. 사다리를 타고 높은 서가까지 올라가 물걸레로 구석구석 닦기도 했고, 책들에 쌓인 먼지들을 털어내고, 책들을 꺼내 새로 분류하곤 했었다. 청소를 하는 동안에는 매사에 표정 변화가 없는 너구리 영감의 얼굴에서도 아주 미세하나마 즐거움 같은 것을 느낄 수 있었다. 마치 60년 전에 이 도서관에서 처음으로 사서가 되었던 소년 시절로 돌아간 것처럼.

래생은 바닥에 떨어진 책들을 주워서 카트에 담았다. 너구리 영감이 사다리 위에서 래생을 힐끔 바라봤다.

"다 버리는 책들입니까?" 래생이 물었다.

"시간을 견디지 못하는 책들이지." 너구리 영감이 사다리 위에서 말했다.

래생은 서가들 사이로 난 길을 바라봤다. 군데군데 버려진 책들이 한 무더기 쌓여 있었다. 버리는 책의 양이 그 어느 때보다 많았다. 그래서인지 항상 책으로 빽빽하게 채워져 있던 서가가 이가 빠진 것처럼 듬성듬성했다.

래생이 바닥에 버려진 책들을 카트에 다 주워담자 너구리 영감이 사다리에서 내려왔다. 팔꿈치까지 소매를 걷어올리고 물통과 걸레를 든 너구리 영감의 모습은 어느 때보다 밝고 건강해 보였다. 하지만 왼손에 더러운 물이 가득 든 물통을 들고 있어 가뜩이나 한쪽으로 기운 너구리 영감의 몸이 더 위태하게 기울어 있었다. 래생이 손을 내밀자 너구리 영감이 손에 든 물통을 순순히 건네줬다.

"한자가 날짜를 잡은 거 같은데요?" 래생이 말했다.

"무슨 날짜? 한자가 결혼이라도 하나?" 너구리 영감이 딴청을 부리며 재미도 없는 농담을 던졌다.

"우리가 먼저 한자를 잡죠?"

래생이 결연한 표정을 지었다. 너구리 영감이 래생을 향해 고개를 돌리더니 아무 말 없이 한동안 래생의 얼굴을 바라봤다. "우리?" 너구리 영감이 래생을 향해 피식 웃었다. 그것은 언뜻 한심하다는 표정처럼 보였지만 사실은 안타깝고 쓸쓸한 표정에 가까웠다.

"한자를 죽이면 악역의 의자에는 이제 누가 앉지? 네가 앉을래?" 너구리 영감이 엷은 미소를 띠며 말했다.

너구리 영감은 서가 사이에 있는 둥근 테이블로 가서 걸레로 테이블 위와 의자 두 개를 닦았다. 그리고 손짓으로 래생을 불렀다. 래생이 테이블로 가서 물통을 바닥에 내려놓고 의자에 앉았다. 너구리 영감이 주머니에서 담배를 꺼내 래생에게 권했다. 래생이 손을 저어 정중하게 거절했다. 너구리 영감이 다시 한번 담배를 권했다. 래생이 주춤거리며 담배를 받았다. 너구리 영감은 래생의 담배에 불을 붙여주고 자신의 담배에도 불을 붙였다. 그리고 천천히 담배를 피우며 한동안 아무 말 없이 도서관 서쪽 창을 바라봤다.

2층 환기창을 통해 내려온 햇살 속으로 먼지들이 낡은 서가 사이를 유유히 날아다니고 있었다. 소년 시절, 래생은 이 도서관의 서쪽 모퉁이에 앉아 환기창을 통해 들어온 예리한 빛줄기 사이로 날아다니는 먼지들을 멍하니 바라보곤 했다. 미세한 소음에도 먼지들이 날아오르는 것. '절대금연'이라고 너구리 영감이 써붙인 팻말 밑에서 자신이 피운 담배 연기가 양떼구름처럼 천장으로 우우 몰려다니며 먼지들과 노니는 것을 구경했다. 읽던 책을 문득 덮고 먼지와 담배 연기와 빛의 알갱이들이 서로 부딪치며 갖가지 형상을 만들어내는 것을 몇 시간이고 바라보면서 "먼지야말로 이 도서관의 진정한 주인이군" 하고 중얼거리곤 했었다.

너구리 영감이 여전히 시선을 서쪽 환기창에 둔 채 입을 열었다.

"가장 오래된 인류의 두개골에는 창으로 찔린 자국이 있지. 창녀와 포주는 농부보다 훨씬 더 오래된 직업이고, 성경에 나오는 최초의 아들이 한 일도 살인이었지. 그 이후 수천 년 동안 인류는 오로지 전쟁을 통해서만 무언가를 이뤄낼 수 있었지. 문명이건 예술이건 종교건 하다못해 평화도 말이야. 무슨 뜻인지 알겠니? 이것이 인간이란 종이야. 인간이라는 종은 처음부터 서로를 끊임없이 죽이면서 살도록 설계되어 있었던 거지. 살인자의 편에 기생하거나 아니면 상대편을 죽이거나. 그게 인간이 살아가는 방식이지. 인류는 그런 아포토시스로 지금까지 버텨왔던 거야. 그게 이 세계의 참모습이지. 인간은 처음부터 그렇게 시작했고 지금까지 그렇게 살아왔지. 아마, 앞으로도 그렇게 살 거고. 그것을 멈추는 방법을 아직 찾지 못했으니까. 그러니 결국 누군가는 포주와 창녀와 청부업자 노릇을 하며 살겠지. 웃기게도 그래야 세상이라는 수레바퀴가 또 돌아가는 거고."

말을 마치고 너구리 영감이 태우던 담배를 물통에 던져넣었다.

"그것과 한자를 죽이는 게 무슨 상관입니까? 자리가 비면 어차피 누구라도 앉을 텐데요." 래생이 물었다.

"악역의 자리라도 앉을 만한 사람이 그 의자에 앉는 게 가장 좋은 거야. 그리고 확실히 한자는 나보다 더 현명한 악인이고."

"앉아서 당하겠다는 겁니까?" 래생이 눈을 크게 뜨고 말했다.

"운이 다한 절름발이 병신 한 명이 죽는 것뿐이야. 한자를 없앤다고 달라지는 건 아무것도 없지."

말을 마치고 너구리 영감은 테이블 위에 놓인 걸레를 집어들었다. 그리고 래생의 발 앞에 있는 물통을 들기 위해 허리를 구부렸다. 래생이 얼른 물통 손잡이를 잡았다. 너구리 영감이 자기가 들겠다는 듯 래생의 손등을 부드럽게 쳤다. 래생이 잡았던 손을 놓았다. 너구리 영감은 물통을 집어들더니 다리를 절며 도서관 화장실 쪽으로 천천히 걸어갔다. 물통을 들고 쩔뚝거리며 걸어가는 너구리 영감의 뒷모습이 외줄 위를 걷는 것처럼 아찔해 보였다.

미토

여자는 편의점에서 일하고 있었다. "어서 오세요" 손님들에게 지나치게 큰 소리로 인사를 하고 "찾으시는 물건 있으세요?" 발랄하게 말을 건네며 "어머, 맛동산 사셨네요. 저도 맛동산 아주 좋아하는데" 오지랖도 넓은 참견을 했다. 대부분의 손님들은 여자의 말에 시큰둥했다. 하지만 그러거나 말거나 상관없이 여자는 연신 웃어대며 농담을 날리고 과장된 제스처로 물건들을 집으며 카운터 위에 있는 계산기를 두드렸다. 손님이 없을 때는 가게 전화를 이용해서 누군가에게 쉴 새 없이 수다를 떨어대거나 이미 멀쩡하게 잘 진열되어 있는 물건들을 다시 꺼내 정리하고 청소를 했다. 수다를 떨거나 청소를 하거나. 계속 그것이 반복되었다. 마치 여자는 과잉행동장애를 앓는 어린애 같았다.

"저 여자가 폭탄을 만든 게 확실해?" 래생이 도무지 믿기지 않는다는 듯 물었다.

"부속품 세 개가 저 여자에게 들어간 것은 확실하지. 그럼 거의 확실한 거 아냐? 설마 불꽃놀이 하려고 폭약을 구입했겠냐? 그것도 암시장에서?" 정안이 말했다.

"저 여자라면 불꽃놀이 충분히 하고도 남겠네."

"허긴. 저 여자라면 그러고도 남지." 정안이 말했다.

래생은 주머니 속에서 약통을 꺼내 두통약 한 알을 입안에 넣고 삼켰다. 거리에 있으면 항상 두통에 시달렸다. 신호등이 바뀌고 피자 배달부가 불법 유턴을 했다. 횡단보도 앞에서 신호를 기다리며 신문을 보는 양복 사내의 왼쪽 구두끈이 풀려 있었다. 저 풀린 구두끈이, 불안하다. 다시 신호등이 바뀌고 차들이 합법적인 좌회전을 했다. 피자 배달부는 사람들이 가득한 인도의 한중간을 곡예하듯 불안하게 달리다 오토바이를 세웠다. 다시 신호가 바뀌고 신문을 보던 사내가 구두끈이 풀린 것도 모른 채 횡단보도를 건너갔다. 자꾸 그런 것들이 신경을 거슬렀다. 거리에서 두통이 찾아오는 것은 쓸모없는 정보들 때문이라고 래생은 생각했다. 틀림없다. 이 세계에서 살아남으려면 길고 예민한 촉수가 필요하고 예민한 촉수는 필요한 정보와 불필요한 정보를 전혀 구분하지 못한다. 언제고 하염없이 길어진 촉수가, 촉수 끝에서 번들거리는 불안이, 우리를 잡아먹을 것이다.

"저 여자는 주 종목이 뭐지? 장치를 만드는 사람인가?" 래생이 물었다.

"그게 좀 애매해. 전문적으로 장치를 만드는 사람은 아닌 것 같고, 몸집으로 보나 하는 짓으로 보나 자객도 아니고, 그렇다고 저런 여자가 설계자일 리도 없고, 하여간 컨셉이 애매해."

"그럼 대체 알아낸 게 뭐야?" 래생이 짜증을 내며 말했다.

"잠도 못 자고 온 동네를 이잡듯 뒤져가지고 기껏 찾아냈구만, 짜증은…… 솔직히 나나 되니까 찾는 거야. 다른 놈이면 어림도 없었어."

정안이 투덜거리며 두툼한 서류 봉투를 내밀었다.

"심란하게 복잡한 여자야. 나는 도무지 정체를 모르겠으니 이제 네가 알아서 해봐."

래생이 정안에게 받은 서류 봉투를 열었다. 봉투 안에는 수백 장이나 되는 사진과 여자의 프로필이 담겨 있는 서류가 있었다. 래생은 정안이 여자를 감시하며 찍은 사진들을 꺼냈다. 집 앞, 골목길, 버스 안, 도서관, 나이트클럽, 수영장, 빵집, 백화점, 카페, 생선 가게…… 사진 속에는 일주일간 여자가 돌아다닌 모든 동선이 고스란히 담겨 있었다. 래생이 사진 하나를 빼서 정안에게 보여줬다.

"이건 뭐지?"

여자가 광장에서 무슨 피켓을 들고 소리를 지르고 있는 사진이었다. 정안이 래생이 내민 사진을 힐끔 쳐다보더니 피식 웃었다.

"아, 그거, 코알라를 살립시다!"

"뭐?"

"그 피켓에 쓰인 글자가 '코알라를 살립시다'야. 얼마 전에 여의도 광장에서 코알라 살리기 세계대회가 열렸거든."

"그런데?"

"거기서 여자가 시위하고 있는 장면이야. 대기중 이산화탄소량이 증가하면 코알라가 즐겨 먹는 유칼립투스 잎의 영양성분이 파괴돼 생존의 위협을 받는다나 어쩐다나. '이 망할 인간들아, 이산화탄소 좀 작작 배출하자'는 시위지. 얼굴이 빨개지도록 어찌나 큰 소리로 구호를 외쳐대는지 코알라보다 저 여자가 먼저 쓰러지는 것은 아닌가 걱정이 될 정도였다니깐."

"지랄하고 자빠졌네. 남의 엉덩이에 폭탄이나 처박는 년이 무슨 코알라를 살려? 내가 코알라보다 못해?"

래생이 어처구니없다는 표정으로 정안을 바라봤다.

"그럼 네가 코알라보다 귀한 줄 알았냐?" 정안이 당연한 거 아니냐는 표정으로 말했다.

"이제 어쩔 건데? 납치라도 할 거야?" 정안이 물었다.

래생이 안주머니에서 헨켈이 든 가죽집을 꺼냈다. 그리고 가죽집에서 헨켈을 꺼내 살펴본 다음 다시 집어넣었다. 보고 있던 정안이 깜짝 놀란 표정을 지었다.

"그걸로 쑤시게? 이 백주대낮에? 네가 아무리 급해도 이건 아니지." 정안이 호들갑을 떨었다.

"내가 양아치냐?"

"그럼 칼은 왜?"

"그런 말이 있지. 친절한 말 한마디에 총을 더하면 더 우호적인 대화를 할 수 있다."

"누가 한 말인데?"

"알 카포네."

"한 손에 식칼 들고 대화하면 잘도 우호적이겠다." 정안이 빈정거렸다.

"저 여자가 먼저 내 변기에 폭탄을 집어넣으면서 말을 걸어왔으니까 그에 걸맞은 대화를 해줘야지."

래생은 담배를 꺼내 불을 붙였다. 여자는 여전히 전화기를 들고 누군가와 쉴 새 없이 대화를 나누고 있었다. 손님이 오면 급히 전화를 끊었다가 손님이 나가면 즉시 전화를 다시 하는 식이었다. 누구와 저렇게 많은 대화를 나누고 있는 것일까. 문득 저 많은 수다를 참고 들어줄 사람이 여자에게 있다는 게 부러웠다.

"저 여자, 몇시에 마치지?" 래생이 물었다.

"3시. 이제 한 시간 남았네." 정안이 말했다.

래생은 시계를 봤다. 그리고 주머니에서 빨간 볼펜을 꺼낸 뒤 여자의 프로필이 담긴 서류를 읽기 시작했다. 정안은 심심한지 카페 테이블 위에 있는 커피잔 받침을 스푼으로 가볍게 톡톡 쳐댔다. 래생이 미간을 모으고 커피잔 받침 위에서 연신 달그락 소리를 내는 스푼을 쳐다봤다.

"그거 좀 그만해줄래?"

래생이 짜증스러운 표정을 지었다.

"아따, 예민한 척하기는…… 이게 시끄러우면 이 험한 세상 어떻게 살아갈래? 인마, 세상은 소음과 더불어 사는 거야."

정안이 투덜거리며 스푼을 테이블 위로 툭 던졌다. 스푼이 받침에 부딪히면서 요란한 소리를 냈다. 래생이 정안을 노려봤다. 그때 카페 안에 있던 여직원이 문을 열고 래생과 정안이 있는 테라스 테이블로 다가왔다.

"손님, 부르셨습니까?"

"일절 안 불렀는데요?" 정안이 아주 재미있다는 듯 웃으며 말했다.

여직원이 살짝 얼굴을 붉혔다. 검정색 바텐더 조끼 안에 받쳐입은 하얀 블라우스와 허리가 잘록한 검정색 스커트가 잘 어울리는 여자였다.

"커피 좀 더 드릴까요?" 여직원이 머쓱한 표정을 감추며 물었다.

"그래주면 고맙죠, 헤헤." 정안이 실없이 웃으며 말했다.

여직원이 정안과 래생의 빈 커피잔을 가져가자 여직원의 뒷모습을 뚫어져라 보던 정안이 고개를 돌렸다.

"저 여자 쌈빡하지 않냐?"

"또 작업병 도지는구나. 저번 애인은 어쩌고?"

"누구?"

"그 코맹맹이 여자."

정안은 눈을 위로 치켜뜨면서 누구를 말하는 건지 잠시 생각하더니 이제야 생각났다는 듯 짧은 탄성을 질렀다.

"아! 난 또 누구라고. 그게 언제 적 얘긴데. 넌 구석기시대 이야기를 하고 있냐?"

"석 달 전이 구석기였으면 지금은 신석기냐? 넌 어떻게 연애가 한 달을 못 가냐?"

"그건 내 잘못이 아냐. 그 여잔 키스할 때 콧물이 나온단 말이야."

정안이 정말 억울하다는 표정을 지었다. 래생은 정안을 한심하다는 듯 바라보다가 다시 여자의 프로필이 담긴 서류로 고개를 돌렸다.

"착한 여자들에게 그런 짓 계속하다가 나중에 호되게 당한다. 슬슬 나이도 들어가는데 이제부터라도 이곳저곳 들이대지 말고 한 우물만 깊숙이 파봐." 래생이 여전히 서류에 시선을 꽂은 채 말했다.

"물만 잘 나오면 되지, 굳이 한 우물만 팔 건 또 뭐냐? 석유 캐냐? 석유 캐?" 정안이 투덜거렸다.

래생은 빨간 볼펜으로 서류에 나와 있는 몇 가지 특이한 사항들에 밑줄을 그었다. 서류를 넘기면서 래생은 종종 이해가 안 된다는 듯 고개를 갸웃거리고 한 번씩 편의점 쪽으로 고개를 돌려 카운터에 있는 여자를 바라봤다. 래생이 묵묵히 서류를 읽으며 중요한 사항을 체크하고 있는 동안에도 정안은 무엇이 그리 억울한지 래생이 듣거나 말거나 혼자 떠들고 있었다.

"연애 기간이 짧으면 진정성이 없다고 생각하는 거, 그거 다 편견이야. 나는 내가 만난 모든 여자들을 진심으로 사랑했어. 정말이라니깐. 하지만 인생의 운명이란 게, 또 사랑의 로드란 게 그렇게 가혹하더라 이거지. 생각해보니 내 사랑의 로드도 참 험난하고 가팔랐었지. 하긴 사랑의 깊은 진창에 빠져본 적도 없는 네가 어떻게 내 마음을 알겠냐. 면도날로 가슴을 베어가는 이별의 아픔을 겪어봐야 정녕 내 슬픈 마음을 알지. 사랑의 상처를 잊으려 또다른 사랑을 찾아 떠나는 사내의 헛헛한 마음을, 술을 마셔도 가슴을 쥐어뜯어도 사라지지 않는 사랑의 아픈 기억과 또……"

"저 여자가 의사야?" 래생이 정안의 말을 자르며 물었다.

"어? 에이, 몇 번을 말했냐. 지금 내 애인은 간호사라니깐."

래생이 정안을 잠시 째려본 다음 턱으로 편의점을 가리켰다. 그제야 정안이 고개를 돌려 편의점 안의 여자를 바라봤다.

"어, 의사야."

"생긴 거하곤 딴판이네. 근데 의사가 병원에 있지 않고 편의점에서 대체 뭘하고 있는 거지?"

"원래부터 병원에 있었던 게 아니라 무슨 연구소 같은 데 있었는데 그것도 얼마 전인가 때려치웠대."

"왜?"

"나야 모르지. 저 심란한 여자 속을 어떻게 알아?"

"설계자들 중에는 의사가 많다고 하던데, 저 여자, 설계자 아닐까?"

"내가 알고 있는 한 저렇게 젊은 설계자는 없어. 설계자들은 대부분 노인이지. 젊어야 사십대 후반 정도일걸. 게다가 여자 설계자라는 말은 듣도 보도 못했네."

"네가 알고 있는 한? 네가 그런 걸 어떻게 아는데?"

"야, 너랑 나랑 같냐? 엄연히 직업의 레벨이 다른데. 나는 정보를 다루는 고급 직종이잖아. 너는 사시미 칼로 사람이나 푹푹 찌르는 천민이고. 조선시대 같았으면 어디 감히 너 같은 백정 따위가 고개를 빳빳이 들고 내 얼굴을 쳐다봐. 그랬다간 당장 멍석말이 들어가는 거지. 너는, 내가 너 같은 놈이랑 친구해주는 거 영광인 줄 알고 늘 감사하며 살아야 돼. 근데 만날 틱틱대기나 하고 말야." 정안이 으스대며 말했다.

"친구해줘서 영광이네." 래생이 피식 웃으면서 말했다.

정안이 우쭐대는 표정으로 담배를 하나 꺼내 물고 불을 붙였다.

정안의 아버지는 트래커였다. 트래커를 하기 전에는 직업군인이었다. 월남전에서 훈장을 몇 개씩이나 받아온 하사관 출신이었지만 트래커로는 썩 솜씨 있는 편이 아니었다. 웃기게도 그는 도망간 아내를 찾으려고 전 세계를 쫓아다니다가 트래커가 되었다. 정안의 엄마는 월남전에서 돌아온 정안의 아버지에게 수면제를 잔뜩 넣은 맥주를 마시게 해 기절시키고는 목숨을 담보로 월남전에서 벌어온 돈을 몽땅 들고 도망을 갔다.

"우리 엄마 멋지지 않아? 사랑을 위해서 남편도 버리고 아들도 버리고 말이야. 모름지기 사랑을 하려면 그 정도씩은 해줘야 하거든. 〈사랑밖에 난 몰라〉의 그 뜨거운 피를 아마 내가 이어받았나봐."

잡히기만 하면 두 연놈을 찢어죽이고 자신도 자살을 하겠다며 정안의 아버지는 청산가리 한 봉지와 대검을 가슴에 품고 소문을 좇아 전국 방방곡곡과 외국을 돌아다녔다. 그리고 결국 5년 만에 도망간 아내를 찾았다. 정안의 엄마는 같이 도망간 사내와 필리핀에서 제법 규모가 있는 세탁소를 운영하고 있었다. 하지만 정안의 아버지는 먼발치에서 정안의 엄마를 바라보다가 그냥 돌아왔다고 한다. 아내를 찌르지도 아내의 정부를 찌르지도 않았다. 5년 동안 가슴에 품고 다니던 칼은 꺼내지도 않았다. 청산가리를 입에 넣고 자살을 하지도 않았다. 심지어 그토록 찾아다녔던 아내에게 다가가 "어떻게 그럴 수가 있냐"는 말 한마디 건네지도 않았다. 정안의 아버지는 그저 먼발치에서 정안의 엄마와 사내가 침대 시트를 널고 있는 모습을 반나절 정도 멍하니 보다가 돌아왔다.

"어느 날 우리 꼰대가 술이 취해서 그러더라고. 너희 엄마가 그렇게 행복한 표정을 짓고 있는 걸 처음 봤대나 어쨌대나."

어쩌면 다른 이유 때문일 수도 있을 것이다. 아주 굉장해 보이는 증오심도, 복수심도, 분노도 이 우주의 다른 모든 것들처럼 시간이 지나면 조금씩 지치고 허물어지고 부질없어지기 때문일 수도 있을 것이다. 정안이 일 때문에 필리핀에 갔다가 돌아왔을 때 래생은 정안에게 엄마를 만났느냐고 물은 적이 있었다. 그때 정안은 쓸쓸한 표정으로 이렇게 말했다.

"뭣하러. 행복해보겠다고 그 난리를 치고 떠났는데 내가 거기 끼어들어서 초 칠 일 있냐? 그냥 어디서건 각개전투로 각자 알아서 행복하면 되는 거지."

정안의 아버지는 삼류 트래커였지만 정안은 일류 트래커였다. 그게 누구든, 화성이 아니라 지구 안에 있고 아직 살아 있다면, 정안은 대체로 2주일 안에 표적을 찾아냈다. 하지만 정안은 사람을 찾는 일보다 미행에 더 재능이 있었다. 설계의 세계에선 그런 일을 하는 사람들을 그림자라고 부른다. 눈치를 채지 못하도록 표적의 주위를 줄곧 따라다니며 사진을 찍고, 표적의 행동과 동선을 일일이 파악한 다음 설계자에게 자료를 넘겨주는 일이었다. 정안은 말 그대로 그림자처럼 표적의 주위를 내내 따라다니면서도 좀처럼 들키는 법이 없었다. 언젠가 래생은 "비법이 뭐지?" 하고 정안에게 물었다. 그러자 정안은 "평범함이지. 사람들은 평범한 것들을 기억하지 않거든" 하고 간단하게 말했다.

정안의 말에 따르면 훌륭한 그림자가 되기 위해 필요한 것은 민첩함, 위장과 잠복 능력, 화려한 변장 기술 같은 것들이 아니다. 사람들의 눈에 띄지 않는 게 중요한 게 아니라 애초부터 사람들이 기억할 필요가 없는 존재가 되거나 기억을 떠올려도 주목할 만한 특징이 없는 존재가 되는 것이 더 중요한 것이다.

“그러려면 일단 평범함이라는 것을 이해해야 해. 그리고 평범함 자체가 되어야 하지. 사람들은 평범한 것들을 눈여겨보지 않고 눈여겨보더라도 쉽게 잊어버리거든. 하지만 평범함을 이해한다는 것은 아주 어려운 일이야. 기억에 남지 않는 존재가 되는 것. 존재감을 흐릿하게 만들고, 기체처럼 가볍고 모호하게 떠다니다가 점점 사라지게 만드는 것. 마치 공기처럼 그 자리에 내가 없는 것같이 사람들이 내 몸을 스쳐지나가게 해주는 것. 그런 몸을 가진다는 것은 매우 어려운 일이지.”

“흠, 그건 정말 어려운 일 같군.” 래생이 고개를 끄덕였다.

“생각해보면 평범해진다는 것은 특별해지는 것만큼이나 어려운 일이야. 나는 늘 생각을 해. 어떤 것이 평범함일까. 평균키를 가지는 것? 평균적인 얼굴을 가지는 것? 평균적인 행동을 하는 것? 평균적인 성격과 직업을 가지는 것? 하지만 평범함이라는 것은 그렇게 간단한 것이 아니지. 왜냐하면 애당초 평균적인 삶이란 게 없기 때문이야. 못났건 잘났건 사람들에겐 모두 자기만의 독특한 삶의 모양이 있는 거지. 그러니 평범하게 사랑하고, 평범하게 친절히 굴고, 평범하게 사람을 만나고 헤어지는 것은 아주 난해한 일이야. 게다가 그런 삶에는 사랑도, 증오도, 배반도, 상처도 그리고 추억도 없지. 무미건조하고 무색무취하지. 하지만 나는 그런 삶이 좋아. 나는 너무 무거운 것들은 못 견디거든. 그래서 나는 사람들이 나를 기억하지 못하게 하는 방법을 배우고 있는 중이야. 하지만 역시 까다로운 작업이지. 책에 나와 있지도 않고 누가 가르쳐주지도 않거든. 사람들은 모두 자신을 특별하게 하는, 또 자신을 기억해주기를 바라는 삶을 살려고 하니까. 내가 원하는 평범함이란 누구의 기억에도 남지 않는 삶을 가지는 것이지. 나는 아무도 기억해주지 않는 삶이 좋아. 그리고 그런 삶을 살려고 노력중이야."

그 말이 맘에 들었다. 평범함을 배워 아무도 기억해주지 않는 삶을 살겠다는 정안의 결연한 태도가 좋았다. 그래서 래생은 정안과 친구가 되었다. 정안은 아버지를 따라 여기저기 떠돌면서도 틈틈이 공부를 해서 검정고시를 통과하고 대학에 들어갔다. 정안은 지질학을 전공했다. 경영학과나 법대를 지망했는데 성적에 떠밀려서 어쩌다 지질학과를 간 것이 아니라 정말 제1지망으로 지질학과를 선택한 것이었다. 아버지를 따라 돌아다니면서 심심할 때마다 돌을 조금씩 입에 넣고 사탕처럼 굴리며 돌의 맛을 구별하는 것이 취미였다는 게 지질학과를 지망한 이유의 전부였다.

"돌의 맛? 돌도 맛이 있어?"

"그럼 돌이라고 맛이 다 같겠냐? 자두나 레몬처럼 화강암과 편마암은 맛이 다른 거야."

"그래서 돌의 맛에 대해 더 많이 공부하기 위해 지질학과를 갔단 말이야?"

"이를테면 그런 것이었는데, 사실상 지질학과는 돌의 맛과는 거의 상관없는 학과였지. 차라리 조리학과를 갔어야 했나봐."

어째서 자신의 인생을 그따위로 결정하는지 모를 일이다. 하지만 천성적으로 낙천적인 정안은 그런 것에 별로 신경을 쓰지 않는 것 같았다. 정안은 되는대로 대학을 다녔고 꼬박꼬박 출석을 해서 졸업장을 받아냈다. 물론 그의 특기대로 대학 동창들은 아무도 그를 기억하지 못하지만 말이다.

정안에게는 늘 애인이 있었다. 그리고 정안의 애인은 꽤나 자주 바뀌었다. 그 정도의 애인을 관리하기 위해서는 인생 전체를 연애를 위해 던져야만 할 것 같았다.

"어째서 모든 여자들이 너를 좋아하는 거지?" 래생이 물었다.

"아니. 여자들은 나를 진심으로 좋아하지 않아. 존재감이 없는 남자를 사랑하는 여자는 없으니까."

"설마, 너는 그토록 많은 여자들과 연애를 했잖아?"

"여자들은 단지 외로운 거야. 그저 잠시 외로운 거지. 그래서 그냥 옆에 같이 있어줄 남자가 필요한 거야. 나무처럼, 화분처럼 말이지. 알다시피 화분처럼 옆에 쥐죽은듯이 있는 것은 나의 주요한 특기잖아." 정안이 환하게 웃으며 말했다.

래생은 정안을 만날 때마다 그가 추구하는 평범함이라는 것에 대해 종종 생각을 하곤 했다. 말하자면 그것은 꽤나 특이한 평범함이라고 할 수 있었다. 어디에나 있는 듯하고 또 어디에도 없는 듯한 모양새라고나 할까. 그리고 정안의 얼굴을 보다보면 그는 자신이 추구하는 평범함에 어느 정도 다가서고 있는 것 같기도 했다. 어디선가 본 듯한 얼굴이고, 어디선가 본 듯한 친절함이고, 어디선가 느껴본 익숙함과 편안함이지만 어쩐지 정안을 표현할 적당한 수식어를 찾을 수 없는 평범함이라고 해야 할까. 래생은 여자들이 정안에게 느끼는 편안함과 안도감도 어쩌면 같은 종류일지도 모른다고 생각했다. 그래서 정안이, 아니라면 정안의 여자들이, 그렇게 쉽게 만나고 쉽게 헤어질 수 있는지도 모른다고 말이다.

래생은 시계를 바라봤다. 2시 40분이었다. 여자는 여전히 편의점 안에서 전화기를 잡고 수다를 떨고 있었다. 래생은 고개를 돌려 정안이 건네준 사진들과 자료를 다시 한번 살폈다.

"미토가 본명이야?" 래생이 물었다.

"아마도. 동생 이름은 미사니까."

"딸들 이름을 흙과 모래로 짓다니 재미있는 아버지네."

래생이 신문을 복사한 종이를 들어 잠시 읽어보더니 정안에게 내밀었다. 일가족이 자동차 사고를 당한 사건이었다.

"이건 무슨 사건인데 복사한 거지?" 래생이 물었다.

정안이 래생이 내민 종이를 받았다.

"20년 전에 일어났던 교통사고야. 이 사고로 앞좌석에 앉았던 저 여자 부모는 그 자리에서 죽었고 뒷자리에 있던 두 딸만 살아났는데, 동생은 척추를 심하게 다쳐 하반신 마비가 되었지. 아버지가 운전을 했는데, 사고 원인이 음주운전에 과속이래. 타이어 자국으로 봐선 150도 넘게 달렸다네."

"사랑하는 두 딸과 아내를 태우고 음주운전을 해? 그것도 150도 넘는 과속으로?"

"어쩐지 설계 냄새가 나지?"

래생이 다시 신문 자료로 눈을 돌렸다. 8미터 절벽 아래로 떨어진 사고 차량은 불에 탄 채 형편없이 찌그러져 있었다. 한적한 교외였고 화창한 5월의 휴일이었다고 신문 기사에는 나와 있었다. 온 가족이 오랜만에 떠난 즐거운 나들이였을 것이다. 술에 취해 시속 150킬로도 넘는 속도로 달릴 이유는 어디에도 없다. 설계 냄새가 난다. 그것도 아주 상투적이고 흔한 방식의 자동차 사고 설계. 게다가 지저분하기 짝이 없는 설계다. 가족까지 죽일 필요는 없었다. 표적이 여자의 아버지였다면 사내만 깔끔하게 처리해도 되었을 것이다.

"아버지가 뭐하는 사람이었는데?"

"고위 공무원이었다지. 뭔가 수상한 냄새가 풀풀 나긴 하는데, 저 여자 쫓아다닌다고 아버지에 대해서는 별로 조사를 못 했어."

"근데 설계가 되었다고 한들 나랑 무슨 상관이야. 저 여자가 열한 살일 때 나는 겨우 열두 살밖에 안 되었는데." 래생이 갑자기 짜증을 내며 말했다.

"왜 나한테 지랄이냐, 지랄은. 나는 그때 열두 살이었다고, 저 여자에게 차분하게 말해봐. 한 손에 식칼 들고 우호적인 분위기로다가."

래생은 시계를 봤다. 2시 55분이었다. 3시면 여자가 편의점에서 나올 것이다. 래생은 사진과 서류들을 봉투에 집어넣고 자리에서 일어나 옷을 털었다. 가죽재킷 안주머니에 있는 추의 칼이 묵직했다. 래생은 여자가 나오면 바로 따라나설 수 있도록 구두끈을 고쳐 묶었다. 편의점 안에서 웃고 있는 여자 얼굴이 보였다.

하지만 3시 정각이 되었을 때 여자는 퇴근을 하지 않았다. 3시 10분이 지났을 때도 여전히 퇴근을 하지 않았다. 퇴근은커녕 여자는 여전히 전화기를 붙잡고 쉴새없이 하하호호 웃으며 떠들어대고 있었다. 아르바이트생처럼 보이는 이십대 초반의 여자가 편의점 안으로 들어갔지만 3시 30분이 될 때까지도 여자는 퇴근을 위해 아무런 준비도 하지 않는 것 같았다. 래생이 정안을 바라봤다.

"3시에 퇴근한다며?"

"저 아가씨가 오늘 날 잡았나. 일주일 내내 3시에 칼퇴근하다가 오늘 딱 저러네. 거참, 박정안이 스타일 구기게 만드네." 정안이 머쓱한 표정으로 말했다.

표적이 동선을 어기면 갑자기 불안해진다. 짜증이 나고 초조해진다. 암살자들이 실수를 하는 것은 동선이 틀어지기 때문이다. 표적이 동선을 어기거나, 암살자가 동선을 어기거나. 어느 쪽이건 다 똑같다. 동선이 한 번 틀어지기 시작하면 갑자기 모든 것이 복잡해진다. 실수를 하고, 치명적인 증거를 남기고, 설계가 어긋난다. 설계가 어긋나면 자객들은 죽는다. 그 죽음의 이유가 무얼까. 거슬러 올라가보면 그것은 아주 사소한 동작에서 출발했을 것이다. 지갑을 놓고 나오거나, 머리를 감는데 갑자기 샴푸가 떨어졌다거나, 골목길에서 난데없이 세발자전거가 튀어나오거나.

여자가 여전히 편의점 안에 있었다. 상관없다. 오늘은 누군가를 죽이려는 게 아니다. 하지만 습관처럼 심장박동이 빨라졌다. 불안이 신경 위를 뛰어다니는 것 같았다. 3시에 여자가 나오고 골목을 걷는다. 래생이 여자를 따라간다. 정안이 차를 몰고 래생을 천천히 따라온다. 조금만 가면 CCTV가 없고 한적한 골목길이 2백 미터나 이어져 있다. 여자는 늘 그 골목길을 걸어간다. 뒤를 따라가던 래생이 여자의 어깨를 톡톡 가볍게 두드린다. 긴 설명도 위협적인 말도 필요 없다. 래생이 표적이었다면 여자는 단번에 래생을 알아볼 것이다. "조용한 곳에 가서 이야기를 좀 나눌까요?" 여자가 순순히 응한다면 그걸로 끝인 간단한 일이다. 칼을 꺼낼 필요도 없다.

래생과 정안은 아무 말도 없이 30분을 더 기다렸다. 4시가 되자 래생은 검정색 선글라스를 끼고 자리에서 일어났다. 그리고 편의점을 향해 뚜벅뚜벅 걸어갔다.

"야야, 좀더 기다려봐. 식칼 들고 편의점 안은 정말 아니지, 저긴 CCTV 천진데." 정안이 래생의 뒤통수에 대고 말했다.

"어서 오세요."

편의점 문을 열었을 때 여자는 한 손으로 수화기를 막고 래생을 바라보며 큰 소리로 인사를 했다. 밝고 경쾌한 목소리였다. 래생이 문 앞에 서서 우두커니 여자의 얼굴을 바라봤다. 하지만 여자는 래생이 누군지 눈치를 못 챘는지 이내 고개를 돌려 다시 수화기를 잡고 떠들기 시작했다. 편의점 안에 있다면 누구라도 들을 수 있는 큰 목소리였다.

"왜 그 노래 있잖아. 친구의 애인을 사랑하네 어쩌네 하는 거…… 그래, 그 노래 말이야. 그 남자가 그 노래를 그렇게 애절하게 부르더라니깐. 발라드 부르는데도 탬버린은 손에 꼭 쥐고 말이야. 아주 웃겨 죽는 줄 알았어…… 미쳤니? 내가 왜 같이 불러? ……근데 그 친구 애인한테 망치로 머리라도 얻어맞았는지, 후반부로 가니까 훌쩍 훌쩍 울더라고. 덩치는 산만한 게 말이야…… 정말이지 그럼…… 어쩌겠어. 할 수 없이 내가 안고서 어깨를 토닥거려줬지. 그랬더니 이게 내 가슴팍에서 좀 우는 척을 하더니 내 미니스커트를 힐끔힐끔 보면서 글쎄, 슬금슬금 에로 모드로 전환을 하는 거야. 나 참 기가 막혀서…… 에이, 그래도 키스까지는 해줬지, 그런데 이게 만족할 줄 모르고 진도를 더 나가려고 하네? ……아니, 꼭 싫어서 그랬다기보다 버릇을 그래 들이면 안 되지. 우린 시작한 지 얼마 되지도 않았잖아.

호텔까지는 그렇다 하더라도, 노래방이 뭐냐, 노래방이. 센스가 아주 멘스더라니깐…… 아냐, 아냐, 그렇게 나쁜 애는 아니고, 뭐 귀여운 맛도 있고, 애는 괜찮아…… 그럼 시작이 중요한 거지. 세 살 버릇처럼 서른 살 버릇도 있는 거야."

래생은 여전히 편의점 입구에 서서 여자를 바라보고 있었다. 여자가 통화를 하면서 래생의 얼굴을 힐끔힐끔 살폈다. 래생이 선글라스를 벗었다. "잠깐만, 끊지 말고 기다려." 여자가 다시 수화기를 손으로 막고 래생을 바라봤다. 여자가 고개를 갸우뚱했다.

"손님, 뭐 찾으시는 거라도 있으세요?" 여자가 경쾌한 목소리로 물었다.

'이 여자 내 얼굴을 모른다.'

래생은 속으로 중얼거렸다. 여자의 얼굴에는 의혹도, 두려움도 없었다. 표적의 얼굴을 모르는 설계자는 없다. 표적의 얼굴을 모르는 암살자도 없다. 설계가 떨어지면 그러고 싶지 않아도 계속해서 표적의 사진을 보게 된다. 불안 때문이다. 표적의 얼굴은 쉽게 지워지지 않는다. 그래서 표적을 죽이고 나면 한동안 표적의 얼굴이 머릿속을 계속 떠다니게 된다. 거리에서 닮은 사람의 얼굴을 보고 화들짝 놀라게 되고, 꿈속에서 종종 표적의 얼굴과 만나는 악몽을 꾸게 된다. 이 여자, 설계자가 아니다. 암살자도 아니다. 여자는 아무것도 아니다. 그렇다면 이 여자는 대체 누굴까. 정안이 실수를 한 것일까?

"손님, 뭐 찾으시는 거 있냐고요." 여자가 다시 물었다.

"네? 아, 초코바! 그러니까, 초코바를 찾고 있는데요?"

래생의 입속에서 혀가 제멋대로 움직이며 말이 나왔다.

"초코바요? 초코바는 저기 왼쪽 진열대, 위에서 두번째 칸에 종류별로 있어요." 여자가 해맑게 웃으며 말했다.

왜 하필 초코바였을까. 초코바는 그다지 좋아하지도 않는데. 래생은 두번째 칸으로 가서 아무거나 초코바를 두 개 샀다. 목이 탔으므로 냉장고를 열어 이온음료도 한 병 샀다. "그래, 내가 다시 전화할게. 자세한 이야기는 만나서 하자." 냉장고 문을 닫을 때 여자가 그 길고 긴 통화를 끝내는 소리가 들렸다. 래생이 여자를 지켜보던 지난 몇 시간 내내 전화만 했는데 자세한 이야기는 만나서 다시 한단다. 환장할 일이다. 여자란, 이해할 수 없는 생명체다. 래생은 초코바 두 개와 이온음료 한 병을 카운터 위에 올려놓았다.

"초코바를 좋아하시는 모양이에요?" 여자가 물었다.

래생은 대답하기 귀찮은 듯 그저 고개만 끄덕였다.

"저도 초코바 좋아하는데, 그런데 스니커즈만 두 개 사셨네요. 핫브레이크 드셔보셨어요?"

"네?" 래생이 여자의 얼굴을 바라봤다.

"핫브레이크요. 스니커즈가 미국적 입맛이라면 핫브레이크는 역시 우리 입맛이죠. 이에 쩍쩍 달라붙지도 않고. 게다가 가격 대비 성능이 아주 뛰어난 초코바예요. 스니커즈의 반값밖에 안 하거든요. 물론 10년 전 가격을 유지하느라 덩치가 계속 작아지고 있지만요. 슬픈 현실이죠. 하지만 모든 물가가 오르고 있으니 그 정돈 우리가 감당해야죠. 어떻게, 스니커즈 하나만 핫브레이크와 바꿔드려요?"

여자가 너무나 빠른 속도로 말을 했기 때문에 래생은 여자의 말이 무슨 뜻인지 전부 이해할 수 없었다. 아마도 자기는 핫브레이크를 더 좋아한다는 뜻일 거라고 래생은 생각했다. 그런데 왜? 네가 핫브레이크를 더 좋아하든 말든, 핫브레이크가 스니커즈의 반값이든 말든, 뭐 어쩌란 말이냐. 그냥 닥치고 계산이나 해주면 되지.

"이건 얼만데요." 래생이 스니커즈를 손가락으로 가리키며 물었다.

"이건 천원. 핫브레이크는 그 반값인 5백원." 여자가 손가락 다섯 개를 펼쳐 보이며 말했다.

여자가 어떻게 할 거냐는 표정으로 장난스럽게 웃고 있었다. 래생은 다시 판매대로 돌아가서 스니커즈 하나를 올려놓고 대신 핫브레이크 하나를 집어들었다. 그리고 얼른 계산을 끝내자는 심정으로 핫브레이크를 카운터에 올려놓고 지갑에서 돈을 꺼냈다.

"후회하지 않으실 거예요. 핫브레이크!" 여자가 주먹을 불끈 쥐며 말했다.

"감사합니다." 래생이 되는대로 말했다.

"하! 하! 하! 감사는 무슨요. 같은 동포끼리 좋은 정보는 공유하고 살아야죠."

여자가 호탕하게 웃으며 말했다. 정말이지 무슨 시베리아 벌판 한 가운데서 동포라도 만난 표정이었다.

편의점 밖으로 나왔을 때 정안은 카페 앞에 주차해놓은 차 안에서 시동을 켠 채 걱정스러운 표정을 짓고 있었다. 래생이 문을 열고 차에 탔다.

"어떻게 됐어?" 정안이 급하게 물었다.

래생이 정안의 얼굴에 핫브레이크를 집어던졌다. 이마에 맞고 무릎

위로 떨어진 핫브레이크를 들어올리며 정안이 의아한 표정을 지었다.

"이게 뭔데?"

"뭐긴, 초코바지. 동포애를 아주 팍팍 느낄 수 있는 초코바랜다." 래생이 말했다.

정안이 피식 웃으면서 핫브레이크 포장지를 뜯었다.

"식칼 들고 소라도 잡을 듯이 의기양양하게 가더니만, 딸랑 초코바 하나 사왔냐?"

래생은 이온음료 뚜껑을 따서 한 모금을 마셨다.

"저 여자 내 얼굴을 몰라. 그러니 설계자도 자객도 아냐."

"네 얼굴을 몰라?" 정안이 그럴 리가 있느냐는 표정으로 물었다.

래생이 고개를 끄덕였다. 정안이 가방에서 폭탄이 들어 있던 세라믹 케이스를 꺼내더니 이리저리 살펴보았다.

"가오리가 그러더라고. 이건 아마추어가 만든 거라고. 그렇다면 전문적인 장치 제조자도 아니고, 저 여잔 대체 뭐지?"

"저 여자가 확실하긴 한 거야?" 래생이 못 믿겠다는 표정으로 정안을 바라봤다.

"아따, 내가 초짜냐. 부품 세 개가 저 여자한테 들어간 건 확실하다니깐."

래생은 편의점 안을 바라봤다. 여자는 교대를 하러 온 이십대 초반의 아가씨와 수다를 떨고 있었다. 잠시 후 이십대 초반의 아가씨가 시계를 보더니 여자에게 몇 번이고 인사를 하고 편의점 밖으로 나왔다.

"오늘은 저 여자 근무까지 대신해줄 모양이네. 참 오지랖도 넓어요." 래생이 빈정대듯 말했다.

"어째 그런 모양새지? 거, 왜 사람들이 딱딱 시간 약속을 안 지켜서 여러 사람에게 혼란을 가중시키나. 이래서 우리나라가 선진국이 못 되는 거야. 고속철도 놓고, 빌딩 높게 올리면 그게 선진국인가? 의식이 먼저 선진화가 되어야지, 의식이." 정안이 흥분해서 말했다.

"뭐, 거기다 대고 선진국씩이나."

래생이 포장지를 뜯고 초코바를 한입 베어물었다. 정안도 초코바를 한입 베어물었다.

"근데 네 초코바는 왜 내 거랑 달라?" 정안이 눈을 동그랗게 뜨고 말했다.

"내 건 미제, 네 건 국산. 내 건 천원, 네 건 그 반값인 5백원."

"아이씨, 초코바 그거 얼마나 한다고 치사하게 차별 구입을 하냐. 나 원래 아메리칸 스타일인 거 알면서." 정안이 입을 삐죽 내밀며 투덜댔다.

래생이 한입 베어문 초코바를 정안에게 내밀었다. 정안이 어린애처럼 웃으면서 래생이 준 초코바를 받고 자기 초코바를 래생에게 줬다.

"저 여자 좀더 뒤져봐. 직장, 부모, 동생, 예전에 일했던 연구소, 통장 거래 내역, 뒤질 수 있는 건 전부 다."

"뭐야, 지금 딸랑 초코바 하나 주면서 그런 엄청난 업무를 해달라는 거야? 그럼 예산은 어쩌고? 이 박정안이 요즘 가격 많이 올랐어요. 슬럼프 없이 계속 상한가라니깐. 시세를 몰라요, 시세를."

"친구가 위기에 처했는데 시세 타령은……"

"좋아. 그럼 형이라고 부르면 내가 해주지. 이 박정안이가 위기에 처한 동생을 방치할 인간성은 또 아니니까. 그리고 솔직히 나이는 내가 너보다 두 살 더 많잖아?"

래생이 심각한 얼굴로 정안을 노려봤다. 래생이 계속 정안을 쳐다보자 정안은 농담인데 뭘 그리 심각한 표정까지 짓느냐는 뜻으로 래생의 어깨를 툭 쳤다.

"형." 래생이 무심한 표정으로 말했다.

정안이 뜨악한 얼굴로 래생을 바라봤다.

"에이 시발, 자존심도 없어요, 자존심도. 너는 어떻게 인생을 그리 쉽게 가냐? 제발, 인생 좀 노력하면서 가자."

*

애완동물 가게에서 고양이 사료와 간식 캔을 사고 빌라로 돌아오는 길에 어둠이 내리고 있었다. 래생은 빌라 현관의 우편함에서 우편물들을 꺼냈다. 대부분이 고지서나 광고 우편물들이었다. 래생이 계단을 올라가려고 하는데 한 사내가 계단에 앉아 꾸벅꾸벅 졸고 있었다. 사내는 한 손엔 붕대를 감고 있었고 다른 한 손엔 쇼핑백을 쥐고 있었다. 래생이 고개를 숙여 사내의 얼굴을 봤다. 미나리 박이었다. 래생이 고개를 갸웃거리고는 미나리 박을 흔들어 깨웠다. 미나리 박이 눈을 뜨고 어리둥절한 표정으로 주위를 두리번거렸다. 그리고 하품을 길게 하더니 끄응, 하는 힘겨운 소리를 내며 자리에서 일어났다.

"여기서 뭐하세요?" 래생이 물었다.

"어, 자네 좀 만나려고."

"미리 전화를 하시지 그랬어요."

"그냥, 전화하기가 좀 뭣해서."

"들어가서 이야기하죠."

"아니, 아니. 들어갈 것까진 없고."

미나리 박이 붕대를 감은 손으로 손사래를 쳤다. 너무 심하게 흔들어서 손이 아픈지 미나리 박이 얼굴을 살짝 찡그렸다.

"손가락은 어때요?" 래생이 붕대를 감은 미나리 박의 손을 보며 물었다.

"어이, 괜찮아. 잘 붙었어. 요즘은 의료 기술이 하도 발달해서 말이야. 손가락 들고 병원 뛰어갈 때만 해도 안 붙을 줄 알았는데, 세상에 신기하게도 그게 딱 붙더라니깐. 도마뱀 꼬리 나듯이 말이야. 그래, 진짜 도마뱀 꼬리처럼."

도마뱀 꼬리라는 비유를 생각해낸 게 스스로 기특한지 미나리 박이 후렴처럼 도마뱀 꼬리를 중얼거렸다. 미나리 박은 정말로 괜찮다는 듯 붕대를 감은 손을 래생에게 앞뒤로 보여줬다. 그리고 갑자기 중요한 걸 깜빡하기라도 한 것처럼 "아 참, 이거" 하고 쇼핑백을 래생에게 내밀었다. 래생이 얼떨결에 쇼핑백을 받았다.

"이게 뭔데요?"

"죽방멸치야. 자네가 맥주 좋아한다고 해서. 맥주 안주에는 또 멸치만한 게 없지. 백화점에서 샀어. 아주 비싼 거야. 남해 명품 1호."

미나리 박이 머쓱한 표정을 지으며 말했다. 래생이 고개를 갸웃거렸다. 여기까지 선물을 들고 찾아온 미나리 박의 산수가 짐작도 되지 않았다.

"칼침은 제가 놨는데, 선물은 아저씨가 들고 오네요. 병문안도 못

가보고. 이러면 제가 정말 죄송스러운데요?" 래생이 말했다.

"아냐, 아냐. 그런 맘 갖지 말게. 사실 우리 업자들이 너구리 영감님을 섭섭하게 한 것은 사실이지. 사람 사는 도리가 그게 아닌데 말이야. 솔직히 지금 우리가 이만큼이나마 사는 것도 다 영감님이 편의를 봐줘서 그런 거 아냐. 내가 그 은혜 모르는 바 아니지. 그런데 우리 같은 서민들은 생활하기가 또 만만치 않거든. 요즘 같은 때는 정말 1단까지 허리띠 바짝 졸라매도 살림 꾸리기가 힘들어. 도리를 잊어서가 아니라 생활이 발목을 잡네그려."

미나리 박이 주머니에서 담배를 꺼내 입에 물었다. 왼손으로 라이터를 켜는 모습이 어색해 보였다. 래생이 라이터를 꺼내 불을 붙여주었다. 미나리 박이 담배 연기를 한숨처럼 길게 내뿜었다. 그리고 래생의 눈치를 슬쩍 살폈다.

"영감님이 뭐라 하시던가?"

"뭘 뭐라고 해요? 제가 아저씨 손가락 자른 거 말이에요?"

"아니, 그런 거 말고. 업자들이 한자 밑으로 들어간 거. 일이 이렇게 되었으니 영감님도 빤히 아실 거 아닌가. 물론 우리들이야 다 개별적으로 사업하는 자영업자들이니까 한자 밑으로 완전히 들어갔다고 말하기도 뭣하지만. 그래도 영감님에게 죄송스러운 것은 죄송스러운 거지."

"그거 간보려고 오신 거예요?" 래생이 물었다.

"아니, 꼭 그래서는 아니고. 그냥 겸사겸사해서 왔지." 미나리 박이 우물쭈물 말했다.

미나리 박은 한동안 가로등을 바라보며 담배를 태웠다. 이따금 아랫입술을 질끈 깨물며 무슨 말인가를 꺼내려다가 이내 다시 삼켰다. 한참이나 머뭇거리던 미나리 박이 피우던 담배를 바닥에 떨어뜨리고 구둣발로 비벼껐다. 잘 다려진 흰색 양복바지와 반짝반짝 광을 낸 빨간색 구두가 어쩐지 희극적인 느낌을 불러일으켰다. 미나리 박이 래생을 힐끔 쳐다보더니 갑자기 애처로운 표정을 지었다.

"요즘 업자들 사이에선 도서관이랑 한자랑 전쟁 난다고 말들이 많아. 정말 어수선해. 옛날처럼 전쟁이라도 나봐. 검찰 들어오지, 형사들 경찰들 집중단속한다고 지랄들 하지, 설계자들은 또 설계자들대로 자기들만 살겠다고 지난 일들까지 전부 청소 시작하지 않겠나? 궁지에 몰린 자객들은 대책도 없이 미친개마냥 여기저기 들쑤시고 다닐 테고, 그러면 그나마 있는 손님들까지 다 끊기는 거지. 이 장사 쫑 치는 거야. 이래저래 우리 같은 영세업자들만 뒈지는 거지. 래생 동상, 나 정말 이 나이에, 그 싸움 중간에 끼고 싶지 않아. 너구리 영감이나 한자야, 뭐 대단한 야심가들이니 그 자존심에 뭐라도 할 테지. 하지만 중간에서 우린 뭔가. 한자한테 붙으면 너구리 영감님 눈치를 봐야 하고, 도서관에 인사라도 한번 갈라 치면 한자 눈치봐야 하고. 우리도 아주 죽을 지경이네. 솔직히 난 이제 나이도 있고, 겁도 나고 그래. 알잖아. 우린 야심도 뭣도 없어. 우린 그저 입에 풀칠이나 하려는 거야."

"그래서요?"

"한자가 자네를 보자고 하네. 한번 만나봐."

래생이 눈을 가늘게 뜨고 미나리 박의 얼굴을 바라봤다.

"만나면?"

"한 산에 호랑이 두 마리가 있을 순 없지. 솔직히 지금 도서관이 한자랑 싸움이 되겠나. 그것도 다 옛날이야기지. 지금 전쟁 나면 다 죽는 거야. 영감님은 말할 것도 없고, 자네도 나도 다 죽는 거야. 그리고 한자라고 무슨 이익이 있겠나. 대선이라고 지금까지 애써 벌여놨던 굵직굵직한 사업들, 전부 죽 쒀서 개 주는 꼴이지."

래생이 죽방멸치 선물 세트를 미나리 박 발아래 집어던졌다.

"저보고 영감님 뒤통수를 치라는 말입니까? 이깟 멸치 대가리 몇 개 들고 와서?"

미나리 박이 깜짝 놀란 표정으로 바닥에 떨어진 죽방멸치 선물 세트를 얼른 집어들면서 "아이, 이 사람이, 이게 얼마나 귀한 건데" 하고 혼잣말처럼 말했다. 미나리 박은 딱따구리만큼 입을 삐죽 내밀고는 선물 세트를 흔들어 귀를 살짝 대보고 귀한 도자기를 만지듯 손바닥으로 몇 번 쓰다듬었다. 그리고 다시 예의 그 애절한 표정을 지었다.

"영감님을 배신하라는 애기가 아니라, 대세가 그렇다는 거지. 도서관이 일거리 푼 지 오래되었잖아. 그러면 업자들은 금방 떠나. 알잖아. 이 바닥엔 의리 같은 거 없어. 옛날 기억? 예전에 받은 은혜? 그런 거 오래 못 가. 그저 현찰 주는 놈 있으면 다 따라가는 거지. 영감님은 이제 나이도 많이 자셨고, 도서관에만 박혀 계시니 요즘 세상이 어떻게 돌아가는지도 잘 모르시지. 전쟁 나면 업자들은 다 한자 편이야. 세상인심이란 게 원래 그래. 싸움이 될 리가 없지. 그러니 래생 동상, 자네가 너구리 영감님의 손발이니 한자에게 한번 가봐. 자네와 한자가 이야기만 잘되면 전쟁 같은 건 필요 없잖아. 영감님은 조용한 시골 같은 데 모셔서 남은 인생 편히 보내시게 하면 되고. 그럼 이참에 우리도 안정적으로 사업 키우고. 다 좋은 게 좋은 거 아니겠나."

문득 늙은 개 산타와 시골에 살던 노인이 생각났다. 그도 권력에서 물러날 때 누군가가 다가와 말했을 것이다. 어디 조용한 시골 같은 데서 여생 편히 사시라고. 다 좋은 게 좋은 거 아니겠냐고. 인생에서 남은 시간이라는 것은 무엇을 말하는 것일까. 꽃을 키우고, 감자를 키우고, 개를 키우고, 죽은 뒤 자신이 누울 묏자리를 살펴보는 것. 오후의 좋은 햇살 아래서 병들고 늙은 코끼리처럼 눈을 깜박거리며 하염없이 시간을 보내는 것. 아니라면 양로원으로 들어가서 마음이 맞을 리 없는 노인들의 그 지겨운 수다를 들어주거나 카드 게임을 하면서 따봐야 아무짝에도 쓸모없는 바둑알 따위를 모으는 일이 다일 것이다. 그런 날들이 하염없이 반복되다가 어느 날 죽음이 자객처럼 찾아올 것이다.

미나리 박이 다시 죽방멸치 선물 세트를 내밀고 있었다. 래생이 미나리 박의 손에서 민망하게 흔들거리고 있는 선물 세트를 바라봤다.

"그래도 이건 가져가, 명품 1혼데." 미나리 박이 말했다.

"집에 들고 가서 사모님 갖다드리세요. 아니면 한자에게 갖다주든지. 제가 그거 먹고 소화가 되겠어요?"

"자네가 고집을 피우면 한자가 할 수 없이 자네를 처리할 거야."

"협박입니까?"

래생이 미나리 박을 쏘아봤다.

"제발, 일 어렵게 만들지 말게. 안 되는 싸움이라지 않은가. 우리도 도리를 몰라서 이러고 사는 게 아니네. 내가 자네보다 인생 갑절로 더 산 선배로서 충고하자면, 똥물 좀 덮어쓴다고 똥이 되는 건 아니라네."

미나리 박이 래생의 발아래 죽방멸치 선물 세트를 내려놓았다. 그리고 몸을 돌려 빌라 밖으로 천천히 걸어갔다. 래생은 미나리 박이 남겨놓은 죽방멸치 선물 세트를 우두커니 바라봤다. 문득 너구리 영감이 아주 외롭겠구나, 하는 생각이 들었다. 명절이면 도서관에 선물을 들고 오던 업자들은 이제 모두 돌아섰다. 한자의 시대다. 한자에게 가면 얼마나 더 살 수 있을까. 3년? 5년? 어쩌면 더 오래 살아남을 수도 있을 것이다. 미나리 박처럼 덕지덕지 똥물을 묻히며 끝까지 살아남을 수도 있을 것이다. 하긴 똥물 따위가 무슨 대수인가. 애당초 명예와도 고귀함과도 거리가 먼 삶이었다.

너구리 영감은 입버릇처럼 래생을 고아원에서 데리고 온 것이 순전히 지팡이로 쓰기 위함이었다고 말하곤 했다. 그것은 래생을 약올리기 위한 너구리 영감식의 냉소였지만 생각해보면 아주 틀린 말도 아니었다. 래생은 열한 살 때부터 너구리 영감의 지팡이로 살았다. 도서관 이곳저곳을 돌아다니며 필요한 책을 찾아오고, 푸주로 잔심부름을 나가고, 얼굴을 보여주지 않은 채 문밖에서 손만 내미는 설계자에게 편지를 전달했다. 그리고 오랫동안 너구리 영감의 자객이었던 훈련관 아저씨가 죽은 후부터는 줄곧 영감의 자객 노릇을 했다. 래생이 돌아선다면 이제 너구리 영감은 지팡이도 없이 절룩거리며 살아야 할 것이다.

"이 바닥에서 그게 그렇게 슬픈 일인가?" 래생이 중얼거렸다.

10년 전 훈련관 아저씨가 죽었을 때 너구리 영감은 아무 짓도 하지 않았다. 한자의 짓이 분명하다는 업자들의 수군거림에도 너구리 영감은 침묵만 지켰다. 지금처럼 한자가 기세등등한 시절도 아니었고 너구리 영감이 힘없는 시절도 아니었다. 하지만 응징도, 처벌도, 조사도 없었다. 30년 동안 너구리 영감의 곁을 지켰던 자객이었는데도 심지어 분노조차 하지 않았다. 너구리 영감은 그저 격렬한 싸움을 벌이느라 여러 군데 칼에 찔린 훈련관 아저씨의 시체를 잘 닦은 다음 털보네 소각장에서 조용히 태웠다. 래생 말고는 조문객 한 명 없는 쓸쓸한 장례식이었다. 바람이 부는 언덕 위에서 뼛가루를 뿌리며 너구리 영감은 아무 말도 하지 않았다.

"가만히 놔둘 겁니까?" 래생이 물었다.

"자객들의 삶이란 원래 그런 거지. 졸 하나 죽었다고 장기판을 엎을 순 없으니까."

자객들의 삶이란 원래 그런 거지, 그게 30년 동안 자신의 곁을 지켜주었던 사내를 보내면서 너구리 영감이 마지막으로 던진 말이었다.

래생은 훈련관 아저씨에게 모든 것을 배웠다. 총기를 다루는 법, 칼을 쓰는 법, 폭탄을 제조하고 분해하는 법, 부비트랩을 설치하는 법, 인디언들의 추적술과 사냥술, 부메랑을 던지는 법도 배웠다. 그는 월남전이 끝난 후 외국 용병회사에 취직하여 전 세계의 크고 작은 전쟁터를 돌아다녔다. 전쟁터에서 수백 명도 넘는 사람을 죽였다고는 믿을 수 없을 만큼 서글서글하고 편안한 인상을 가진 사내였다. 그는 집안일을 좋아했다. 큰 덩치에 비해 손재주가 좋아서 필요한 것이면 무엇이든 만들어서 썼고, 무엇을 만들건 세심하고 꼼꼼하게 만들었다. 요리를 아주 잘했고 유독 빨래하기를 좋아했다. 햇살이 좋은 날에는 어김없이 침대 시트나 커튼을 빨아 마당의 빨랫줄에 널어두었다. 그리고 담배를 입에 문 채 흐뭇한 얼굴로 바람에 흔들리는 시트를 바라보며 "내 인생도 저렇게 빨 수 있으면 좋겠다"고 말하곤 했다.

깨끗하게 빨 수 있었으면 좋았을 것이다. 좋은 여자와 결혼을 하고, 아이를 키우고, 그가 좋아하는 요리와 빨래와 갖가지 집안일을 하며 화목한 가정을 이뤘을지도 모른다. 하지만 불행히도 인생은 침대 시트가 아니다. 과거건, 기억이건, 잘못이건, 후회건 어떤 것도 깨끗하게 빨 수 없다. 깨끗하게 빨 수 없으므로 그렇게 죽는 것이다. 너구리 영감의 말처럼 자객들의 삶이란 원래 그런 거니까.

래생은 바닥에 떨어져 있는 죽방멸치 선물 세트를 집어들었다. 그리고 집으로 올라갔다. 문을 열자 래생의 샴고양이 독서대와 스탠드가 달려나와 래생의 종아리에 몸을 비벼댔다. 래생이 애완동물 가게에서 사온 닭 가슴살 수프를 꺼내 접시에 부어주었다. 독서대와 스탠드가 가르릉가르릉 소리를 내며 연신 수프에 혓바닥을 댔다. 래생이 독서대와 스탠드의 머리를 쓰다듬었다.

"너희들은 저 밖에 길고양이 언니들이 얼마나 거칠게 사는지 아니? 거리로 던져지면 너희 같은 겁쟁이들은 일주일도 못 버틸 거야. 그곳은 아주 무서운 곳이거든."

*

고양이 카페 'LIKE CATS'.

래생이 카페 문을 열었다. 자리에 앉자 이동장에서 두리번거리던 독서대와 스탠드가 "야옹" 하고 소리를 냈다. 래생이 이동장의 문을 열어주었다. 하지만 독서대와 스탠드는 카페 안을 돌아다니는 수십 마리의 고양이들이 무서운지 선뜻 밖으로 나오지는 못하고 소리만 지르고 있었다. 카페 여주인이 커피를 내왔다.

"어머, 독서대와 스탠드도 왔네?" 여주인이 반가워하며 말했다.

여주인이 이동장 안으로 손을 집어넣었다. 독서대와 스탠드가 기분이 좋은지 그르렁거렸다. 그러더니 금세 주위를 두리번거리며 이동장 밖으로 슬금슬금 나왔다. 모든 고양이들이 단번에 그녀를 좋아한다. 비법이 뭘까? 그녀는 결혼을 해서 스무 마리도 넘는 고양이를 아파트 안에서 키웠다. 날이 갈수록 고양이들이 늘어나자 견디다 못한 남편이 고양이를 선택하든지 나를 선택하든지 둘 중에 하나를 선택하라고 했다. 그러자 그녀는 깔끔하게 이혼을 하고 집을 나왔다. "자기랑 고양이들 중에 하나를 선택하라니, 그걸 말이라고 하는 건지" 하고 그녀는 고양이 카페 회원들이 모인 자리에서 깔깔거리며 이야기하곤 했다.

"그렇게 한번 보자고 해도 안 데리고 오더니, 오늘은 어쩐 일?" 그녀가 손가락으로 고양이들과 장난을 치며 물었다.

래생이 안주머니에서 봉투를 하나 꺼내 여자에게 내밀었다. 봉투 속에는 백만원권 수표 두 장이 들어 있었다. 여주인이 봉투를 열어 수표를 꺼내보고 고개를 갸웃거렸다.

"당신이 맡아준다면 고맙겠어요. 잠시일 수도 있고, 아주 오래일 수도 있어요. 어쩌면 영영 못 돌아올 수도 있고요." 래생이 말했다.

"어디 멀리 여행이라도 가나요? 외국?"

"그리 멀리 가는 것은 아닌데, 좀 정처 없는 여행이라서요."

여자가 래생의 말을 곰곰이 씹더니 무슨 뜻인지 알겠다는 듯 고개를 끄덕거렸다.

"살다보면 마음이 그렇게 힘들 때가 있지요."

여주인이 봉투를 래생 앞으로 도로 내밀었다.

"어떤 마음인지는 아는데 이런 건 필요 없어요. 고양이들은 제가 잘 돌볼게요." 여주인이 말했다.

"어떤 마음인지 아시니까 받아주세요."

래생이 부탁한다는 뜻으로 고개를 숙이고 다시 봉투를 내밀었다. 테이블 가운데 여자와 래생 사이를 왔다갔다하다가 난감해진 봉투가 있었다. 여주인이 봉투를 바라보았다. 잠시 후 여주인이 고개를 끄덕였다.

"저도 젊었을 때 아주 멀리까지 간 적이 있어요. 돌아가기에는 너무 멀리 왔다 싶을 정도로 멀리 가버린 거죠. 하지만 막상 돌아와보면 우리가 마음속으로 두려워하는 것보단 의외로 아주 짧은 거리죠."

래생은 독서대와 스탠드의 목과 머리를 쓰다듬었다. 독서대와 스탠드는 이 카페에 조금 익숙해졌는지 래생의 손을 깨물며 장난을 쳤다. 래생은 자리에서 일어나 여주인에게 인사를 했다.

"좋은 운이 당신을 따라줄 거예요." 여주인이 말했다.

"그럼 고맙고요." 래생이 말했다.

래생은 다시 한번 독서대와 스탠드의 목을 쓰다듬은 뒤 고양이 카페 'LIKE CATS'를 천천히 걸어나왔다.

래생은 택시를 타고 강남의 L생명 빌딩 앞에 내렸다. 한자는 L생명 빌딩 7층에서 9층을 임대하여 사무실로 쓰고 있었다. 소문에 따르면 이곳은 열일곱 개나 되는 사업체의 주소지로 등록되어 있다고 한다.

경호회사, 보안회사, 경비대행회사, 용역업체, 정보회사 등등의 회사들이 한자의 사무실로 등록되어 있는 것이다. 국내 최고의 암살 청부업자가 세계적인 생명보험회사 건물 안에서 버젓이 회사를 운영하고 있다는 것도 꽤나 아이러니한 일이지만 암살 청부업자가 경호회사와 보안회사를 동시에 운영하고 있다는 것은 더 웃긴 일이다. 하지만 궁지에 몰린 백신 회사가 결국 만들어야 하는 건 최고의 백신이 아니라 최악의 바이러스인 것처럼 보안회사와 경호회사가 번영하기 위해 절실히 필요한 것은 탁월한 보안 전문가가 아니라 최악의 테러리스트다. 그것이 자본주의다. 한자는 이 세계가 아우로보로스의 뱀처럼 어떻게 빙글빙글 돌아서 자기 꼬리를 잡아먹는지를 알았다. 그리고 그것으로 사업을 만들어내고 수지를 맞추는 법을 알았다. 백신과 바이러스를 둘 다 가지고 있다면 그보다 좋은 일은 없다. 한쪽에선 공포와 불안을 주고 다른 쪽에서는 안전과 평안을 보장한다. 도무지 망할 수가 없는 사업인 것이다.

래생은 엘리베이터를 타고 L빌딩 7층에서 내렸다. 한자의 사무실은 9층에 있지만 8층과 9층은 봉쇄되어 있어서 사무실에 들어가는 모든 사람들은 7층에 내려서 공항에나 있을 법한 검색대를 통과해야 했다. 래생이 검색대를 통과할 때 요란한 경보음이 울렸다. 검정색 정장을 입은 여직원이 휴대용 금속탐지기를 들고 래생에게 다가왔다. 여직원이 래생에게 정중하게 인사를 한 뒤 팔을 올려달라고 부탁했다. 래생이 얌전하게 팔을 올렸다. 여직원이 금속탐지기를 몸에 대자 다시 경보음이 났다. 래생이 안주머니에 손을 넣어 가죽집에 들어 있는 추의 헨켈을 꺼내 바구니에 담았다. 여직원이 놀란 표정으로 래생을 바라봤다.

"요리를 하다가 깜빡하고 들고 왔군요. 이놈의 건망증은." 래생이 웃으며 말했다.

당황한 여직원이 뒤를 돌아보자 허리에 전기충격기와 가스총을 찬 건장한 보안요원 한 명이 자리에서 일어나 걸어왔다.

"무슨 일이시죠?"

줄줄이 비엔나소시지처럼 피둥피둥 살이 찐 사내가 눈에 힘을 주고 래생을 위아래로 훑어봤다. 나이트클럽 입구에서 문지기나 하는 게 딱 어울려 보이는 둔한 몸집이었다. 긴장한 것을 숨기려고 어깨에 잔뜩 힘을 주는 모습이 안쓰러울 정도였다. 래생이 줄줄이 비엔나소시지에게 한자의 금박 명함을 건넸다.

"미리 약속을 잡으셨나요?" 금박 명함을 살펴본 줄줄이 비엔나소시지가 물었다.

"아뇨."

"누구라고 전해드릴까요?"

"도서관에서 왔다고 전해주세요."

잠시 후 한자의 비서라는 여자가 사무실 내부 세 개의 층만 왔다갔다하도록 설치된 엘리베이터를 타고 내려왔다. 깨끗한 인상에 지적인 냄새가 물씬 풍기는 여자였다. 비서는 래생을 9층에 있는 '귀빈실'이라는 팻말이 붙은 방으로 안내했다.

"마실 것을 내올까요? 차, 커피, 물, 그리고 몇 종류의 술이 있습니다." 래생이 자리에 앉자 비서가 사무적인 톤으로 물었다.

"괜찮습니다. 방금 마시고 왔거든요. 그런데 여기 금연인가요?"

래생이 방안을 둘러봤다. 테이블 위에 재떨이가 없었다.

"원칙적으론 그렇습니다. 이 건물 전체가 금연구역이죠."

비서가 여전히 사무적인 톤으로 말했다. 래생이 얼굴을 살짝 찡그렸다. 비서가 래생의 표정을 읽더니 사무적인 표정을 풀고 슬쩍 웃었다.

"하지만 어디까지나 원칙이 그렇다는 이야기죠."

생긴 것보다는 융통성 있는 여자라고 래생은 생각했다.

"그럼 재떨이 하나 부탁해도 될까요?"

"사장님 나오시려면 30분 정도 기다리셔야 하는데 괜찮으시겠어요?"

"네, 괜찮습니다." 래생이 고개를 끄덕였다.

비서가 재떨이를 가져다주고 방을 나가자 래생은 담배에 불을 붙였다. 그리고 방 내부를 둘러봤다. 넓은 방이었다. 깔끔한 것을 좋아하는 한자 성격처럼 벽에 붙은 그림 한 장 외에는 장식이라고 할 만한 것이 없었다. 래생은 재떨이를 들고 자리에서 일어나 창밖을 바라봤다. 테헤란로의 왕복 10차선 도로가 차들로 꽉 막혀 있었다. 문득 대한민국 경제의 중심지에서도 한복판에 있는 암살 청부업자의 이 고급스럽고 화려한 사무실이 의아했다. 값비싼 임대료를 내는 이 거리에 한자의 사무실이 있다는 것은 이 나라 경제의 중심이 청부업자를 간절히 원한다는 뜻일 것이다.

래생이 세 대째 담배를 피웠을 때 한자가 문을 열고 들어왔다.

"이거 미안하네. 미리 전화를 주지. 그러면 기다리게 하지 않았을 텐데."

한자가 진심으로 미안해하는 표정을 지었다. 진심으로 미안한 표정을 지으려고 노력하는 그의 연기가 어색하다기보다 무섭다는 생각이 들었다. 한자가 소파에 앉자 비서가 다시 들어왔다.

"뭐 한잔 안 마실 텐가? 나는 한잔 마시려고 하는데. 오늘은 특별한 손님이 왔으니까."

평소답지 않게 한자가 약간 들뜬 톤으로 말했다. 비서가 래생의 얼굴을 보고 있었다. 래생이 잠시 머뭇거렸다. 래생은 이 이상한 방식의 환대가 불편했다.

"잭 다니엘 있나요?" 래생이 비서를 보며 물었다.

비서가 고개를 끄덕였다.

"나도 그걸로. 온더록스로 해줘." 한자가 말했다.

비서가 방을 나가자 한자가 어색한지 별뜻 없이 방안을 두리번거렸다. 기분이 좋아서 들뜬 것처럼 보이려고 했지만 사실 한자는 무엇에 쫓기는 사람처럼 초조해하고 있었다. 모든 게 한자 뜻대로 다 되어가는 이 마당에 무엇이 그를 쫓기게 하는 걸까? 갑자기 한자를 쫓아오는 것의 정체가 궁금했다. 한자와 래생은 잠시 말없이 서먹하게 자리에 앉아 있었다. 비서가 얼음을 넣은 온더록스 잔에 잭 다니엘을 따라서 들고 왔다.

"이거 정말 반갑군. 안 오면 어쩌나 걱정을 많이 했는데 말이야."

한자가 잔을 들고 래생에게 건배를 청했다. 래생은 건배를 하지 않고 한자가 내미는 잔을 우두커니 바라봤다. 한자가 머쓱한지 내밀었던 잔을 입으로 가져가서 술을 한 모금 마셨다.

"원하는 게 뭐지? 도서관인가? 아님 너구리 영감의 목숨?"

래생이 단도직입적으로 물었다. 래생의 말에 한자가 소파 뒤로 고개를 젓히며 피식 웃었다.

"왜 내가 곰팡내 나는 헌책들만 잔뜩 있는 도서관과 늙어빠진 영감의 목숨을 탐낼 거라고 생각하지?"

"소문이 파다하니까."

"그 망할 놈의 뜬소문들하고는."

한자가 잔을 들어 술을 조금 마셨다.

"적정한 돈을 받지 않으면 아무도 죽이지 말라고 내게 가르친 게 너구리 영감이었지. 청부업자라면 가슴에 깊이 새겨둬야 할 명언이야. 명예, 신념, 우정, 의리, 복수, 사랑, 체면 그 이유가 무엇이건 청부업자는 이윤이 생기지 않으면 결코 사람을 죽이지 않는 거지. 그렇다면 너구리 영감을 죽여서 나에게 무슨 이윤이 돌아올까? 물론 좋은 점도 몇 개 있겠지. 귀찮은 일도 줄어들 테고. 하지만 전반적으로 계산을 해보면 확실히 내가 손해 보는 장사야. 너구리 영감은 내가 그런 악수를 둬주길 바라겠지만 우린 그런 얼치기가 아니지."

"자네 주판알에는 관심 없어."

"그 주판알에 관심을 좀 가져야 할 거야. 자넬 죽이는 것은 꽤나 이윤이 남는 장사니까. 자네 친구 정안도 마찬가지고."

한자가 잔을 들어 남아 있는 술을 다 마셨다.

"내가 그렇게 값나가는 인간인 줄 미처 몰랐군." 래생이 빈정거리듯 말했다.

래생은 잔을 들어 술을 조금 마셨다. 잭 다니엘의 독특한 향기가 입속을 돌아 코끝까지 올라왔다. 한자가 비웃는 표정으로 래생을 바라보고 있었다.

"오해하지 마. 자네는 별로 값나가는 인간이 아니야. 단지 자네가 있는 포지션이 묘한 것뿐이지."

"내 포지션이 어떤데?"

"큰돈은 결국 정치판에서 나오는 거야. 그런데 아직도 막후의 꼰대들은 믿을 만한 사람이 너구리 영감밖에 없다고 생각하는 거지. 도서관에 대한 향수랄까. 한 세기를 버틴 전통에 대한 신뢰감이랄까. 한마디로 웃기는 거지. 청부업자 따위에게 무슨 전통이 필요해. 하지만 노인네들이란 게 원래 그래. 의심 많고 무어든 바꾸기를 싫어하지. 답답한 노릇이지만 어쩌겠나. 그게 현실인데. 그러니 나에게 필요한 건 죽은 제갈량이지. 이를테면 사마의에게 겁을 주기 위해 마차 위에 올려놓은 제갈량 목상 같은 거 말이야. 하지만 살아 있는 제갈량은 확실히 부담스럽지. 뭔 짓을 할지 모르니까. 너구리 영감이 도서관에 얌전하게 처박혀만 있어주면 나는 아무 불만이 없어. 우리는 또 도서관 출신이니 꼰대들에게 줄 대기도 좋고. 겸사겸사 괜찮은 사업이지. 그런데 자네가 다 죽여놓은 너구리 영감을 여전히 꿈틀거리게 하고 있다는 거지."

"꿈틀……거린다." 래생이 한자의 말을 천천히 따라 했다.

"자네가 너구리 영감의 손과 발이지. 죽에 물 탄 것처럼 생긴 자네 친구 정안은 영감의 눈과 귀고. 정안은 제비가 새끼에게 먹이를 물어다주듯 영감에게 끝없이 정보를 물어다주고, 자네는 발발거리며 뒤처리를 하고 다니고. 솔직히 이번에 권장군 시체를 가루로 만들어온 일은 좀 짜증이 나더군."

"그런데?"

래생이 한자를 쏘아봤다.

“그런데?” 한자가 냉소적인 웃음을 지었다. “너구리 영감을 죽여서는 사업이 안 되는 거고, 그렇다고 벌여놓은 일을 이제 와서 안 할 수도 없는 노릇이고, 그러니 어쩌겠나. 참으로 슬픈 일이지만 다른 걸 잘라야지. 잘라서 몸뚱이가 죽지 않는 걸로. 예를 들자면 손, 발, 귀 같은 거.”

“그래서 훈련관 아저씨를 죽였나?”

순간 한자의 얼굴이 붉게 달아올랐다. 한자가 잠시 말을 멈추고 손으로 턱을 만졌다.

“자넨 할 이야기와 하지 말아야 할 이야기를 구분 못하는군.”

한자가 이어서 무슨 말인가를 더 하려다 다시 말을 멈췄다. 그리고 인터폰을 들어 비서에게 술을 한 잔 더 주문했다. 비서가 들어와서 새 술잔을 내려놓고 빈 잔을 쟁반에 담아갔다. 한자가 잔을 들어 술을 조금 마셨다.

“자네가 그 일 때문에 나한테 섭섭한 거 알아. 자네에게 아버지 같은 분이었겠지만 나에게도 형님 같은 분이었지. 나도 훈련관 아저씨에게 일을 배웠으니까. 하지만 이 세계는 자네가 생각하는 것보다 훨씬 복잡하게 얽혀 있지. 우리는 이 이해할 수 없는 세계를 꾸역꾸역 살아가야 하는 거고.”

“이 세계가 어떻게 생겨먹었건 간에 가족까지 죽이면서 챙겨야 하는 게 뭐지? 이 찬란한 사무실인가?”

한자가 래생의 말에 피식 웃었다.

“설마 우리가 진짜 가족이라고 생각하는 건 아니겠지? 무엇이 가족이지? 너구리 영감과 자네가? 너구리 영감과 내가? 그건 정말 웃기고 자빠지는 소리지. 너구리 영감에게 우린 그저 지팡이일 뿐이야. 쓰다가 닳거나 부러지면 아무데나 버리는 지팡이. 뭘 착각하고 있는 것 같은데, 영감은 자네가 오늘 당장 칼에 맞아서 털보네로 실려간다 해도 눈 하나 깜짝 안 할 양반이야. 그리고 얼른 새 지팡이를 구하겠지. 나는 그걸 이미 20년 전에 알았지. 철딱서니라고는 좆도 없는 자네는 아직도 모르는 거고."

한자가 다시 술을 조금 마셨다. 래생이 한자의 얼굴을 쏘아보고 있었다. 한자는 생각대로 대화가 잘 안 풀린다는 듯 짜증스러운 표정을 지으며 창밖으로 고개를 돌렸다. 그때 인터폰이 울렸다. 한자가 전화를 받았다.

"어, 그래, 알았어. 10분만 기다리시라고 해."

한자가 전화를 끊었다. 래생은 테이블 위에 있는 담배를 집어 불을 붙였다. 래생이 허공으로 연기를 길게 내뿜었다. 한자가 시계를 바라봤다.

"국회의원 B야. 망나니 아들놈이 하나 있는데 만날 사고를 치고 다니더니 이번엔 되레 한 방 크게 당했지. 여자애 하나를 호텔로 납치하다시피 해서 입안에 억지로 성기를 밀어넣었는데 여자가 거시기를 좀 세게 깨물었다나봐. 이빨로 어찌나 세게 깨물었는지 그게 다 너덜너덜해졌다네. 거참 멋진 여자야. 근데 그건 손가락만큼 잘 안 붙는 모양이지?"

손가락이라는 말에 악센트를 주며 한자가 장난기 가득한 얼굴로 래생을 바라봤다.

"며칠 전에 B가 내 방에 와서 눈에 넣어도 안 아플 내 삼대독자 외동아들, 좆도 끊어지고 대도 끊어졌네 어쩌네, 하면서 펑펑 울더라고. 그러고 내 손을 꼭 잡더니 자신의 분하고 서러운 맘을 위로해줄 사람은 한사장밖에 없다는데, 나 참 쪽팔려서. 자네 말대로 강남 한복판에 이 찬란한 사무실을 차려놓고 내가 이러고 산다. 하지만 어쩌겠는가. 먹고살자면 그 상한 맘 핥아드려야지. 대한민국 국회의원씩이나 되는 분이 이 정도로 치부를 열었는데 청부업자 따위가 나 그거 쪽팔려서 못하겠소, 그럴 수야 있나. 무서워서 그런 짓은 못하지. 나도 이러고 살아. 그러니 자네도 자존심 같은 거 접고 이쪽으로 들어와. 자네도 살고 자네 친구 정안도 살고 덕분에 나도 좀 살고. 별로 어려운 일도 아냐. 그냥 지금처럼 도서관에 있으면서 일 생기면 전화나 한 통 해주고 그러면 되는 거지."

한자가 래생을 쳐다보고 있었다. 래생은 아무 대답을 하지 않고 묵묵히 담배만 피웠다. 한자의 얼굴에서 웃음기가 천천히 사라지면서 표정이 굳어졌다. 한자가 다시 입을 열었다.

"곧 대선이야. 위험하고 예민한 타이밍이지. 모두들 한몫 잡겠다고 날뛰니까. 그러다 치명적인 실수를 하는 거고. 계열사만 스무 개가 넘는 D그룹이 정권과 검찰에 의해 공중분해되는 데 6개월밖에 안 걸렸다는 사실을 아나? 순전히 대선 때 정치자금을 안 줬다는 괘씸죄로 말이지. 그러니 우리 같은 게 일 잘못했다간 땅에 떨어지기도 전에 바스라지겠지. 나, 그러지 않아도 머리가 터질 것 같아. 일 복잡하게 만들지 말게. 정말 그러고 싶지 않지만 계속 버티기면 자넬 죽일 수밖에 없거든."

"누구 배에 칼이 들어갈지는 아직 모르지." 래생이 힘없이 말했다.

"그렇지, 아직 모르지. 하지만 칼 맞을 각오도 없이 어떻게 이 사업을 하나. 자넨 칼 맞을 각오가 되어 있나?"

그때 인터폰이 다시 울렸다. 한자가 전화를 받았다. "지금 갈게." 한자가 짧게 말하고 전화를 끊었다.

"먼저 일어서네. 현명하게 처신 잘하게. 자네 친구 정안에게도 내 말 전해주고."

"자네가 내 변기에 폭탄을 설치했나?"

돌아서는 한자의 뒤통수에 대고 래생이 물었다. 한자가 고개를 돌리며 무슨 말이냐는 듯 고개를 갸웃거렸다. 잠시 후 말귀를 알아들은 한자가 몹시 자존심이 상한 표정을 지었다.

"내가 자네 변기 따위에 손이나 집어넣을 만큼 한가한 인간인가?"

한자가 문을 닫고 나가자 래생은 자리에 앉아 담배를 한 대 더 피웠다. 복잡한 생각들이 머릿속을 온통 휘젓고 있었다. 래생은 재떨이에 담배를 비벼 끈 후 엘리베이터를 타고 7층 입구로 내려갔다. 검정색 정장을 입은 여직원이 가죽집에 들어 있는 추의 헨켈을 보관함에서 꺼내 래생에게 내밀었다. 줄줄이 비엔나소시지가 가소로운 눈빛으로 래생을 바라보고 있었다. 추의 칼을 내려다보는데 어떤 부끄러움이 래생의 어깨 위로 쏟아져내렸다. 래생이 칼을 받아 안주머니에 집어넣었다. 그리고 래생은 엘리베이터를 타고 도망치듯 L건물 밖으로 나왔다.

래생은 집으로 돌아왔다. 문을 열면 어김없이 달려나와 래생의 다리에 몸을 비벼대던 독서대와 스탠드가 보이지 않았다. 래생은 현관에서 잠시 멍한 표정으로 집안을 바라보았다. 고양이 두 마리가 사라졌을 뿐인데 집 전체가 텅 빈 것 같았다. 래생은 신발을 벗고 거실로 들어갔다. 비어 있는 고양이 밥그릇이 식탁 아래에 덩그러니 놓여 있었다. 래생은 우두커니 고양이 밥그릇을 바라보다가 서랍장을 열고 사료를 꺼내 밥그릇을 가득 채웠다.

래생은 욕실로 들어가 욕조에 뜨거운 물을 받았다. 별로 한 일도 없는데 몹시 피곤했고 온몸이 망치로 두들겨 맞은 것처럼 아파왔다. 욕조에서 뜨거운 김이 올라오는 것을 바라보면서 래생은 무력감이 들었다. 아무짝에도 쓸모없는 존재가 되어버린 느낌. 장치의 일부로 살아온 톱니가 시계태엽에서 튕겨나왔는데 자기가 없어도 여전히 째깍째깍 잘도 돌아가는 거대하고 복잡한 시계의 내부를 바라보고 있는 느낌이었다.

표적을 죽이고 돌아오면 래생은 항상 무력감에 빠졌다. 왜 그런 기분이 드는지 모를 일이다. 죄의식이라든지 자기 자신에 대한 불쾌감이나 혐오감이 드는 것이 아니라 무력감이 들었다. 아무것도 할 수 없을 것 같은 느낌, 다른 사람은 물론이거니와 자기 자신조차 책임질 수 없는 존재가 되어버린 느낌이 들었다. 사람들 속에서 행복하게 웃고 떠들거나, 여자를 만나 연애를 하거나, 하다못해 취미생활로 모형 범선을 만들고 요리를 해서 손수 저녁을 차리는 일조차 자기에겐 버겁다는 느낌이 드는 것이다. 래생이 살아갈 수 있는 삶이라는 것은 그저 취할 때까지 계속해서 캔맥주를 마시거나, 초점을 잃은 멍한 눈으로 창밖을 하염없이 바라보거나, 종일 천장 벽지의 격자무늬를 쳐다보며 누워 있거나, 그러다 견딜 수 없을 만큼 배가 고파지면 냉장고에서 아무거나 마구 꺼내 허겁지겁 허기를 채우고 다시 잠이 드는 삶밖에 없다는 생각이 들었다. 그리고 실제로 래생은 그런 삶을 살아가고 있었다. "그렇게 하찮아지는 게 당연한 거지." 래생이 힘없이 중얼거렸다. 누군가를 죽여서 목숨을 이어가는 삶이 여름 산처럼 건강하고 생명력이 넘친다면 오히려 이상할 거라고 래생은 생각했다.

뜨거운 욕조에 누워 욕실 천장에 맺히는 물방울들을 바라보면서 래생은 한자와 너구리 영감과 미나리 박의 산수를 생각했다. 누가 뭐라 하건 모두가 저마다의 고집스런 계산법이 있다. 푸주의 영세업자들도, 한 번 쓰이고 버려지는 일주들도, 갈 데까지 내려간 퇴물 자객들도 주머니 속에 각자의 산수를 들고 다닌다. 그 계산이 맞건 틀리건 상관없이 결국에는 자기 산수에 근거하여 욕망하고 움직이고 겁을 내고 사람을 죽인다. 욕조를 떠다니는 비누 거품을 들어올리며 래생은 문득 너구리 영감의 산수는 무얼까? 하고 생각했다. 그 산수가 도무지 이해되지 않았다.

래생은 욕조 속에 머리를 집어넣었다. 그리고 숫자를 세었다. 지금까지 래생이 죽인 사람들의 숫자. 그러자 나쁜 냄새처럼 온갖 황폐한 것들이 래생의 몸속으로 스며들어왔다.

정안이 집으로 온 것은 자정 무렵이었다. 신경질적으로 벨소리가 연달아 울렸다. 그때 래생은 잠이 들어 있었다. 래생이 잠이 덜 깬 채 문을 열었다. 정안이 문밖에서 짜증스러운 표정을 짓고 있었다.

"잤냐? 친구는 이 야심한 밤에도 미친 개구리마냥 동서남북으로 정신없이 뛰어다니고 있는데 팔자도 좋아요."

정안이 거실로 들어오면서 집안을 두리번거렸다.

"이름도 촌스러운 독서대와 스탠드야, 빨리 나와라. 너희들이 몸달아 그리워하는 이 오빠가 왔다."

정안이 캣 타워와 소파 아래를 살펴보고 여기저기를 들추며 호들갑을 떨었다.

"근데 이 아가씨들이 새삼스럽게 오늘따라 왜 이리 부끄러워해?"

정안이 고양이들이 어디 있냐는 표정으로 래생을 바라봤다.

"어디 보냈어." 래생이 말했다.

"어디?"

"여기보다 좋은 곳에."

"사랑하는 주인 품보다 더 좋은 곳이 세상에 어디 있냐?"

"내가 길에서 칼 맞으면 고양이들은 여기서 꼼짝없이 굶어 죽어야 하니까."

정안이 놀란 표정으로 래생의 얼굴을 멀뚱멀뚱 바라보다가 피식 웃었다.

"이 새끼, 엄살은…… 걱정 마. 이 형아가 조사 쫙 끝내왔으니까."

정안이 가방을 열고 두툼한 서류 봉투를 꺼내더니 테이블 위에 올려놓았다.

"강지경 박사 알지?" 정안이 물었다.

"법의학자?"

"그래. 국과수에도 오래 있었지. 그 양반, 설계자였어. 내가 예전부터 신문에서 그 양반 볼 때마다 찜찜하다 했지."

"그 양반이 뭐가 아쉬워서?"

"그 동네 히스토리가 좀 심란한 구석이 많아. 예전에 무식한 군인들이 정권을 잡던 시절에는 설계가 필요했던 게 아니고 도장이 필요했거든."

"도장?"

"도장 찍어주는 검시관들을 꼬시면 세련된 설계 자체가 필요 없는 거지. 안기부에서 존나 두들겨 패서 구타로 죽어도 검시관들이 보고서에 사인을 자살이라고 쓰고 도장만 쾅 찍으면 그만이니까. 흔적 하나 안 남기려고 바동거리는 요즘 설계자들에 비하면 참 장사 날로 해먹었어. 하여간 그 동넨 대체로 그렇게 시작하는 거야. 딸린 처자식도 있고 또 군부가 워낙 힘이 세니까 처음엔 어쩔 수 없이 도장을 찍었겠지만 한 번 걸려들면 그렇게 계속 얽혀들어가는 거지. 업자들이 가만히 놔두겠냐? 그놈들이 어떤 놈들인데."

"그런데 강지경 박사가 왜?"

"미토라는 여자, 강지경 조수였어."

래생이 잠시 생각을 하다가 고개를 끄떡였다.

"그건 그림이 되네."

"그림만 되냐? 답이 뻔하지. 강지경 정도 되는 거물이면 누구랑 일하겠냐? 설마 미나리 박이랑 일하겠냐? 한자 아니면 너구리 영감이지. 근데 너구리 영감은 이제 거의 일 안 하시니 한자의 설계자일 가능성이 높지."

래생은 담배를 하나 꺼내 물었다. 한자도 너구리 영감도 설득력이 없었다. 그리고 강지경은 래생과 아무런 관계도 없었다. 설령 래생이 모르는 관계가 있다 하더라도 강지경 같은 거물 설계자가 왜 일개 자객의 변기에 폭탄 따위를 설치하는 장난을 치겠는가.

"강지경 박사가 요즘 뭘 하지?" 래생이 물었다.

"얼마 전에 죽었어."

"죽었어?"

"근데 자살이라네. 평생 남의 억울한 죽음에 자살이라고 도장을 찍어주던 사람이 자살을 해버리니, 거참. 이거 아리까리하지?"

"어떻게 죽었는데?"

"옥상에서 뛰어내렸어. 다르게 말하면 누가 옥상에서 밀어서 떨어뜨린 거지. 백 킬로그램이나 나가는 뚱보였으니 꽤나 힘 좋은 놈이 필요했을 거야."

정안이 래생에게 사진을 건넸다. 사고 현장 사진들이었다. 백 킬로그램도 넘어 보이는 뚱뚱한 사내가 찰흙처럼 뭉개진 채 바닥에 널브러져 있었다. 두개골은 완전히 깨져 있었고 오른쪽 어깨뼈와 목뼈가 부러져서 얼굴이 등 쪽으로 완전히 돌아가 있었다. 일을 할 때 입는 흰 가운을 그대로 입고 있어서 바닥에 흥건하게 흘러내린 핏자국이 유난히 검붉어 보였다. 굳은 핏자국 위로 생뚱맞게도 실내용 슬리퍼 한 짝이 나뒹굴고 있었다.

"고작 5층짜리 건물 옥상에서 떨어졌는데 그 지경이란다. 워낙 무게가 나가니까. 만날 시체 부검하는 사람이 비위도 좋아요. 얼마나 처먹었으면 그 키에 백 킬로그램이 넘게 나가냐? 그러기에 좀 작작 처먹어대지." 정안이 말했다.

"사진은 어디서 구했어?"

"어디서 구하긴, 경찰한테 구했지. 요즘 경찰은 시민에게 친절하잖아."

"슬리퍼를 신고 자살을 했네." 래생이 고개를 갸웃했다. "사인이 자살로 판정났어?"

"뭐, 경찰들이야 되도록 일 없는 쪽으로 사건을 끌고 가니까. 유언장도 있고 타살의 흔적도 없고."

"유언장에 뭐라고 씌어 있는데?"

정안이 서류를 뒤적뒤적거리더니 종이 한 장을 꺼냈다. 유언장의 복사본에는 "제가 망가뜨리고 상처 준 모든 분들께 사죄드립니다. 부끄러운 삶이었습니다"라는 말이 씌어 있었다.

"양심선언인가?" 래생이 물었다.

"양심 같은 소리 하고 있네. 이 인간은 양심이란 거 자체가 없어요. 오죽하면 장례식장에 있는 가족들 얼굴이 무슨 결혼식장에 있는 얼굴이더래."

래생이 담배 연기를 폐 안쪽까지 깊숙하게 빨아들였다. 설계자가 양심선언을 하고 자살을 했다. 누구에게 이익인가? 아무에게도 이익이 아니다. 너구리 영감에게도 한자에게도 그 누구에게도 이익이 아니다. 설계자들도 종종 표적이 된다. 그들도 자객처럼 실수를 하고, 꼬리를 밟히고, 흔적을 남기니까. 하지만 아무도 설계자를 요란하게 제거하지는 않는다. 긁어봐야 아무것도 나올 게 없는 자객과 달리 설계자가 수면 위로 떠오르면 땅속에 파묻어놨던 과거가 한꺼번에 떠오르기 때문이다. 설계자를 죽일 때는 그 어떤 표적보다 조심스럽게, 은밀하게, 고요하게 죽인다. 그것이 이 세계의 불문율이다.

"그럼 누가 죽였지?" 래생이 물었다.

"내 생각에는 이 여자."

정안이 미토의 사진을 들어 보였다. 래생이 사진을 보고 피식 웃었다.

"이 말 많고 조그만 여자가 백 킬로그램도 넘는 남자를 잘도 죽였겠다. 핫브레이크로 머리를 가격해서 기절시킨 다음 고릴라 같은 남자친구를 불러다가 옥상에서 집어던졌다고? 뭐, 그렇다고 치자. 그런데 무엇 때문에?"

"정확히는 나도 몰라. 근데 이 여자는 뭔가 굉장히 냄새가 나. 설계자들은 기본적으로 자기 이름을 사용하지 않아. 그리고 우편물을 받는 곳, 설계하는 암실, 브로커와 접선하는 곳, 그런 장소를 전부 다 따로따로 가지고 있지. 그래야 한꺼번에 안 터지니까. 게다가 전부 다 다른 이름으로 등록해서 사용해. 겁이 얼마나 많은 놈들인데. 그런데 이 여자는 폭탄 부품들을 자기 이름으로 받았어."

"미토가 강지경의 우편함 같은 것일지도 모르지."

"널리고 널린 게 가짜 이름과 주민등록번호인데 뭐하러?"

래생이 미토의 사진을 바라봤다. 하늘을 향해 헤벌레 웃고 있는 모양이 천진하다 못해 바보 같아 보이는 사진이었다. 바퀴벌레만 봐도 깜짝 놀라서 허둥댈 것 같은 인상이랄까. 이 여자가 뭔 일을 벌이고 있다는 게 도무지 믿기지가 않았다. 설령 정안의 말이 맞다고 해도 이해할 수 없는 것투성이였다. 강지경이 살아온 꼴을 보아 많은 사람에게 원한을 샀을 것이다. 미토도 그중에 한 명일 수 있을 것이다. 그리고 그 때문에 강지경을 죽였을 수도 있다. 하지만 그게 래생과 무슨 상관인가. 여자는 래생의 변기에 폭탄을 설치했다. 말이 되지 않는다.

"정안이 네가 또 작업병이 돌아 이 여자한테 꽂힌 것 같은데, 내 생각에는 삽질이라고 본다."

래생이 테이블 위로 사진을 툭 던졌다. 정안이 답답하다는 표정을 지었다.

"네가 이 여자를 잘 몰라서 그래. 무서운 여자야. 그 동네 시장 사람들 말이 우유 배달하고, 신문 배달하고, 생선 가게에서부터 야채 가게까지 시장에서 온갖 잡일을 다 하면서 번 돈으로 하반신 마비된 동생을 돌보고 공부를 했대. 그러면서도 전교 1등을 놓치지 않았대. 시장에서 만나는 사람들마다 하이고, 우리 예쁜 미토, 하늘이 내린 우리 미토, 입에 침이 마르도록 칭찬을 하는데 아주 난리도 아니에요. 하도 똑똑하고, 예쁘고, 착하고, 건실해서 시장 사람들이 매달 조금씩 돈을 모아서 장학금을 줬대. 새벽부터 시장에 나와 일하고도 대한민국 최고의 의대를 수석으로 입학했다지. 무서운 여자 아냐?"

정안이 여자가 정말 기특하다는 표정으로 말했다.

"전교 1등 하면 무섭냐?"

"아이참, 내 말은 그게 아니지. 그런 여자가 이제 와서 왜 설계자 조수 노릇을 하냔 말이지. 어려운 시절은 다 끝났고 대한민국 최고의 의대에도 들어갔는데."

"의대는 돈이 많이 드니까. 설계는 목돈이 들어오는 손쉬운 일이고."

"미토라는 여자, 그렇게 간단한 캐릭터가 아니라니깐. 내가 지금까지 뒤를 딴 사람이 수백 명이다. 사귄 여자가 수십 명이고. 이 박정안이가 척 하면 착이지. 이렇게 말귀를 못 알아먹냐?"

"그럼 그렇게 건실한 여자가 남의 변기에 폭탄은 왜 설치하나? 강지경은 죽이고 엄한 내 변기에는 폭탄을 설치해? 말이 안 되잖아."

"아직까지는 그림이 안 되지. 하지만 이제 슬슬 그림이 그려질 거야. 느낌이 와."

정안이 가방을 뒤적거리더니 지도를 한 장 꺼내 래생에게 내밀었다. 지도에는 빨간 펜으로 몇 군데에 동그라미 표시가 되어 있었다.

"이게 뭔데?"

"설계자라면 어딘가에 암실이 있겠지. 후보지들이야. 강지경의 암실이랑 미토의 암실."

"넌 뭐하고?"

"난 일이 있어. 한 일주일 못 돌아올 거야."

"무슨 일인데?"

"비밀." 정안이 빙긋 웃으며 말했다.

"친구의 목숨이 경각에 달렸는데 여자랑 여행을 가냐? 이번엔 누군데?"

"고양이가 없으니 너희 집에 와도 재미가 하나도 없네. 암컷들이라 더 정이 갔는데."

정안이 딴청을 피우며 가방을 챙기고는 현관으로 나가 신발을 신었다. 산 지 얼마 되지도 않은 정안의 운동화 뒤축이 한쪽으로 심하게 닳아 있었다.

"혹시 너구리 영감 일이냐?" 래생이 물었다.

"영감님 일이면 왜?"

"오늘 한자 만났어. 대선 때문인지 독기가 잔뜩 올라 있더라고. 계속 설쳐대면 너랑 나랑 죽일 수밖에 없대. 내가 너구리 영감의 손발이고 네가 눈귀라나 뭐라나. 나 참 웃겨서. 어쨌든 저번에 권장군 일도 그렇고, 지금은 한자가 예민해져 있으니 선거 끝날 때까지만 좀 죽은 듯이 지내라고."

"아따, 우리 래생, 겁먹었구나? 이 바닥에서 그런 공갈 다 받아주면 어떻게 밥 먹고 사냐?"

"이번엔 많이 예민해. 선거 끝나면 잠잠해지겠지. 그러니 그때까지 좀 쉬어."

"내가 영감님에게 신문 배달 안 해주면 우리 영감님 너무 심심하시잖아. 그리고 한자 같은 여우가 지금 타이밍에 일 벌이겠냐? 제 코가 석 잔데. 다 공갈이에요, 공갈. 그냥 겁이나 좀 주자는 거지. 그러니 너무 걱정하지 말고 고양이나 다시 데려와. 그 아가씨들 안 보이니 막 허전하고 그렇네. 천하의 래생이 변기에서 폭탄 쪼가리 좀 나왔다고 고양이를 다 피신시키고, 에이 쪽팔리게, 이게 뭔 오바냐?"

정안이 문고리를 잡고 비틀다가 갑자기 뭔가를 잊었다는 듯 다시 래생을 향해 돌아섰다. 그리고 허리띠를 풀고 청바지를 조금 내렸다.

"야, 이거 근사하지 않냐? 스콜피온스 정력 팬티. 17만원이나 주고 산 거야. 여기 보이지? 이 안에 황토랑 옥이 결정화되어 있어. 이 황토랑 옥이 원적외선을 끊임없이 방출해서 남자의 정력을 극대치로 끌어올려준다는 거지. 뭐랄까, 마치 슈퍼맨의 삼각팬티 같은 거라고나 할까."

래생은 정안이 손가락으로 가리키고 있는 팬티를 어이없는 눈으로 바라봤다.

"우리 동네 슈퍼 아저씨도 그 팬티 입고 있던데." 래생이 대수롭지 않다는 듯 말했다.

"그래? 효과 죽인다지?" 정안이 신나서 되물었다.

"얼마 전에 입 돌아갔어."

정안이 입을 삐쭉 내밀고 바지를 끌어올렸다.

"하긴, 사리를 만드는 게 인생의 목표인 놈이랑 내가 무슨 생산적 대화를 하겠냐. 나, 간다."

정안이 문을 열고 밖으로 나갔다. 래생은 자꾸 고개를 갸웃거리며 엉덩이 부분을 매만지는 정안의 뒷모습을 웃으며 바라봤다.

뜨개질하다

래생은 한 시간 동안이나 뜨개질 가게를 바라보고 있었다. "미사의 뜨개질 방"이라고 써놓은 간판 글씨가 초등학생 글씨처럼 삐뚤삐뚤했다. 조용한 주택가 모퉁이에 자리잡은 2층 건물은 전체적으로 낡고 초라했다. 하지만 원목과 천으로 가게 전면을 인테리어 한 1층 미사네 뜨개질 가게는 디즈니 만화영화에 나오는 동화 나라처럼 귀엽고 앙증맞게 잘 꾸며져 있었다. 가게 유리에는 "뜨개질, 퀼트, 천연 염색, 십자수" 같은 말들과 "배우고 싶으신 주부님들 환영합니다" 따위의 말들이 적혀 있었다.

오전 11시. 미사가 휠체어를 타고 가게로 왔다. 휠체어 한쪽 손잡이에는 도시락 가방이 걸려 있었고, 다른 쪽에는 천과 실 꾸러미가 잔뜩 들어 있는 가방이 걸려 있었다. 가게 앞에 도착하자 미사는 가볍게 손을 탁탁 털고 주머니에서 손수건을 꺼내 이마에 송골송골 맺혀 있는 땀방울을 닦았다. 미토와 미사의 집은 뜨개질 가게에서 빠른 걸음으로 10분 거리에 있었다. 휠체어를 타고 오기에는 만만치 않은 거리였다. 낮은 언덕이 몇 개나 있는 길을 미사 혼자 휠체어로 왔다면 30분은 족히 걸렸을 것이다. 이마에 땀방울이 맺힐 만했다. 미사가 열쇠를 꺼내 굵은 창살로 되어 있는 새시 문을 열었다. 그리고 허리를 숙여 입구에 놓여 있는 우편물과 신문을 집어서 살펴본 뒤 무릎 위에 올렸다. 미사가 고개를 옆으로 돌려 가게 앞으로 배달된 가로세로 1미터 크기의 택배 박스를 잠시 바라봤다. 저걸 어떻게 해야 할까 난감해하는 눈치였다. 확실히 그 박스는 하반신을 전혀 못 쓰는 미사가 어찌해 보기에는 부담스러운 덩치였다. 미사는 박스를 놔둔 채 문을 열고 가게 안으로 들어갔다.

래생은 지난 며칠 동안 설계자의 암실을 찾아 정안이 지도에 표시해둔 곳을 돌아다녔다. 하지만 어디에도 암실처럼 보이는 장소는 없었다. 강지경의 연구실은 고리타분한 논문들이 잔뜩 쌓인 여느 연구실의 풍경과 똑같았고, 강지경의 암실이라고 정안이 적어둔 곳은 텅 비어 있었다. 당연한 일이다. 강지경이 한자의 설계자였다면 죽자마자 전문적으로 정리를 하는 놈들이 자료들을 싹 쓸어갔을 것이다. 한자가 그 위험한 증거 덩어리를 가만히 놔둘 리가 없었다.

몰래 들어간 미토의 방에도 특이한 점은 없었다. 굳이 특이한 점을 하나 꼽으라면 동생 미사의 방이 먼지 하나 없이 깔끔하게 정리되어 있는 데 반해 미토의 방은 침팬지 우리라고 해도 믿을 만큼 지저분했다는 정도였다. 창틀에는 빨아놓은 팬티와 브래지어가 옷걸이에 끼워진 채 창밖을 향해 당당하게 나풀거리고 있었고, 침대 한쪽에는 코끼리 그림이 그려진 파자마와 발바닥이 새까매진 발목양말이 아무렇게

나 던져져 있었다. 침대 밑 깊숙한 곳에는 어처구니없게도 아저씨들이나 입는 촌스러운 남성용 사각 팬티와 찢어진 콘돔 하나가 있었다. '팬티도 안 챙겨입고 허겁지겁 나간 새끼는 대체 뭐야?' 래생은 머리카락과 먼지에 뒤범벅이 되어 있는 팬티를 손가락 끝으로 들어올리며 생각했다. 책상에는 몇 종류의 의학 서적들과 노트가 있었다. 래생이 노트를 뒤적거렸다. 하지만 노트 어디에도 미토가 설계자라는 사실에 근거가 될 만한 내용은 없었다.

실로 어이가 없는 일은 미토가 강지경의 조수였다는 것이 사실상 정안의 추측에 불과하다는 점이었다. 대학과 연구소에서 래생이 만나본 사람들은 모두 고개를 갸우뚱거렸다.

"미토가요? 미토는 김선일 교수님 조교였는데요?"

공식적으로 강지경과 미토가 특별한 관계였다고 볼 여지는 전혀 없었다. 그저 미토가 학부와 대학원을 다니던 시절에 강지경이 교수였다는 점과 미토와 강지경이 연인 관계였다는 근거 없는 소문이 있을 뿐이었다. 아마도 정안은 미토가 폭탄 부품을 주문했다는 점, 강지경과 미토가 같은 연구소에서 일하고 있었다는 점 때문에 이 둘의 관계를 억지로 끼워맞춘 것 같았다.

래생은 주머니에서 담배를 꺼내 입에 물었다. 담배에 불을 붙이려고 할 때 미사가 다시 가게 밖으로 나왔다. 미사는 덩치 큰 박스를 심각한 표정으로 바라보더니 허리를 숙여 박스를 들어올리려고 했다. 하지만 가냘픈 미사가 들어올리기에 박스는 덩치도 크고 무거워 보였다. 한참 동안 끙끙대던 미사는 박스 들어올리기를 포기하고 이번에는 끌어보려고 했다. 하지만 그것도 여의치 않아 보였다. 미사가 박스를 당길 때마다 바퀴가 제멋대로 움직이면서 휠체어가 넘어질 듯이 위태하게 흔들거렸다. 한참 동안 박스와 씨름하던 미사가 박스를 놓고 손등으로 이마의 땀을 닦았다. 래생은 입에 물었던 담배를 다시 담뱃갑 속에 집어넣었다. 그리고 미사를 향해 걸어갔다.

"제가 도와드릴까요?" 래생이 물었다.

미사가 고개를 들어 래생을 바라봤다. 아이처럼 깨끗한 피부에 송아지처럼 크고 순진한 눈망울을 가진 얼굴이었다. 미사가 래생의 얼굴을 보고 의아한 표정을 짓더니 곧 환하게 웃었다. 입꼬리가 많이 올라간 그 웃음은 친절에 대한 감사라기보다 뭔가 이 상황이 아주 우스워 죽겠다는 표정에 가까웠다. 하지만 이 상황이 뭐가 그리 웃긴 것일까.

"감사합니다." 미사가 말했다.

래생이 박스를 들었다. 그것은 확실히 하반신을 전혀 못 쓰는 미사가 휠체어에 앉은 채 들어올리기엔 버거운 박스였다. 래생이 박스를 든 채 이제 어떻게 하냐는 표정으로 미사를 바라봤다. 하지만 미사는 여전히 너무 우스워서 어쩔 줄 모르겠다는 표정으로 래생을 바라보고 있었다.

"이거…… 하염없이 이렇게 들고 있어야 하나요?" 래생이 우물쭈물 말했다.

미사가 드디어 웃음보를 터뜨렸다. 대체 뭐가 우습다는 거지? 래생이 곤혹스러운 표정을 지었다. 래생이 곤혹스러운 표정을 짓고 있는데도 미사는 멈추지 않고 계속 웃어대더니 급기야 눈물까지 찔끔거렸다.

"죄송해요. 정말 죄송해요. 한번 웃음보가 터지면 멈추지를 못해요. 아이 정말, 왜 이런담. 이리로 들어오세요."

미사가 손끝으로 눈물을 닦고 가게 문을 열고 안으로 들어갔다. 미사는 휠체어를 능숙한 솜씨로 움직이며 의자와 재봉틀 사이를 지나가더니 동그란 원목 테이블을 손으로 가리켰다.

"여기 놓으시면 돼요."

래생이 박스를 테이블 위에 놓았다.

"래생 오빠 맞죠?" 미사가 여전히 웃음기가 가시지 않은 얼굴로 물었다.

래생이 깜짝 놀란 얼굴로 미사를 바라봤다.

"어떻게…… 제 이름을?"

"아이 참, 언니 애인인데, 어떻게 이름을 모르겠어요. 우린 다락방에서 매일 래생 오빠 이야기를 해요."

애인, 다락방, 매일이라는 말이 순식간에 래생의 머릿속을 휘젓고 지나갔다. 대체 무슨 소린가.

"언니가 저를 자기 애인이라고 하던가요?" 래생이 심각한 얼굴로 물었다.

"어? 아니에요? 또 우리 언니 혼자서 짝사랑하고 있는 거예요?"

미사가 금세 울음이라도 터뜨릴 것처럼 슬픈 표정을 지었다.

"그럴 줄 알았어. 이 여자, 또 스토커 짓이나 하고 있을 줄 알았어."

미사가 테이블 위에 떨어진 털실 하나를 집어 손가락 끝으로 꼬다가 부질없다는 듯 바닥으로 집어던졌다. 미사가 너무 낙담한 얼굴을 하고 있어서 그 앞에 서 있는 래생이 머쓱할 정도였다.

"아뇨, 전, 저 혼자 언니를 짝사랑하고 있는 줄 알았거든요."

"정말이에요?" 미사가 눈을 동그랗게 뜨고 물었다.

"그럼요."

래생이 미사를 향해 눈을 찡긋했다. 미사의 얼굴이 어린애처럼 금세 밝아졌다.

"아 참, 내 정신 좀 봐. 여기 앉으세요."

미사가 옆에 있는 의자를 래생에게 권했다. 래생이 의자에 앉았다.

"차 한잔 하시겠어요?"

"폐가 안 된다면."

"폐라니, 무슨 그런 말씀을요."

미사는 래생을 향해 환하게 웃은 다음 가게 한쪽에 간단한 음식을 조리할 수 있도록 만든 작은 싱크대 쪽으로 휠체어를 밀고 갔다. 싱크대와 그 옆에 있는 조리대는 미사가 이용하기 쉽도록 낮은 높이로 제작되어 있었다. 미사가 차를 준비하는 동안 래생은 재빨리 가게 안을 둘러봤다.

실과 천으로 작업하는 공간이라 어지러울 법도 했지만 가게 안은 미사의 성격을 드러내듯 앙증맞고 깔끔했다. 한쪽 벽면을 꽉 채운 장식장 안에는 갖가지 원단들, 퀼트 용품들, 뜨개바늘과 실들 그리고 천 샘플들이 가지런히 정리되어 있었다. 다른 쪽 벽면에는 식탁보, 앞치마, 인형, 가방 같은 퀼트 상품들이 전시되어 있었고 각각의 상품마다 예쁜 글씨로 "전시용" "판매용"이라는 팻말이 구분되어 붙어 있었다. "동물 코너"라는 팻말이 붙은 중앙 선반에는 만화영화에 나오는 캐릭터 인형들이 줄줄이 늘어져 있었다. 여전히 팬티를 입지 않은 곰돌이 푸가 배를 내밀고 있었고, 엄지손가락을 치켜세운 치토스 표범이 입에 풍선만한 거품을 물고 있었다. 거품 속에는 "넌 하늘의 신 제우스,

난 과자의 신 치토스"라는 얼토당토아니한 글귀가 씌어 있었다. 그 외에도 톰과 제리 인형, 파파 스머프를 위시한 한 무리의 스머프 인형들 그리고 다 같이 국민보건체조라도 하듯 하늘을 향해 손을 뻗은 보라돌이, 뚜비, 나나, 뽀 텔레토비 인형들이 멀뚱멀뚱 래생을 쳐다보고 있었다. 래생은 선반 위의 앙증맞은 인형들을 보면서 '이것들이 동물 코너에 있어도 과연 괜찮은 걸까?' 하는 쓸데없는 생각을 했다. 다른 쪽 선반에는 "식물 코너"가 있었고 선인장, 홍당무, 수박, 참외, 딸기 같은 퀼트 인형들이 전시되어 있었다. 두 개의 브라더 재봉틀은 창 쪽을 향해 나란히 있었고 가게 모서리에는 직접 뜨개질을 한 스웨터와 조끼를 입혀놓은 마네킹 두 개가 사이좋게 서로를 바라보고 있었다. 하지만 가게 어디에도 다락방으로 가는 계단은 보이지 않았다.

"그런데 저희 가게에는 어쩐 일이세요? 여기서 언니 만나기로 한 거예요?" 미사가 냉장고에서 꺼낸 과일을 싱크대에서 씻으며 물었다.

"네." 래생이 건성으로 대답했다.

"언닌 언제 온대요?"

"조금 있으면 올 거예요."

화장실이라는 팻말이 붙은 입구에 커튼이 쳐져 있었다. 래생이 자리에서 일어나 주위를 둘러보는 척하면서 입구에 쳐진 커튼을 젖혔다. 5미터 정도 되는 짧은 복도 끝에 화장실이 있었다. 래생이 복도를 걸어가서 화장실 문을 열었다. 장애인용 스테인리스 손잡이가 좌우로 부착된 좌변기 하나와 유난히 낮은 세면대 외에는 특별할 게 없었다. 래생은 화장실 문을 닫고 돌아섰다. 래생은 복도를 빠져나오다 문득 고개를 돌려 복도 벽을 바라봤다. 복도 한쪽 벽에 어색하다 싶을 정도로 큰 붙박이장이 있었다. '이런 복도에 왜 붙박이장을 설치했을까?' 래생이 고개를 갸웃거렸다. 붙박이장 문을 열자 갖가지 옷들이 빼곡히 걸려 있었다. 래생은 옷들을 젖히고 장롱 뒷면을 손으로 두드렸다. 장롱 뒷면에서 속이 비어 있는 나무통 소리가 났다. 래생은 손으로 모서리를 따라 훑어내렸다. 아래쪽에 미닫이문 손잡이가 있었다. 미닫이문을 젖히자 그 안에 좁고 가파른 목조 계단이 있었다. 래생은 커튼 밖으로 목을 빼고 가게 안을 살폈다. 싱크대에서 여전히 물소리가 나고 있었다.

"화장실 좀 써도 되죠?" 래생이 유난히 큰 소리로 물었다.

"그럼요." 미사가 쾌활한 목소리로 말했다.

래생은 구두를 벗어 손에 쥔 다음 붙박이장 문을 닫고 목조 계단을 조심스럽게 올라갔다. 창이 없는 방이라 낮인데도 내부는 어두웠다. 래생이 벽면을 손으로 더듬거려 스위치를 켰다. 특별할 게 없는 방이었다. 일본식 다다미가 깔려 있는 방구석에 앉은뱅이책상이 하나 있었고 바닥에는 1인용 매트리스가 하나 있을 뿐이었다. 앉은뱅이책상 위에는 스탠드와 노트북이 있었고 매트리스 위에 이불 하나 베개 하나가 있었다. 그게 전부였다.

래생은 고개를 돌려 반대쪽 벽을 바라봤다. 벽을 바라본 래생이 망치로 머리라도 한 대 맞은 것처럼 멍한 표정을 지었다. 다락방 한쪽 벽면 가득히 수백 장도 넘는 래생의 사진이 붙어 있었다. 사진뿐만 아니라 래생의 엑스레이 사진, 진찰 기록들, 인터넷 주문 내역서, 통장 사본, 주민등록증, 의료보험증, 운전면허증, 심지어 래생의 고지서들도 복사되어 붙어 있었다. 각각의 사진에는 유성펜으로 날짜와 시간 그리고 장소가 기입되어 있었다. 그것은 가히 래생이라는 인간 자체를 분해했다고 해도 과언이 아닐 만큼 방대한 자료들이었다.

래생은 사진 속에 있는 자신을 바라봤다. 모르는 사람들이 보기에 그 사진은 래생의 일상적인 모습을 담은 사진처럼 보이겠지만 실제로는 결코 일상적인 모습이 아니었다. 몇몇 사진은 래생이 암살을 하기 직전의 사진이었고, 또 몇몇 사진은 암살을 하고 난 후의 사진이었다. 게다가 미토가 주목해서 몇 장이나 찍어놓은 검정색 샘소나이트 아타셰케이스는 설계자들이 자료를 보낼 때 같이 보내는 가방이었다. 암살에 필요한 무기, 약물, 물건 들을 넣어서 보내는 가방이었고 일이 끝나면 설계자에게 반납해야 하는 것이었다. 래생이 제거한 표적을 찍은 사진들도 몇 장 끼어 있었다.

"미토가 설계자였군." 래생이 중얼거렸다.

래생은 시계를 봤다. 미사에게 화장실에 가겠다고 말한 지 5분이 지나 있었다. 래생은 빅토리녹스 다용도 칼을 꺼내 앉은뱅이책상 위에 있는 노트북을 분해했다. 그리고 노트북 속에서 하드디스크만 꺼내 주머니 속에 집어넣고 노트북을 다시 조립했다. 래생은 방안을 둘러본 다음 불을 끄고 소리 없이 목조 계단을 내려왔다. 래생이 조용히 붙박이장 문을 닫고 가게 안을 슬쩍 바라봤을 때 미사는 과일과 커피를 테이블 위에 올려놓은 채 래생을 기다리고 있었다. 래생은 조심스럽게 화장실 문을 열고 들어가서 변기 물을 내린 다음 세면대에서 손을 씻었다. 그리고 일부러 화장실 문을 세게 닫으며 화장실 밖으로 나왔다.

"간밤에 과음을 했나봐요. 초면에 큰일을 보다니, 이거 쑥스러운데요?"

래생이 배를 문지르며 너스레를 떨었다. 뭐가 그리 우스운지 미사가 손으로 입을 막고 크게 웃었다. 주위가 밝아지는 환한 웃음이라고 래생은 생각했다.

"커피가 식었어요. 따뜻할 때 마셔야 맛있는데." 미사가 말했다.

"괜찮아요. 저야 뭐, 원래 인생 자체가 미지근하거든요."

래생이 잔을 들고 커피를 마셨다. 진하고 깊은 맛과 향이 살아 있는 잘 내린 드립 커피였다.

"좋은데요? 케냐 커피인가요?"

"에티오피아요."

"이런, 이럴 땐 맛만 보고 원산지를 맞혀줘야 폼이 나는 건데, 역시 안 되는군요."

래생의 말에 미사가 다시 환하게 웃었다.

"제가 무슨 말을 해도 웃는군요. 제가 그렇게 우스워 보여요?" 래생이 정색을 하고 물었다.

"아, 아뇨. 저는 원래 아무 때나 잘 웃어요. 오빠를 우습게 보는 게 아니라 제가 웃음이 많아서 그래요." 미사가 당황해하며 말했다.

"사람 정확히 보신 거예요. 제가 좀 우스운 놈이거든요. 남들도 다 그렇다고 하더라구요." 래생이 농담이라는 듯 웃으며 말했다.

미사가 잠시 멍한 표정으로 래생을 보더니 "뭐예요?" 하고 래생의 어깨를 툭 쳤다.

"오빤 언니 어디가 그렇게 좋아요?"

미사가 진심으로 궁금해하는 표정으로 물었다. 래생이 눈동자를 위로 올렸다. 그 여자 어디가 좋냐니, 무슨 말 같지도 않은 질문인가.

"음, 일단 미토는 예쁘고 똑똑하죠. 그리고 저라는 인간을 잘 알아요. 그래서 가끔 그 깊은 배려가 놀랍다고나 할까. 저도 제가 뭘 해야 하는지 잘 모르는데 미토는 제가 뭘 해야 할지 알아서 척척 가르쳐주거든요." 래생이 말했다.

래생의 대답이 만족스러운지 미사가 흐뭇한 표정을 지었다. 그때 누군가 경박한 목소리로 크게 소리를 지르면서 가게 문을 벌컥 열고 들어왔다.

"사랑하는 미사야, 이 언니가 드디어 빅 사이즈 대용량 스웨터를 완성했어."

래생이 고개를 돌려 여자를 바라봤다. 가게 안으로 들어온 여자는 뜻밖에도 사팔뜨기 여자 사서였다. 사팔뜨기 여자 사서가 래생을 보고 얼어붙은 것처럼 제자리에 섰다.

"언니, 이분은 래생 오빠예요. 미토 언니의 애인. 이번엔 진짜예요." 미사가 무언가를 자랑하고 싶어 안달이 난 아이처럼 뿌듯한 표정으로 말했다.

미사의 말에 사팔뜨기 여자 사서가 고개를 아주 조금 끄떡였다. 래생은 자리에서 천천히 일어나 고개를 15도쯤 옆으로 젖힌 채 사팔뜨기 여자 사서를 쏘아봤다. 사팔뜨기 여자 사서가 잔뜩 겁에 질린 눈동자로 래생을 힐끔 보더니 얼른 래생의 눈길을 피했다. 그때 다시 문이 열리고 미토가 들어왔다. 미토는 문 앞에 얼어붙은 것처럼 서 있는 사팔뜨기 여자 사서와 환하게 웃고 있는 미사 그리고 둘 사이에서 꽤나 심각한 표정을 짓고 있는 래생을 재빨리 훑어봤다. 미토는 약간 당황한 것 같았지만 사팔뜨기 여자 사서처럼 겁에 질리지는 않았다.

"어머, 래생씨. 그 예쁜 엉덩이는 아직 멀쩡하네요?" 미토가 래생을 향해 방긋 웃으며 말했다.

래생이 어처구니없다는 표정으로 미토를 쳐다봤다.

"이런, 미친년."

자신도 모르게 격한 목소리가 래생의 입밖으로 튀어나왔다. 휠체어에 앉은 미사가 고개를 들고 깜짝 놀란 얼굴로 래생을 바라봤다.

넷은 한동안 아무 말 없이 서 있었다. 아무도 먼저 입을 열지 않았고 움직이지 않았다. 기묘한 상황이다. 설계자, 사서, 뜨개질 가게 주인. 이 어울리지 않는 조합을 가진 여자 셋이 여기 모여서 대체 뭘하고 있는 걸까? 파파 스머프와 곰돌이 푸와 텔레토비 인형 들이 잔뜩 있는 이 우스꽝스러운 가게에서 말이다. 조금씩 풀리던 실타래가 갑자기 더 복잡하게 얽힌 느낌이었다. 잔뜩 긴장해 있던 사팔뜨기 여자 사서가 한숨을 내쉬었다. 미토는 그렇다 치더라도 개들의 도서관에 얌전하게 처박혀 있던 저 사팔뜨기 사서가 난데없이 여기 끼어든 것이 래생은 의아했다. 미토에게 혹은 한자에게 넘어간 것일까? 아니다. 돌이켜보면 사팔뜨기 여자 사서는 5년 전 도서관에 처음 왔을 때부터 열심히도 뜨개질을 해댔다. 처음부터 미토와 한통속이었을 것이다.

"나가서 이야기하죠?"

미토가 먼저 입을 열었다. 화난 아이를 달래듯 편안한 목소리였다.

"난 여기가 좋은데? 미사와 나누고 있던 이야기도 있고, 가게도 예쁘고, 게다가 이 뜨개질 가게는 어딘가 모르게 특별하지."

래생이 손가락 두 개로 뜨개질 흉내를 내며 다락방 쪽으로 눈을 치켜떴다.

"그리고 예쁜 미사가 정성스럽게 커피와 과일을 내왔는데 그냥 나가면 섭섭해하잖아." 래생이 미사를 향해 웃으며 말했다.

영문을 모르는 미사가 불안한 얼굴로 래생을 바라봤다. 미토가 윗니로 아랫입술을 깨물었다. 사팔뜨기 여자 사서가 겁에 질린 얼굴로 래생과 미토를 번갈아 바라봤다.

"그래요, 언니들. 무슨 일인지 모르겠지만 커피 한잔 마시면서 화 풀어요." 휠체어에 앉은 미사가 애써 밝은 목소리를 내며 말했다.

할 수 없다는 듯 미토가 테이블 쪽으로 천천히 걸어왔다. 사팔뜨기 여자 사서는 여전히 제자리에 가만히 서서 미토의 눈치만 봤다. 미토가 사팔뜨기 여자 사서의 팔을 끌었다.

"미사야, 언니들에게 커피 한 잔씩 줄래? 맛있게 새로 내려서." 미토가 미사를 향해 웃으며 말했다.

미사가 커피를 내리기 위해 싱크대 쪽으로 가자 미토가 래생의 얼굴 가까이 다가와서 아주 작은 목소리로 속삭였다.

"내 동생은 아무 상관 없어요. 그러니 여기서 나가요."

"우리 모두가 상관이 있지. 이 세계는 기막힌 우연으로 연결되어 있으니까."

래생이 사팔뜨기 여자 사서를 바라봤다. 사팔뜨기 여자 사서가 고개를 돌려 래생의 시선을 피했다. 미토가 래생의 귀까지 얼굴을 더 들이밀었다.

"미사를 건드리면 당신은 정말 죽어."

래생은 너무 가까이에 있는 미토의 얼굴을 힐끔 쳐다보고는 거드름을 피우듯 뒤로 허리를 죽 젖혔다.

"오호, 무서워라. 난 당신들이 춤추고 노래하는 은방울 시스터즈인 줄로만 알았는데 여자 깡패들이었구만? 그럼 은방울 갱스터즈인가?"

래생이 비웃는 표정으로 미토와 사팔뜨기 여자 사서를 바라봤다. 그때 서랍장에서 커피잔을 꺼내던 미사가 테이블을 향해 고개를 돌리며 소리쳤다.

"언니, 아침 안 먹었으면 토스트 구워줄까?"

"아니, 우린 곧 나갈 거야."

"전 먹을래요. 미사씨가 해주는 맛있는 토스트." 래생이 쾌활한 목소리로 미사를 향해 말했다.

미토가 래생의 얼굴을 빤히 쳐다보았다. 사팔뜨기 여자 사서가 미토를 향해 무언가 눈짓을 보냈다. 미토가 별일 아니니 걱정 말라는 듯 눈을 깜빡였다. 잠시 후 미사가 커피 두 잔과 토스트를 쟁반에 담아 한 손에 들고 다른 손으로 휠체어를 밀면서 테이블로 다가왔다.

"래생 오빠도 도서관에서 일하시죠? 우리 수민이 언니도 도서관에서 일하는데."

미사가 어색한 분위기를 바꾸기 위해 화제를 끌어냈다.

"네, 알아요. 수민씨. 예전에 같은 도서관에서 일한 적이 있거든요. 그때는 하는 일이 서로 달랐는데 요즘엔 수민씨도 저와 같은 일을 하고 있더라구요. 어쨌든 반가운 일이죠. 같은 일을 하는 사람을 만나면 할 이야기가 많잖아요." 래생이 사팔뜨기 여자 사서를 바라보며 말했다.

사팔뜨기 여자 사서가 겸연쩍은 표정으로 미사를 바라보며 고개를 조금 끄덕였다. 래생은 토스트를 집어 한입 가득 뜯어물었다.

"히야, 정말 맛있는데요? 근처에 지나갈 일 있으면 이거 또 먹으러 와도 되죠?"

래생이 토스트를 씹으며 과장된 포즈를 취했다.

"그럼요. 언제든지요." 미사가 웃으며 말했다.

미토가 래생을 노려보고 있었다. 테이블 사이에 다시 대화가 끊겼다. 네 사람이 둘러앉은 테이블 위에 어색한 침묵이 내려앉았다. 미사가 고개를 두리번거리며 사람들의 표정을 살폈다. 그리고 새로운 화제를 꺼내려다가 여의치 않은지 입속으로 삼켰다. 사팔뜨기 여자 사서는 처음부터 지금까지 시종일관 경직된 표정을 하고 있었다. 래생의 맞은편에 앉은 미토는 무슨 생각을 하는지 입을 꼭 다문 채 손가락으로 테이블을 톡톡 치고 있었다. 잠시 후 미토가 입을 열었다.

"남녀가 연애를 하다보면 오해가 있을 수 있어요. 남자는 별일 아니라고 생각했는데 그게 여자의 마음에 큰 상처를 줄 수도 있고, 여자가 사소하게 던진 말 한마디가 남자의 자존심에 깊은 상처를 줄 수도 있죠. 어쨌든 제가 저번에 그렇게 한 것은 당신과 헤어지자는 뜻이 아니었어요. 그저 잠시 시간을 두고 서로에 대해 생각해보고 또 우리의 앞일에 대해서도 생각해보자는 뜻이었어요. 그런데 남자가 그새를 못 참고 이렇게 쪼르르 달려와요? 그것도 동생네 집에? 이게 무슨 창피한 짓이에요?"

래생이 멍한 눈으로 미토를 쳐다봤다. 무슨 뚱딴지 같은 소린가?

"어머나, 언니가 오빠를 찬 거예요? 세상에 별일이야."

미사가 깜짝 놀란 얼굴로 래생을 바라봤다. 래생이 아니라는 뜻으로 고개를 저었다. 미토가 연이어 입을 열었다.

"어쨌든 기왕에 여기까지 왔으니 나가서 술이나 한잔 해요. 그래서 오해가 있으면 풀고, 쌓인 게 있으면 속 시원히 내뱉고, 저에게 궁금한 게 있으면 물어보세요."

"오해?" 래생이 미토를 쏘아보며 말했다.

"그래요, 래생 오빠. 언니랑 술 마시고 화난 거 있으면 풀어요." 미사가 래생의 팔을 잡고 말했다.

미토가 자리에서 일어나 가방을 챙겼다. 사팔뜨기 여자 사서가 덩달아 자리에서 일어났다.

"넌 여기 있어. 남의 연애에 왜 끼려고 하니."

"그래요. 수민이 언니는 저랑 여기서 피카츄 인형 만들어요."

무엇이 그리 신이 났는지 미사의 목소리가 한껏 들떠 있었다. 사팔뜨기 여자 사서가 주춤주춤 다시 자리에 앉았다.

"우린 나가죠?" 미토가 래생을 보며 말했다.

래생은 팔짱을 낀 채 잠시 고개를 뒤로 젖히고 천장을 바라봤다. 그리고 크게 한숨을 쉰 다음 자리에서 일어났다. 사팔뜨기 여자 사서가 어깨를 잔뜩 움츠리고 시선은 바닥으로 향한 채 자리에 앉아 있었다. 래생은 사팔뜨기 여자 사서를 잠시 쳐다본 다음 미사를 바라보며 살짝 웃었다.

"맛있는 커피, 맛있는 토스트 고마워요. 그리고 과일도요." 래생이 말했다.

"래생 오빠, 다음에 꼭 다시 와야 해요."

"네, 꼭 다시 올게요. 우리 수민씨와 할 이야기도 있고 하니."

래생이 말했다. 그러자 미사가 래생을 향해 환한 웃음을 지었다.

가게에서 나온 미토가 래생을 데리고 간 곳은 시장 한가운데 있는 순대국밥집이었다. 미토는 이 국밥집에 자주 오는 것 같았다. 주방에 있던 아줌마가 미토를 알아보고 인사를 건넸다. 구석진 테이블에 자리를 잡자 미토가 주방을 향해 소리쳤다.

"이모, 여기 곱창볶음 매운 거 2인분에 간과 순대 추가, 소주 두 병, 글라스 두 개요."

국밥집 아줌마가 쟁반에 소주 두 병과 글라스 두 개, 간장에 절여놓은 양파와 고추를 들고 오더니 테이블에 놓았다.

"대낮부터 웬 술이야?"

"얘가 나 좋다고 하도 쫓아다녀서 귀찮아서 그냥 술 한잔 마셔주는 거예요."

미토가 건방을 떨어댔다. 국밥집 아줌마가 래생을 슬쩍 바라봤다.

"이 잘생긴 청년이 잘도 그랬겠다. 잘해, 이년아. 또 저번처럼 질질 짜지 말고."

국밥집 아줌마가 주방으로 돌아가자 미토는 글라스에 소주를 3분의 2쯤 따르더니 한 번에 마셨다. 그리고 손으로 양파를 집어 입에 넣고 우적우적 씹었다.

"지금 센 척하려고 내 앞에서 일부러 그러는 거지?" 래생이 물었다.

"난 늘 이렇게 마셔. 당신처럼 한가한 사람이 아니니까. 일도 해야 하고, 공부도 해야 하고, 사랑도 해야 하고, 인생이 슬프니까 술도 마셔야 하지. 하지만 너무 바빠서 술 취할 시간도 없어."

"바쁘겠지. 그 와중에 사람도 죽여야 하니까."

미토가 래생의 얼굴을 보더니 피식 웃었다.

"그나저나 내 변기 속에 폭탄은 왜 설치한 거지? 난 그게 도무지 이해가 안 돼서 말이야."

"자신의 인생에 대해 생각을 좀 해보라고. 당신은 너무 생각 없이 살아."

미토가 별일 아니라는 듯 말을 내뱉고 다시 양파 한 쪽을 집어 우적우적 씹었다. 그리고 자신의 글라스와 래생의 글라스에 소주를 반쯤 따랐다.

"돌아가신 부모님 복수를 하려는 건가? 증오심에 불타서 설계에 관련된 놈들이면 아무나 다 쑤셔보는 묻지 마 복수?" 래생이 물었다.

미토가 래생의 얼굴을 멀뚱멀뚱 보다가 웃음을 터뜨렸다.

"거봐. 당신은 역시 아무 생각이 없어. 쥐새끼 대가리마냥 속 좁게 생각하지 말고 생각의 틀을 좀더 넓혀봐. 예를 들어 세계 평화라든가, 인류의 미래라든가 하는 거시적인 안목으로 말이야."

래생이 미토의 얼굴을 바라봤다. 이 여자, 뭐가 그리 자신만만한 것일까? 그녀는 표적에게 설계를 들켰다. 그것도 암살자에게. 그러니 이 국밥집을 나가서 집으로 돌아가기 전에 죽을 수도 있을 것이다. 하지만 미토는 뜨개질 가게를 나온 이후로 내내 편안해 보이는 얼굴이었다. 괜히 꾸미는 것이 아니라 실제로 그런 것 같았다. 160센티미터 정도의 키에 50킬로그램도 안 나갈 것 같은 작은 체구. 래생은 이 조그만 여자의 터무니없는 자신감이 의아했다.

"뭐가 그렇게 자신만만하지? 내가 보기에 당신은 지금 긴장을 좀 해줘야 할 타이밍 같은데?" 래생이 물었다.

"왜, 칼이라도 꺼내시게?"

미토가 다시 피식 웃었다. 사람이 말을 할 때마다 웃어대는 것은 미토와 미사 자매가 가지고 있는 무슨 유전적 특징 같았다.

"꺼내면?"

"당신은 여자를 칼로 찔러 죽일 위인이 못 되지."

"벽면에 고작 내 사진 몇 장 붙여놓고 나를 다 안다고 생각하는 건가?"

"추가 놓아준 그 여자 말이야. 몸무게가 38킬로그램밖에 안 나갔던 그 예쁘고 가여운 여자. 우린 분명 목을 부러뜨리라고 설계를 내렸는데 당신은 약을 먹여서 죽였지. 자객들은 왜 자기 머리가 설계자 머리보다 똑똑하다고 생각하는지 몰라. 법의학자가 약을 먹이지 말고 목을 부러뜨리라고 하면 다 이유가 있는 거야."

"어떻게 알았지?"

"당신의 샘소나이트 아타셰케이스에 바르비투르산염 약병을 집어넣은 것이 바로 나거든. 약병이 비어서 돌아왔더라고."

"그럼 가방에 필요도 없는 약은 뭣하러 넣었나?" 래생이 얼굴을 살짝 붉히며 말했다.

"당신이 어떤 선택을 하는지 보고 싶어서." 미토가 래생의 얼굴을 빤히 쳐다보며 말했다.

미토가 글라스를 들고 술을 조금 마셨다. 정안의 말대로 시장에서 일을 많이 해서 그런지 글라스를 잡은 미토의 손이 두껍고 거칠었다. 래생이 글라스를 들어 안에 있는 술을 단번에 마셨다. 미토가 술을 마시는 래생을 바라보며 살짝 웃었다.

"오늘은 나를 안 죽일 모양이네? 당신은 암살이 있는 날에 술을 안 마시니까."

"당신이 내 설계자인가?"

"아니, 강지경이 당신 설계자였지. 난 강지경의 조수였고."

"강지경은 한자의 설계자인 줄 알았는데?"

"너구리 영감이나 한자나 결국 다 한통속이야. 서로 으르렁대고 있는 것처럼 보이지만 사실은 서로를 간절히 필요로 하지. 그 둘은 악어와 악어새의 관계야. 누군가 큰 먹잇감을 먹으면 누군가는 남아 있는 구린 것들을 처리해야 하지. 하지만 선거가 끝나면 한자가 너구리 영감을 처리할 거야. 덤으로 당신도 처리될 거고."

그때 국밥집 아줌마가 곱창볶음을 들고 와서 테이블 위에 내려놓았다. 국밥집 아줌마가 이번엔 노골적으로 빤히 래생을 쳐다봤다.

"하이고, 이 청년 참 듬직하게 잘생겼네. 많이 먹어요."

국밥집 아줌마가 겨드랑이에 끼고 있던 사이다를 테이블 위에 내려놓으며 다시 래생을 쳐다봤다.

"이건 서비스. 우리 미토가 겉보기엔 발정난 당나귀 같지만 알면 알수록 속이 깊고 착한 애예요. 어린 나이에 고생도 참 많이 했지요. 그러니 우리 미토 잘 부탁해요." 국밥집 아줌마가 말했다.

래생이 머쓱하게 고개를 끄덕였다.

"아줌만, 누가 누굴 부탁해요. 지금 얘가 나 좋다고 막 쫓아다니는 상황이라니깐."

미토가 투정을 부렸다.

"이년아, 니 지랄병을 보고 잘도 쫓아다니겠다."

국밥집 아줌마가 미토의 머리를 쿵 쥐어박았다. 그리고 다시 한번 잘 부탁한다는 뜻으로 래생을 향해 고개를 숙였다. 래생도 얼떨결에 의자에서 엉덩이를 조금 들고 국밥집 아줌마에게 인사를 했다. 국밥집 아줌마가 돌아가자 미토가 젓가락을 들어 곱창 하나를 입속에 넣었다.

"먹어봐. 맛있어. 저 아줌마 입은 걸어도 제법 음식 솜씨가 있거든."

미토가 래생 앞으로 곱창볶음 접시를 조금 밀었다. 래생이 마뜩잖은 시선으로 접시를 내려다봤다. 그것은 질긴 고무호스를 잘라서 고추장에 비벼놓은 것 같았다. 접시에서 돼지 내장 특유의 비릿한 냄새가 올라왔다. 래생이 얼굴을 찌푸렸다. 하지만 미토는 정말로 맛이 있는지 접시 위로 연신 젓가락을 놀려 곱창만 쏙쏙 집어 입에 넣었다.

"나는 이 집 곱창을 먹을 때마다 신의 내장에 대해 생각을 해. 인간이 보지도 상상하지도 않는 신의 내장. 높고, 거룩하고, 성스러운 것 안에 감춰져 있는 더럽고, 냄새나고, 추악한 것들 말이지. 우아한 것들이 뒤에 감추고 있는 치사한 것들, 아름다운 것들이 뒤에 감추고 있는 추악한 것들. 우리가 진실이라고 믿는 것들 뒤에 복잡하게 얽혀 있는 거짓들. 하지만 사람들은 모든 살아 있는 것들에게 필연적으로 내장이 있다는 것을 애써 부인하려고 하지." 미토가 마치 설교를 하듯 말했다.

"이봐, 정신 차려. 이건 그저 돼지 내장이야." 래생이 시큰둥하게 말했다.

“인간의 장기와 가장 닮은 게 돼지 장기고 신은 자신의 형상으로 인간을 만들었다고 성경에 씌어 있으니까 결국 이 내장은 신의 내장을 닮았겠지.”

미토가 신의 내장을 닮은 돼지 내장을 후후 불어 식힌 다음 입속에 집어넣었다.

“강지경을 당신이 죽였나?” 래생이 물었다.

“아마도.” 미토가 별일 아니라는 듯 건성으로 대답했다.

“혼자서?”

“뚱보 한 명 보내는 데 떼거리로 달려들 게 뭐 있어. 그게 뭐 대단한 일이라고.”

미토가 오물거리던 곱창을 삼키고 글라스를 들어 술을 조금 마셨다.

“백 킬로그램도 넘는 사내를 혼자서 잘도 들었군.”

“인간은 이미 5천 년 전에 기중기라는 것을 발명했으니까. 6천 년 전에는 수레를 발명했고.”

래생은 담배를 하나 꺼내 물고 불을 붙였다.

“너구리 영감의 도서관에는 사팔뜨기 사서를 박아놓고, 한자의 설계자는 자살로 위장해서 죽이고, 내 변기 속에는 폭탄을 쑤셔놓았다……” 래생이 혼잣말처럼 중얼거렸다. “대체 무슨 생각을 하고 있는 거지? 청부업자들과 전쟁이라도 한판 벌일 생각인가?” 래생이 농담처럼 말했다.

“아마도 그럴 생각인 것 같아.” 미토가 천진난만한 표정으로 남의 말 하듯이 말했다.

“한자와? 아님 너구리 영감과?”

"두 놈 다."

래생이 어처구니없다는 표정으로 미토를 바라봤다. 미토가 여전히 천진난만한 표정을 짓고 있었다. 래생이 헛웃음을 쳤다.

"당신 같은 여자가 너구리 영감이나 한자 같은 괴물이랑 싸움을 한다고? 나 참, 기가 막힐 노릇이군."

미토가 젓가락을 내려놓고 휴지로 입가를 닦았다.

"뭐가 당신 같은 여자고, 뭐가 기가 막힌다는 거지?"

미토가 래생의 눈을 정면으로 쏘아봤다.

"한자나 너구리 영감은 당신이 옥상에서 집어던질 수 있는 강지경 같은 얼치기가 아냐. 설계자 조수 노릇 몇 번 했다고 이 바닥을 잘 안다고 생각하는 모양인데, 당신은 한자 같은 인간의 적수가 못 돼. 시작도 하기 전에 가루가 될 거야. 그러니 이쯤에서 그만해. 이쯤에서 그만하면 내가 착하고 예쁜 미사를 생각해서 이 귀여운 장난질에 대해서는 입 꾹 다물어주지. 덤으로 내 변기에 쑤셔넣은 폭탄도 용서해주고." 래생이 미토를 달래듯 말했다.

"이미 시작했어. 그리고 나도 당신만큼은 한자와 너구리 영감을 알아."

래생이 담배 연기를 폐 속 깊숙이 들이마셨다가 허공을 향해 내뿜었다.

"내가 당신을 찾는 데 얼마나 걸렸을 것 같아? 일주일도 안 걸렸지. 한자는 더 빨리 찾을 거야. 그러면 푸주의 온갖 무시무시한 놈들이 칼을 들고 당신을 쫓겠지. 당연히 미사네 뜨개질 가게도 위험해질 테고. 충고하는데, 그놈들도 다 나 같을 거라고는 생각하지 마."

"당신이 나를 찾은 게 아니야. 내가 당신을 부른 거지."

래생이 눈을 치켜뜨고 미토를 바라봤다. 미토가 시선을 피하지 않고 래생을 빤히 쳐다보고 있었다. 미토의 얼굴이 진지하고 결연했다. 래생은 재떨이에 담배를 비벼 끄고 글라스에 소주를 3분의 1쯤 따라서 마셨다. 빈속에 넣은 소주가 따갑고 썼다. 래생이 얼굴을 찡그리자 미토가 집게손가락으로 곱창볶음 접시를 톡톡 쳤다. 래생이 미토의 얼굴을 잠시 쳐다본 다음 젓가락을 들어 곱창 한 점을 집어 입에 넣었다. 난생처음 먹어보는 곱창이었다. 미토 말대로 보기와는 달리 꽤나 맛이 있었다. 래생이 다시 글라스에 소주를 조금 따랐다.

"당신, 참 재미있는 여자군."

"고마워. 칭찬으로 받아들일게. 그리고 당신도 꽤나 재미있는 사람이야."

"왜 하필이면 나지? 푸주에 가면 널리고 널린 게 자객들인데."

"당신, 귀엽잖아."

미토가 천진난만한 얼굴로 농담을 던졌다. 래생이 아주 짜증스러운 표정을 지었다. 하지만 미토는 별 개의치 않는 듯 글라스에 술을 따라 조금 마시고는 젓가락을 들어 곱창을 하나 집어먹었다. 미토가 오물오물 얄밉게도 씹어대던 곱창을 삼키고 다시 입을 열었다.

"나는 너구리 영감과 한자 사이를 왔다갔다할 수 있는 사람이 필요해. 그 둘을 긴장시키고, 흔들고, 엮고, 싸움을 붙일 수 있는 사람. 그러니 당신이 제격이지. 당신은 너구리 영감의 아들이고, 한자와 형제니까."

"난 너구리 영감의 아들이 아냐! 한자와 형제는 더더욱 아니고."

래생이 자기도 모르게 흥분해서 소리를 질렀다. 파를 다듬던 국밥집 아줌마가 얼굴을 돌려 래생을 바라봤다. 머쓱해진 래생이 담배를 한 대 물고 불을 붙였다. 미토가 래생을 향해 피식 웃으며 고개를 절레절레 흔들었다. 그리고 글라스를 들어 술을 조금 마시고 곱창을 하나 집어먹었다.

"안 먹어? 이거 다 먹어야 아줌마가 철판에 밥 볶아주는데."

래생이 멍한 눈동자로 미토를 바라봤다. 이 마당에 뚱딴지같이 철판볶음밥이라니. 이거 대체 어느 별에서 날아온 돌덩이일까. 돼지 곱창을 입에 넣고 잘도 쫑알거리는 그 입을 한 대 패주고 싶은 심정이었다.

"왜 내가 당신을 도울 거라는 터무니없는 생각을 하지?"

"당신은 이 미토에게 와야만 살 수 있으니까. 이 미토가 특별히 당신을 위해서 근사한 설계를 준비해놨거든."

"난리났군. 요즘엔 자기에게 와야지 산다고 하는 놈들이 내 주위에 왜 이리 많은지."

"설계자들에게는 예비 명단이라는 게 있어. 날짜가 잡혔을 때 재빨리 처리할 수 있도록 표적이 될 사람들의 정보를 미리 따두는 거지. 당신이 그 명단에 있어."

"한자인가?"

"아마도. 어쩌면 다른 사람일 수도 있고."

래생이 담배 연기를 깊숙이 빨았다가 다시 내뱉었다.

"다행이네. 아직 예비 명단이니. 설령 명단에 올랐다고 해도 계집 치마 속에 기어들어가 목숨을 구걸할 생각은 없어."

미토가 비웃는 표정으로 래생을 바라봤다.

“꼴에 남자라 이건가? 하여간 그놈의 Y염색체가 문제야. 여자들에겐 우아하고 융통성 있는 두 쌍의 X염색체가 있어 서로를 보완해주는데, 남자들의 멍청한 Y염색체 안에는 발기하고 발끈하는 기능밖에 없거든.”

“내 살길은 내가 알아서 찾을 테니 당신 앞가림이나 잘해. 내가 보기에 당신 오래 못 버텨. 휠체어 탄 당신 동생 미사는 말할 것도 없고. 그 몸으로 어디 도망이나 제대로 치겠어?”

미토가 이빨로 아랫입술을 세게 깨물었다.

“경고하는데, 그 더러운 혓바닥으로 내 동생 이름을 장난처럼 나불대지 마.”

미토가 마치 분해라도 할 것 같은 눈으로 래생을 쏘아봤다. 문득 래생의 농담에 “뭐예요” 하고 어깨를 툭 치던 미사의 천진하고 환한 웃음이 떠올랐다. 래생이 사과의 의미로 손바닥을 살짝 들어올렸다. 미토가 글라스를 들어 남아 있는 술을 다 마셨다.

“왜 너구리 영감과 한자에게 그렇게 집착하지? 부모님 복수 때문인가? 아니면 미사의 다리……”

래생이 무의식적으로 나오던 말을 끊었다. 미토가 글라스에 다시 술을 따랐다.

“나는 내 부모를 누가 죽였는지 몰라. 물론 처음엔 그것 때문에 이 일을 시작했겠지. 하지만 이제 와서는 그게 누구건 관심도 없어. 미사의 다리를 저렇게 만든 개 같은 인간들에게 개인적인 복수를 할 생각도 없어. 결국 우리 같은 사람들이 죽였겠지. 사람을 죽이고 와서도 천연덕스럽게 입속에 꾸역꾸역 밥을 처넣고, 뜨거운 물로 목욕을 하고, 이불을 덮고 편안히 잠을 자는 우리 같은 사람들. 더럽고, 역겹고, 추악한 우리 같은 사람들. 그러면서 세상이 이 모양이고 생활은 힘들고 나는 힘이 없으니 어쩔 수 없었다고 말하는 비겁하고 허약하기 짝이 없는 우리 같은 사람들이."

미토가 글라스를 들어 술을 마셨다.

"그래서 청부업자들을 싹쓸이해서 세상을 바꾸시겠다?"

미토가 대답을 하지 않고 술잔만 바라봤다. 래생이 다시 입을 열었다.

"한자와 너구리 영감을 죽이면 세상이 바뀔까? 그건 그저 빙글빙글 돌아가는 빈 의자일 뿐이야. 자리가 비면 누군가 다시 잽싸게 그 자리에 앉겠지. 그들을 죽인다고 변하는 건 아무것도 없어."

"당신 말이 맞아. 하찮은 청부업자 몇 명 없앤다고 변하는 건 아무것도 없지. 그래서 나는 의자를 없앨 생각이야. 아무도 앉을 수 없도록."

래생이 미토를 멀뚱멀뚱 바라봤다. 미토의 표정에 아무 변화가 없었다.

"똑똑한 여자인 줄 알았는데, 미친년이었구나?"

"그럼 멀쩡한 년인 줄 알았냐? 안 미치고 어떻게 이런 일을 해?"

"혼자서 정의를 실현하시겠다? 웃기고 자빠졌네. 그런 건 요즘엔 만화영화에도 안 나와."

"세상이 왜 이 모양인 줄 알아? 너구리 영감과 한자 같은 악인 때문에? 그들에게 청부 일거리를 주는 권력의 배후 때문에? 아니야. 악인 몇 명이 세상을 어찌할 순 없어. 세상이 이 모양인 건 우리가 너무 얌전하기 때문이야. 무엇을 하건 세상은 달라지지 않는다고 믿는 당신 같은 체념주의자들 때문이지. 빙글빙글 돌아가는 의자 같은 소리하고 있네. 그렇게 쿨한 척 말하면 멋있니? 너구리 영감이나 한자 밑에선 찍소리도 못하고 시키면 시키는 대로 착하게 고분고분하게 살면서, 결국 제 밥그릇 챙길 걱정밖에 못하는 당신 같은 인간이 술자리에선 뭘 다 안다는 듯 욕하고 투덜거리기 때문에 세상이 요 모양 요 꼴인 거야. 당신은 한자보다 더 역겨운 인간이야. 당신은 한자를 너무나 유명한 악인으로 만들면서 자기는 여전히 한자보다 나은 인간이라고 믿고 싶은 거지. 결국엔 할 짓 못할 짓 다 하면서 자기는 어쩔 수 없었다고 변명하고 싶은 거지. 하지만 당신보다는 차라리 한자가 더 나아. 적어도 한자는 욕이라도 실컷 얻어먹고 있으니까."

"그래서 그 잘난 미토양이 세상을 구할 멋진 설계를 해놓았는데 결정적으로 나 같은 얼간이가 하나 필요하단 이야긴가?"

미토는 대답을 하지 않고 그저 래생의 얼굴을 바라봤다. 래생이 다시 입을 열었다.

"지금 내 대답을 듣고 싶다면, 내 대답은 NO야. 당신이 무슨 생각을 하건, 어떤 설계를 했건 난 별로 관심 없어. 당신 말대로 추악하고, 비겁하고, 역겹게 살다가 어느 날 칼 맞아 죽겠지. 하지만 별로 억울하지도 않아. 어차피 나 같은 놈은 벌레처럼 살아왔으니까 벌레처럼 죽는 게 당연하지."

래생은 자리에서 일어났다.

"한 번만 더 이런 짓을 벌이면 그땐 정말 죽을 거야. 마지막 경고야." 래생이 미토의 머리에 대고 말했다.

미토가 고개를 들어 래생을 쳐다봤다. 여전히 자신만만한 얼굴이었다.

"운동 열심히 해둬. 앞으로 힘쓸 일 많을 테니까."

미토가 글라스를 들어 술을 마시고 다시 곱창을 집어먹었다. 국밥집 아줌마가 미토와 래생이 앉은 테이블을 '내 그럴 줄 알았다'는 표정으로 바라보고 있었다. 래생은 미토의 얼굴을 3초쯤 바라보다가 카운터 쪽으로 걸음을 옮겼다.

"얼마죠?" 래생이 물었다.

"곱창에 소주 두 병이니까, 만팔천원."

래생이 지갑에서 2만원을 꺼내 내밀었다.

"왜, 좀 잘해보지. 하여간 저년 성격하고는……"

국밥집 아줌마가 2천원을 거슬러주며 안타까운 표정을 지었다.

"잘 먹었습니다."

래생은 국밥집 아줌마에게 인사를 하고 국밥집을 나왔다. 낮술 때문인지 시장 한복판으로 내리쬐는 정오의 태양이 어지러웠다.

개구리가, 개구리를, 잡아먹는다

정안의 시체가 도서관으로 온 것은 주말이었다. 한자 대신 한자의 변호사가 차에서 내렸다. 검정색 양복을 입은 사내 둘이 트렁크 안에 아무렇게나 처박혀 있는 정안의 시체를 꺼내 너구리 영감의 서재로 옮겼다. 한자의 변호사가 서재로 따라 들어왔다. 검정색 양복을 입은 사내 둘이 서재 밖으로 나가자 변호사가 90도로 허리를 꺾어 너구리 영감에게 정중하게 인사를 했다.

"저희로서도 유감스러운 일입니다. 정안이, 넘지 말아야 할 선을 넘었답니다. 영감님께 먼저 상의를 드렸어야 했는데 워낙 일이 급박하게 돌아가서……"

너구리 영감이 방수포의 지퍼를 조금 열고 정안의 얼굴을 확인했다. 죽은 정안의 얼굴은 푸른기가 돌아 여전히 겁에 질려 있는 것처럼 보였다.

"넘지 말아야 할 선이라. 이검사, 요즘엔 머리가 흐리멍덩해져서 그런지 젊은 사람들이 돌려서 말하면 무슨 뜻인지 못 알아듣겠어. 그냥 단순하게 말해주게. 그게 어떤 선이지?"

어린애를 타이르듯 낮고 느린 목소리였다. 영감이 그를 이검사라고 부르는 것은 그가 한자의 변호사를 하기 전에 검사였기 때문이다. 이제 그는 검사도 뭣도 아니지만 사람들은 여전히 그를 검사라고 불렀다.

"정안이 우리 쪽 설계자들 명단과 좌표를 가지고 있었습니다. 그것도 다섯 명이나. 그걸로 다른 회사와 거래를 할 생각이었나봅니다. 아시다시피 워낙 민감한 일인지라 저희도……"

변호사가 말꼬리를 흐렸다.

"어느 회사와?"

"중국 쪽 애들이랍니다. 3억에 넘기려고 했다는군요."

너구리 영감이 인상을 찡그렸다.

"정안이 어떻게 나도 모르는 자네 회사 설계자들 명단을 가지고 있을 수 있지? 자네들이 이런 기밀을 전화번호부 같은 곳에 끼워둔 것도 아닐 테고. 그걸 나보고 믿으라는 건가?"

변호사가 잠시 머뭇거리다가 입을 열었다.

"정안이 그걸 어떻게 입수하게 되었는지 그 경위는 아직 못 밝혀냈습니다. 경위가 확인되는 대로 한사장이 보고드리러 올 겁니다."

너구리 영감이 방수포의 지퍼를 끝까지 내렸다. 목과 가슴과 배에 일곱 군데의 칼자국이 있었다.

"한자가 지시를 내렸나?"

"한사장은 지금 외국에 나가 있습니다."

"그럼 누가 지시를 내렸지?"

"제가 잘 달래서 데리고 오라고 지시를 내렸는데, 정안이 워낙 잡기가 어려운 사람이라 저희 애들이 그만 실수를 저질렀나봅니다."

"실수라……"

너구리 영감이 변호사의 말을 읊조렸다. 변호사가 너구리 영감의 얼굴을 힐끔 쳐다보고 눈치를 살폈다.

"저희 쪽 애들 실수는 달게 처벌받겠습니다."

너구리 영감이 변호사를 비웃는 얼굴로 쳐다봤다.

"달게? 그럼 자네가 죽겠나?"

변호사가 주먹으로 입을 막고 헛기침을 하며 머쓱한 표정을 지었다. 너구리 영감이 다시 입을 열었다.

"아니라면 내 장기말에서는 포를 떼가고, 자네들 장기말에서는 졸을 주겠다는 심산인가?"

장기말이라는 말에 래생이 이를 앙다물었다. 변호사는 여전히 주먹으로 입을 막고 머쓱한 표정을 짓고 있었다.

"불과 두 달 사이에 저희 쪽 설계자들이 세 명이나 죽었습니다. 정안이 이 일과 관련이 있는지는 아직 확실하지 않지만, 저희도 많이 예민해져 있는 상태입니다. 게다가 선거철이고. 저희 입장을 이해해주시리라 믿습니다." 변호사가 공손하게 말했다.

세 명의 설계자가 죽었다는 말에 너구리 영감이 고개를 갸웃거렸다. 너구리 영감이 소매를 걷고 정안의 자상에 손을 대서 상처 부위를 살폈다. 사냥감이 힘을 잃을 때까지 밖에서부터 서서히 잘라가는 사냥 방식. 이발사의 칼자국이 확실했다. 훈련관 아저씨도, 추도 같은 방식이었다.

“이발사인가?” 너구리 영감이 물었다.

“아닙니다. 젊은 칼잡이입니다. 야쿠자 출신의……”

변호사가 급히 둘러댔다. 변호사의 말에 너구리 영감이 피식 웃었다. 너구리 영감이 정안의 심장을 뚫고 들어간 자상을 매만졌다. 아마도 그것으로 죽었을 것이다.

“젊은 사람이 좋은 칼솜씨를 가졌군. 그 칼잡이 이름이 뭔가?”

변호사가 잠시 망설였다. 머릿속에서 어떤 이름을 꺼내야 할지 생각하는 눈치였다.

“달자라는 친구입니다.”

“몇 살인가?”

“스물다섯입니다.”

“정말 젊은 나이군. 그럼 그 친구를 죽이는 것으로 이번 일 정리하지. 도서관에 칼 들이대고 아무 일도 없으면 너무 기고만장할 게 아닌가?”

놀란 래생이 고개를 들고 너구리 영감을 빤히 쳐다봤다. 하지만 너구리 영감은 아무런 표정도 없이 그저 변호사의 얼굴만 쳐다보고 있었다. 변호사가 잠시 무슨 생각을 하다가 고개를 끄덕였다.

“네, 그렇게 하겠습니다. 일 처리되는 대로 정황 자료 들고 보고드리겠습니다.”

“보고 따윈 필요 없어! 우리가 무슨 기관이야?” 너구리 영감이 갑자기 소리를 질렀다.

“죄송합니다.” 변호사가 황급하게 고개를 숙이며 사죄했다.

"정안이 시체는 우리가 알아서 할 테니 그만 가봐."

변호사가 너구리 영감에게 다시 90도로 정중하게 인사를 한 후 문을 열고 나갔다.

변호사가 나가자 너구리 영감이 비로소 침통한 표정을 지었다. 꼿꼿하던 몸이 갑자기 허물어진 것 같았다. 너구리 영감이 탁자에 손을 짚었다. 한참 동안 정안의 얼굴을 바라보던 너구리 영감이 자신의 손바닥을 정안의 이마에 댔다.

"정안이 어떻게 한자의 설계자들 명단을 가지고 있었지?" 너구리 영감이 시선을 정안에게 꽂아둔 채 래생에게 물었다.

"잘 모르겠습니다."

"짚이는 구석도 없나?"

"없습니다."

정안이 강지경의 암실을 찾다가 우연히 발견했을 수도 있다. 하지만 설계자들이 좌표까지 있는 명단을 우연히 발견하도록 놔둘 사람들인가. 어림도 없는 일이다. 미토가 정안이 가는 길 위에 미끼로 슬쩍 흘려놓았을 것이다. 정안이 그걸 물었다. 바보같이. 어떻게 설계자들의 명단을 소문 없이 팔 수 있다고 생각했을까? 무모한 짓이었다.

"대체 무슨 일이 벌어지고 있는 거지?" 너구리 영감이 물었다.

"영감님이 모르시면 저도 모릅니다." 래생이 말했다.

"정안에게 따로 시킨 일이 있었나?"

"폭탄 부품을 찾는 일이었습니다. 설계자들과는 관련이 없습니다."

"그러니까 설계자들이 세 명이나 죽고, 정안이 피투성이로 죽어 돌아오고, 어디서 전쟁이라도 날 것처럼 모두들 시퍼렇게 날이 서 있는데도 내가 아무것도 모르고 있다는 이야기지?"

너구리 영감이 눈에 핏발을 세우며 소리를 질렀다.

"그게 화가 나시는 겁니까?" 래생이 싸늘한 목소리로 물었다.

"뭐?" 너구리 영감이 래생을 노려봤다.

"정안이 죽어서 화가 난 게 아니라 자기가 아무것도 모르고 있다는 게 자존심이 상하고 화가 나는 거죠? 정안이 죽었어요. 이거 안 보이세요?"

래생이 방수포 안에 있는 정안의 얼굴을 두 손으로 잡고 너구리 영감에게 보여주었다.

"이제 와서 그게 뭐가 그렇게 중요해요? 그걸 안다고 정안이 다시 살아나는 것도 아닌데, 영감님이 알든 모르든 그게 뭐가 그리 대수예요? 이발사가 찌른 게 확실한데 다른 놈을 죽여서 일을 처리합니까? 아 시발, 무슨 계산법이 그따위예요? 하긴 우리 같은 놈들이야 뭐, 영감님에게는 다 장기판의 말들이니 포가 뒈지든 차가 뒈지든 무슨 상관이겠어요. 어차피 장기를 계속 두면 결국 다 뒈질 놈들인데."

너구리 영감이 래생의 얼굴을 바라봤다. 너구리 영감의 손이 부들부들 떨리고 있었다. 래생의 눈에서 눈물이 떨어졌다.

"지하실로 옮겨라. 시신도 닦고 수습해야 하니 백가놈도 부르고."

너구리 영감이 누그러진 목소리로 말했다.

*

"정말 정안이네?" 놀란 얼굴의 털보가 래생을 바라보며 물었다.

래생은 아무 말도 하지 않았다.

"아이고 이놈 정안아, 이놈 정안아. 젊디젊은 나이에 이게 무슨 꼴이냐. 너희 아버지도 내가 태웠는데, 너도 내가 태우는구나. 인생이 뭐가 이런다냐, 뭐가 이런다냐."

털보가 방수포 안에 있는 정안의 뺨을 손으로 어루만지며 주절거렸다. 래생은 주머니에서 담배를 하나 꺼내 물고 불을 붙였다. 너구리 영감은 차 안에 가만히 앉아 있었다. 털보가 바닥에 퍼더앉아 한참 동안 울먹거리다가 자리에서 일어났다. 그리고 엉덩이를 탁탁 털고 주변을 둘러보고는 뒷자리에 앉아 있는 너구리 영감에게 다가가서 차창을 두드렸다. 너구리 영감이 유리창을 조금 내렸다.

"영감님, 해 뜰 시간이 얼마 남지 않아서 바로 시작해야겠는데요?" 털보가 손등으로 눈물을 훔치며 말했다.

너구리 영감이 고개를 끄덕거렸다. 털보가 창고에서 카트를 가지고 오더니 래생을 쳐다봤다. 래생이 피우고 있던 담배를 바닥에 집어던지고 차 뒤쪽으로 갔다. 래생과 털보가 정안의 시체를 같이 들어 카트에 실었다. 산 사람보다 죽은 사람이 더 무겁다는 말이 맞는지, 정안의 시체가 무거웠다.

털보가 소각로 앞에 카트를 세우고 돗자리를 깔았다. 그리고 돗자리 위에 작은 상을 놓고 촛대와 향로, 정종 한 병과 술잔을 갖다놓았다. 래생은 제자리에 우두커니 선 채 그저 털보가 하는 짓을 바라보고만 있었다. 털보가 향을 피우고 뭐 빠진 게 없는지 상 주위를 둘러보더니 다시 너구리 영감에게로 걸어갔다.

"영감님, 준비 다 되었습니다."

너구리 영감은 아무런 대답 없이 멍한 눈으로 창밖만 바라보았다. 10초쯤 기다린 털보가 다시 입을 열었다.

"영감님, 그럼 저희끼리 시작하겠습니다."

너구리 영감이 아주 조금 고개를 끄덕거렸다. 털보가 너구리 영감에게 인사를 하고 소각로 앞으로 돌아왔다.

털보가 향 하나를 더 피우고 술을 따라 올린 다음 두 번 절을 했다. 털보가 래생을 바라봤다. 래생이 자리에서 일어나 향을 피우고 술잔을 들었다. 털보가 술병을 들고 잔을 채워주었다. 래생이 술을 올리고 절을 두 번 했다. 래생이 그 자리에 멍청하게 서 있자 털보가 래생의 어깨를 두드리고 상과 돗자리를 치웠다. 래생이 한쪽으로 자리를 옮겨서도 여전히 멍청하게 서 있자 털보가 혼자서 소각로 레일 위에 있는 스테인리스 받침대로 정안의 시체를 당겨올렸다. 소각로 문을 닫기 전에 털보가 래생의 얼굴을 한번 더 바라봤다. 래생은 아무런 표정도 짓지 않았다. 털보가 정안을 소각로 안으로 밀어넣고 소각로 문을 닫았다.

소각로에 불이 들어오자 털보가 소주를 한 병 들고 와서 래생의 옆에 앉았다. 털보가 소주를 한 모금 마시고 래생에게 내밀었다. 래생이 소주병을 받아서 한 모금 마신 다음 다시 털보에게 건넸다. 털보가 소주병을 손에 든 채 말없이 소각로 안을 바라봤다.

그림자 정안이 죽었다. 아무도 기억하지 못하는 삶을 살겠다던 정안이 죽었다. 기체처럼 가볍고 모호하게 살겠다던, 사랑도, 증오도, 배반도, 상처도 그리고 추억도 없이 살겠다던, 공기처럼 그 자리에 내가 없는 듯이 살겠다던 정안이 죽었다. 그런 놈을 왜 죽였을까? 살려둬도 표시도 안 날 놈인데. 래생은 문득 태양이 내리쬐는 사막의 높은 모래언덕 위에 그림자 없이 서 있는 한 사내를 생각했다. '나는 이제 그림자도 없이 살아야 하는 것인가' 하는 엉뚱한 생각을 했다.

정안을 부르지 않았다면 래생이 죽을 순서였는지도 모른다. 정안이 다른 일을 하고 있었다면 부르지 않았을 것이다. 정안과는 상관도 없는 일이었다. 래생 혼자 처리해야 할 일이었다. 하지만 불렀다. 그래서 정안이 죽었다. 자신의 아버지처럼 그림자로 살다가, 자신의 아버지처럼 털보네 소각장에서 태워졌다. 래생은 털보네 소각장의 뜨거운 불속에서 먼지와 연기가 되어 바람에 흩날리고 날아갈 정안의 피와 뼈에 대해 생각했다. 바람에 한없이 날아가고 나면 그의 소원대로 이제 아무도 기억해주지 않을 정안의 죽음에 대해 생각했다.

해가 떠오르고 있었다. 털보가 시계를 보더니 산 아래로 오는 사람들이 없는지 살폈다. 털보가 소각로 문을 열고 열기가 채 빠지지도 않았는데 긴 쇠갈고리를 집어넣어 레일 위의 받침대를 꺼냈다. 불길 속에서 나온 정안의 하얀 뼈가 금세 바스라질 것처럼 연약해 보였다. 털보가 철물점에서 파는 싸구려 집게로 정안의 뼈를 걷어냈다. 털보가 다시 시계를 보고 산 아래를 살폈다. 그리고 쇠절구에 정안의 뼛조각들을 넣고 공이질을 시작했다. 사람들이 올 시간이 되어 마음이 급한지 정안의 뼈를 빻는 털보의 손길이 허둥댔다.

5분도 채 빻지 않았는데 털보가 공이질을 멈췄다. 털보가 단풍나무 상자 속에 정안의 뼛가루를 서둘러 담고 보자기로 묶었다. 털보가 민망한 표정으로 래생에게 유골 상자를 내밀었다.

"좀 일찍 오지. 잘해주고 싶었는데, 시간이 없네."

래생이 털보에게 유골 상자를 받았다. 그리고 안주머니에서 봉투를 꺼내 털보에게 내밀었다.

"괜찮아요. 뼛가루 곱게 빻는다고 죽은 놈 살아 돌아오는 것도 아니고." 래생이 담담하게 말했다.

털보가 래생이 건네는 봉투를 받고 살짝 눈시울을 붉혔다.

"정안이, 좋은 놈이었는데." 털보가 울먹거리며 말했다.

"수고하셨어요. 갈게요." 래생이 말했다.

래생이 유골 상자를 보조석에 놓고 시동을 걸자 털보가 차 뒷좌석으로 가서 너구리 영감에게 인사를 했다.

"영감님, 들어가세요. 마음 단단히 잡수시고요."

너구리 영감이 털보의 얼굴을 잠시 쳐다보더니 고개를 끄덕였다.

서울로 돌아오는 길에 래생은 고개 정상에 차를 세웠다. 그리고 보조석에 있는 정안의 유골 상자를 집어들었다. 너구리 영감이 말없이 래생이 하는 짓을 바라보고 있었다.

"정안이 뿌리고 올게요." 래생이 너구리 영감의 얼굴을 보지 않고 말했다.

산길을 조금 걷자 절벽이 나왔다. 바람이 많이 불어 정안의 뼛가루를 뿌리기 좋은 곳이었다. 래생은 흰 장갑을 끼고 상자를 열었다. 그리고 뼛가루를 한 줌 집었다. 정안의 뼛가루에서 아주 뜨거운 열기가 손바닥으로 전해져왔다. 래생이 뼛가루를 뿌리자 절벽 아래서 올라오는 바람이 정안의 뼛가루를 허공으로 날려보냈다. 문득 정안이 실없이 던지던 농담이 떠올랐다.

"사람들이 나를 기억하지 못하는 것은 일종의 유전이 아닐까 싶어. 우리 아버지에게서 내려온 희미함의 유전자 말이야. 그게 내 DNA에 강력하게 각인되어 있는 거지. 그래서 우리 엄마는 우리 아버지 때문에 슬플 리 없을 거야. 도무지 기억이 안 날 테니까 슬플 이유가 없지. 그러니 이런 유전자 멋지지 않아?"

"그런 멍청한 DNA가 뭐가 멋진데?" 래생이 물었다.

"한 번 사기 친 놈한테 또 사기 칠 수도 있고, 헤어진 여자를 시간이 지난 후에 다시 작업할 수도 있고, 그리고 또다시 헤어진다 해도 슬프지 않잖아. 도무지 내 얼굴이 기억 안 날 테니까 말이야." 정안이 웃으며 말했다.

정안의 뼛가루를 뿌리고 온 다음날 아침, 래생은 뜨거운 욕조 속에 누워 오랫동안 목욕을 했다. 욕실 밖으로 나와 옷장을 열고 걸려 있는 옷들을 한동안 바라보다가 흰색 와이셔츠, 검정 가죽재킷, 청바지를 꺼냈다. 얼굴에 스킨과 로션을 바르고 머리를 빗어넘기며 래생은 오랜만에 만나는 꽤나 평온한 아침이라는 생각을 했다. 편두통처럼 래생의 삶을 지배하던 불안이 잠시나마 사라진 아침이었다. 래생은 거울 속에 비친 자신의 얼굴을 보고 살짝 웃었다.

"자식, 미친듯이 잘생겼군." 래생이 자신의 얼굴을 향해 실없는 소리를 지껄였다.

래생은 서랍을 열었다. 서랍 안에 추의 헨켈과 소음기가 달려 있는 러시아제 권총 PB6P9가 있었다. 래생은 손가락으로 권총 손잡이를 톡톡 쳤다. 그리고 시선을 돌려 잠시 창밖을 바라보다가 권총은 그대로 놔둔 채 추의 헨켈만 가죽재킷 안주머니에 넣었다.

집을 나와 래생이 간 곳은 M우시장이었다. 그곳에는 희수라는 기이한 영감이 있었다. 사람들은 희수 영감을 푸주의 왕이라고 불렀다. 푸주에서 일하는 모든 업자들은 희수 영감에게 한 달에 한 번씩 돈을 내야 했다. 마약상, 갱들, 장기밀매업자들, 사기꾼, 청부 브로커, 장물아비, 포주…… 누구도 예외는 없었다. 한자와 너구리 영감도 푸주에서 일을 하기 위해서는 희수 영감에게 한 달에 한 번 돈을 보내야 했다. 하지만 희수 영감이 업자들에게 다달이 받는 돈은 5만원에 불과했다. 돈을 많이 번다고 더 받는 일도 없었고 돈이 없다고 안 받는 일도 없었다. 그리고 돈을 내면 희수 영감은 그가 푸주에서 무슨 일을 하든지 상관하지 않았다. 고작 5만원을 받아서 대체 뭘 하려는 걸까? 푸주의 어두컴컴한 가로등의 전등이라도 교체하려는 걸까? 알 수 없는 일이었다.

래생이 희수 영감네 가게 문을 열었을 때 얼굴에 주름이 많이 진 오십대 후반의 사내와 앳돼 보이는 이십대 초반의 청년 한 명이 소의 내장을 손질하고 있었다. 이십대 초반의 청년이 빨간 양동이에 담겨 있는 내장을 들어올리고 있었고, 오십대 후반의 사내가 끝이 휘어진 작고 날카로운 칼로 소의 간과 허파 따위를 잘라내고 있었다. 그리고 잘라낸 내장들을 각각 다른 빨간색 양동이에 담았다. 래생이 빨간 양동이 앞에 서자 칼질을 하던 오십대 후반의 사내가 고개를 들어 래생을 바라봤다.

"영감님 좀 뵈러 왔습니다." 래생이 공손하게 말했다.

"어디?" 얼굴에 주름이 많이 진 오십대 사내가 짧게 물었다.

"도서관에서 왔습니다."

얼굴에 주름이 많이 진 오십대 사내가 래생의 얼굴을 잠시 쳐다보다가 이십대의 앳된 청년에게 고개를 돌렸다.

"저기 놔두고, 영감님께 손님 왔다고 해. 도서관이라고."

이십대 초반의 청년이 빨간 양동이에 내장을 집어넣고 내실 쪽으로 재빨리 달려갔다. 얼굴에 주름이 많이 진 오십대 후반의 사내가 고무장갑을 벗고 옆에 있는 평상에 앉았다. 그리고 국밥을 한 숟갈 먹고 소주를 한 잔 마셨다. 사내의 옆에 있는 빨간 양동이에서 내장들이 뿜어내는 피비린내가 올라왔다. 하지만 사내는 개의치 않는 것 같았다. 사실 양동이뿐만 아니라 그곳에 있는 모든 것에서 피 냄새가 났다. 사내의 칼에서도, 사내의 장갑에서도, 사내의 몸에서도. 하지만 얼굴에 주름이 많은 오십대 사내는 무슨 상관이냐는 듯 꾸역꾸역 국밥을 입에 넣고 있었다. 잠시 후 이십대 초반의 앳된 청년이 래생을 불렀다.

"들어오시래요."

희수 영감은 응접실 테이블에 앉아 신문을 보고 있었다. 테이블 위에는 크림을 타지 않은 커피, 반쯤 비워진 소주병, 기름장, 담배꽁초가 비스듬히 세워져 있는 재떨이, 막 잘라낸 것 같은 소의 생간과 작은 칼이 하나 놓여 있었다. 래생이 인사를 했다.

"오랜만이구먼. 너구리 영감은 무탈하시고?" 희수 영감이 신문을 내려놓으며 말했다.

"네." 래생이 대답했다.

"소문에는 너구리 영감 요즘 안녕 못하다고 들었는데?"

"제가 보기엔 어제나 오늘이나 안녕하신 것 같은데요? 아님 요즘엔 안녕에 대해 별 관심이 없으시거나."

"그렇군. 하긴 푸주에 떠도는 소문들은 대부분 헛소리들이지, 켈켈켈."

희수 영감이 테이블 위에 있는 커피잔을 들어 커피를 조금 마셨다. 그리고 재떨이에 있던 담배꽁초에 불을 붙였다.

"그나저나 도서관에서 이 냄새나는 곳까지 어쩐 일인가?"

"여쭤볼 게 있어서요."

"물어보시게."

"이발사를 찾고 있습니다. 어디 있는지 아시죠?"

희수 영감이 눈을 치켜뜨고 래생을 바라봤다.

"그런 거라면 너구리 영감한테 물어보면 되지, 구태여 여기까지 올 건 뭔가? 그 영감 도서관 구석에 처박혀 있어도 모르는 게 없는 양반인데."

"너구리 영감님이 안 가르쳐줄 것 같아서요."

"이발사가 다른 설계자 명단에 올랐나?"

"아닙니다. 개인적인 일입니다."

그러자 무척 재미난 일이 벌어졌다는 듯 희수 영감의 얼굴에 갑자기 장난기가 가득했다.

"설마 래생이 거기까지 가서 이발을 하려는 건 아닐 테고."

"이발을 하려는 겁니다." 래생이 농담처럼 말했다.

희수 영감이 빙긋 웃고는 담배를 조심스럽게 끄고 재떨이 한쪽에 세워뒀다. 얼마 남지 않은 꽁초인데도 나중에 다시 피울 모양이었다.

"어떻게 잡으려고? 우린 또 펜대 굴리는 설계자놈들하고는 영 적성이 안 맞아서. 설마 래생이 총이나 장치를 쓰는 건 아닐 테지?"

"칼로 하겠습니다."

희수 영감이 소파 등받이로 허리를 젖혔다. "래생과 이발사라……" 그리고 눈을 지그시 감고 "그게 싸움이 되려나" 하고 읊조렸다. 그때 밖에서 봤던 이십대 초반의 앳된 청년이 급히 사무실 문을 열었다.

"할아버지, 국망봉 형님이 이번에도 곱창 안 주면 못 간다고 버팅기고 있는데요?"

"곱창 없다고 해. 목요일에나 오라고. 그때 물건 들어오니까."

"아이, 국망봉 형님 성격 아시잖아요. 그 형님 성격에 말로는 그냥 안 가요."

이십대 청년의 말에 희수 영감이 웃었다.

"망봉이 성격이 어떤데?"

"그 더러운 바닥에 드러누워서 그냥 울어버린다니까요. 저번에도 두 시간이나 울고불고 난리를 쳐서 일도 하나도 못하고. 아이참, 나만 골치 아파 죽겠네."

이십대 앳된 청년이 곤혹스러운 표정을 지었다. 희수 영감이 웃으며 고개를 절레절레 흔들었다.

"아, 망봉이 그놈 참. 칼잡이 노릇 할 때가 차라리 편했는데 말이야. 맘잡으니까 더 골치 아프네. 막둥아, 김가네 갈 물건 조금 떼서 망봉이 주고 그걸로 요령껏 장사하다가 목요일 아침 일찍 다시 오라고 해. 그때 좋은 물건 들어온다고."

"네."

이십대 앳된 얼굴을 한 청년이 한시름 놓았다는 얼굴로 문을 닫고 돌아갔다. 망봉이라는 사내의 모습을 떠올리는지 희수 영감이 다시 피식 웃으며 잔에 소주를 따라 마셨다. 그리고 칼로 생간을 잘라 기름장에 조금 찍어 먹었다.

"나이가 드니까 말이야, 칼 들고 오는 놈들은 어떻게 버텨보겠는데 눈물 들고 오는 놈들은 막을 재간이 없네. 거참, 눈물이 칼보다 세더라니까."

희수 영감이 생간을 한 조각 더 자르더니 기름장에 찍은 다음 래생에게 내밀었다. 래생이 머뭇거리다가 생간을 받아먹었다.

"싱싱하지?" 희수 영감이 물었다.

"네, 맛있군요. 겉보기엔 끔찍해 보였는데."

희수 영감은 래생이 간을 씹는 모습을 흐뭇한 얼굴로 바라보다가 잔에 소주를 따라 래생에게 내밀었다. 래생이 잔을 받았다.

"사는 것도 다 그래. 인생 뭐 별거 있나? 이렇게 냄새나고 온갖 추잡하고 불결한 것들과 얽히고설키고 그냥 그렇게 사는 거지. 하지만 막상 먹어보면 그런대로 먹고살 만해. 때때로 맛도 있고. 어떤가? 이쯤에서 돌아서면 난 참 좋을 것 같은데. 이따금 여기 들러서 소주나 같이 한잔 하고." 희수 영감이 타이르듯 말했다.

"칼 뽑고 나왔습니다." 래생이 비장한 톤으로 말했다.

"아, 그거? 그건 별 어려운 거 아냐. 다시 집어넣고 집으로 돌아가면 돼."

"훈련관 아저씨, 추, 그리고 이번엔 정안. 왜 그런지 꼭 이발사가 제 인생에 태클을 넣더라구요." 래생이 살짝 웃었다. "둘까지는 어떻게 참고 살아보려고 했는데 세 명째가 되니 좀 그렇네요. 다음엔 제 순서일 것 같기도 하고. 소문 들어서 아시겠지만 요즘 제 신세가 이러든 저러든 어차피 오래 살 팔자는 아닙니다."

래생이 술잔을 비웠다. 희수 영감이 다시 생간을 잘라 래생에게 내밀었다. 래생이 생간을 받아서 입에 넣고 술병을 들어 희수 영감에게 술을 따랐다.

"뭘 내놓을 텐가?"

"간단하게 돈 어떻습니까? 푸주에서는 돈이면 다 되는 줄 알고 있는데요."

"중간 걸로 한 장 내게." 희수 영감이 말했다.

래생이 주머니에 손을 넣어 지갑을 꺼냈다. 희수 영감이 손을 저었다.

"돈은 나중에 받겠네. 자네가 살아 돌아오면." 희수 영감이 말했다.

"그럼 제가 죽으면 이 돈 굳는 겁니까?" 래생이 웃으며 물었다.

"저승 가는 여비에 보태게. 우리가 그 정도 여유는 항상 맘에 담고 살아야 삶이 팍팍하지 않지."

희수 영감이 래생을 보고 안쓰러운 표정으로 웃었다. 그리고 술잔을 들어 술을 비웠다. 희수 영감이 종이와 볼펜을 들어 이발사가 있는 곳을 써서 래생에게 보여줬다. 래생이 고개를 끄덕이자 희수 영감이 종이에 불을 지펴 재떨이 위에 놓았다. 재떨이 위에서 종이가 완전히 재가 되자 래생은 자리에서 일어났다. 그리고 희수 영감에게 정중하게 인사를 하고 가게를 나왔다.

택시를 타고 편의점 앞에 도착했을 때 미토는 보이지 않았다. 미토 대신에 이십대 초반의 여자가 카운터를 지키고 있었다. 래생이 편의점 안으로 들어갔다.

"어서 오세요." 여자가 말했다.

래생이 편의점 안을 둘러봤다. 미토는 출근하지 않은 것 같았다. 래생은 냉장고에서 캔커피를 하나 꺼냈다. 그리고 진열대 위를 우두커니 보다가 핫브레이크 두 개를 집었다.

"전에 일하던 여자는 그만뒀나요?" 래생이 물었다.

"아, 미토 언니요? 네, 며칠 전에 그만뒀어요." 편의점 여자가 캔커피와 핫브레이크의 바코드를 스캐너로 찍으며 무덤덤하게 말했다.

"네." 래생이 고개를 끄덕였다.

래생은 편의점 밖에 있는 파라솔 의자에 앉아 캔커피를 따서 한 모금 마셨다. 그리고 담배를 한 대 피웠다. 11월의 하늘이 맑았다. 몇 시간 뒤에 이발사의 칼에 맞아 죽을지도 모르는데 이상하게 불안하지도 두렵지도 않았다. 산책을 나온 것처럼 평온한 오전이었다. 래생은 주머니에서 핫브레이크를 하나 꺼내 봉지를 뜯고 오물오물 씹어먹었다. 친구가 죽었는데도 달콤한 건 여전히 달콤하다는 사실이 문득 어색하게 느껴졌다.

"이발사, 한자, 미토." 래생이 핫브레이크를 오물거리며 하늘을 향해 중얼거렸다.

래생이 훔쳐 나온 미토의 하드디스크에 들어 있었던 것은 기계장치에 관한 파일들뿐이었다. 엘리베이터, 센서, CCTV, 액정, 조명 따위의 기계 자료만 가득 들어 있어서 마치 공학박사나 엔지니어의 작업용 노트북을 훔쳐온 것 같았다. 하지만 자세히 살펴보자 수백 개의 파일 속에 설계 파일 하나가 교묘하게 묻혀 있었다. 파일 속에는 엘리베이터에서 생을 마감한 마흔다섯 살 엔지니어의 사진이 있었다. 머리가 벗어진 이 사내는 아마도 미토에게 죽은 한자의 설계자 세 명 중 한 명일 것이다.

사내가 엘리베이터 버튼을 누른다. 신문을 보면서 엘리베이터를 기다린다. 사내는 엘리베이터 앞에서 항상 신문을 본다. 삶이 바쁜 것이다. 엘리베이터가 사내가 있는 17층으로 올라온다. 하지만 실제로 올라오는 것은 엘리베이터가 아니라 액정에 표시된 디지털 숫자뿐이다. "땡" 소리가 나고 엘리베이터 문이 열린다. 조명이 켜진다. 사내가 여전히 신문에서 눈을 떼지 않은 채 허공을 향해 한 걸음을 내민다. 페이드아웃.

간단한 설계였다. 인터넷 검색창에 '엘리베이터 사고'라고 치자 한 달 전쯤에 한 사내가 엘리베이터 센서 고장으로 추락해서 죽은 사건이 있었다. 신문 기사에서 엘리베이터 회사는 장비에 아무런 문제가 없었다고 말했다. 아파트 관리사무소에서는 문제의 엘리베이터를 정기적으로 점검해왔으며 이번 정기 검사 때에도 아무런 이상이 없었다고, CCTV에도 특이한 점은 전혀 없었다고 변명했다. 죽은 엔지니어의 가족 중 한 명이 "그럼 멀쩡한 사람이 하루아침에 죽었는데, 아무도 잘못이 없다는 말이냐?"고 오열하고 있었다.

래생은 남은 핫브레이크를 입속에 집어넣고 자리에서 일어났다. 그리고 네거리까지 걸어온 뒤 미토네 집으로 가야 하는지 미사네 뜨개질 가게로 가야 하는지 망설였다. 잠시 후 래생은 미사네 뜨개질 가게를 향해 천천히 걸음을 옮겼다.

래생이 미사네 가게의 문을 열었을 때 다행히 미사는 보이지 않았다. 가게 한쪽에서 미토 혼자 흔들의자에 앉아 뜨개질을 하고 있었다. 말 그대로, 하루 일과를 마친 농부들의 저녁처럼 마치 아무 일도 없었다는 듯이, 뜨개질을 하고 있었다. 미토가 래생을 힐끔 보더니 몇 코를 더 뜨고 자리에서 일어났다. 그리고 래생에게 걸어와서 거의 다 짠 것 같은 푸른색 스웨터를 래생의 어깨에 갖다대면서 크기를 쟀다.

"어머, 딱 맞네. 당신 주려고 짠 건데."

미토가 만족한 표정을 짓더니 흔들의자로 돌아가서 고개를 숙이고 다시 뜨개질을 시작했다. 래생이 헛웃음을 치며 의자를 당겨와서 미토 앞에 앉았다.

"정안이 죽었다며?" 미토가 고개를 숙인 채 물었다.

래생이 얼굴을 찡그렸다.

"당신 덕분에."

"그래서 이 미토를 죽이러 온 거야?" 미토가 여전히 고개를 숙이고 뜨개질을 하면서 물었다.

래생이 테이블 위에 있는 실 꾸러미를 손바닥 안에 넣고 공처럼 이리저리 굴렸다.

"생각중이야. 당신, 한자, 이발사 순서로 죽일지 아니면 이발사, 한자, 당신 순서로 죽일지."

"그럼 나는 나중에 죽여줘. 아직 할일이 많거든. 겨울이 오기 전에 당신 스웨터도 완성해야 하고. 안전한 곳에 미사 보금자리도 마련해줘야 하고, 한자와 너구리 영감 같은 쓰레기들도 청소해야 하고 또……" 미토가 뜨개질을 계속하며 말했다.

"당신은 지금 농담을 하는군." 래생이 싸늘한 목소리로 말했다.

미토가 뜨개바늘에서 눈을 떼고 래생을 쳐다봤다.

"걱정 마. 일 다 끝나면 당신이 안 죽여줘도 내가 알아서 죽을 테니까."

"다 끝나면 자살이라도 할 건가?"

"응."

래생이 멍한 얼굴로 미토를 바라봤다. 미토가 천진난만한 얼굴로 아무 일도 아니라는 표정을 짓고 있었다.

"그래서 당신이 그렇게 터무니없이 용감했던 거군. 처음부터 뒈지려고 작정을 하고 있어서."

미토가 피식 웃으며 다시 뜨개질을 시작했다. 그녀의 익숙하고 편안해 보이는 뜨개질이 어쩐지 결연하게 느껴졌다. 래생이 다시 입을 열었다.

"왜? 당신 그 좋은 머리로 멋진 설계를 하지그래. 설계자들 다 죽이고, 덤으로 자객들도 다 죽이고, 세상을 맘껏 정화시킨 다음에 미사랑 그 사팔뜨기 아가씨랑 외국으로 도망가서 행복하게 잘사는 해피엔딩으로."

"나도 그러고 싶은데 어느새 이 미토도 괴물이 되어버렸네."

미토가 씁쓸한 표정을 지으며 스웨터와 뜨개바늘을 무릎 위에 있던 바구니에 담아 한쪽으로 밀어놓았다. 그리고 양손을 깍지 낀 채 뒤로 크게 기지개를 켰다.

"왜 그런 이야기 있잖아. 괴물을 잡으러 갔다가 자신도 괴물이 되어버리는 슬픈 이야기. 그 비극적인 주인공이 나더라구. 그러니 어쩌겠어. 일 다 끝나고 나면 이 가엽고도 끔찍한 괴물은 또 이 친절한 미토가 깔끔하게 정리해주고 가야지. 뭐, 분이 안 풀리면 당신이 와서 정리해줘도 좋고." 미토가 말했다.

"당신 설계대로 사람들이 죽으면 즐겁나?"

"아니, 전혀." 미토가 힘없이 웃었다. "정안이 죽으니 너도 아프지? 우리도 아파. 예전에도 많이 아팠고 지금도 많이 아파. 너와 내가 죽인 모든 사람들이, 그 옆에 남겨진 사람들이 모두 그렇게 아파."

래생이 미토의 얼굴을 노려봤다. 미토가 눈길을 피하지 않고 래생을 정면으로 바라보고 있었다. 래생이 고개를 돌렸다. 구두코에 희수 영감네 가게에서 튄 것 같은 핏자국이 말라붙어 있었다. 래생이 자리에서 일어났다.

"이발사, 한자, 당신 순서야. 그전에 뜨개질이나 열심히 해둬." 래생이 말했다.

"이발사에게 가면 죽어!" 미토가 눈을 동그랗게 뜨고 말했다.

"내가 그동안 자객으로 별로였나봐. 도대체 나에게 베팅을 하는 사람이 한 명도 없네." 래생이 웃으며 말했다.

"계획이 있어. 조금만 기다려. 이발사든 한자든 그리고 이 미토든 당신 뜻대로 다 죽여줄 테니까." 미토가 당황한 얼굴로 말했다.

래생이 미토를 향해 피식 웃었다.

"전에 말 안 했었나? 네 치마 속으로는 안 들어가. 다른 일로 들어갈 수는 있겠지만. 하지만 당신처럼 깡마르고 사나운 여자는 원체 내 취향이 아니라서."

래생이 주머니에서 핫브레이크를 하나 꺼내 테이블 위에 내려놓았다.

"그리고 이건, 선물."

미토가 멍한 표정으로 래생을 보고 있었다. 래생이 미토를 향해 한 번 웃어준 다음 가게 입구 쪽으로 천천히 걸음을 옮겼다.

"이 바보새끼야, 이발사에게 가면 넌 백 프로 죽어!"

가게 밖으로 걸어나올 때 미토가 크고 앙칼진 목소리로 래생의 뒤통수에 대고 소리쳤다.

이발사

"손님은 귀티가 나십니다. 곱고 귀하게 살아오신 분 같아요."

이발사가 가위질을 하며 말했다.

귓가에서 사각사각 들리는 가위 노는 소리가 경쾌했다. 세면대에 흰 타일들이 붙어 있는 오래된 이발소였다. 열두 살이나 열세 살 무렵 너구리 영감의 심부름을 가기 위해 학교 앞을 지날 때면 이제 막 중학교에 입학한 래생 또래의 아이들이 어색한 까까머리를 연신 매만지며 나오던 그런 이발소. 또래의 아이들이 학교에 가 있는 시간, 텅 빈 이발소로 혼자 들어가 별 이유도 없이 까까머리로 이발을 하고 나오던, 오래된 흑백사진 속에나 있을 것 같은 이발소를 닮았다.

"귀티는 오히려 이발사님이 더 나시는데요?" 래생이 말했다.

"에이, 그럴 리가요. 우리 같은 것들에게 무슨 귀티가 나겠습니까. 가위질로 그저 하루하루 입에 풀칠이나 하고 사는 거지요. 하지만 손님은 정말 귀하게 되실 분 같아요. 제가 이발만 삼십 년째인데 이제는 뒤통수만 봐도 아, 이분은 이런 분이구나, 느낌이 온답니다."

"그런가요?"

믿기지 않는다는 듯 래생이 고개를 갸웃거렸다.

"그럼요. 제 말을 믿으세요. 앞으로 귀하게 되실 겁니다."

이발사가 웃으며 말했다.

평범한 얼굴이다. 어디서나 볼 수 있는 동네 아저씨 같은 친근한 인상. 170센티미터가 될까 말까 한 단구에 가위질을 할 때 필요한 최소한의 근육을 빼고는 근육 하나 찾아볼 수 없을 것 같은 깡마른 체구다. 저런 체구로 어떻게 훈련관 아저씨나 추 같은 일급 자객을 죽일 수 있었을까. 이발소를 잘못 찾아온 게 아닌가 하는 생각이 들 정도였다.

이발사가 양손 중지를 래생의 귀밑에 대고 거울을 보며 래생의 얼굴을 이쪽저쪽 살펴보았다. 그리고 다시 가위를 잡고 오른쪽 옆머리를 조금 더 잘랐다.

"이마가 훤칠하셔서 앞머리를 너무 짧게 자르면 어색할 것 같은데……" 이발사가 말했다.

"그럼 알아서 적당히 깎아주세요, 단정하게."

"단정하게." 이발사가 래생의 말을 따라 했다. "어디 좋은 데 가시나보죠? 맞선 자리 같은."

이발사의 말에 래생이 피식 웃었다.

"좋은 데는 아니고 좀 어려운 자리에 갑니다."

이발사가 고개를 끄덕였다. 이발사가 빗으로 래생의 앞머리를 빗은 다음 검지와 중지 사이에 머리카락을 집어넣고 조금씩 잘랐다. 그리고 다시 빗질을 해서 앞머리가 고르게 잘렸는지 살피고는 만족한 표정을 지었다.

"어떻습니까? 괜찮습니까?" 이발사가 물었다.

래생이 거울에 얼굴을 이리저리 비춰봤다.

"솜씨가 있으시네요."

"어휴, 그렇게 말씀해주시니 감사합니다."

이발사가 흡족한 웃음을 지었다. 이발사가 스펀지를 가져와 래생의 머리와 이발보 위에 있는 머리카락들을 털어내고 자신의 어깨와 팔에 묻은 머리카락도 털어냈다. 그리고 래생의 귓가와 뒷머리에 거품을 묻히고는 면도칼로 잔머리들을 깎아냈다.

"다 됐습니다."

이발사가 이발보를 조심스럽게 걷어내고 래생을 세면대로 안내했다. 이발사가 샤워기를 플라스틱 양동이에 집어넣고 뜨거운 물을 받았다. 뜨거운 물이 양동이에 반쯤 차자 바가지로 항아리에 담겨 있는 찬물을 몇 바가지 넣어 섞더니 손을 집어넣어 온도가 적당한지 살폈다. 손을 집어넣고 찬물을 넣고 다시 손을 집어넣고 찬물을 넣고, 이발사가 몇 번이고 그 일을 반복했다. 온도가 적당해진 것 같은지 이발사가 샤워기 대신 작은 플라스틱 바가지를 내밀었다.

"간혹 샤워기에서 갑자기 뜨거운 물이 나와 손님들이 놀라시는 경우가 있어서요. 불편하시더라도 샤워기 대신 바가지를 쓰시는 게 좋을 것 같습니다." 이발사가 말했다.

래생은 고개를 끄덕이고 바가지로 물을 퍼서 머리에 부었다. 이발사의 부산함 덕분인지 물의 온도가 적당했다. 하얀 세면대 위로 우수수 떨어지는 짧게 잘린 머리카락들이 문득 펼쳐진 책 속의 방점들처럼 보였다. 래생이 거품을 내며 머리를 감고 있는 동안 이발사는 잘 마른 수건 두 개를 세면대 옆에 올려놓고 콧노래를 부르며 바닥에 떨어진 머리카락들을 쓸어담았다.

래생은 바가지에 찬물을 부어 세수를 하고 수건으로 머리를 닦았다. 거울 옆 서랍장 속에 뜯지도 않은 편지봉투들이 잔뜩 쌓여 있었다. 래생이 머리를 닦는 척하며 슬쩍 편지봉투 하나를 뺐다. 그것은 병원에서 날아온 병원비 독촉 고지서였다.

"요즘엔 이런 이발소 보기가 쉽지 않던데, 여기는 장사가 그럭저럭 되나보죠?" 래생이 수건으로 귓속에 있는 물기를 닦아내며 물었다.

"되긴요. 요즘 젊은 사람들이야 다 미용실에 가서 예쁜 미용사에게 머리 맡기지, 저희 같은 구닥다리 늙은이에게 어디 오나요? 그래도 여기는 수도권 외곽이라 군부대도 있고 그래서 하사관들이나 장교들이 이따금 들러주고 또 동네 노인들이 와서 장기도 두고 면도도 하고 그러니까 겨우겨우 먹고사는 거죠."

이발사가 쓰레받기에 담긴 머리카락을 파란색 플라스틱 쓰레기통에 버렸다. 래생이 의자에 앉자 이발사가 드라이어를 가져와서 머리를 말려줬다.

"면도는 안 하시겠습니까?"

래생이 거울을 보며 턱을 만졌다. 선반 위에 날이 잘 선 세 개의 면도칼이 이발사의 성격처럼 가지런하게 놓여 있었다.

"아침에 면도를 하고 나와서요." 래생이 말했다.

이발사가 고개를 끄덕이고 래생에게 빗을 내밀었다. 래생이 빗질을 한 다음 거울에 얼굴을 이리저리 비춰봤다. 30년 경력이란 말이 정말인지 깔끔한 이발 솜씨였다.

"고향이 여기십니까?" 래생이 물었다.

"네, 여기서 태어났죠. 여기서 군생활도 하고." 이발사가 말했다.

"북파 공작원들이 훈련하던 HID 부대도 여기 있지 않았나요?" 래생이 앞머리를 매만지며 물었다.

이발보를 접는 이발사의 손길이 잠시 멈칫했다.

"그것도 오래전 일이지요. 저야 뭐, 평범한 보병 출신이라 잘 모르지만."

"여기서 계속 계시면 답답하시겠습니다."

래생이 손바닥에 스킨을 묻힌 다음 얼굴을 탁탁 쳤다. 스킨에서 이발사의 얼굴에서 나던 냄새와 같은 냄새가 났다.

"조금 심심하긴 하지만 그럭저럭 괜찮습니다. 한 달에 한 번씩은 아내와 함께 강원도 산속에 있는 양로원에 가서 노인분들 머리도 깎아드리고 하니까요. 그때 바람도 쐬고 그러지요."

"부업으로 딴 일은 안 하십니까?"

"대리운전이나 뭐 그런 거 말입니까?"

"아뇨. 뭐, 청부업이나 암살 같은 거."

순간 이발사의 얼굴이 굳어졌다.

"젊은 손님이 농담도 잘하십니다. 저같이 힘없고 늙은 이발사가 영화에서나 나오는 그런 끔찍한 일을 어찌 하겠습니까?"

"여전히 군살 하나 없이 날렵하신데요." 래생이 이발사를 아래위로 훑어보며 말했다.

"뭐, 군살 하나 없다기보다는 그냥 말라비틀어진 거죠."

이발사가 바닥으로 시선을 내렸다.

"그런가요?"

"그렇지요."

"이발비가 얼맙니까?"

"7천원입니다."

"싸군요."

"시골이니까요."

래생은 옷걸이 쪽으로 걸어가서 가죽재킷 속으로 손을 집어넣었다. 재킷 주머니 속에 있는 추의 헨켈이 유난히 묵직하게 느껴졌다. 이발사는 래생이 쓴 수건을 빨래통에 집어넣고 세면대에 물을 받아서 손을 씻고 있었다.

"그 칼 꺼내지 말게. 그 칼 뽑으면 자네 죽네." 이발사가 등을 돌린 채 손을 씻으며 말했다.

래생은 주머니에서 칼을 꺼내는 대신 옷걸이에 걸린 가죽재킷을 입었다. 이발사가 마른 수건을 꺼내 손을 닦았다. 래생이 이발사를 잠시 쳐다보고는 현관으로 걸어가 이발소 문을 잠갔다. 그리고 가죽집에서 추의 헨켈을 천천히 꺼냈다. 손잡이 앞부분에 추가 묶어놨던 손수건이 그대로 묶여 있었다. 이발사가 의자에 수건을 내려놓고 래생을 바라보며 설레설레 고개를 흔들었다.

"그 칼 주인과 예전에 싸운 적이 있는 것 같은데. 자넨 이름이 뭔가?"

"래생입니다."

"그럼 도서관에서 왔겠군." 이발사가 허공의 한 점을 응시하며 힘

없는 목소리로 말했다.

이발사가 왼손을 의자 목 받침대 위에 올려놓고 래생의 얼굴을 잠시 쳐다보았다. 칼 앞에 선 이발사의 얼굴에 두려움이 없었다.

"내가 도서관의 명단에 오른 건가?" 이발사가 물었다.

"아뇨, 명단 같은 건 없습니다. 이건, 그냥 개인적인 일입니다."

"개인적인 일이라……"

이발사가 다시 허공으로 시선을 돌렸다. 그리고 허공의 한 점에 시선을 박아둔 채 한동안 아무 말도 하지 않았다. 지나간 일들을 떠올리는지 이발사의 동공이 이따금 초점을 잃었다. 어떤 회상들이 지나갈 때마다 고개를 약간 쳐든 이발사의 얼굴에 희미하고 쓸쓸한 그림자가 번졌다가 이내 사라졌다. 래생은 자신과 이발사 사이의 거리를 가늠했다. 4미터 정도였다. 한 발을 디디고 다시 재빠르게 한 발을 더 디딘 다음 뛰어오른다면 이발사의 목에 칼을 꽂을 수 있는 거리였다. 이발소 벽에 걸려 있는 오래된 괘종시계에서 톡탁톡탁 소리가 났다. 이발사의 침묵이 오래갔다. 아까부터 명치 높이까지 들어올리고 있던 헨켈이 무겁게 느껴졌다. 래생이 칼을 내렸다. 이발사가 허공의 한 점에서 시선을 떼고 래생을 바라봤다.

"며칠 전에 죽은 아이 때문인가?" 이발사가 물었다.

"그럴 수도 있고, 어쩌면 아닐 수도 있고."

래생이 이발사에게서 시선을 떼고 헨켈을 바라봤다. 추가 묶어놨던 손수건 매듭에서 실오라기 하나가 풀려 있었다. 래생이 손가락으로 실밥을 뜯어내 공중으로 날렸다. 이발사가 래생이 매만지는 손수건 매듭을 유심히 바라보고 있었다.

"솔직하게 말하면 왜 이러는지 저도 잘 모르겠는데요?" 래생이 웃으며 말했다.

"그럼 그냥 돌아갈 수도 있는 일이군." 이발사가 진지한 얼굴로 말했다.

래생이 비웃는 표정으로 이발사를 바라봤다.

"글쎄요, 이렇게 나와버렸는데 다시 돌아갈 수 있을까요?"

"칼을 칼집에 넣고 돌아가는 건 칼 뽑는 것보다 더 용기가 필요한 일이지."

"죄송하군요. 전 겁쟁이라서."

이발사가 의자 목 받침대에 올려놓은 손을 들며 뭐라고 한마디하려다 말을 삼켰다. 그리고 허공을 향해 깊은 한숨을 내쉬었다. 힘없이 어깨를 축 늘어뜨린 이발사의 모습이 공원에서 햇볕을 쬐는 노인들처럼 늙고 왜소해 보였다. 이발사의 흰 가운에 묻어 있는 래생의 머리카락들이 유난히 검게 보였다.

"그 칼 주인에게 미안하네. 얼마 전에 죽은 아이에게도 미안하고. 하지만 어쩔 수 없는 일이지 않겠나. 나도 자객이고 자네도 자객이니 내가 무슨 말을 하고 있는지 알 게야."

"네, 무슨 말을 하고 있는지 압니다."

"자네 명단에도 내가 없고 내 명단에도 자네가 없다면 우리가 싸워야 할 이유는 없지. 우리는 그렇게 일을 처리하는 사람들이 아니니까. 우리는 그저 한낱 자객일 뿐이지."

"네, 우리는 한낱 자객일 뿐이죠."

"그 칼을 집어넣고 돌아가겠나?"

이발사가 래생의 얼굴을 빤히 쳐다보고 있었다.

"아뇨." 래생이 말했다.

"무엇 때문이지?"

"지루함이죠. 온갖 것들의 지루함. 칼의 안과 밖에서 우리를 조금씩 잠식해들어오는 지루함. 저도 자객이고 영감님도 자객이니 제가 무슨 말을 하는지 아시죠?" 래생이 이발사의 말투를 따라 했다.

이발사의 얼굴에 안타까움이 가득했다. 이발사가 선반 위에 놓여 있는 면도칼들을 바라봤다. 날이 잘 선 면도칼 세 개가 수건 위에 가지런히 놓여 있었다. 하지만 면도칼은 훈련관 아저씨와 추를 잡을 때 이발사가 쓰던 칼이 아니었다.

"잠시 기다려주겠나?" 이발사가 말했다.

래생이 고개를 끄덕였다. 이발사가 가운을 벗어 벽에 붙은 옷걸이에 걸었다. 그리고 이발소 한쪽에 있는 내실로 들어갔다. 래생은 오른손에 움켜쥐고 있던 헨켈을 왼손으로 옮겨 쥐고 오른손 손바닥의 땀을 청바지에 문질러 닦았다. 조금만 있으면 누군가의 피로 범벅이 될 바닥 장판의 격자무늬가 어지럽게 느껴졌다. 괘종시계에서 나던 톡탁 톡탁 소리가 잠시 멈추더니 오후 3시를 알리는 종소리가 들렸다. 그때 이발사가 문을 열고 다시 안으로 들어왔다. 이발사가 검정색 가방을 열어 선반 위에 놓고 가방 속을 물끄러미 보다가 칼을 하나 집었다. 매드독 Seal A.T.A.K. 나이프였다. 훈련관 아저씨가 쓰던 칼과 동일한 칼이었다. 찌를 수도 있고 벨 수도 있는 칼로, 래생이 훈련관 아저씨에게 처음 칼을 배울 때 쓰던 것도 매드독 시리즈 중의 하나였다. 특수부대 출신의 용병들은 대체로 매드독을 사랑했다. 단순한 디자인에, 뛰어난 절삭력, 어둠 속에서도 손에 쉽게 쥘 수 있는 탁월한 그립감, 날카롭고, 단단하고. 하지만 아주 비싼 칼이었고 게다가 요즘엔 구하기도 힘들었다.

"좋은 칼이군요." 래생이 말했다.

"자네가 쓰는 식칼보다는 낫지."

이발사가 거울을 통해 래생을 보고 있었다. 이발사의 표정이 매우 쓸쓸해 보였다. 이발사가 래생과 거울 속에 있는 자신의 얼굴을 번갈아 바라보다가 탄식처럼 짧게 한숨을 내쉬었다. 이발사가 가방을 닫았다. 그리고 이발소 중앙으로 걸어나와 래생 앞에 섰다.

"마침 아내가 집에 없어 다행이군. 여태껏 나를 평범한 이발사로 알고 있거든."

이발사가 벽에 걸려 있는 괘종시계를 턱으로 가리켰다.

"다행이군요. 지금껏 모르고 살아서."

"다행한 일인가?"

"모른 척하고 사는 것보단 차라리 모르고 사는 게 낫죠. 우리 같은 인간들이라면 특히."

"정말 그렇군. 우리 같은 놈들은 차라리 모르고 사는 게 낫지." 이발사가 고개를 숙이며 래생의 말을 따라 했다.

이발사가 숙이고 있던 고개를 들고 래생을 쳐다봤다. 이제 이발사와 래생 사이에 더이상 할말은 없는 것 같았다. 래생이 칼을 거꾸로 움켜쥐고 자세를 취했다. 이발사는 별다른 자세를 취하지 않았다. 그저 칼을 뒤로 숨기고 뒷짐을 진 채 편안히 서 있었다. 래생이 이발사와 자신 사이의 거리를 가늠했다. 2미터? 1.8미터? 한 발을 내디디고 칼을 뻗으면 목이나 가슴에 칼끝이 닿을 것 같았다. 하지만 이발사는 여전히 아무런 자세도 취하지 않은 채 그저 서 있었다. 어깨에도 목에도 팔에도 그 어디에도 힘이 들어가 있지 않았다. 이발사가 들어오라는 듯 래생을 기다리고 있었다. 형(形)은 있고 힘은 없다. 저것은 헛수일 것이다. 래생이 역수 자세를 풀고 칼을 돌려서 바로 잡았다. 그리고 천천히 몸을 반보 앞으로 내밀었다. 칼끝이 이발사의 목에 닿을 듯 가까워졌다. 하지만 래생이 자세를 바꿨는데도 이발사는 상관없다는 듯 계속 그 자세를 유지하고 있었다. 오래된 괘종시계에서 시침이 움직이는 소리가 유난히 크게 들렸다. 이발사가 눈을 깜박였다. 순간 래생이 이발사의 목을 향해 칼을 날렸다. 이발사가 어깨를 조금 비틀어 칼을 피하면서 등뒤에 숨겨놓은 칼을 들어올려 래생의 팔뚝을 그었다. 그리고 래생의 왼쪽으로 재빨리 빠져나가면서 다시 옆구리를 그었다. 래생이 등뒤에 있는 이발사를 향해 몸을 완전히 돌리기도 전에 이발사가 래생의 허벅지를 칼로 베고 다시 칼을 비틀어 래생의 왼쪽 겨드랑이를 베었다.

래생이 이발사를 향해 칼을 크게 휘둘렀다. 이발사가 가볍게 뒷걸음질을 치며 세 보쯤 뒤로 물러났다. 래생과 이발사 사이의 거리가 2.5미터 정도로 벌어졌다. 이발사가 허공에 칼을 꺾어 피를 털어냈다. 그리고 다시 처음처럼 뒷짐을 진 자세로 래생을 바라봤다. 숨소리 하나 흐트러지지 않은 모습이었다.

바닥 장판의 격자무늬 위로 핏방울이 떨어졌다. 래생의 팔뚝에서 흘러내린 피가 손등을 타고 내려가 추의 손수건을 적셨다. 손등을 타고 내려가는 피가 뜨거웠다. 래생이 천천히 시선을 내려 자신의 몸을 바라봤다. 옆구리와 겨드랑이에서 솟아난 피가 와이셔츠를 적시며 벨트 아래쪽으로 천천히 흘러내리고 있었다. 래생이 가죽재킷 안으로 왼손을 집어넣어 상처를 만졌다. 상처가 생각보다 깊지 않아 다행이었다. 가죽재킷을 입지 않았다면 칼날이 살 속으로 더 깊이 들어갔을 것이다.

이발사는 허리 뒤에 칼을 감춰두고 있었다. 모든 약점을 열어놓았으니 어서 들어오라는 듯 태평한 표정으로 거드름을 피우고 있었다. 저것은 헛수다. 들어가면 다시 베일 것이다. 진짜 무게중심은 다른 곳에 있을 것이다. 하지만 이발사의 칼이 보이지 않아 어디서 칼이 나올지 알 수 없었다. 래생이 들어가야 이발사가 칼을 낼 것이다. 이발사의 표정에서, 이발사의 시선에서, 이발사의 발에서, 그 무엇도 읽어낼 수가 없었다. 심지어 이발사가 정확히 어디 서 있는지조차 알 수 없었다. 문득 이길 수 없다는 생각이, 여기서 죽을 거라는 생각이 들었다.

래생이 칼을 왼손으로 옮겨 잡았다. 이발사가 고개를 갸우뚱했다. 래생이 왼손으로 잡은 칼을 이발사의 목에 겨눈 채 한보 앞으로 나갔다. 이발사는 움직이지 않았다. 래생이 다시 반보 앞으로 나갔다. 이발사는 움직이지 않았다. 이발사의 눈이 어서 들어오라는 듯 래생을 기다리고 있었다. 래생이 왼발을 앞으로 내며 동시에 칼을 든 왼손을 이발사의 목을 향해 뻗었다. 이발사가 허리 뒤에서 칼을 빼내 래생의 왼쪽 팔뚝을 그었다. 그때 왼쪽 겨드랑이에서 팔꿈치를 타고 숨겨져 올라온 래생의 오른손 손가락이 이발사의 목을 강하게 찔렀다. 이발사가 움찔하며 뒤로 주춤했다. 래생이 칼을 오른손으로 옮겨 잡고 이발사의 얼굴을 베듯 들어갔다. 이발사가 황급히 목을 뒤로 빼서 칼을 피했다. 하지만 래생이 처음부터 노린 것은 이발사의 얼굴이 아니라 허벅지였다. 래생의 헨켈이 이발사의 왼쪽 허벅지 안쪽으로 깊숙이 파고들었다. 연이어 래생이 칼을 비틀어 칼날을 하늘로 향하게 한 채 이발사의 복부로 칼을 뻗었다. 뒤로 주춤하던 이발사가 손등으로 칼을 쳐내고 밀고 들어오는 래생의 옆구리를 찔렀다. 래생의 몸속 깊숙한 곳까지 칼날이 들어왔다가 빠져나갔다. 래생이 무릎을 꿇고 제자리에 주저앉았다.

이발사가 몇 발짝 뒤로 물러나 숨을 골랐다. 래생의 옆구리에서 연신 피가 쏟아지고 있었다. 어지러웠다. 래생이 칼끝을 바닥에 꽂은 채 균형을 유지했다. 이발사는 우두커니 서서 래생의 정수리를 내려다보고 있었다.

"왼손을 미끼로 주다니, 빨리 배우는군. 그 칼 주인보다 나아." 이발사가 손등으로 흘러내리는 피를 털어내며 말했다.

이발사의 매드독 끝에서 핏방울이 떨어지고 있었다. 이발사의 허벅지에서 피가 솟아나와 바지를 적시며 내려오고 있었다. 하지만 그게 전부라는 생각이 들었다. 래생의 칼로는 이발사의 심장까지 갈 수 없었다. 래생은 바닥에 꽂은 헨켈을 지팡이 삼아 짚고 비틀거리며 자리에서 일어났다. 이발사가 고개를 절레절레 흔들었다. 래생이 다시 추의 헨켈을 움켜잡았다. 칼을 잡은 오른손에 힘이 들어가지 않았다.

"이 직업의 좋은 점은 칼을 소독할 필요가 없다는 거지." 이발사가 말했다.

"굉장한 농담이군요." 래생이 힘없이 웃으며 말했다.

"여기서 멈추는 건 어렵겠지?" 이발사가 물었다.

“거의 다 왔으니까요.” 래생이 말했다.

래생이 이발사를 향해 부질없이 칼을 날렸다. 이발사가 왼손으로 칼을 쥔 래생의 오른쪽 팔목을 잡아비튼 후 오른쪽 허리에 매드독을 깊숙하게 찔러넣었다. 래생이 바닥에 주저앉았다. 이발사가 래생 앞에 무릎을 꿇고 앉은 다음 허리에 꽂힌 칼을 빼냈다. 그리고 래생의 가슴에 손을 갖다댔다. 숨을 고르는지 이발사가 시선을 바닥에 둔 채 고개를 숙인 자세로 잠시 있었다.

“미안하네. 이 늙은이가 면목 없네.” 이발사가 말했다.

래생이 균형을 잃고 이발사의 어깨에 머리를 기댔다. 이발사가 래생의 머리를 어깨로 받친 채 손가락 끝으로 갈비뼈 사이를 눌러 칼이 들어가기에 적당한 자리를 찾았다. 그리고 래생의 심장을 향해 칼끝을 댔다.

그때 어디선가 희고 부드러운 손이 다가와 이발사의 칼을 움켜잡았다. 매드독의 날카로운 칼날이 금세 희고 고운 손의 살결을 파고들었다. 칼을 움켜쥔 손에서 피가 스며나왔다. 이발사가 고개를 돌리지 않고 제자리에 가만히 있었다.

“여보, 이제 그만해도 돼요. 이런 건 우리 소연이도 원치 않을 거예요.”

래생이 이발사의 어깨에서 이마를 떼고 고개를 들었다. 온화한 얼굴을 한 오십대 여자가 이발사 등뒤에 붙어서 울고 있었다. 여자의 눈물이 조용했다.

“이제 소연이도 보내고, 우리도 소연이 따라서 가요.” 오십대 여자가 다시 말했다.

칼자루를 잡은 이발사의 손이 몹시 떨렸다. 피를 너무 많이 흘렸는지 래생은 어지러웠다. 다시 이발사의 어깨에 이마를 기댔다. 칼날을 잡은 이발사 아내의 희고 고운 손에서 계속 피가 흘러내리고 있었다. 이발사의 아내가 숨죽여 우는 소리가 문풍지 사이로 새어드는 겨울바람처럼 추웠다. 래생은 이발사의 어깨에 머리를 기댄 채 의식을 잃었다.

왼쪽 문

어디선가 웃음소리가 들렸다.

5월의 화단 같은 웃음소리. 낮고 빠르게 나는 작은 새들의 날갯짓 같은, 꽃 위에서 부지런히 수작하는 꿀벌의 앵앵거림 같은 웃음소리였다. 끝없는 재잘거림 끝에 폭죽처럼 터지는 웃음들. 무엇이 그리 즐거운 것일까. 영문도 모른 채, 자지러지는 웃음소리가 우스워 래생도 꿈결에 덩달아 웃었다.

어디일까? 귓가에 물소리가 들렸다. 가까운 곳에 개울이 있는 것일까? 아닐 것이다. 개울 같은 것은 없을 것이다. 이것은 그냥 물소리일 뿐이다. 아무 이유 없이 귓가에 들려오던 물소리. 자객이 되고 난 후부터 간혹 꿈결에 물소리를 들었다. 그때마다 죽음이 물소리가 들리는 어떤 곳에 고요히 누워 있는 것이라는 생각을 했다. 지금처럼 물소리가 들리는 곳에, 지금처럼 육신의 그 어느 일부도 움직일 수 없는 상태에서, 차가운 자갈 위에 하늘을 향해 반듯하게 누운 채 영원이라는 시간을 견디는 것. 문득 죽음이 아주 가까이에 있다는 생각이 들었다. 래생은 다시 잠이 들었다.

래생은 안개가 낮게 깔리는 숲속으로 천천히 걸어들어갔다. 소년을 등에 태운 황소의 느린 다리처럼 안개를 밟는 래생의 발걸음이 아득하고 깊었다. 이슬을 잔뜩 머금어 무거워진 잎사귀들이 래생의 볼을 차갑게 핥고 지나갔다. 숲속에 래생이 태어났던 수녀원 앞 쓰레기통이 있었다. 래생이 쓰레기통 속을 들여다보고 고개를 갸웃거렸다. 그 속에는 안개꽃이 가득 담겨 있었다. '내 요람, 생각보다 나쁘지 않은데?' 래생은 하늘을 향해 깔깔 웃었다. 천년 된 은행나무의 잎사귀들이 덩달아 까르르 웃어주었다. 래생이 고개를 젖히고 사방으로 육중한 가지를 뻗은 은행나무의 무수한 잎사귀들을 바라봤다. 바람이 불자 은행나무 잎사귀들이 한쪽으로 쏠리며 일제히 깔깔거렸다. '무엇이 그리 즐겁지?' 래생이 고개를 갸웃거렸다. "대체 무엇이 그리 즐거운 거야. 같이 좀 웃자구." 래생이 두 손을 모아 나팔 모양을 만든 다음 은행나무 잎사귀들에게 소리쳤다. 하지만 은행나무 잎사귀들은 아무 대답 없이 그저 웃기만 했다. 까르르르, 까르르르. 은행나무 잎사귀들의 까르르거리는 웃음소리가 여공들의 웃음소리를 닮았다. 점심시간의 공장 골목을 환하게 만드는 여공들의 웃음소리. 키 큰 나무들이 줄줄이 이어져 터널을 만드는 아름다운 숲길로 네 명의 여공이 자지러지는 웃음소리를 내며 걸어오고 있었다. "아휴, 너무 웃겨, 정말 너무 웃기잖아" 통통하고 귀여운 얼굴을 한 여공이 너무나 우스워서 못 견디겠다는 듯 배를 잡고 몸을 비틀며 말했다. 래생이 길을 가는 여공들을 막아섰다.

"곧 작업시간인데 이 깊은 숲까지는 어쩐 일이세요?" 반가운 마음에 래생이 물었다.

여공들이 고개를 갸웃거렸다.

"누구세요?"

"저 모르시겠어요? 작업3반에서 크롬 도금했잖아요. 분홍색 장바구니를 자전거에 달고 다니던!"

모르겠다는 듯 여공들이 고개를 절레절레 흔들었다. 통통하고 귀여운 얼굴의 여공도 같이 고개를 흔들었다. 여공들이 래생을 비켜서 가던 길을 가려고 했다. 래생이 다시 길을 막아섰다. 순간 여공들이 겁먹은 표정으로 어깨를 움츠렸다.

"저리 비켜요."

통통하고 귀여운 얼굴의 여공이 용감하게 나섰다. 래생이 여공을 향해 슬쩍 웃었다. 래생이 손가락으로 통통하고 귀여운 얼굴의 여공을 가리켰다.

"난 당신을 아주 잘 알아요."

"당신이 날 어떻게 안단 말이에요?" 여공이 눈을 동그랗게 뜨고 물었다.

"당신은 왼쪽 엉덩이에 반점이 있지요? 토끼 모양이던가? 오른쪽 젖꼭지 옆에도 점 두 개가 있어요. 큰 거 하나 작은 거 하나. 눈사람처럼, 달과 지구처럼. 그리고…… 음…… 당신은 속옷을 한 번 입고 버리는 남자를 경멸하지요? 돈지랄을 한다고 말이에요. 그래서 당신은 팬티를 수백 번이나 빨아서 입어요. 욕실 바닥에 쭈그리고 앉아 즐거운 콧노래를 부르면서 너덜너덜해질 때까지 팬티를 빠는 거지요. 그리고…… 음…… 당신은 화가 나면 귀부터 빨개지지요?"

화가 잔뜩 난 여공의 귓불이 정말로 붉어졌다.

"킥킥, 거봐요. 당신 지금 귀가 빨개졌잖아요." 래생이 신이 나서 말했다.

그때 여공이 래생 뺨을 세차게 때렸다. 래생이 울상이 돼서 여공을 바라봤다. 분이 덜 풀렸는지 여공이 다시 손을 들어올렸다. 겁먹은 래생이 손을 들어 뺨을 가렸다.

"저 정말 모르시겠어요? 저 정말 기억 안 나요?" 래생이 울먹거리며 물었다.

"아, 몰라요. 모른다니까요. 이상한 사람이야, 정말." 여공이 새침한 표정으로 말했다.

네 명의 여공은 래생을 숲속에 남겨둔 채 다시 아름다운 숲길을 걸어갔다. 멀리서 여공들이 재잘거리는 소리가 들렸다. "재 뭐니? 미친 거 아냐?" "넌 어쩜 그리 용감하니, 난 무서워 죽는 줄 알았어." "그러게, 나쁜 사람 같지는 않은데 얼이 좀 빠진 것 같지?" 재잘재잘, 재잘재잘. 길고 긴 숲길의 끝에서 끝없이 재잘거림이 들려왔다. 그리고 다시 거품처럼 날아오르는 웃음들. "왜 나를 기억 못하는 거지?" 래생은 여공들이 걸어간 숲길을 멍하니 바라봤다.

다시 물소리가 들렸다. 자갈들 사이를 지나는 차갑고 싸늘한 물소리. 내가 죽은 것일까? 꿈속에서 래생이 물었다. "너는 죽은 거지. 그것도 오래전에, 아주 오래전에." 은행나무 잎사귀들이 바람을 따라 흔들리며 말했다. 정말로 그렇다는 듯 숲속의 오래된 나무들이 고개를 끄덕였다.

래생이 눈을 떴을 때 처음 본 것은 빼빼 마른 금발의 바비 인형이었다. 빼빼 마른 금발의 바비 인형이 래생의 오른쪽 가슴에 우뚝 서 있었다. 미사가 빼빼 마른 금발의 바비 인형을 잡고 인형 다리로 래생의 몸통을 쿡쿡 찌르며 인형놀이를 하고 있었다. 왼쪽 가슴에는 곰돌이 푸 인형이 올라가 있었고 명치 위에는 달마티안 강아지 인형이 멍청한 표정으로 래생을 바라보고 있었다. 미사가 달마티안 강아지를 잡고 흔들었다. "심심해요. 심심해요. 아이, 너무 심심해요." 달마티안 강아지가 꼬리를 흔들며 래생의 배 위를 토닥토닥 뛰어다녔다. 미사가 다시 빼빼 마른 금발의 바비 인형을 잡았다.

"이 오빠 은근히 근육질이지?" 빼빼 마른 금발의 바비 인형이 물었다.

"하여간 너는 근육이라면 사족을 못 쓰는구나? 하지만 여긴 우리가 서 있는 언덕이라고. 언덕에 무슨 근육이 있니?" 팬티를 벗은 곰돌이 푸가 말했다.

"배불뚝이 곰 아저씨, 닥치세요. 당신은 팬티나 입어요." 빼빼 마른 금발의 바비 인형이 말했다.

미사가 빼빼 마른 금발의 바비 인형을 움직여 래생의 가슴에서 배로 내려왔다. 바비 인형 다리가 배를 쿡쿡 찌를 때마다 이발사에게 찔린 상처가 벌어질 것처럼 아파왔다.

"미사야, 거기 아프다." 래생이 나지막한 목소리로 말했다.

미사가 깜짝 놀란 표정으로 래생을 바라봤다. 그리고 래생을 향해 환한 미소를 지은 뒤 거실 쪽으로 고개를 돌려 소리쳤다.

"미토 언니, 래생 오빠 깨어났어."

미토와 사팔뜨기 여자 사서가 급하게 달려오더니 우물 속을 들여다보듯 한참 동안 래생을 바라봤다. 미토가 손가락을 래생의 눈앞에 대고 오른쪽에서 왼쪽으로 다시 왼쪽에서 오른쪽으로 천천히 움직였다. 래생이 그 손끝을 따라가지 않고 다소 짜증스러운 표정으로 미토의 얼굴을 바라봤다. 미토가 래생의 눈을 뚫어져라 바라보다가 피식 웃었다.

"안녕, 프랑켄슈타인 아저씨." 미토가 말했다.

래생이 고개를 돌려 주변을 바라봤다. 목조 주택이었다. 창밖에 잎사귀를 다 떨군 감나무 한 그루가 서 있었고 감나무 뒤로 높은 산도 있었다.

"여기가 어디지?" 래생이 물었다.

"이 미토가 태어난 집. 우리 아빠가 순진한 우리 엄마를 주말농장에 토마토나 따러 가자고 꼬드겨서 덮친 곳이지. 덕분에 이 미토도 태어났지만." 미토가 말했다.

"언니!" 미사가 미토를 향해 눈을 흘기며 소리쳤다.

"아, 미안! 우리 미사는 엄마 아빠가 손을 꼭 잡고 사랑을 해서 낳은 아이야. 하지만 이 언닌 확실히 아빠가 덮쳐서 낳은 아이란다. 아빠한테 화가 날 때마다 엄마가 그랬거든. '그날 저 인간이 날 덮쳤잖아. 열심히 토마토 따고 있는데 뒤에서 말이야. 그래서 내 인생이 이렇게 된 거야. 미토 네 인생도 마찬가지고.' 엄마가 그렇게 말하면 아빠는 얼굴을 잔뜩 붉히고 어쩔 줄을 몰라했지, 푸하하하." 미토가 그게 너무 우스워 죽겠다는 듯 호탕하게 웃으며 말했다.

사팔뜨기 여자 사서와 미사가 멍한 표정으로 미토를 바라봤다. 혼자서 한참을 웃던 미토가 웃음을 멈췄다.

"내가 얼마 동안 이러고 있었지?" 래생이 물었다.

미사가 손가락 다섯 개를 쫙 폈다. 래생이 미사의 손가락을 보고 심각한 표정을 지었다.

"배고파요?" 미사가 물었다.

배가 고픈 걸까? 자기 몸인데도 아무 감각이 없는 것 같았다. 래생이 고개를 갸웃거렸다.

"잘 모르겠는데?" 래생이 말했다.

"배가 고플 거예요. 5일 동안 굶었으니."

"굶기는 뭘 굶어. 비싼 포도당 주사를 얼마나 처먹었는데." 사팔뜨기 여자 사서가 입을 삐죽거리며 말했다.

"에이, 언니는, 그게 밥이랑 같아요? 자, 그렇다면 이 미사가 맛있는 죽을 끓여야지."

미사가 휠체어를 밀면서 부엌으로 갔다. 래생이 고개를 조금 들어 몸을 살폈다. 팔과 어깨와 배에 붕대가 잔뜩 감겨 있었다.

"이거 당신이 치료했나?" 래생이 미토를 향해 물었다.

"아는 친구 동물병원에서. 당신 피를 많이 흘렸어. 정말 죽을 뻔했다구." 미토가 말했다.

사팔뜨기 여자 사서가 시종일관 못마땅한 표정으로 래생을 바라보고 있었다. 사서의 시선이 엇갈려 있어 사실 래생을 바라보는지 아닌지 정확히 알 수 없었다. 하지만 사팔뜨기 여자 사서가 래생을 한심하게 여기고 있는 것은 확실했다.

"담부턴 총을 쏴요. 실력도 안 되면서 괜히 덤벼들어가지고 여러 사람 피곤하게 하지 말고."

사팔뜨기 여자 사서가 미사에게 들리지 않도록 낮은 목소리로 비아냥거렸다. 래생 때문에 정말로 피곤했는지 사서의 목소리에 화가 많이 묻어 있었다.

"당신 때문에 이발사에게 이 미토가 노출됐어. 옆에 있는 수민이도. 당신 하나 때문에 우리 셋이 위험해진 거지. 한자를 잡는 설계도 조금 비틀어졌고. 하지만 괜찮아. 기왕 이리 된 거 슬슬 일 시작해야지. 우린 또 항상 긍정적인 사고방식으로 사니까."

미토가 사팔뜨기 여자 사서를 바라봤다. 사팔뜨기 여자 사서가 미토를 향해 빙긋 웃어주었다. 저 기막힌 여자들은 대체 무슨 생각을 하며 사는 것일까.

"이발사에게서 잘도 빼내왔군. 혹시 내 칼도, 챙겨왔나?" 래생이 다소 민망해하며 물었다.

미토가 싸늘한 표정으로 래생을 바라봤다. 왜 갑자기 추의 칼 생각이 난 것일까. 래생 스스로도 자기가 던진 질문이 의아했다.

"이발사는 내가 처리할 거야. 당신 할일은 따로 있어." 미토가 결연한 목소리로 말했다.

말을 던지고 미토는 고개를 홱 돌리더니 부엌으로 갔다. 사팔뜨기 여자 사서도 덩달아 부엌으로 갔다. 부엌에서 세 명의 여자가 수다를 떠는 소리와 요란한 웃음소리가 들렸다. 주로 죽을 요리하는 방식에 대한 각자의 의견들이었다. 잠시 후 미사가 죽을 가지고 왔다. 미토와 사팔뜨기 여자 사서는 밖으로 나가려는지 외투를 입었다. 사팔뜨기 여자 사서가 현관에서 신발을 신고 있을 때 미토가 래생이 누워 있는 침대 곁으로 다가와 속삭였다.

“그 깡통 머리로 쓸데없는 생각 하지 마. 괜히 일만 더 어려워져. 당신은 죽 먹고 잠이나 푹 자둬. 내가 부를 때까지 쭉.” 미토가 ‘쭉’이라는 말에 악센트를 주었다.

미토와 사팔뜨기 여자 사서가 문을 열고 밖으로 나갔다. 미사가 죽을 한 숟갈 떠서 입으로 호호 불더니 래생에게 내밀었다. 래생은 김이 모락모락 올라오는 죽과 미사의 얼굴을 잠시 멀뚱멀뚱 바라봤다. 괜찮다는 듯 미사가 숟가락을 조금 더 내밀었다. 래생이 입을 열고 미사가 내미는 죽을 받아먹었다. 미사가 끓인 죽이, 깨어나서 5일 만에 다시 먹는 이 따뜻한 음식이, 염치없게도 너무나 맛있었다. 래생은 죽 한 그릇을 다 비우고 다시 잠이 들었다.

미토 말대로 래생은 계속 잠을 잤다. 잠이 들고 꿈을 꾸고 깨어나서 미사가 끓여오는 죽을 먹고 다시 잠을 잤다. 잠을 자고 또 자도 하염없이 계속 졸음이 밀려왔다. 미사가 끓여오는 죽 속에 수면제가 들어 있을지도 모른다고 생각했다. 아니라면 물컵에, 스푼에, 그것도 아니라면 저 꽃병 속의 꽃들에, 창문을 지나 래생의 침대 위로 내리는 포근한 햇살에 수면제가 들어 있는 것이라고 생각했다. 죽을 먹고 잠을 자고, 약을 먹고 잠을 자고, 심지어 꿈속에서도 잠을 잤다.

밤이 되면 미토가 돌아와 래생의 붕대를 풀고 상처를 소독해줬다. 그리고 주사를 놓았다. 미토가 돌아오지 않는 날에는 사팔뜨기 여자 사서가 대신 왔다.

"당신은 여기 왜 끼어들었지?" 말없이 붕대를 새로 감고 있는 사팔뜨기 여자 사서에게 래생이 물었다.

사팔뜨기 여자 사서는 아무 말도 하지 않았다.

"이건 어린애 장난이 아니야. 당신 죽을지도 몰라." 래생이 다시 말했다.

사팔뜨기 여자 사서가 붕대를 세게 당겨서 묶었다. 상처 부위가 터질 것처럼 아파왔다. 래생이 신음 소리를 냈다.

"누구나 당신만한 사연 정도는 있어. 혼자서 비장한 척, 뭘 다 아는 척 까불지 마." 사팔뜨기 여자 사서가 헌 붕대와 가위를 챙기며 말했다.

맞는 말이다. 누구나 사연이 있다. 너구리 영감도, 추도, 털보도, 미토도, 이발사도 그리고 심지어 한자도 각자의 사연이 있다. 그 사연으로 분노를 키우고, 서로를 증오하고, 또 서로를 죽인다. 모두들 자기 사연이 정당하다고 생각한다. 모두들 자신의 상처가 정당하다고 생각한다. 하지만 그것이 정당할까? '쳇, 별생각을 다하네. 빌어먹을 놈인 건 너도 마찬가지면서.' 래생이 자신을 비웃었다.

잠에서 깨어나면 종종 미사가 다 해진 곰돌이 푸 인형을 래생의 배 위에 올려놓고 혼자서 인형놀이를 하고 있었다. 마치 래생의 허벅지나 등뒤에 꼬리만 살짝 댄 채 잠을 자던 스탠드와 독서대처럼.

"인형놀이 하기엔 나이가 너무 많지 않아? 다른 걸 해보는 게 어때?" 래생이 물었다.

"다른 거 뭐요?" 미사가 다 뜯어진 곰 인형을 만지작거리며 물었다.

"예를 들어 고양이를 키운다든가. 고양이를 키우면 행복해지거든."

미사가 눈을 치켜뜨고 곰곰이 생각했다. 그리고 이내 고개를 흔들었다.

"고양이나 개는 싫어요. 미사보다 빨리 죽잖아요. 미사보다 빨리 죽는 것과는 친해질 수 없어요. 하지만 곰 인형은 바느질만 계속해주면 미사보다 오래 사니까." 미사가 다시 낡은 곰돌이 푸 인형을 흔들며 말했다.

"넌 왜 아무것도 물어보지 않지?"

"뭘요?"

"뭐든."

"알아도 제가 할 수 있는 게 별로 없으니까요. 그래서 제가 할 수 없는 건 모르는 척해요. 그리고 계속 모르는 척을 하면 정말로 아무것도 몰라지지요." 미사가 웃으며 말했다.

래생의 배 위에서 낡은 곰돌이 푸 인형이 계속 머리를 흔들었다.

"G. Y. 검돌이라는 작가가 쓴 『의아한 북극곰』이라는 소설 읽어봤니?" 래생이 물었다.

"유명한 작가인가요?"

"전혀. 그 소설은 어째서 자신이 북극곰인지를 의아해하는 북극곰이 주인공인 이야기야."

"북극곰이 왜 자신이 북극곰인지를 의아해하죠?" 미사가 고개를 갸웃거렸다.

"그러니까 어떤 북극곰이, 어째서 나는 그냥 곰이 아니고 북극곰인 거지? 단지 북극에 태어났기 때문에? 하고 묻는 웃긴 이야기지. 이 소설 속의 의아한 북극곰은 단지 북극에서 태어났기 때문에 자신이 북극곰이 되어버렸다는 사실이 너무 싫은 거야. 어쩔 수 없이 북극곰이 되어버린 게 싫은 거지. 반달곰이 될 수도 있고, 회색곰이 될 수도 있었는데 말이지. 북극곰은 나는 왜 북극곰일까? 라는 질문을 가지고 오랫동안 고민을 하지."

"바보 곰 아니에요?" 미사가 물었다.

"아냐, 곰 주제에 그런 질문을 하니까 나름 철학이 있는 곰이지. 어쨌든 이 의아한 북극곰은 자신이 진정 어떤 곰인지를 알기 위해서는 북극을 떠나야 한다고 생각해. 북극곰은 지도를 펼쳐놓고 북극과 아주 다른 곳을 살펴보다가 캘리포니아로 떠날 생각을 하는 거지."

"곰이?"

"곰이."

이해가 안 된다는 듯 미사가 고개를 갸웃거렸다.

"북극에서 캘리포니아로 가려면 배가 필요하잖아요?"

"그렇지. 불행히도 북극곰은 배가 없는 거야. 그래서 톱을 가져와 빙산을 자르는 거지. 그러니까 자신이 서 있는 땅을 자르는 거야. 그리고 그 빙산에 올라타 캘리포니아를 향해 멋지게 떠나지. 바람이 불어오고 조류가 북극곰이 탄 빙산을 북극에서 점점 거대한 바다로 몰아가는 거야. 하지만 북극에서 점점 멀어져갈수록 빙산도 계속 녹는 거지. 빙산이 계속해서 녹아가지만 캘리포니아는커녕 새로운 육지도 보이지 않는 거야. 고향에서 잘라온 거대한 빙산이 이제 조금밖에 남지 않았는데 저 멀리 육지라고는 보이지도 않을 때 비로소 의아한 북극곰은 생각하는 거지. '아! 이래서 내가 북극곰이었군. 뭔 짓을 해도 북극을 떠날 수 없으니까 북극곰이었던 거야.' 그리고 빙산이 다 녹아 바다에 빠진 의아한 북극곰이 다시 북극을 향해 하염없이 헤엄을 치면서 소설은 끝이 나지."

"그럼 그 북극곰은 바다에 빠져 죽은 거예요?"

"몰라. 헤엄을 치다가 끝이 나버려서."

"의아한 북극곰이 헤엄을 잘 쳐야 할 텐데." 미사가 걱정스러운 표정으로 소설 속 북극곰 걱정을 했다.

"우리와 비슷하지 않니?"

"그 바보 북극곰이요?"

"우리 모두 북극에서 태어났고, 북극을 싫어하고, 뭔 지랄을 해도 북극을 떠날 수 없으니까." 래생이 말했다.

미사가 래생의 얼굴을 빤히 쳐다보고 있었다.

"전 북극도 나쁘지 않아요. 캘리포니아는 아주 덥잖아요. 게다가 캘리포니아 곰이라니, 뭔가 이상하잖아요? 난 북극에서 태어났으면 그냥 북극곰으로 살래요." 미사가 해맑게 웃으며 말했다.

새벽이면 12월의 겨울 숲으로 서리가 내렸다. 풀잎들이 분이라도 바른 것처럼 창백하게 얼어붙었다. 모두 따뜻한 곳으로 날아가버린 것인지 새들의 지저귐 소리가 잦아들었다. 12월 2일이 되자 사팔뜨기 여자 사서가 나무를 잘라와 크리스마스트리를 만들었다. 저녁이 오면 세 여자가 요란한 수다를 떨면서 크리스마스트리에 색색의 꼬마전구와 온갖 방울들과 선물 상자와 별, 종, 산타와 루돌프, 요술 지팡이, 사탕 같은 장식품들을 달았다. 미사가 솜을 가져와 트리 위에 눈송이를 뿌렸다. 크리스마스트리를 장식하는 세 여자의 웃음소리가 그치지 않았다. 크리스마스가 올 때까지 한 달 내내 저 짓을 계속할 모양이었다. 하지만 세 여자의 웃음은 어둠을 향해 짖어대는 개들의 울음처럼 어딘지 모르게 불안해 보였다. 슬픔이 올까봐 두려워 필사적으로 즐거워하려는 과장된 몸짓들처럼.

상처는 제법 많이 아물었다. 이제 래생은 몸을 어느 정도 움직일 수 있어서 허리를 조금 굽힌 채 혼자서 걸어다닐 수 있었다. 엉덩이를 쭉 뺀 채 어그적어그적 걷는 모양이 웃겼는지 래생이 산책을 할 때면 미사가 자주 배꼽을 잡고 웃었다. "몸을 많이 움직이는 게 좋아." 상처를 살피며 미토가 말했다. 래생은 집 주변 숲속을 돌아다녔다. 복숭아나무와 잣나무와 매실나무와 밤나무가 정원을 휘감듯 자라 있었다. 아무도 죽지 않고 아무도 다치지 않았다면 이 집의 주말은 평화롭고 아름다웠을 것이라고 래생은 생각했다. 아무도 죽지 않고 아무도 다치지 않았다면.

집은 산중턱에 있다. 집으로 들어오는 포장도로가 하나 있고, 자동차는 지날 수 없는 좁고 가파른 길이 집 뒤쪽으로 하나 더 있다. 래생은 집 뒤로 나 있는 좁은 길을 살폈다. 비포장이고 나무뿌리들이 여기저기 튀어나와 있어서 그 길로 미사의 휠체어를 끌고 갈 수는 없을 것 같았다. 자객들이 이 집을 발견하기라도 한다면 저 세 여자는 모두 여기서 죽을 것이다. 래생과 이발사가 싸웠다는 소문이, 어떤 여자가 래생을 데리고 사라졌다는 소문이 났을 것이다. 한자의 귀에 들어갔을지도 모른다. 벌써 트래커들이 움직이기 시작했을지도 모른다. 시간이 얼마나 있는 것일까?

미토와 사팔뜨기 여자 사서는 부지런히 밖에 나갔다가 돌아왔다. 그리고 미사가 잠이 들고 나면 둘이서 다락방에 앉아 한참 동안 무언가에 대해 의견을 주고받았다. 때로는 토론이 길어져서 새벽이 올 때까지 두런두런 말소리가 들려오기도 했다. 하지만 미토도 사팔뜨기 여자 사서도 래생에게 아무 말 없었다. 한자와 어떻게 싸울지에 대해, 너구리 영감과 어떻게 싸울지에 대해, 그리고 이 무모한 여자 셋이 앞으로 어떻게 살아갈 것인지에 대해 아무것도 이야기해주지 않았다.

래생은 책을 읽고 잠을 자고 창밖의 겨울 산을 바라보며 시간을 보냈다. 종종 천장 위의 대들보를 쳐다보며 이발사의 동작을 떠올리기도 했다. 있다 싶으면 비었고 비었다 싶으면 있는, 가볍고, 유연하고, 느리다가 갑자기 빨라지는 이발사의 동작들. '다시 붙는다면 이길 수 있을까?' 래생이 스스로에게 물었다. 그 질문을 던지는 순간 칼날 끝에 선 것처럼 싸늘한 공포가 밀려왔다. 어려울 것이다. 다시 이발사와 붙는다면 그때는 정말 죽을 것이다.

눈을 떴을 때, 미토가 침대 곁에 우두커니 서서 래생을 내려다보고 있었다. 얼마나 그러고 있었는지 알 수 없었다. 미토의 표정이 슬프고 비장해 보였다.

"몇시지?" 래생이 물었다.

"새벽 3시."

"왜 그러고 있는 거지?"

"당신에게 할말이 있어서."

"난 당신 계획보다 총이랑 칼이 더 필요해." 래생이 말했다.

"쓸데없는 생각 하지 마. 지금은 철부지처럼 까불 때가 아니야." 미토가 말했다.

"당장 자객들이 이 집에 쳐들어오면 냄비랑 프라이팬을 들고 싸울까?"

"대선이 20일밖에 안 남았어. 한자는 우리에게 신경쓸 여유가 없어. 사실 아직 그럴 이유도 없고. 그리고 한자가 우리를 치기 전에 우리가 먼저 한자를 칠 거야."

"대체 네 계획이란 게 뭐지?"

"도와줄 거야?" 미토가 진지하게 물었다.

"글쎄, 장담은 못하겠는데?"

미토는 한동안 말없이 래생의 얼굴을 바라보기만 했다. 이윽고 미토가 입을 열었다.

"나에게 강지경의 설계 자료들이 있어. 지난 20년간 소리도 없이 죽은 사람들에 대한 설계 자료들이야. 한자의 금고엔 장부가 있어. 정치인, 기업인, 도서관, 청부 브로커, 암살자들과의 거래 내역이 담겨 있는 장부지. 그리고 이번 선거에서 한자가 큰 건수를 잡았어. 그 거래 내역들이 담긴 장부도 거기 있을 거야. 그리고 너구리 영감에겐 책이 있지."

"책?"

"지난 90년간 대한민국 현대사에 나타난 모든 주요한 암살에 대해 세세하게 씌어 있는 책. 50년은 그전 도서관장들이 썼고, 나머지 40년은 너구리 영감이 썼지."

"너구리 영감이 책을 썼어? 27년 동안 도서관에서 살았던 나도 모르는 책을 당신은 도서관 밖에서 잘도 아는군."

미토가 사팔뜨기 여자 사서가 자고 있는 방을 힐끔 쳐다봤다.

"책은 있어. 어디 있는지도 알고."

"한국 현대사를 발칵 뒤집어놓을 그 엄청난 책이 도서관에 있는 20만 권의 책들 속에 버젓이 꽂혀 있다는 말이지? 어디? 『죄와 벌』 옆에? 아님 『우아하고 감상적인 일본 야구』 옆에?" 래생이 비아냥거렸다.

"너구리 영감의 서재 밑에." 미토가 담담하게 말했다.

"지하실?"

미토가 고개를 끄덕였다.

"양가죽으로 된 표지가 있는 두꺼운 책이야. 성경책처럼 생겼어. 보면 알 수 있을 거야."

"그 책을 어떻게 찾았지?"

"너구리 영감 같은 사내는 여자를 바보라고 생각하니까. 그게 사팔뜨기 여자라면 말할 것도 없고."

래생이 피식 웃음을 터뜨렸다. 그토록 맹해 보였던 사팔뜨기 여자 사서가 너구리 영감에게 제대로 엿을 먹이다니. 이 사실을 안다면 그 자존심 센 너구리 영감의 표정이 볼 만할 것이라고 래생은 생각했다. 미토가 다시 입을 열었다.

"한자는 장부를 회사가 아니라 다른 안가에 보관해. 장부가 들어 있는 금고에 접근할 수 있는 사람은 두 명이지. 한자와 한자의 변호사. 한자는 협박이 안 통하겠지만 한자의 변호사는 가능할 거야. 예쁜 딸도 둘이나 있고 부인도 있고 게다가 치졸하고 비겁하고 허약한 놈이니까. 칼로 몇 군데 쑤셔놓고 시작하면 대화가 통할 거야. 도서관 지하실에 접근할 수 있는 사람은 두 명이지. 너구리 영감과 바로 너. 나는 그 두 개가 다 필요해. 그러니 너구리 영감의 책과 한자의 장부를 내게 가져다주면 네 할일은 끝나는 거야. 나머지는 내가 알아서 할게. 강지경의 설계 자료까지 그 세 개를 다 쥐고 있으면 칼자루가 우리에게 넘어올 거니까."

래생이 미토의 얼굴을 빤히 쳐다봤다.

"그게 가능할 거라고 생각해? 설령 그걸 손에 다 넣는다고 해도 대한민국의 모든 자객들이 널 죽이려들 거야. 아니지. 기관, 군대, 경찰, 검찰 전부 다 너를 죽이려 하겠지. 이 나라에서 힘 좀 쓴다는 놈치고 설계자들과 관련되지 않은 놈들은 없으니까."

"선거라는 건 참 재미있는 잔치 같지 않아? 욕망과 탐욕과 허영이 모두 고개를 내밀고 한자리에 모이는 자리지. 그 허구들을 보려고 사람들의 시선도 한자리에 모이고. 뭔가가 터지기에 좋은 타이밍이야. 게다가 모두들 뭔가 터지길 기다리고 있지. 나에게 계획이 있어. 어때, 도와줄 거야?"

래생이 잠시 생각에 잠겼다.

"네가 성공하면 내가 아는 사람들은 다 죽겠군. 더불어 나도 죽고. 하지만 뒤에서 우릴 인형처럼 조종했던 설계자놈들은 여전히 살아남겠지. 그게 내가 알고 있는 역사야."

미토가 래생을 향해 빙긋 웃었다.

"그럴 수도 있고 아닐 수도 있어. 아직 안 싸워봤으니까. 하지만 적어도 소심한 북극곰으로 죽진 않겠지."

다음날 첫눈이 내렸다. 미사가 넋을 놓고 눈이 쌓인 겨울 숲을 바라보고 있었다. 하지만 래생에게 눈이 쌓인 겨울 숲은 어쩐지 고립되어 있다는 느낌을 불러일으켰다. 너무 멀리 와버렸다는 느낌, 그래서 더 위험해진 느낌이었다. 래생은 난로 속에 갈탄을 집어넣고 난로 위에 놓인 물통에 물을 조금 더 부었다. 옆구리가 조금 결리긴 했지만 이제 제법 몸을 많이 움직일 수 있었다. 사팔뜨기 여자 사서와 미토는 집에 없었다. 다행이라고 래생은 생각했다. 있었으면 첫눈이 내렸다고 셋이서 하루종일 호들갑을 떨어댔을 것이다.

"눈이 내린 세상은 참 아름답지 않아요?" 미사가 창밖을 보며 물었다.

"아름답지 않느냐……" 래생이 미사의 질문을 중얼거렸다.

"온갖 더러운 것들을 5센티미터쯤 덮고 있으면 그게 아름다운 세상일까?" 래생이 말했다.

미사가 래생의 얼굴을 잠시 쳐다봤다.

"오빠 뭐가 그렇게 부정적이에요? 저건 그냥 눈이 내린 세상일 뿐이에요." 미사가 웃으며 말했다.

미사의 말에 래생이 왼쪽으로 고개를 갸우뚱했다. 그리고 피식 웃음을 터뜨렸다.

"그렇네. 저건 그저 눈이 내린 세상일 뿐이지." 래생이 다시 중얼거리듯 말했다.

"아, 밖에 나가고 싶다." 미사가 깍지를 끼고 한껏 기지개를 켜며 말했다.

래생은 모자를 쓰고 집밖으로 나왔다. 정원과 숲길에 눈이 수북이 쌓여 있었다. 래생은 정원과 숲길에 내린 눈들을 싸리 빗자루로 쓸었다. 얼굴에 달라붙어서 금세 녹아내리는 눈송이의 차가운 느낌이 좋았다. 어릴 적에는 도서관 마당으로 끝없이 흩날리는 벚꽃들을 빗자루로 쓸곤 했었다. 래생의 키가 빗자루보다 훨씬 작았을 때였다. 한참을 쓸고 난 다음에 뒤를 돌아보면 또다시 수북하게 쌓여 있던 죽은 벚꽃들. 그 뜻 모를 공허함이 무서워 하염없이 떨어지는 벚꽃들을 오후 내내 쓸고 또 쓸곤 했었다. 래생은 정원에서 자동차가 다니는 도로까지 쌓인 눈을 쓸어 길을 낸 다음 다시 집으로 들어왔다. 담요를 들고 가서 미사의 무릎 위에 올려주었다.

"모자를 써. 안 그러면 안 나갈 거야." 래생이 말했다.

미사가 순순히 모자를 썼다. 래생이 미사를 휠체어에 태우고 집밖으로 나왔다. 눈길을 구르는 휠체어 바퀴에서 뽀드득뽀드득 우스꽝스러운 소리가 났다.

"힘들지 않아요?" 미사가 물었다.

"힘들지 않아." 래생이 말했다.

돌멩이나 잡초의 뿌리에 휠체어 바퀴가 덜컹거릴 때마다 미사가 까르르 웃어댔다. 미사가 손을 뻗어 떨어지는 눈송이들을 받았다. 그리고 눈을 감은 채 하늘을 향해 고개를 젖히고 한참 동안 얼굴에 눈을 맞았다.

"미사는 어떻게 살고 싶은데?" 래생이 물었다.

"저는 이대로가 좋아요. 그냥 이대로가 좋아요." 미사가 여전히 눈을 감고 하늘을 향해 고개를 젖힌 채 말했다.

미토는 새벽에 돌아왔다. 눈길을 달려오는 미토의 자동차 엔진 소리가 거칠고 부자연스러웠다. 창으로 비쳐들던 헤드라이트가 꺼지고 난 다음에도 미토는 집안으로 들어오지 않았다. 래생이 침대에서 일어나 창밖을 바라봤다. 미토가 양손으로 핸들을 붙잡고 머리를 숙인 채 어깨를 떨고 있었다. 30분쯤 지나자 미토가 차에서 나와 집안으로 들어왔다. 래생은 침대에 누워서 자는 척을 했다. 부엌에서 냉장고 문을 여닫는 소리와 바닥에 미토가 털썩 주저앉는 소리가 들렸다. 그리고 오랫동안 아무 소리도 들리지 않았다. 래생은 어둠 속에서 20분쯤 천장을 바라보다가 침대에서 일어나 부엌으로 갔다. 불을 켰을 때 미토는 냉장고 옆에 웅크린 채 울고 있었다. 래생은 잠시 미토를 쳐다보다가 냉장고 문을 열고 물통을 꺼냈다. 래생이 컵에 물을 따라 한 잔을 들이켜고 다시 물을 따라서 미토에게 내밀었다. 미토가 컵을 받았다.

"너처럼 독한 년도 울 때가 있구나?" 래생이 말했다.

미토가 냉소적인 표정으로 웃더니 물을 한 모금 마셨다. 래생이 식탁 의자에 앉았다. 미토가 옷소매로 눈물을 훔쳐냈다.

"나처럼 독한 년이 왜 우는지는 안 물어봐?" 여전히 눈가에 눈물을 머금은 채 미토가 장난스런 말투로 물었다.

"안 물어봐. 여자들이 우는 이유는 이 우주의 별들만큼이나 많으니까."

그럴 수도 있겠다는 듯 미토가 고개를 끄덕였다.

"내가 널 살려주면 우리 미사를 지켜줄 수 있어? 5년, 아니, 3년만."

미토가 진지하고 애절한 눈빛으로 래생을 쳐다보고 있었다. 래생이 고개를 갸웃거렸다.

"그럴 일은 없어야겠지만 혹시 모르니까." 미토가 다시 물었다.

"당신은 뭐하고?"

"나는 그때까지 살아 있지 못할 거니까."

"왜 당신은 죽고 나는 살지? 괴물이니 어쩌니 하는 당신의 그 빌어먹을 도덕심 때문에? 너 따위가 죽는다고 세상 달라지지 않아. 그러니 그냥 살아. 혼자 세상 다 구하고 혼자 죽고. 그게 무슨 개지랄이냐. 네가 예수냐?" 래생이 빈정거렸다.

"오늘 여자를 죽였어. 내가 주사를 놨어. 아홉 살 때부터 줄곧 침대에만 누워 있었던 여자였어. 아무 죄도 아무 힘도 없는 여자지. 그런데 내가 오늘 그 여자를 죽였어. 내가 주사를 놨어."

미토가 술에 취한 것처럼 말했다.

"그 여자가 누군데?"

"이발사의 딸."

래생은 자리에서 일어났다. 부엌 선반 어딘가에서 담배를 본 것 같았다. 래생이 선반에서 빈 커피통을 뒤적거리자 미토가 주머니에서 담배를 꺼내 래생에게 내밀었다. 래생이 담배를 받아 불을 붙였다. 한 달 만에 피우는 담배라 그런지 두 모금을 빨았을 때 어지러움이 밀려왔다.

"이발사 딸은 왜?" 래생이 물었다.

"한자가 아니라 그 딸이 이발사를 움직이게 하니까."

갑자기 왼쪽 눈이 몹시 아파왔다. 래생이 손바닥으로 눈을 비볐다.

정의, 신념, 이런 것들 때문에 사람을 죽여본 적이 있었던가? 없었다. 래생은 그런 것을 믿지 않았다. 래생은 언제나 누가 시켰기 때문에 사람을 죽였다. 그것은 누군가가 명단에 올랐기 때문이고 래생이 자객이기 때문이었다. 미토는 무엇을 위해서 사람을 죽이고 있는 것일까? 자신이 믿는 그 무엇을 위해 사람을 죽일 수 있다는 것이 갑자기 무섭게 느껴졌다. 생각해보면 그것이 설계자들의 세계일 것이다. 래생이 담배를 한 모금 더 빨고 입을 열었다.

"인간은 자기 자신에게조차 삶의 진짜 동기를 숨기고 산다고 하더군. 그래서 자기를 속이기 위해 끊임없이 가짜 동기를 만들어내야 하는 거지. 너는 너의 진짜 동기가 뭔지 모르지? 솔직히 지금 너도 네가 뭘 하고 있는지 모르는 거고? 내가 보기에 너는 우리와 하나도 다를 바 없어. 너는 이발사와 똑같아. 한자와 똑같고. 너는 이 세계의 설계자들과 아주 똑같아. 그러니 네가 바꿀 세상이라는 것도 결국 지금이랑 똑같겠지. 흰 고양이나 검은 고양이나 하는 짓은 똑같으니까."

래생은 자리에서 일어났다. 그리고 싱크대에 고인 물에 담뱃불을 끄고 꽁초를 쓰레기통에 버렸다. 미토는 여전히 바닥에 퍼더앉아 망연자실한 표정을 짓고 있었다.

"한자의 장부는 가져다줄 수 있어. 하지만 너구리 영감의 책은 어려울 거야. 그게 내가 해줄 수 있는 전부야." 래생이 미토의 정수리에 대고 말했다.

다음날 오후, 래생은 집을 나서기 위해 짐을 챙겼다. 미사가 옷장에서 겨울옷들을 가져와 가방에 넣어주었다. 죽은 아버지의 옷들이었다. 대부분의 옷들은 래생이 입기에는 조금 컸다.

"아빠가 키가 컸구나?"

"키도 크고 얼굴도 잘생겼지요." 미사가 웃으며 말했다.

"터미널까지 태워줄게." 옆에 있던 미토가 말했다.

래생에게 따로 할말이 있는 눈치였다.

"아니, 괜찮아. 혼자 좀 걷고 싶어서." 래생이 말했다.

미토가 미사의 눈치를 보다가 래생에게 봉투 하나를 내밀었다. 래생이 봉투를 바라봤다. 그 속에는 한자의 안가 주소와 금고가 있는 방, 장부를 정리하기 위해 변호사가 오는 날짜, 가지고 와야 할 장부의 목록, 경비 시스템을 피해 안가 안으로 들어가는 방법 같은 게 들어 있을 것이다. 래생이 봉투를 받아 가방에 집어넣었다.

"늦지 않게 해줘." 미토가 말했다.

"늦지 않을 거야." 래생이 담담하게 말했다.

래생이 미사를 향해 웃었다. 미사가 슬픈 표정을 지었다. 래생은 미사의 어깨를 손으로 톡톡 친 다음 몸을 돌려 눈이 녹아 질척거리는 길을 따라 천천히 걸어내려갔다. 등뒤에서 미사가 깡마른 손을 계속 흔들고 있었다.

*

한자의 안가는 조용한 주택가에 있었다. 옆집과 처마가 닿을 것처럼 가까이 붙어 있고 잘 정돈된 정원이 있는 평범한 이층집이었다. 가정적인 아버지가 쌍둥이 딸들의 생일을 위해 케이크를 사들고 초인

종을 누를 것 같은 집이었다. 래생은 미토가 지시한 대로 옆집 지붕을 타고 올라가 한자의 안가 옥상으로 건너갔다. 물탱크 옆에 있는 보일러실에 가로 세로 30센티미터 정도의 환기창이 있었다. 래생이 손으로 환기창을 조금 흔들었다. 새시로 만들어진 조잡한 환기창이어서 굳이 유리를 깨뜨리지 않아도 창틀을 비틀어서 뜯어낼 수 있을 것 같았다. '이리로 들어가라는 얘긴가? 이딴 걸 설계라고.' 래생이 헛웃음을 쳤다.

아직 한자의 변호사는 오지 않았다. 래생은 시계를 봤다. 오후 8시였다. 래생은 옥상 물탱크에 등을 기대 앉은 채 홀스터에서 PB6P9를 꺼내 가로등 불빛에 비춰봤다. 권총에 장착되어 있는 소음기를 돌려서 뺐다가 다시 달고 탄창을 빼낸 다음 슬라이드를 뒤로 당겨 장전을 하고 빈 총으로 격발을 했다. 나쁘지 않다는 듯 래생이 고개를 끄덕거렸다. 래생은 단지 아주 조용하다는 이유로 이 러시아제 권총을 좋아했다. 총을 위해 소음기를 만든 게 아니라 소음기를 위해 총을 디자인했다는 우스갯소리가 있을 만큼 조용한 총이었다. 권총을 마지막으로 써본 게 언제였던가? 최근 몇 년 동안 쓰지 않았다. 권총을 써야 할 만큼 표적에 가까이 가야 한다면 프로들은 대부분 칼을 쓴다. 권총을 쓰면 탄환이나 탄피 같은 구질구질한 흔적들이 많이 남기 때문이었다. 하지만 이젠 상관없다고 래생은 생각했다.

주머니에서 담배를 꺼내려다 래생은 잠시 멈칫했다. 하지만 이내 담배를 입에 물고 불을 붙였다. "이것도 이제 별 상관없지." 래생이 중얼거렸다. 래생이 담배를 반쯤 피웠을 때 핸드폰 진동음이 들렸다.

미토에게서 온 전화였다.

"변호사가 사무실에서 출발했어. 20분 후에 도착할 거야." 미토가 말했다.

"어설프게 미행 같은 거 하지 말고 바로 이 근처로 와서 대기해." 래생이 말했다.

"장부를 챙기면 장부를 돌려주는 대가로 7억 5천만원이 필요하다고 변호사에게 말해. 그래야 한자가 의심을 안 해."

"7억이면 7억이고 8억이면 8억이지, 구질구질하게 7억 5천은 뭐야?" 래생이 투덜거렸다.

"변호사 옆에 경호원이 둘 달라붙어 있어. 조심해. 나는 맞은편 골목에 있을 거야."

미토가 전화를 끊었다. 래생은 바닥에 담배를 비벼 끄고 습관적으로 꽁초를 주머니 속에 집어넣었다. 그리고 보일러실 환기창을 뜯어내서 조용히 바닥에 내려놓은 다음 머리를 넣어보았다. 공간이 아주 좁긴 했지만 어깨를 비틀면 들어가는 것에는 별 무리가 없어 보였다.

미토 말대로 20분쯤 후에 변호사가 왔다. 래생이 옥상에서 머리를 내밀고 아래를 살펴봤다. 뚱뚱한 사내가 뛰어나와서 문을 열어주었다. 차 뒷좌석에서 변호사가 내리고 경호원처럼 보이는 키가 크고 호리호리한 사내가 내렸다. 단단하고 날카로워 보이는 사내였다. 곧이어 시동을 끄고 운전석에서 내린 사내도 평범한 운전사처럼 보이지는 않았다. 뚱뚱한 사내 한 명, 경호원 둘, 변호사. 일이 틀어지면 복잡한 상황이 생길 것 같았다.

변호사가 집안으로 들어서자 래생도 환기창으로 들어갔다. 그리고 문을 조금 열고 변호사를 기다렸다. 1층에서 사내들이 웅성거리는 소리가 들렸다. 잠시 후 변호사가 혼자서 2층으로 올라와 열쇠로 문을 열고 방으로 들어갔다. 그 방에 금고가 있을 것이다. 래생은 2층 복도를 조용히 걸어가서 1층을 살폈다. 1층 부엌 쪽에서 사내들 셋이 무언가를 먹으며 농지거리를 하고 있었다. 래생은 다시 돌아와 변호사가 들어간 방 문고리를 돌렸다. 문은 안에서 잠겨 있었다. 래생이 1층으로 고개를 돌렸다. 사내들 셋이 큰 소리로 웃고 있었다. 래생이 방문을 두드렸다. 안에서 변호사가 "무슨 일인가?" 하고 묻는 소리가 들렸다. 래생은 아무 대답 없이 밖에 서 있었다. 부엌에서 다시 웃음소리가 들렸다. 래생이 한 번 더 방문을 두드렸다. 방안에서 의자가 미끄러지는 소리와 변호사의 짜증스러운 목소리가 들렸다. 래생은 왼손에 물에 적신 손수건을 감아쥐고 오른손으로 권총을 집었다.

"무슨 일이야?" 변호사가 짜증을 내며 문을 열었다.

순간 래생이 변호사의 입에 손수건을 집어넣고 안으로 밀친 다음 왼쪽 허벅지에 총을 한 방 쏘았다. 변호사가 어리둥절한 표정으로 피가 흐르는 자신의 허벅지와 래생을 번갈아 바라봤다. 래생이 1층 부엌 쪽으로 고개를 살짝 돌렸다. 1층 부엌에서 여전히 떠들썩한 웃음소리가 나고 있었다. 래생이 방문을 닫은 다음 잠갔다.

"소리내면 머리통에 쏠 거야. 무슨 말인지 알겠지?" 래생이 물었다.

변호사가 고개를 끄덕거렸다. 래생이 변호사의 입에 물린 손수건을 빼냈다. 그리고 변호사의 왼쪽 무릎에 다시 총을 한 방 쏘았다. 변호사가 악 소리를 냈다. 래생이 고개를 갸웃거렸다.

"붕어 대가린가? 내가 불과 2초 전에 소리 내면 머리통에 쏜다고 얘기하지 않았던가?"

래생이 총을 들어올렸다. 변호사가 눈물을 글썽거리며 입을 막았다.

"이제 잘할 수 있겠지?" 래생이 물었다.

변호사가 연신 고개를 끄덕였다. 래생이 왼쪽 무릎에 한 방을 더 쏘았다. 변호사가 이를 앙다물고 바닥을 뒹굴었다. 변호사가 이리저리 뒹굴 때마다 바닥에 깔린 카펫 위로 핏방울이 떨어졌다. 잠시 후 고통에 익숙해졌는지 변호사의 신음 소리가 줄어들었다. 래생이 변호사를 보고 고개를 끄덕였다.

"거기 아주 아픈 곳인데 나름 참을성이 있네. 뭐, 그러니 사법고시 같은 어려운 시험도 통과했겠지."

래생은 서재 중앙의 테이블에서 의자를 빼서 앉았다. 변호사는 고개를 바닥으로 향한 채 이를 앙다물고 있었다. 래생이 주머니에서 담배를 하나 꺼내 입에 물고 불을 붙였다.

"그 무릎은 못 쓸 거야. 무릎관절은 복잡해서 한 번 깨지면 복구가 어렵거든. 하지만 한쪽 다리만 절름거리는 거랑 양쪽 다 절름거리는 것은 확실히 삶의 질이 다르지. 지팡이의 삶과 휠체어의 삶이라고나 할까?"

래생이 허공을 향해 담배 연기를 길게 내뿜었다.

"어때? 오른쪽 무릎은 지키고 싶지?" 래생이 물었다.

변호사가 고개를 끄덕거렸다.

"난 한자의 장부가 필요해. 여기 있는 것도 알고 네가 금고를 열 수 있다는 것도 알아. 그러니 열어. 네가 시간을 끌면 평생 휠체어 타면서 사는 거고, 못 열면 죽는 거야."

변호사가 래생을 바라봤다.

"장부가 왜 필요한데?"

"이제 은퇴를 하려고 하는데 아무도 퇴직금을 주지 않아서."

"저기 검은 가방에 돈이 있어. 한 3억쯤 될 거야. 그거 가져가."

책상 아래에 바퀴가 달린 큰 가방이 있었다. 래생이 담배를 입에 문 채 책상으로 걸어가 검정 가방을 열었다. 가방 속에 현금과 수표가 가득 들어 있었다.

"3억?" 래생이 물었다.

변호사가 고개를 끄덕였다.

"3억이라니, 확실히 여긴 현찰이 많이 도는군. 대선 기간이라 그런가? 뭐, 어쨌든 고맙군."

래생이 가방을 들고 변호사 곁으로 다가갔다. 그리고 우두커니 변호사를 내려다봤다. 변호사가 고개를 들어 래생을 쳐다봤다. 래생이 총을 들어 변호사의 오른쪽 허벅지에 한 방을 쐈다. 변호사의 입에서 다시 악 소리가 터져나왔다.

"다음엔 무릎을 쏠 거야. 그러니 내가 묻는 말에 답해. 한자의 장부는 어디 있지?"

"장부 주면 어차피 죽어." 변호사가 고통 때문에 얼굴을 찡그리며 말했다.

"나는 너희 식구들이 싫더라고. 너무 말끔하고, 너무 계산 빠르고, 논리적으로 말도 잘하고, 게다가 항상 뺀질뺀질하고 미끈거리지. 자, 이제 어떻게 빠져나가지? 난 오늘이야말로 자네가 정안의 시체를 들고 당당하게 도서관에 왔던 날처럼 논리적일 필요가 있다고 생각하는데. 여기서 총알이 다 떨어질 때까지 관절마다 한 방씩 맞고 난 다음 나에게 죽을지, 아니면 한자에게 죽을지. 빨리 생각해야 할 거야. 나는 시간이 별로 없거든."

래생이 다시 총을 들어올렸다.

"책상 밑에 금고가 있어." 변호사가 다급하게 말했다.

래생이 변호사의 뒷덜미를 잡고 책상 밑으로 끌고 갔다. 변호사가 주춤했다. 래생이 변호사의 머리에 총구를 갖다댔다. 변호사가 책상 아래 카펫을 뒤집고 주머니에서 리모컨을 꺼내 비밀번호를 눌렀다. 바닥이 열리고 금고가 나오자 변호사가 다시 비밀번호를 눌러 금고를 열었다. 금고 속에 갖가지 장부와 시디가 있었다. 래생은 들고 왔던 가방 속에 장부와 시디를 모두 담았다. 변호사가 멍한 얼굴로 래생을 바라보고 있었다.

"한자에게 말해. 나에게 필요한 건 돈뿐이라고. 무기명 채권으로 20억. 현금 10억. 현금은 가죽으로 된 가방에 각각 5억씩 넣어서."

변호사는 다소 안심이 되는 듯 고개를 끄덕였다. 그때 다급하게 문을 두드리는 소리가 들렸다. 래생이 변호사를 쳐다봤다. 변호사는 당황한 얼굴이었다.

"뭘 눌렀지?" 래생이 물었다.

"금고를 열면 해제를 해야 하는데, 당황해서 그만."

변호사가 말도 안 되는 변명을 늘어놨다. 래생은 장부를 넣은 가방 지퍼를 닫았다. 그리고 변호사를 바라봤다. 변호사는 몹시 떨고 있었다. 래생이 얼굴을 찡그리고는 변호사의 오른쪽 무릎에 총을 한 방 쐈다. 변호사가 이번엔 큰 소리로 비명을 질렀다.

문을 두드리는 소리가 요란해지더니 급기야 누군가 문을 발로 차기 시작했다. 래생이 문 옆에 붙었다. 숨을 고르고 래생은 문을 살짝 열었다. 연신 문을 발로 차던 사내가 헛발질을 하며 방안으로 뛰어들어왔다. 아까 운전을 하던 사내였다. 래생이 사내의 양쪽 허벅지에 총을 한 방씩 쏘았다. 그리고 복도에 서 있는 호리호리한 사내를 향해 총을 쏘았다. 사내가 바닥을 구르며 총구를 피하더니 래생의 목덜미를 잡고 업어치기를 했다. 능숙하고 유연한 기술이었다. 래생이 바닥으로 패대기쳐지면서 총을 떨어뜨렸다. 호리호리한 사내가 바닥에 떨어진 총을 잡았다. 래생이 어깨를 주무르며 바닥에서 일어났다. 사내가 래생을 향해 총을 겨눴다. 총을 잡은 모양새가 어색하지 않았다. 래생은 어깨 홀스터에서, 오는 길에 백화점에서 산 헨켈을 꺼냈다. 칼을 잡은 래생을 보고 사내가 피식 웃었다.

"바본가? 내가 총을 잡았잖아." 호리호리한 사내가 말했다.

"총알이 다 떨어졌거든. 너희 보스가 도무지 말을 안 들어서." 래생이 말했다.

사내가 총구를 벽으로 향하고 방아쇠를 당겼다. 총에서 빈 격발음이 났다. 사내가 총을 바닥에 집어던졌다. 사내의 양복 안쪽에 총이 있었다. 하지만 그것은 가스총처럼 보였다. 사내가 허리춤에서 칼을 꺼냈다. 특전사에서 쓰는 군용 칼이었다.

"우리 만난 적이 있던가?" 래생이 물었다.

"추의 장례식 때 봤었지."

이제 보니 그는 추의 장례식 때 한자와 같이 왔던 멀대 같은 사내였다.

"자객은 아닌 것 같고 군인인가?"

"오랫동안 군인이었지." 사내가 말했다.

"그럼 계속 군인으로 있지, 국가와 가족을 지키면서 명예롭게."

"명예로는 밥을 못 먹고 사니까." 호리호리한 사내가 래생의 얼굴을 향해 칼을 겨누면서 말했다.

래생은 사내를 향해 겨누고 있던 칼을 내렸다. 그리고 사내를 향해 천천히 걸어갔다. 산보를 가듯 편안한 걸음이었다. 사내가 래생의 얼굴을 향해 칼을 찔렀다. 래생이 고개를 왼쪽으로 살짝만 움직여 칼날을 피한 후 사내의 오른쪽 어깨에서 겨드랑이까지를 힘껏 베었다. 사내가 칼을 떨어뜨렸다. 래생이 사내의 옆쪽으로 몸을 뺀 후 오른쪽 옆구리에 칼날을 조금만 집어넣었다. 사내가 무릎을 꿇고 바닥에 주저앉았다. 사내는 고개를 숙였지만 신음 소리를 내지 않았다. 래생은 사내의 옆구리에서 칼을 뺐다. 그리고 바닥에 떨어진 총을 집어 홀스터에 끼워넣고 손수건을 꺼내 칼날에 묻은 피를 닦았다. 래생이 다시 방안으로 들어갔을 때 변호사는 자기가 흘린 피 위에서 허우적거리며 핸드폰을 붙잡고 통화를 하고 있었다.

"도서관 놈입니다. 장부 뺏겼습니다. 네, 네, 지금 옆에 있습니다. 저는 총을 맞아서…… 아뇨, 통이 아니라 총이요."

래생이 어처구니없다는 표정으로 변호사를 바라봤다. 변호사가 래생을 힐끔 보고 슬며시 핸드폰을 내려놓았다.

"참 열심히도 사네."

래생은 책상 위에 있는 가방을 어깨에 메고 테이블 위에 있는 돈 가방을 들고 1층으로 내려갔다. 계단을 내려가자 뚱뚱한 사내가 야구방망이를 들고 서 있었다. 덩치에 걸맞지 않게 방망이를 든 사내의 손이 심하게 떨리고 있었다. 자세히 보자 그 사내는 예전에 래생이 한자의 사무실에 갔을 때 입구를 지키던 줄줄이 비엔나처럼 생긴 경비원이었다. 래생이 줄줄이 비엔나를 향해 피식 웃으며 야구방망이를 올려다봤다.

"그걸로 저를 때릴 생각이에요?" 래생이 물었다.

줄줄이 비엔나가 겁에 잔뜩 질린 얼굴로 덩달아 야구방망이를 올려다봤다. 래생이 웃으며 고개를 흔들었다.

"에이, 그런 걸로 사람 때리지 마요." 래생이 말했다.

줄줄이 비엔나가 자리에 털썩 주저앉았다.

래생은 현관문을 열고 밖으로 나왔다. 골목길을 빠져나가자 미토의 차가 보였다. 래생이 미토의 차창을 노크했다. 미토가 유리창을 내렸다. 래생이 등에 메고 있던 가방을 벗어 미토에게 건넸다.

"이걸로 빚 갚은 거야." 래생이 말했다.

미토가 가방 지퍼를 열고 장부 하나를 꺼내 내용을 살폈다. 래생이 변호사에게서 뺏은 검정 가방을 들어올렸다.

"여기서 멈추고 미사랑 이 나라를 뜬다면 이 돈 줄 수 있어. 3억쯤 된다고 하더군." 래생이 다시 말했다.

"유혹하는 거야?" 미토가 물었다.

"아마도."

"타." 미토가 말했다.

래생이 고개를 저었다. 미토가 래생의 얼굴을 빤히 쳐다보고 있었다.

"출발해. 곧 한자의 식구들이 몰려올 거야."

미토가 할 수 없다는 듯 차에 시동을 걸었다.

"또 만나. 그때까지 몸조심하고. 명심해. 너를 살려줄 사람은 이 세상에 미토밖에 없어." 미토가 웃으며 말했다.

래생은 미토가 자동차를 몰고 골목을 빠져나가는 모습을 우두커니 바라보았다. 터무니없게도 쓸쓸한 기분이 들었다. 래생은 주머니에서 담배를 한 대 꺼내 물고 불을 붙였다. 숲속에 한 달 있었을 뿐인데 도시의 불빛들이 낯설고 어지러웠다. 곧 한자가 트래커들과 자객들을 풀 것이다. 갑자기 이제 어디로 가야 하는지 감을 잡을 수 없었다.

래생은 거리를 걸었다. 가방이 무거웠다. 가방에 달린 작은 바퀴가 아스팔트 위를 구르며 요란한 소리를 냈다. 문득 마약 봉지를 움켜쥔 채 "이 마약이 떨어지면 이제 제 인생의 모든 것을 잃은 것이죠" 하고 말하던 깡마른 독일 노숙자의 인터뷰가 생각났다. "가족이랑 친구는요?" 리포터가 물었다. 그러자 깡마른 독일 노숙자가 쓸쓸한 표정으로 리포터를 쳐다봤다. "그런 건 벌써 예전에 잃었죠. 희망이니 사랑이니 하는 것들도."

"그런 건 벌써 예전에 잃었죠." 래생이 독일 노숙자의 말을 힘없이 중얼거렸다. 돈이라도 있어서 다행이라고 생각했다. "정말 다행인가?" 래생이 자신에게 되물었다. "다행이지. 암, 다행이고말고." 래생의 안에서 또다른 얼굴이 말했다.

어딘가로 떠날 수 있을 것이다. 래생에게는 3억이 들어 있는 돈 가방이 있었다. 충분하지는 않지만 모자라지도 않았다. 위조 여권을 만들고, 인천이나 부산에서 밀항선을 타고, 지구 반대편의 멕시코 사막

근처까지 흘러들어가 테킬라를 홀짝홀짝 마시며 조용히 늙어갈 수 있을 것이다. 아무도 래생을 모르는, 어떤 과거도 따라오지 않는 멀고 먼 곳까지 가서, 더듬더듬 그 나라의 말을 배우고, 새 이름을 만들고, 이국 여자를 만나 결혼을 하고, 아이를 낳고, 몸으로 움직이는 일을 하며 새로운 삶을 시작할 수 있을 것이다.

"정말 그럴 수 있을까?" 래생이 허공에 대고 힘없이 물었다. 고개를 들자 도시의 불빛들이 칼로 찌르듯 래생의 동공을 파고들었다. 눈이 아팠다. 갑자기 피로가 몰려왔고 다리에 힘이 풀렸다. 래생이 질질 끌고 가고 있는 검정 가방이, 어깨에 걸려 있는 총과 칼이 몹시 무겁게 느껴졌다. 어쩌면 칼 때문도 총 때문도 가방 때문도 아닐 것이다. 래생은 손을 들어 택시를 잡았다. 머리가 희끗희끗한 택시 기사가 어디로 갈 거냐는 듯 래생을 바라봤다. 래생은 서울역으로 가자고 말했다.

래생은 곧장 역사로 올라가서 매표소 상단에 있는 수많은 도시들의 이름을 바라봤다. 그러나 낯선 도시 이름들이 빽빽이 적힌 시간표를 거의 한 시간이나 바라봤는데도 어디로 가야 할지 전혀 알 수 없었다. 어디로 가야 할지는커녕 자신이 왜 여기 서 있는지조차 래생은 이해할 수 없었다. 래생은 다시 역사 밖으로 나왔다. 기차 시간에 촉박하게 도착한 사람들이 자신이 가야 할 곳으로 가기 위해 역 광장을 빠르게 걷고 있었다. 광장 어딘가에서 끊임없이 크리스마스캐럴이 흘러나오고 있었다. 래생은 지하도로 내려가 지하철 물품 보관함에 돈이 든 검정 가방을 집어넣었다.

지하도 한편에서 술에 취한 노숙자들이 욕지거리를 하며 서로를 밀치고 있었다. 몇은 박스로 바람벽을 만든 채 자고 있었고 몇은 라면 부스러기에 소주를 마시고 있었다. 래생은 노숙자들이 박스를 깔고 누워 있는 구석 자리에 앉았다. 노숙자 한 명이 래생을 힐끔 보더니 자리에서 일어나 어슬렁어슬렁 다가왔다. 그리고 종이컵에 소주를 가득 따라 내밀었다. 래생이 노숙자의 얼굴을 쳐다봤다. 인생이 뭐 이러냐는 표정을 한 사내가 술에 취해 눈을 게슴츠레하게 뜬 채 종이컵을 내밀고 있었다. 래생은 종이컵을 받아 술을 마시고 컵을 돌려줬다. 사내가 한 잔 더 하겠냐는 듯 다시 내밀었다. 래생이 손을 저었다. 그러자 인생이 뭐 이러냐는 표정을 한 사내는 다시 자신의 술자리로 비틀거리며 돌아갔다. 빈속이라 술기운이 금세 온몸으로 퍼졌다. 따뜻한 기분이 들었다. 래생은 누군가 깔아놓은 박스 위에 웅크리고 누웠다. 지하도 입구에서 찬바람이 불어왔다. 어디선가 구세군의 종소리가 아득하게 들렸다. 단정한 옷을 입은 여자들이 무엇이 그리 즐거운지 깔깔거리며 곁을 지나갔다. 여자들의 깔깔거리는 웃음소리가 좋았다. '여자들의 웃음소리는 어디나 똑같군. 저 여자들이나, 미토나, 사팔뜨기 사서나…… 아마 아프리카 여자들도 저렇게 웃을 거야.' 래생은 무릎을 가슴 안쪽으로 당기고 얼굴을 겨드랑이에 파묻은 채 피식 웃었다. 그리고 노숙자들 옆에 웅크린 채 밤을 보냈다.

첫 기차를 타고 래생이 도착한 곳은 이발사가 사는 D읍이었다. 래생이 이발소 문의 손잡이를 돌렸다. 닫혀 있을 거라 생각했는데 열려 있었다. 래생은 이발소 안으로 들어섰다. 불도 켜지 않은 채 이발사가 우두커니 앉아 있었다. 래생이 이발사 옆에 앉았다. 이발사가 앞에 있는 거울을 통해 래생을 바라봤다. 무덤덤한 표정이었다. 놀람도 분노도 없이, 그것은 그저 상실감에 빠져 있는 한 늙은 이발사의 지친 얼굴이었다.

"다행이군. 생각보다 멀쩡해서." 이발사가 낮은 목소리로 말했다.

래생이 고개를 끄덕였다. 선반 위에 흰 보자기에 싸인 유골함이 있었다.

"따님입니까?" 래생이 유골함을 바라보며 물었다.

"내 아내일세. 어제 장례가 끝났지." 이발사가 별 감정 없이 말했다.

래생이 고개를 끄덕였다. 한동안 이발사와 래생은 말없이 나란히 앉아 있었다. 이발사의 시선은 무릎 위에 얌전하게 둔 자신의 손을 향해 있었고, 래생은 거울 속에 비친 자신의 얼굴을 쳐다보고 있었다. 래생이 주머니에서 담배를 꺼내 이발사에게 권했다. 이발사가 담배를 받았다. 래생이 이발사의 담배에 불을 붙여주고 자기 담배에도 불을 붙였다.

"왜 여기 왔는지 이유를 물어봐도 되겠나? 내 생각에 친구 복수 때문만은 아닌 것 같고." 이발사가 말했다.

래생이 담배를 길게 한 모금 빨았다.

"따님이 아프지 않았다면 칼잡이 노릇 같은 건 하지 않고 살았을까요?"

래생이 대답 대신 질문을 했다. 이발사가 담배를 한 모금 빨고 허공을 향해 천천히 내뿜었다.

"글쎄, 별로 자신이 없군." 이발사가 담담하게 말했다. "자네라면 어땠을 것 같나?" 이발사가 고개를 돌려 래생을 바라보며 물었다.

"스물두 살 때 큰 실수를 하나 했습니다. 고작 스물두 살이니 어렸고 서툴렀고 겁이 많았었죠. 하지만 이 바닥에서 그런 건 이유가 안 되죠. 아시다시피 실수를 한 자객은 죽어야 합니다. 아니면 누군가가 대신 죽어주거나. 이번에 당신 대신 달자라는 젊은 청년이 죽은 것처럼."

이발사의 입술이 살짝 달싹거렸다.

"제 경우는 훈련관 아저씨가 대신 죽었습니다. 저보단 백만 배쯤 멋진 사내였죠. 그때 저는 뭘했냐고요? 도망을 갔습니다. 그것도 공장으로."

래생이 자조적으로 웃었다.

"그후론 계속 도망의 연속이었죠. 제 실수로부터, 훈련관 아저씨의 죽음으로부터, 평범하고 성실한 삶을 시작할 수 있는 기회로부터, 그리고 사랑하는 여자로부터. 죽은 훈련관 아저씨가 이런 말을 했어요. '한 번 눈을 감아버리면 그때부턴 계속 눈을 감게 된다.' 제가 눈을 감아버린 거죠. 훈련관 아저씨도 추도 못 이기는 무시무시한 이발사와 대적하게 될까봐 늘 무서웠거든요. 그리고 그때부터 제 인생에서 뭔가가 꺼져버린 거죠."

"그게 자네가 찾은 이윤가?" 이발사가 냉소적인 목소리로 물었다.

래생이 고개를 끄덕거렸다. 이발사가 목 받침대 뒤로 고개를 젖히고 한동안 천장을 바라봤다. 이발사의 손끝에 매달린 담배에서 재가 툭 떨어졌다.

"내 딸을 죽인 게 그 여자인가?" 이발사가 물었다.

"의사 출신이니 고통은 별로 없었을 겁니다." 래생이 말했다.

이발사가 재떨이에 담배를 비벼 끄고 자리에서 일어났다.

"잠시 기다려주게."

이발사가 내실로 들어가서 가방을 들고 나왔다. 그리고 가방을 열고는 추의 칼을 꺼내 래생에게 내밀었다. 래생이 칼을 받았다. 칼날이 잘 닦여 있었다. 이발사는 예전처럼 매드독을 꺼냈다.

"돈을 받지 않고 사람을 죽인 적이 있나?" 이발사가 물었다.

"아뇨, 한 번도. 지난밤에 몇 명 찌르긴 했는데 죽지는 않았을 겁니다." 래생이 말했다.

"자네가 나에게 죽는 마지막 자객이겠군. 내가 돈을 받지 않고 죽이는 첫번째 자객이고."

래생이 재킷과 어깨에 멘 가죽 홀스터를 벗어 옷걸이에 걸었다. 이발사가 래생의 홀스터에 있는 권총을 보며 매드독의 칼끝을 집게손가락으로 만졌다. 래생이 이발소 중앙에 먼저 섰다. 이발사가 천천히 걸어와서 래생 앞에 섰다. 래생이 칼끝을 이발사의 얼굴을 향해 들어올렸다. 이발사가 고개를 한 번 끄덕이고 래생의 얼굴을 향해 바로 칼을 날렸다. 래생이 얼굴을 아주 조금만 돌려 칼을 피했다. 이발사가 다시 래생의 목을 향해 칼을 날렸다. 래생이 들어오는 칼을 비껴 막으며 이발사의 팔뚝을 살짝 베었다. 빠져나가던 이발사의 칼날이 옆으로 비틀리며 래생의 오른쪽 볼을 베고 나갔다. 이발사와 래생이 각각 한 걸음씩 뒤로 물러났다. 이발사의 팔뚝에서 피가 흘러내렸다. 래생이 왼손으로 오른쪽 볼을 만졌다. 손에 피가 묻어나왔다.

"많이 늘었군." 이발사가 팔뚝에서 손목으로 흘러내리는 피를 털어내며 말했다.

"침대에 누워서 하루에 수천 번씩 당신 생각을 했거든요."

"침대에 누워서……" 이발사가 웃으며 말했다.

래생이 다시 자세를 잡았다. 이발사는 저번처럼 칼을 뒤로 숨긴 채 제자리에 편안하게 서 있었다. 오래된 괘종시계에서 다시 초침 소리가 들려왔다. 래생의 구두 밑창이 이발소 바닥에 미끄러지는 소리도 들렸다. 문득 귓가에 물소리가 들리는 것 같았다. 자갈밭 위로 지나가는 싸늘한 물소리. 그 개울 옆에 누워 있게 되어도 이제 상관없다는 생각이 들었다. 들어오라는 듯, 어서 들어오라는 듯, 바람에 나뭇가지가 흔들리듯 이발사의 몸이 왼쪽에서 오른쪽으로 다시 오른쪽에서 왼쪽으로 천천히 흔들리고 있었다. 래생이 이발사의 목을 향해 힘껏 칼을 뻗었다. 기다렸다는 듯 이발사가 뒷걸음을 치면서 왼손 손등으로 칼날을 쳐내고 래생의 옆구리를 찔렀다. 래생이 칼을 쥔 이발사의 손을 잡고 자신의 옆구리 속으로 칼날을 더 깊숙이 밀어넣었다. 순간 이발사가 당혹스러운 눈으로 래생을 바라봤다. 래생이 헨켈을 들어 이발사의 목을 세게 그었다. 이발사가 멍한 표정으로 제자리에 섰다. 래생은 옆에 있는 이발용 의자에 몸을 기댔다. 이발사가 손을 들어 자기 목을 만졌다. 그때 이발사의 목에서 피가 쏟아져내렸다. 이발사가 아내의 유골 상자를 잠시 바라보더니 래생을 향해 웃음을 지었다. 그리고 바닥에 무릎을 꿇고 목을 떨어뜨렸다.

래생은 이발용 의자에 앉아 등을 기댔다. 그제야 통증이 밀려왔다. 래생이 고개를 내려 옆구리에 깊이 박힌 칼을 쳐다봤다. 칼날을 타고 스며나온 피가 셔츠를 적시고 있었다. 칼을 빼내면 더 많은 피가 쏟아져나올 것이다. 래생은 주머니에서 담배를 꺼내 물고 불을 붙였다. 그리고 거울을 향해 한숨처럼 담배 연기를 내뿜었다. 거울 속에 여전히 무릎을 꿇은 채 고개를 떨어뜨리고 있는 이발사의 모습이 보였다. 그것은 마치 지난날의 모든 죄를 참회하고 있는 모습 같았다. 벽에 걸린 괘종시계가 8시 40분을 가리키고 있었다. 래생은 담배를 반쯤 피우고 주머니에서 핸드폰을 꺼내 전화를 걸었다. 열 번쯤 벨이 울리자 털보가 잠에서 덜 깬 목소리로 전화를 받았다.

"아침 8시면 털보한테는 오밤중이라고." 털보가 짜증을 냈다.

"이리로 와야겠어요. D읍 우체국 건너편에 있는 이발소예요. 작은 읍이니 찾을 수 있을 겁니다. 시체 하나랑 유골 상자 하나가 있을 거예요. 시체 다 태우면 유골함에 있는 뼛가루랑 섞어서 같이 뿌려주세요. 정성껏." 래생이 말했다.

"누군데?" 털보가 여전히 잠에서 덜 깬 목소리로 물었다.

"이발사."

전화기 속에서 털보가 마른침을 삼켰다.

"거기 있을 거야?" 털보가 물었다.

"아뇨. 없을 겁니다. 문은 잠겨 있을 테니 그건 알아서 열어요."

래생은 전화를 끊고 거울 속에 있는 자신의 얼굴을 바라봤다. 오른쪽 볼에 생긴 칼자국에서 핏방울이 떨어지고 있었다. 래생이 손바닥으로 피를 닦아냈다. '무엇이 달라졌니?' 래생이 거울 속에 있는 얼굴에게 물었다. 거울 속에 있는 얼굴이 래생을 비웃으며 천천히 고개를 저었다. 래생은 허탈한 웃음을 짓고는 담배를 한 모금 빨고 허공에 연기를 내뱉었다. 의자에서 몸을 일으키자 옆구리에서 나온 피가 칼등을 타고 바닥으로 뚝뚝 떨어졌다. 래생은 재떨이에 담배를 비벼 끄고 선반 위에서 수건 두 개를 꺼냈다. 세면대에서 수건을 물에 적셔 피를 닦아내고 마른 수건을 감아 셔츠 안쪽에 집어넣어 상처를 막았다. 래생이 얼굴을 찡그린 채 고개를 천장으로 젖히고 깊은 한숨을 내쉬었다. 래생은 다시 의자에 앉은 다음 지갑에서 한자의 명함을 꺼내 전화를 걸었다. 신호음이 두 번쯤 가자 한자가 전화를 받았다.

"변호사에게 30억이라는 말 들었나? 돈 잘 세야 할 거야." 래생이 말했다.

전화기 건너편에서 한자가 한동안 아무 말도 하지 않았다. 잠시 후 한자가 입을 열었다.

"악어를 통째로 삼킨 아나콘다 본 적 있나? 소화를 시키지 못했지. 결국 배가 찢어져서 죽더군." 한자가 약이 바짝 오른 목소리로 말했다.

"자네가 내 소화불량까지 걱정할 건 없어. 3일 주지. 3일 후에는 다른 곳에 더 저렴하게 팔 거야. 그때까지 얌전하게 돈이나 준비해. 괜히 애들 풀어서 설레발치지 말고. 내 말, 명심해."

래생이 전화를 끊었다. 이발사가 흘린 피가 바닥에 흥건하게 고여서 세면대 쪽으로 흘러가고 있었다. 래생은 옷걸이로 가서 어깨에 가죽 홀스터를 메고 재킷을 입었다. 하지만 래생이 입은 재킷으로는 밖으로 튀어나오는 칼을 감출 수 없을 것 같았다. 옷걸이에 이발사의 낡은 털외투가 걸려 있었다. 래생이 잠시 머뭇거리다가 이발사의 낡은 털외투를 입었다.

래생은 이발소의 문을 잠그고 밖으로 나왔다. 다섯 걸음쯤 걷고 난 다음 래생은 뒤를 돌아 바닥에 핏방울이 떨어지는지를 살폈다. 핏자국은 없었다. 래생은 옆구리에 집어넣은 수건을 손으로 세게 누른 채

D읍 밖으로 천천히 걷기 시작했다. 하지만 D읍을 벗어나기도 전에 어지러움이 밀려왔다. 한 걸음씩 발걸음을 내디딜 때마다 옆구리에서 통증이 올라왔다. 게다가 통증 때문에 몸을 웅크릴 때마다 칼날을 타고 흘러나온 핏방울이 흙으로 된 갓길에 떨어졌다. 래생이 허겁지겁 신발로 흙을 문질러 핏자국을 지웠다. 이런 식으론 오래 버티지 못할 것이다. 래생이 발걸음을 멈추고 주변을 둘러봤다. D읍 끄트머리의 오래된 2층 건물에 의원이 있었다. 래생이 의원으로 걸음을 옮겼다.

작고 오래된 병원이었다. 이른 시간이라 그런지, 아니면 원체 작은 소읍이라 그런지 병원 안에 손님은 한 명도 없었다. 간호사는 잠시 자리를 비운 것 같았다. 문이 반쯤 열린 진료실 안쪽에서 일흔 살쯤 되어 보이는 늙은 의사가 "이런 등신, 거기서 왜 똥을 먹나, 똥을 먹으니 싸지" 같은 소리를 하며 인터넷 고스톱을 치고 있었다. 래생이 권총을 빼들고 진료실 안으로 들어갔다.

"피만 멈추면 갈 겁니다. 경찰에 신고만 안 하시면 아무도 다치지 않을 겁니다." 래생이 점잖은 목소리로 말했다.

늙은 의사가 돋보기안경을 코끝으로 조금 내리고 래생을 아래위로 살펴봤다. 래생이 외투를 조금 젖혀 칼에 찔린 상처를 보여줬다. 늙은 의사가 자리에서 일어나 래생에게 천천히 다가왔다. 그리고 래생이 입고 있는 낡은 외투를 힐끔 바라보고는 외투를 젖히고 상처를 살폈다.

"외투 벗고 이리 오시게."

늙은 의사가 진료실 끝에 있는 침대를 턱으로 가리켰다. 래생은 이발사의 낡은 털외투를 벗어 옷걸이에 걸었다.

"그것도 벗어야 해."

늙은 의사가 래생의 어깨에 있는 가죽 홀스터를 보고 말했다. 래생이 홀스터를 벗어 옷걸이에 걸었다. 늙은 의사가 주사기, 몇 가지 약병, 가위, 소독약, 거즈, 붕대 같은 치료 도구들을 캐리어에 대충 올리고 수술용 장갑을 꼈다. 칼에 깊숙하게 찔린 상처를 치료하기에는 어쩐지 조악해 보이는 장비들이었다. 별도리가 없다는 듯 래생이 침대에 누웠다.

"그 총 계속 그렇게 겨누고 있을 건가?" 늙은 의사가 가위로 래생의 셔츠를 자르며 물었다.

래생이 겨누고 있던 총을 아래로 내렸다. 늙은 의사가 거즈에 알코올을 묻혀 상처 부위를 닦아냈다. 그리고 약병에 주사기를 찔러넣었다.

"마취약은 필요 없습니다."

"제법 아플 텐데." 늙은 의사가 말했다.

늙은 의사가 래생의 말에 아랑곳하지 않고 주사기를 눌러 약을 몇 방울 빼낸 다음 래생의 상처 부위에 놓으려고 했다. 래생이 총을 들어 올려 늙은 의사를 겨눴다.

"마취약은 안 된다니까. 진통제도." 래생이 강하게 말했다.

늙은 의사가 래생의 얼굴을 쳐다봤다.

"이건 항생제야."

래생이 머쓱한 표정을 지으며 총을 내려놨다. 늙은 의사가 주사를 놓았다. 그리고 2분 정도 아무런 치료도 하지 않고 래생의 얼굴만 쳐다봤다. 래생이 의아한 표정으로 늙은 의사를 바라봤다.

"그거 항생제 아니죠?" 래생이 물었다.

"글쎄, 내가 약병을 착각했나보군." 늙은 의사가 무덤덤한 표정으로 농담을 했다.

문득 이 늙은 의사의 말투가 너구리 영감의 말투와 꽤나 닮았다는 생각이 들었다. 래생이 허탈한 웃음을 터뜨렸다. 그리고 잠이 들었다.

12월의 햇살이 병실 위로 내리쬐고 있었다. 래생은 얼굴로 내리쬐는 햇살에 화들짝 놀라 눈을 떴다. 링거 병에서 링거액이 느린 속도로 떨어지고 있었다. 래생은 안간힘을 쓰며 침대에서 일어났다. 셔츠랑 바지는 온데간데없고 파란 줄무늬가 있는 촌스런 병원복이 입혀져 있었다. 배에 칭칭 감겨져 있는 붕대의 옆구리 부분에 피가 배어나와 있었다. 래생은 팔목에 꽂힌 링거 주사를 빼내고 옷걸이에 걸린 털외투를 입었다. 병실 문을 열고 나오자 주사실 안쪽에서 간호사와 할머니의 웃음소리가 들렸다. 늙은 의사가 여전히 진료실 안에서 인터넷 고스톱을 치고 있었다. 래생이 진료실로 들어갔다. 컴퓨터 화면을 응시하던 의사가 래생을 힐끔 쳐다봤다.

"깨어났나?" 늙은 의사가 물었다.

래생이 고개를 숙여 인사를 했다.

"왜 신고를 안 했죠?" 래생이 물었다.

"자네 같은 사람들 신고해봐야 골치만 아파지지. 내가 그런 골치를 감당할 나이도 아니고. 지금 갈 건가?"

래생이 고개를 끄덕였다.

"의료보험 혜택 안 되는 거 알지?"

래생이 피식 웃었다. 유머 감각이 있는 노인이라는 생각이 들었다.

"여러모로 감사합니다. 다음에 은혜 꼭 갚겠다는 말을 하고 싶은데 솔직히 그럴 기회가 있을지 잘 모르겠군요."

늙은 의사가 책상 밑에서 쇼핑백을 꺼내 래생에게 내밀었다. 쇼핑백 속에 래생의 총과 칼, 가죽 홀스터 그리고 이발사의 매드독이 들어 있었다.

"그 외투 주인을 아는데. 내 단골이었거든." 늙은 의사가 래생의 털 외투를 쳐다보며 말했다.

쇼핑백을 받아들던 래생의 손이 멈칫했다.

"친한 분이셨습니까." 래생이 물었다.

"별로. 나 같은 고상한 인텔리가 그쪽 세계랑 친할 까닭이 없지. 가끔 머리나 깎고 어쩌다 바둑이나 한판 두는 정도. 어쨌든 칼을 그따위로 놀린 걸 보니 자넬 죽일 생각은 아니었나보군."

늙은 의사가 말했다.

래생이 잠시 멍한 표정으로 있다가 천천히 고개를 끄덕거렸다. 자기 할일은 다 끝났다는 듯 늙은 의사가 다시 의자에 앉더니 컴퓨터 화면을 응시했다. 래생은 늙은 의사에게 인사를 하고 진료실 밖으로 나왔다. 카운터 앞에서 간호사가 할머니에게 뭔가를 설명하고 있었다. 할머니가 병원 문을 열고 나가자 래생이 지갑을 꺼냈다.

"벌써 퇴원하시게요?" 간호사가 물었다.

래생이 고개를 끄덕였다. 간호사가 정산을 하기 위해 컴퓨터 자판을 두드렸다. 래생이 지갑에서 십만원권 수표 열 장을 꺼내 카운터 위에 올렸다. 간호사가 손가락을 멈추고 수표를 바라봤다.

"병원비랑, 이 촌스런 환자복이랑 그리고 오늘 나를 봤다는 사실을 잊어버리는 값입니다. 모자라나요?" 래생이 물었다.

간호사가 멍청한 얼굴로 래생을 쳐다보고 있었다. 래생이 지갑에서 십만원권 수표 다섯 장을 더 꺼내 카운터 위에 올렸다. 그리고 병원을 빠져나왔다.

서울역에 도착했을 때는 밤이었다. 래생은 물품 보관함을 열고 그 속에 들어 있는 돈 가방을 한참 동안 바라봤다. 이 돈을 들고 지금 떠난다면 살 수 있지 않을까? 인도, 브라질, 멕시코, 파푸아뉴기니, 베네수엘라, 필리핀, 뉴질랜드, 체코…… 한 번도 가보지 않은 나라 이름들이 머릿속에 떠올랐다. "베네수엘라에는 미인도 많다던데." 래생이 실없는 소리를 지껄였다. 지금이 떠날 수 있는 마지막 타이밍일 것이다. 3일이 지나면 푸주의 모든 자객과 트래커들이 래생을 쫓아올 것이다.

지하도 구석에서 고함 소리가 들렸다. 래생이 고개를 돌려 지하도를 바라봤다. 노숙자 둘이서 힘없이 서로를 밀치며 싸움을 하고 있었다. 그 옆에는 지난번 종이컵에 술을 따라 래생에게 건네줬던, 인생이 뭐 이러냐는 표정의 사내가 오늘밤도 그 자리에서 술을 마시고 있었다. 추위 때문에 아무렇게나 덕지덕지 잔뜩 껴입은 지저분한 옷들, 바람과 바닥의 냉기를 막기 위해 깔아놓은 박스들, 그리고 안주도 없이 마시고 있는 소주 한 병이 그가 가진 전부처럼 보였다. 끔찍한 삶일까? 아마도 그럴 것이다. 하지만 모든 것을 다 내려놓은 듯한 그의 얼굴은 어딘가 모르게 평온해 보였다.

래생은 돈 가방을 열어 백만원권 열 다발을 꺼내 쇼핑백에 넣었다.

그리고 지퍼를 닫은 후 가방을 꺼낸 다음 그 옆에 있는 장기 물품 보관함에 다시 집어넣고 문을 잠갔다. 보관함 열쇠를 손에 움켜쥐고 지하도를 빠져나올 때 인생이 뭐 이러냐는 표정의 사내가 래생을 쳐다봤다.

"천원만 주고 가쇼. 사발면이나 사먹게." 사내가 퉁명스럽게 말했다.

래생이 사내의 얼굴을 빤히 쳐다봤다. 인생이 뭐 이러냐는 표정의 사내는 래생을 기억하지 못하는 것 같았다.

"안 줄 거면 그냥 가쇼. 빤히 쳐다보면서 사람 무시하지 말고. 시발, 우린 거지 아니라니까."

웃긴 놈이다. 방금 구걸을 해놓고 자기는 거지가 아니라고 한다. 그게 무슨 뜻일까. 사실은 아무 뜻도 없을 것이다. 되는대로 살아온 인생처럼, 그냥 되는대로 지껄이는 말일 것이다.

"뭐? 뭐? 시발 뭐? 왜 무시하는데? 왜 사람 무시하는데? 기분 나빠? 기분 나쁘면 때려봐, 때려봐."

사내가 싸움이라도 한판 벌일 기세로 래생을 향해 대들었다. 래생이 사내의 얼굴에서 시선을 떼고 신발로 바닥에 붙은 껌을 문질렀다. 인생이 뭐 이러냐는 표정의 사내가 "사람을 무시하고 지랄이야" 하고 혼자 주절거리며 종이컵에 소주를 따라서 한 모금 마셨다. 래생은 쇼핑백에서 백만원권 다섯 다발을 꺼내 사내 앞에 집어던졌다. 사내가 놀란 눈으로 래생을 쳐다봤다.

"그걸로 뭐라도 시작해봐요. 술 처마시고 길에서 얼어 뒈지기 전에." 래생이 말했다.

사내는 앞에 있는 5백만원이 자기 것이라는 게 믿기지 않는지 손도 대지 않은 채 눈만 동그랗게 뜨고 있었다. 저 사내가 뭐라도 새로 시작할 수 있을까? 없을 것이다. 한동안 술값 걱정 없는 흥청망청한 시절이 있을 뿐이다. 결국 돈이 떨어질 것이고, 결국 저 자리로 돌아올 것이고, 결국 술에 취한 채 얼어죽을 것이다. 춥고, 가엽고, 냄새나고, 익숙한 바로 저 자리에서. 래생이 사내를 뒤로하고 걸음을 옮겼다. 등 뒤에서 사내가 "감사합니다, 사장님. 감사합니다. 사장님 같은 분은 반드시 천당 가실 거예요" 하고 떠드는 소리가 들렸다.

래생은 서울역 광장으로 올라와서 담배를 한 대 피웠다. 목으로 넘어가는 담배 연기가 사금파리처럼 날카로웠다. 진통제 기운이 다 떨어졌는지 칼을 맞은 옆구리가 욱신욱신 아파왔다. 12월의 차가운 바람 때문에 상처가 더 아려왔다. 래생은 왼손으로 옆구리를 잡은 채 광장 한구석에 쭈그리고 앉아 한동안 숨을 골랐다. 사람들이 래생을 곁눈질로 힐끔거리며 지나갔다. 광장 중앙에서 구세군이 종을 흔들고 있었다. 래생은 흙 위에 글자를 쓰듯 바닥에 담배꽁초를 문질러 '來生'이라고 썼다. 이름을 다 쓰고 난 다음에는 베네수엘라라고 썼다. 갑자기 베네수엘라가 지구 어디에 붙어 있는지가 궁금했다. 래생은 머릿속에서 지구본을 돌리며 베네수엘라를 찾다가 혼자서 피식 웃었다. "미친놈." 래생이 바닥에 담배꽁초를 집어던지며 중얼거렸다. 래생은 자리에서 일어나 택시 정류장으로 걸어가서 제일 앞에 서 있는 택시에 올라탔다.

래생이 도서관 문을 열었을 때 도서관 안은 마치 폭탄이라도 터진 것처럼 난장판이었다. 도서관 바닥에는 수천 권도 넘는 책들이 널브러져 있었고 몇 개의 서가는 아예 쓰러져 있었다. 사서 자리에 있던 각종 상자들과 서랍들이 아무렇게나 내팽개쳐져 있었다. 래생은 도서관 중앙을 지나 너구리 영감의 서재로 걸어갔다. 도서관 지하실로 내려가는 서가 뒤의 비밀 문이 활짝 열려 있었다. 바닥에 떨어진 백과사전을 주워 책장에 꽂고 있던 너구리 영감이 서재로 들어선 래생을 물끄러미 바라봤다.

"한자가 이런 겁니까?" 래생이 물었다.

"그럼 멧돼지떼라도 습격한 줄 알았냐?" 너구리 영감이 애써 여유 있는 척하며 말했다.

차라리 멧돼지떼에게 습격을 당하는 게 나았을 것이다. 지난 90년 동안 그 누구도 도서관에 들어와 이런 행패를 부리지 못했다. 지난 90년 동안 도서관은 이 나라 최고 권력의 시녀였고, 모든 주요한 암살의 배후였고, 청부 브로커들과 설계자들과 자객들의 신전 같은 곳이었다. 한자의 마음이 급했다. 아니라면 이제 더이상 너구리 영감과 도서관에 대해 형식적인 존경을 표하는 것도 귀찮아져버렸거나.

"한자가 언제 왔습니까."

"어젯밤에. 우리 래생군이 어찌나 대단한 활약을 하셨는지 한자가 제정신이 아니더군. 협박하다가 부탁하다가 다시 협박하다가." 너구리 영감이 비아냥거렸다.

래생이 바닥에 떨어진 백과사전을 주웠다.

"여긴 왜 왔냐? 한자 식구들이 눈에 불을 켜고 네놈을 찾고 있을 텐데." 너구리 영감이 물었다.

비아냥거리는 것처럼 보였지만 실제론 걱정스러운 말투였다.

"떠나기 전에 인사라도 드려야 할 것 같아서."

"떠나기 전에? 죽기 전에가 아니고?"

래생이 너구리 영감의 질문에 대답하지 않고 손에 들고 있던 백과사전을 순서에 맞춰 서가에 꽂았다. 너구리 영감이 소파에 앉더니 담배를 하나 물고 불을 붙였다. 그리고 래생에게 이리로 와서 앉으라는 손짓을 했다. 래생이 너구리 영감의 맞은편에 앉았다.

"그 계집 때문이냐?"

"누가 그럽디까? 한자가 그럽디까?" 래생이 발끈하며 말했다.

"죽기 며칠 전에 정안이 그러더군. 네놈이 굉장한 계집에게 걸렸다고."

"그런 거 아닙니다. 정안이 그놈이 입이 싸서 뭣도 모르면서 아무데나 나불대는 거죠." 당황한 래생이 횡설수설 변명을 했다.

"아무데나 나불대던 그 싼 입이 참으로 그립네. 그놈이 없으니 세상이 어찌 돌아가는지 도통 모르겠어."

너구리 영감이 담배 연기를 길게 내뿜으며 쓸쓸한 표정으로 웃었다.

그때 너구리 영감 어깨 너머로 책상 위에 권총 상자가 내려와 있는 게 보였다. 상자 속에는 거의 골동품이나 다름없는 38구경 스미스앤드웨슨 권총이 들어 있을 것이다. 어릴 적 래생이 상자 속의 총으로 장난을 치다가 너구리 영감에게 된통 혼이 난 이후로는 단 한 번도 보지 못했던 상자였다. 그 순간, 래생에게 안개처럼 몽롱하게 떠다녔던 지난 며칠의 일들이 지극히 현실적인 모습으로 떠올랐다. 부비트랩의 인계철선을 건드려버린 싸늘하고 참담한 느낌이 래생의 심장을 뚫고 지나갔다. 너무 멀리 흘러와버려 이제 다시 집으로 돌아갈 수 없는, 지느러미가 찢어진 한 마리의 물고기가 된 기분이었다. 너구리 영감이 래생의 시선을 읽고 입을 열었다.

"사람들은 나 같은 악인이 지옥에 간다고 생각하지. 하지만 악인은 지옥 같은 데 가지 않아. 여기가 바로 지옥이니까. 마음속에 한 점의 빛도 없이 매순간을 암흑 속에서 살아가는 게 지옥이지. 언제 표적이 될까, 언제 자객이 올까, 내내 두려움에 떨면서. 자기가 살고 있는 곳이 지옥인지도 모르고 허겁지겁 살고 있는 게 바로 지옥이지."

너구리 영감이 다시 담배 연기를 길게 내뿜었다. 래생이 고개를 떨어뜨렸다. 래생과 너구리 영감은 한동안 아무 말 없이 자리에 앉아 있었다. 너구리 영감이 담배를 재떨이에 비벼 끄고는 담뱃갑에서 담배를 한 대 더 꺼내 피웠다.

"책이 필요해서 온 게 아니냐." 너구리 영감이 물었다.

"아닙니다." 래생이 강하게 부인했다.

그렇든 그렇지 않든 상관없다는 듯 너구리 영감이 고개를 끄덕거렸다.

"따라오너라."

너구리 영감이 자리에서 일어나 서재 밖으로 나갔다. 래생이 얼떨결에 너구리 영감을 따라나섰다. 너구리 영감은 서쪽 서가 중간에 멈춰 서더니 책을 한 권 꺼냈다. 개들의 도서관에 있는 수많은 서가들 중에서 단지 하나일 뿐인 평범한 서가였다. 누구나 볼 수 있는 곳, 열 살짜리 아이도 손이 닿을 수 있는 곳이었다. 미토의 말과는 달리 양가죽으로 된 표지도 없었고 성경책 모양도 아니었다. 그것은 그저 이 도서관의 수많은 책들과 하나도 다를 바 없는 책이었다. 너구리 영감이 책을 손에 쥔 채 도서관을 둘러봤다.

"책이 있어서 이 세상이 더 행복해졌을까? 글쎄, 난 잘 모르겠어. 제대로 된 것들은 모두 책 밖에 있는데 말이지."

너구리 영감이 래생에게 책을 내밀었다. 당황한 래생이 너구리 영감을 쳐다봤다.

"어쩌란 말입니까?"

"알아서 해. 계집에게 갖다줘도 되고, 불태워도 되고, 팔아먹어도 되고, 그리고 네놈이 이 책의 남은 페이지를 계속 써도 되지. 어차피 책이니까."

너구리 영감이 내민 손이 가볍게 떨리고 있었다. 책이 무거워 보였다. 래생이 책을 받지 않고 머뭇거렸다.

"늘 궁금했는데 말입니다. 영감님이 지어주신 제 이름, 어차피 이번 생은 글렀으니 다음 생에서나 잘해보라는 뜻이었습니까?" 래생이 물었다.

그러자 너구리 영감이 큰 소리로 웃었다.

"네놈 이름에 그런 기막힌 뜻이 숨겨져 있을 줄은 미처 몰랐군."

너구리 영감이 웃음이 가시지 않은 얼굴로 래생의 턱밑까지 책을 내밀었다. 래생이 떨리는 손으로 책을 받았다.

"돌아오지 마라. 도망을 가는 것도 대단한 용기가 필요한 일이야. 나는 평생 이 지옥을 떠나지 못했지. 나 같은 병신 절름발이에게는 뭣도 모르고 이 도서관에 처음 들어왔던 사서 시절이 천국이었거든. 하지만 확실히 넌 아니지."

말을 마치고 너구리 영감은 서가 사이를 절름거리며 걸어가서 서재 문을 닫았다. 래생은 문이 굳게 닫힌 너구리 영감의 서재를 한동안 바라보았다. 언제나 굳게 닫혀 있던 그 문이 오늘따라 유난히 단단해 보였다. 래생은 힐끔힐끔 뒤를 돌아보면서 도서관 밖으로 걷기 시작했다. 서재 안에서 자꾸만 총소리가 터져나올 것만 같았다.

*

숲으로 올라가는 길에 눈이 내렸다. 내리는 함박눈 때문에 숲속으로 나 있는 좁은 길이 솜사탕처럼 부풀어올랐다. 눈길에 발이 미끄러질 때마다 칼에 찔린 옆구리가 결려왔다. 래생이 손목시계를 봤다. 새벽 3시였다. 어둠이 깊었다. 어둠이 깊어서 눈길이 유난히 밝았다. 눈길 위에 드리워진 나무 그늘이 누군가 흘린 핏자국처럼 보였다.

정원 입구에 들어섰을 때 래생은 선뜻 들어가지 못하고 담배를 피우며 집 주위를 어슬렁거렸다. 미토의 다락방에 유일하게 불이 켜져 있었다. 홀로 켜져 있는 미토 방의 불빛이 고향 바다의 등대처럼 따뜻해 보였다. 문을 두드리지도 않았는데 마치 기다리고 있었다는 듯 문이 열렸다. 미토가 한 손으로 문고리를 잡은 채 래생을 바라봤다. 래생이 담뱃불을 끄고 집안으로 들어갔다. 미토가 아무 말 없이 문을 닫았다.

래생이 누워 있던 거실 창가 옆 침대에 미사가 자고 있었다. 예의 그 낡은 곰돌이 인형을 꼭 안고서, 원래부터 컸던 건지 아님 미사가 계속 말라가고 있는 건지 이제 너무나 헐렁해진 코끼리 무늬 잠옷을 입은 채로, 미사가 자고 있었다.

"저게 원래 미사의 침대였나?" 래생이 물었다.

"아니. 손님용 침대였지. 그런데 네가 떠난 날부터 미사가 저기서 자." 미토가 말했다.

래생이 침대에 누워 자고 있는 미사의 얼굴을 바라봤다. 눈을 감은 미사의 창백한 피부에 실핏줄 몇 개가 비쳤다. 래생이 손으로 미사의 이마를 살짝 짚었다. 래생의 차가운 손 때문인지 미사가 몸을 조금 뒤척였다.

"왜 남의 동생 몸에 손을 대는데?" 미사가 깨지 않도록 미토가 낮은 목소리로 물었다.

"너무 예뻐서." 래생이 말했다.

당연하다는 듯 미토가 웃으며 고개를 끄덕였다.

"그럼 나도 예쁘겠네? 미사와 난 같은 엄마 아빠 피를 받은 자매니까?"

래생이 어처구니없다는 얼굴로 미토를 바라봤다.

"네 방에는 거울도 없냐?" 래생이 말했다.

미토가 생긋 웃고는 손가락으로 다락방을 가리켰다.

"올라가 있어. 나는 마실 거 좀 챙겨서 올라갈게." 미토가 말했다.

래생은 소리를 내지 않도록 조심하면서 나무 계단을 올라갔다. 다락방 테이블 위에는 두꺼운 서류들이 잔뜩 놓여 있었다. 테이블 아래에도 몇 박스의 서류들이 있었다. 래생이 서류 몇 개를 뒤적뒤적하고 있을 때 미토가 뜨거운 감잎차를 들고 다락방으로 들어왔다.

"이것들이 다 뭐지? 한자와 싸울 준비물인가?" 래생이 물었다.

"한자?" 미토가 피식 웃었다. "한자는 당신 같은 조무래기들하고나 싸우는 거지. 이 미토는 좀더 덩치 큰 것들과 싸우는 거고."

"한자를 죽일 생각이 아닌가?"

"당신처럼 칼로 찔러 죽이진 않을 거야."

"그러면?"

"감옥에 집어넣을 거야."

래생이 실망스러운 얼굴로 미토를 바라봤다.

"순진한 생각이군. 설마 법이 한자를 심판해줄 거라고 믿는 거야?"

"전혀."

"그러면?"

"하지만 심판하는 시늉은 해야겠지. 대선 시즌이니 그냥 파묻기는 어려울 거야. 돈도 있고, 장부도 있고, 보는 눈들도 많으니까. 그리고 일단 터지면 이제 멈출 수 없지. 내가 그들을 계속 궁지로 몰아넣을 거니까. 조금씩, 조금씩, 그리고 마지막은 강하게." 미토가 책상 위에 있는 수많은 서류들을 눈으로 훑으며 말했다.

"어떻게 집어넣을 건데."

"되도록 떠들썩하게, 되도록 많은 사람들 앞에서 집어넣는 게 좋겠지. 수많은 사람들이 카메라로 찍어대고 텔레비전에 생방송으로 나간다면 더할 나위 없고." 미토가 농담처럼 말했다.

"꿈도 야무지군. 한자 같은 여우가 그런 곳에 잘도 나오겠다."

"한자는 나올 수밖에 없어. 어차피 장부를 잃으면 죽은 목숨이니까. 그리고 한자에겐 지금 잔대가리 굴릴 시간도 없어. 지금 타이밍엔 꼬리 아홉 개 달린 여우라도 굴 밖으로 나와야 해."

"너는? 한자와 거래를 하고 너는 어떻게 빠져나올 생각이지? 그 주변으로 벌떼처럼 한자의 식구들이 깔릴 텐데. 그놈들을 상대하는 것은 책상 위에서 펜대를 굴리는 일과는 다를 거야. 잘 훈련된 놈들이니까."

"난 안 빠져나와." 미토가 별일 아니라는 듯 간단하게 말했다.

"안 빠져나와?" 래생이 고개를 갸웃거렸다.

미토가 테이블 의자를 빼서 자리에 앉았다.

"호랑이 굴 안에 들어가야 싸움이 되지. 한자와 나는 같이 얽혀들어갈 거야. 돈이 잔뜩 든 가방, 한자의 장부, 강지경의 설계 자료, 그리고 대한민국 최고의 청부 브로커와 대한민국 최고의 설계자였던 강지경의 조수가 검찰에서 조사를 받고 있어. 어쩐지 긴장해야 할 사람들이 아주 많을 것 같지 않아?"

미토가 재미있다는 듯 웃고 있었다. 뭐가 재미있을까?

"거기서 죽을 생각이군."

"쉽게 죽을 생각은 아냐."

"밖에서 연기만 피워도 되잖아. 그게 네 전공이고."

"그건 토끼 잡을 때나 쓰는 거고."

"네가 들어가버리면 나머지 일은 누가 하지?"

"수민이가 할 거야. 정보를 조절하고, 필요한 정보를 흘리고, 때맞춰 터뜨리고. 그런 건 수민이가 나보다 더 잘해. 자료를 정리하는 일이 걔 전공이니까."

"그렇군. 그 사팔뜨기 사서는 확실히 뭔가를 정리하는 데 재능이 있었지. 잘 만났어. 쪼다와 등신끼리. 하지만 내 생각에 너희들은 토끼도 잡기 어려울 거야." 래생이 비웃는 표정으로 말했다.

"내가 잡혀들어가면 수민이가 상황에 맞춰 적당히 정보를 풀 거야. 관련된 모든 놈들의 신경이 바짝 서도록 조금씩, 조금씩 풀어주는 거지. 신문사와 방송국에 보낼 수도 있고, 인터넷 게시판을 이용할 수도 있지. 수백 명이나 수천 명에게 메일을 보낼 수도 있어. 메일이 열리면 자동적으로 거기에 있는 모든 주소로 다시 메일이 날아가. 그러면 며칠이 지나기 전에 수천만 혹은 수억 명이 자료를 받을 수 있지."

"고작 바이러스 따위가 널 지켜준다는 건가?"

"어쨌든 한동안은 날 죽일 수 없을 거야. 숙주를 알아내야 할 테니까."

미토의 표정이 진지했다. 래생이 허리를 뒤로 젖히고 담배를 한 대 물었다.

"그럼 괜히 30억으로 뻥튀기했군. 어차피 검찰이 다 처먹을 돈."

"30억?"

"그럼, 7억 5천을 넷이 나눠서 누구 코에 붙여?"

"그래서 한자에게 30억을 불렀단 말이야?"

미토가 아주 불쾌하고 흥분된 얼굴로 래생을 노려봤다. 래생이 머쓱하게 고개를 끄덕였다. 잠시 후 래생을 노려보던 미토의 표정이 조금 부드러워졌다.

"정말 나눌 생각이었어?" 미토가 물었다.

당연하지 않느냐는 듯 래생이 고개를 끄덕였다.

"그 깡통 머리를 굴린 것치곤 나름 기특한 생각인데?" 미토가 웃으며 말했다.

미토가 감잎차를 조금 마셨다. 그리고 래생의 담뱃갑에 손을 뻗어 담배 한 가치를 입에 물었다. 미토가 담배를 피우며 테이블 위에 무수히 쌓인 서류 중의 하나를 무의미하게 들어올렸다가 내렸다.

"여기에 있는 모든 서류들을 한 장도 빠짐없이 스캔을 떴어. 이 세계가 우리가 모르는 장막 뒤에서 어떻게 움직이고 있었는지를 말해주는 자료들이지. 비열하고 추악한 과거들의 싸움이고. 참 많은 사람들이 죽었더라. 그 누구도 이 죽음의 내막을 모르지. 주위 사람들, 가족들, 그리고 심지어 죽은 당사자조차. 나는 이것이 세상에 퍼지기만 해도 반은 성공한 거라고 생각해. 내가 죽어도 이 자료들은 어쨌든 수천 수만 명의 사람들에게 가게 되겠지. 그중에 다시 무모하고 용기 있는 사람들이 나올 거고, 그중에 또 누군가가 나서서 싸우겠지."

"설마 너 같은 미친년이 또 나올 거라고 생각하는 거야?"

미토가 대답을 하지 않고 잠시 무슨 생각에 빠졌다. 그리고 한참을 망설이다가 입을 열었다.

"책 들고 왔어?"

"아니." 래생이 잘라 말했다.

"안 찾은 거야, 아님 못 찾은 거야?"

"지하실에 없어. 너구리 영감이 죽기 전엔 찾기 어려울 거야. 죽고 난 다음에도 찾기 어려울 거고. 어쩌면 네가 말하는 양가죽 표지를 가진 책 따윈 처음부터 없었을지도 모르지."

미토가 실망한 표정을 지었다. 하지만 이내 어쩔 수 없다는 듯 책상으로 가서 서랍을 열고 봉투 하나를 꺼내 래생에게 내밀었다.

"뭐지?"

"약속한 대로 당신을 살릴 설계. 이 지경까지 왔으니 뻔뻔하게 그냥 살 수는 없고, 죽었다가 다시 살아나야지."

"언제 만들었지?"

"태초에 설계가 있었지. 내가 당신을 처음 찍었을 때부터."

미토가 봉투를 내밀었다. 설계자들이 도서관에 보내던 것과 똑같은 봉투였다. 래생이 봉투에서 서류를 꺼내 대충 읽었다. 자동차 사고 설계였다.

"거기 적힌 대로 얌전하게 움직이기만 하면 돼. 괜히 건방 떨지 말고 시키는 건 빠짐없이 다 해. 자동차 조금 개조하고 시체 하나만 넣으면 될 거야. 시체 구하는 법은 알지?"

"상투적인 설계군."

"좋은 설계는 평범한 것이야. 특별한 사건에는 특별한 인력이 개입돼. 평범한 사건은 평범한 인력이 처리하는 거고."

"속아넘어갈까?" 래생이 물었다.

"이제 정말 살고 싶어진 모양이네."

미토의 표정이 비웃는 것 같았다.

"굳이 죽어야 할 이유가 없으니까." 래생이 쑥스러운 표정을 지었다. "너는?" 래생이 물었다.

"나는 뭐?"

"굳이 죽을 거야?"

"이 일을 하지 않는다면 나는 살아야 할 이유가 없어."

"미사는?"

미토가 잠시 머뭇거리다가 입을 열었다.

"나는 이발사 같은 사람이 아니야. 이발사에게 딸은 변명거리가 되었지만 나 같은 사람에게 미사는 변명거리가 될 수 없지. 이 지구가 엉망인 건 사람들이 악하기 때문이 아니야. 모두가 그럴듯한 사연과 변명을 가지고 있기 때문이지. 하지만 나는 미사를 이용해서 나 자신을 속일 수 있을 만큼 신경이 둔한 사람도 멍청한 사람도 아니야. 간단하게 말해 난 그렇게 살 수 없어. 너와 세포가 다르니까."

"나는 지금까지 살아오면서 너 같은 사람을 꼭 한 명 만나봤어. 파충류처럼 차가운 사람. 그들이 차가운 것은 이 세계보다 자기 자신을 더 혐오하기 때문이지. 그런 사람은 결코 다른 사람과 진심으로 악수할 수 없어. 왜냐하면 그런 사람들은 자기 자신과 악수하는 법도 모르거든. 너구리 영감이 그런 사람이었지."

미토가 잠시 무슨 생각을 하다가 고개를 끄덕였다.

"그만 자. 미사의 침대가 비었어."

고개를 돌리는 미토의 얼굴이 몹시 피곤해 보였다.

"내가 잡혀들어가고 네가 살아나면 미사를 지켜줄래? 안전해질 때까지만. 5년만. 아니, 3년도 괜찮아." 자리에서 일어서며 미토가 말했다.

"나 같은 자객 따위에게 저 천사 같은 동생을 맡기다니, 제정신인 거야?"

"당신은 내가 이 세상에서 미사 다음으로 잘 아는 사람이야. 오랫동안 당신을 지켜보고 연구했으니까. 그리고 무엇보다 미사가 당신을 좋아하고."

래생은 아무 말도 하지 않았다. 미토는 한참이나 래생의 답을 기다리다가 자신의 방으로 돌아갔다. 래생은 미토가 건네준 서류를 건성으로 뒤적거리다가 신경질적으로 봉투에 다시 집어넣었다. 그리고 1층에 있는 미사의 방으로 가서 침대에 누웠다. 베개에서, 이불에서, 침대 시트에서 온통 미사의 냄새가 났다. 햇볕에 널어둔 아기 기저귀처럼 뽀송뽀송하고 포근했다. 눈을 감자마자 래생은 금세 잠이 들었다. 아주 오랜만에 맛보는 달콤한 잠이었다.

볼에 따뜻한 감촉이 느껴져서 래생은 눈을 떴다. 미사가 래생의 얼굴을 쳐다보고 있었다.

"깨워서 미안해요." 미사가 말했다.

"아냐. 아주 잘 잤어. 지금 몇 시지?"

"오후 2시예요. 미사는 곧 어딜 가야 해요."

"어딜?"

"일본에요. 그곳에 먼 친척 할머니가 온천장을 하고 있어요."

래생이 자리에서 일어났다. 창밖으로 미토가 미사의 물건들을 차에 싣고 있는 게 보였다. 사팔뜨기 사서가 미사의 방으로 들어왔다.

"미사야, 비행기 시간 다 됐어." 사팔뜨기 사서가 말했다.

"나중에 오빠도 같이 와요. 미토 언니랑 수민이 언니도 올 때 꼭 같이 와요. 아주 좋은 곳이에요." 미사가 부탁하듯 말했다.

래생이 얼떨결에 고개를 끄덕였다. 그러자 미사가 환하게 웃었다. 사팔뜨기 여자 사서가 다시 손목시계를 바라봤다. 미사가 래생을 향해 손을 흔들고 휠체어를 밀고 집밖으로 나갔다. 래생은 미사를 따라 밖으로 걸어나갔다. 여행이라고 하기엔 지나치게 많은 짐들이 차 안에 실려 있었다. 미토가 미사를 안아 차에 태우고 휠체어를 접었다. 미사가 차창을 내리고 래생과 사팔뜨기 사서를 바라봤다.

"수민이 언니, 래생 오빠 꼭 데려와야 해요." 미사가 손을 흔들며 말했다.

사팔뜨기 사서가 미사에게 손을 흔들었다. 래생이 덩달아 손을 흔들었다. 미토가 사팔뜨기 여자 사서에게 눈짓을 하고 래생을 바라봤다.

"여기 있을 거야?" 미토가 물었다.

"있을 거야." 래생이 말했다.

미토는 차에 올라타고 공항으로 출발했다. 미사가 창문을 열고 보이지 않을 때까지 손을 흔들었다. 차가 숲길을 내려가자 래생과 사팔뜨기 여자 사서만 남았다. 둘 사이가 어색했다.

"이제 미사도 보냈으니 당신과 미토가 죽을 일만 남은 건가?" 래생이 빈정거렸다.

사팔뜨기 여자 사서는 아무 표정 없이 미토와 미사가 사라진 숲길을 바라보고 있었다.

"성공 못할 거야. 미토도 죽을 거고 결국 당신도 죽을 거야."

래생이 말했다.

사팔뜨기 여자 사서가 고개를 돌려 래생을 쏘아봤다.

"시체처럼 사느니 죽는 게 나아. 시체처럼은 충분히 살았으니까." 사팔뜨기 여자 사서가 말했다.

*

손목시계가 새벽 5시를 가리키고 있었다. 래생은 자리에서 일어나 옷을 입고 화장실에 가서 세수를 했다. 거울 속에 한 사내의 얼굴이 있었다. 얼굴에 그림자가 깊게 드리워져 있었다. 저 그림자의 정체는 두려움일 거라고 래생은 생각했다. 래생은 수건으로 얼굴을 닦고 방에서 나왔다. 래생은 자신의 물건들을 모두 챙겨서 탁자 위에 올려놓았다. 그리고 미토의 방 앞으로 걸어가서 숨을 고른 다음 조용히 문을 열고 안으로 들어갔다. 일을 준비하느라 강행군을 했던 탓인지 미토의 얼굴이 초췌해 보였다. 래생은 클로로포름 약병 뚜껑을 열고 수건에 묻혀 미토의 코와 입을 감쌌다. 순간 미토가 눈을 뜨고 래생을 3초간 바라봤다. 그 눈동자 안에 들어 있는 것은 공포도 놀람도 아닌 환멸이었다. 잠시 후 미토가 의식을 잃었다.

래생은 미토의 침대 밑에 있는 두 개의 가방을 꺼냈다. 하나는 한자의 장부가 들어 있는 가방이었고 다른 가방은 미토가 한자를 만날 때를 대비해서 준비해둔 총, 폭탄, 그 외에 필요한 것들을 넣어둔 가방이었다. 래생이 가방 속에 들어 있는 물건들을 대충 살펴본 다음 지퍼를 닫았다. 그리고 방으로 돌아와 탁자 위의 물건들을 챙겼다. 래생은 사팔뜨기 여자 사서의 방을 힐끔 본 다음 집밖으로 나왔다.

서울에 도착하자마자 래생은 한자에게 전화를 걸었다.

"돈 준비했나?" 래생이 물었다.

"준비했어. 이제 어쩔 생각인가?" 한자가 지친 목소리로 말했다.

"외국으로 갈 거야. 그 외에 달리 방법이 없잖아."

"몸조심하게. 내 장담하건대 그거 소화 못 시킬 거야."

한자가 약이 바짝 올라 있었다.

"다시 전화할 테니 대기하고 있어. 쓸데없는 짓 벌이지 마. 그 순간 너는 허공에 발을 디디게 될 거야."

래생은 전화를 끊고 핸드폰의 전원을 껐다.

택시를 타고 도착한 곳은 G월드였다. 호텔, 쇼핑몰, 테마파크가 중앙 광장을 사이에 두고 동그랗게 배열되어 있었다. 래생은 쇼핑몰을 바라봤다. 통유리로 된 전망용 엘리베이터 두 대가 외벽을 타고 11층 건물을 오르내리고 있었다. 쇼핑몰 7층과 호텔 7층이 구름다리로 연결되어 있었다. 래생은 전망용 엘리베이터를 탄 다음 모든 층마다 버튼을 눌렀다. 같이 탄 중년의 여자가 아주 불쾌한 표정으로 래생을 바라봤다.

"죄송합니다. 엘리베이터 기본 점검입니다." 래생이 말했다.

중년 여자가 미안한 표정으로 고개를 끄덕였다. 각층의 문이 열릴 때마다 래생은 엘리베이터에서 내려 주변을 살펴본 다음 다시 엘리베이터를 타고 다음 층으로 올라갔다. 래생은 두 개의 전망용 엘리베이터를 번갈아가며 한 시간쯤 탄 다음 광장으로 나왔다. 그리고 광장 중앙에 있는 벤치에 앉아 담배 한 대를 피웠다. 비둘기들이 광장을 어지럽게 날아다니며 바닥에 떨어진 과자나 빵부스러기들을 주워 먹고 있었다. '저것들은 날개도 가지고 있는데 왜 이 지긋지긋한 도시를 떠나지 않는 것일까.' 래생이 웃으며 고개를 갸웃거렸다.

담배를 다 피우고 래생은 쇼핑몰 안의 고급 양장점으로 가서 양복과 와이셔츠를 샀다. 여직원이 래생이 입고 있던 옷을 쇼핑백에 담아 건넸다.

"버리세요." 래생이 말했다.

래생은 양장점 맞은편에 있는 구두점으로 가서 맘에 드는 구두를 하나 골랐다. 그리고 역시 신고 있던 헌 구두를 버렸다. 래생은 속옷과 양말 같은 물건들을 하나씩 산 다음 다시 전망용 엘리베이터를 타고 쇼핑몰 7층에서 내린 다음 호텔로 연결되어 있는 구름다리를 천천히 걸었다. 호텔에서 쇼핑몰까지 연결된 구름다리를 세 차례나 왕복한 다음에야 래생은 호텔 스카이라운지 레스토랑으로 올라갔다. 오십대 초반의 중후한 웨이터가 다가오더니 오늘 메인 요리는 드라이 에이징 한우 등심 스테이크라고 말했다.

"드라이 에이징? 처음 들어보는데요?" 래생이 웃으며 물었다.

오십대 초반의 중후한 웨이터가 웨트 에이징과 드라이 에이징의 차이에 대해 설명을 하는 동안 래생은 호텔 건너편에 있는 쇼핑몰을 유심히 바라봤다.

"어떻게 하시겠습니까?" 오십대 초반의 중후한 웨이터가 물었다.

"네, 그걸로 주세요." 래생이 말했다.

오십대 초반의 중후한 웨이터가 추천한 스테이크는 굉장히 맛있었다. 미국의 사형수들이 죽기 직전 마지막 식사로 가장 많이 먹는 메뉴가 스테이크였다. 화식의 베일 속에 숨겨져 있는 생식의 욕망. 뜨거운 육식성. 다른 포유류의 고기를 씹을 때 입속에서 터져나오는 피의 맛. 장례식장에서 살아남은 사람들이 고기를 나눠먹듯 그것은 살아남은 자의 특권이며 살고 싶다는 강력한 욕망의 증거일 것이다. 래생은 사형수가 마지막 식사를 하듯 천천히 식사를 마쳤다. 래생은 정식 메뉴에 같이 나온 레드와인을 물끄러미 바라봤다. "일하는 날엔 술 안 마시는데." 래생이 중얼거렸다. 래생은 잔을 들어 와인을 조금 마셨다. 고기와 피. 사람들이 스테이크를 사랑하는 것은 저 말끔한 정장 속에 꽁꽁 숨겨놓은 식인의 본능 때문일 거라고 래생은 생각했다.

식사를 끝내고 래생은 호텔 로비로 내려가서 광장이 보이는 7층에 방을 잡았다. 방에 들어온 래생은 오랫동안 목욕을 하고, 머리를 말리고, 빗고, 얼굴에 스킨과 로션을 발랐다. 래생은 거울에 비친 자신의 얼굴을 바라봤다. 오른쪽 볼에 이발사에게 베인 칼자국이 아직도 선명하게 있었다.

"거 자식, 얼굴에 칼자국 하나 있으니 더 섹시하구만." 래생이 거울을 보며 말했다.

래생은 속옷을 갈아입고 양복과 와이셔츠를 입었다. 그리고 어깨에 홀스터를 걸치고 오른쪽에 소음기가 달린 PB6P9를, 왼쪽에 추의 헨켈을 꽂았다. 래생은 가방에서 38구경 리볼버를 꺼내 뒤쪽 허리띠에 꽂고 PB6P9 탄창 세 개를 양복 오른쪽 주머니에, 박스에서 꺼낸 리볼버 총알 서른 개를 양복 왼쪽 주머니에 집어넣었다. 모든 준비가 다 끝나자 래생은 침대에 우두커니 앉아 서쪽 하늘로 해가 지기를 기다렸다.

어둠이 오고 전면이 통유리로 되어 있는 쇼핑몰에 불이 환하게 들어오자 래생은 한자에게 전화를 걸었다.

"G월드. 쇼핑몰. 1번 게이트. 혼자 와."

래생은 전화를 끊고 핸드폰 전원을 껐다. 한자는 30분 만에 1번 게

이트 앞에 왔다. 언뜻 보기에 한자는 혼자 온 것처럼 보였다. 현금 10억을 넣은 큰 캐리어 가방 두 개, 무기명 채권을 넣은 작은 가방 한 개를 들고 있었다. 래생은 망원경을 꺼내 동쪽 광장과 서쪽 광장, 그리고 쇼핑몰의 입구, 각층의 비상계단을 살펴보았다. 래생이 전화를 걸었다.

"쇼핑몰 7층 엘리베이터 앞으로 가."

한자가 캐리어 가방을 질질 끌고 엘리베이터를 탔다. 그리고 7층에서 내렸다. 래생이 다시 전화를 걸었다.

"11층 비상계단." 래생이 전화를 끊었다.

한자가 11층 비상계단 앞에 서자 래생이 다시 전화를 걸었다.

"3층 엘리베이터."

"6층 가방 판매점."

……

……

……

"1층 편의점."

"똥개 훈련시키나?" 장소를 열 번쯤 바꾸었을 때 한자가 짜증을 냈다.

"생각보다 말을 잘 듣는 똥개군. 2번 엘리베이터 안에서 좀 쉬고 있어. 고생했으니." 래생이 말했다.

래생이 전화를 끊자 한자가 캐리어 가방을 질질 끌며 1층 편의점에서 다시 엘리베이터 쪽으로 걸어갔다. 한자가 움직일 때마다 래생은 쇼핑몰 입구, 엘리베이터, 비상계단을 망원경으로 살폈다. 한자가 데리고 온 자객은 열일곱 명쯤 되어 보였다. 네 개의 쇼핑몰 입구마다 두 명씩, 왼쪽과 오른쪽 비상계단에 두 명씩, 1층 엘리베이터 입구에 한 명, 11층 엘리베이터 입구에 한 명, 구름다리에 두 명, 그리고 광장 중앙에서 전체를 지휘하는 놈이 서 있었다. 아마 주차장이나 옥상에도 몇 명 더 있을 것이고 쇼핑몰 밖의 길가에도 차가 대기하고 있을 것이다. 래생은 가방을 챙기고 선글라스를 낀 다음 호텔방을 나섰다. 호텔에서 쇼핑몰로 건너가는 구름다리 끝에 양복을 입은 건장한 사내 둘이 지나가는 사람들을 감시하고 있었다. 래생이 사내 둘을 지나칠 무렵 한 사내가 래생을 향해 손을 들었다.

"어이, 거기 선글라스 낀 아저씨."

래생이 홀스터에서 소음기가 달린 총을 꺼내 두 사내의 허벅지에 각각 한 방씩을 쐈다. 사내 둘이 쓰러지자 래생은 덩치가 약간 큰 사내의 허벅지에 두 방을, 작은 사내의 허벅지에 한 방을 더 쐈다. 그리고 탄창을 빼내서 바닥에 버리고 새로운 탄창으로 갈아끼웠다. 래생이 몇 걸음을 걸어갔을 때 등뒤에서 사람들의 비명 소리가 들렸다. 래생은 빠른 걸음으로 2번 전망용 엘리베이터 앞에 선 다음 1번과 2번 엘리베이터 버튼을 모두 눌렀다. 9층에 있던 엘리베이터가 7층까지 내려오는 몇 초간의 시간이 아주 더디게 느껴졌다.

엘리베이터 문이 열렸다. 사람들 속에 한자가 섞여 있었다. 래생은 허리띠 뒤에서 38구경 리볼버를 꺼내 엘리베이터 천장에 대고 두 방을 쐈다. 엘리베이터 속에 있던 사람들이 총소리에 놀라 밖으로 뛰쳐나갔다. 한자가 놀란 얼굴로 래생을 쳐다봤다. 래생이 한자의 오른쪽 무릎에 총을 두 방 쐈다. 한자가 악 소리를 내며 엘리베이터 모서리 쪽으로 주저앉았다. 모두가 뛰쳐나갔는데 뚱뚱한 중년 신사 한 명이 엘리베이터 구석에 머리를 처박은 채 벌벌 떨고 있었다. 래생은 비상 정지 버튼을 눌러 엘리베이터를 멈춘 다음 중년의 어깨를 톡톡 쳤다.

“아저씨? 다들 나갔어요. 계속 여기 계실 거예요?” 래생이 물었다.

중년이 래생을 힐끔 보더니 밖으로 허겁지겁 뛰쳐나갔다. 그때 한자가 양복 안주머니에서 총을 꺼내려 했다. 래생이 권총을 들어 한자의 오른쪽 팔과 어깨에 한 방씩 쐈다. 래생은 한자의 총을 꺼내 가방에 집어넣은 다음 리볼버 탄피를 바닥에 쏟아내고 주머니 속에서 총알을 꺼내 재빨리 끼웠다. 래생은 미토의 가방에서 폭탄과 테이프를 꺼내 자신이 타고 있는 2번 엘리베이터 입구에 붙이고 화염병에 불을 붙였다. 그리고 1번 엘리베이터가 7층까지 올라오기를 기다렸다. 1번 엘리베이터 문이 열리자 래생은 다시 천장에 총을 쏴서 사람들을 몰아낸 다음 엘리베이터 안으로 화염병 하나와 작은 시너 통 하나를 집어던졌다. 화염병이 터지면서 엘리베이터 안으로 금세 불길이 번졌다. 래생은 2번 엘리베이터로 돌아와 문을 닫았다. 한자가 신음 소리를 내며 래생을 쳐다봤다.

“대체 뭔 짓을 하고 있는 거야?” 한자가 물었다.

래생이 한자의 허벅지에 총을 한 방 쏘았다.

“한마디씩 할 때마다 총알을 한 방씩 맞을 거야.”

맞은편 1번 엘리베이터가 불길에 휩싸인 채 위로 올라가다가 멈췄다. 래생은 담배 하나를 꺼내 불을 붙이고 맞은편 엘리베이터에서 타오르는 불길을 바라봤다. 광장으로 사람들이 모여들고 있었다.

“생각보다 흥행이 별로 안 되는군.” 래생이 중얼거렸다.

래생은 한자가 들고 온 두 개의 캐리어 가방 중에서 하나를 열었다.

만원짜리 지폐가 가득 들어 있었다. 래생은 엘리베이터 유리에 대고 권총을 네 방 쏜 다음 권총 손잡이로 유리를 깨뜨렸다. 그리고 만원짜리 지폐뭉치 몇 개를 허공에다 던졌다. 지폐들이 허공에 흩어지면서 눈처럼 광장으로 쏟아져내렸다. 래생은 만족한 표정을 지은 다음 가방 속에 있는 돈다발을 손에 잡히는 대로 엘리베이터 밖으로 던졌다. 한자가 멍한 표정으로 래생이 하는 짓을 바라보고 있었다. 광장으로 수십 대의 경찰차와 소방차들이 들어서고 있었다. 그 와중에도 흩어지는 돈을 줍느라 사람들이 법석을 떠는 통에 광장은 금세 아수라장이 되었다. 래생은 가방에서 화염병과 시너 통을 꺼내들고 엘리베이터 천장에 있는 CCTV를 향해 흔든 후 화염병에 불을 붙여 엘리베이터 중앙에 놓았다. 한자의 얼굴에 공포가 가득했다. 한자가 무슨 말인가를 하기 위해 입을 벌리자 래생이 한자의 얼굴에 총구를 겨누고 천천히 고개를 저었다. 한자가 입을 닥쳤다.

래생은 핸드폰을 꺼내 미토에게 전화를 걸었다. 미토가 전화를 받았다.

"당신이 바꿀 세상을 못 봐서 유감이야. 사실 나는 그런 거 믿지도 않지만…… 두번째 서랍에 책이랑 열쇠 넣어뒀어. 미사에게 같이 못 가서 미안하다고 전해주고."

미토가 전화기 건너편에서 무슨 말인가를 하려 하자 래생은 전화를 끊었다. 그리고 핸드폰에서 유심칩을 꺼내 라이터 불로 태우고 밖으로 집어던졌다. 래생이 다시 담배에 불을 붙이고 허공을 향해 길게 내뿜었다. 광장의 모든 사람들이 래생을 바라보고 있었다. 불구경을 하고 있는 것일까? 아니면 여기서 언제 다시 돈다발이 떨어질까 기다리고 있는 것일까? 어쩌면 내가 죽기를? 내가 누군가를 죽이기를 기다리고 있는 것일지도 모른다고 래생은 생각했다. 한 경찰관이 메가폰을 잡고 래생에게 뭐라고 떠들고 있었다. 하지만 광장에 몰린 무수한 사람들의 웅성거림에 묻혀 무슨 소리인지 들리지 않았다. 아마도 원하는 게 뭐냐고 묻고 있는 것 같았다. 내가 원하는 게 무엇이었을까? 래생이 자신에게 물었다.

아주 오랫동안 너는 이 삶에서 정말 무엇을 원하느냐고 스스로에게 묻지 않았다. 어째서 그랬을까, 그런 걸 물어본다고 돈이 드는 것도 아닌데. 아마도 부질없는 짓이라고 생각했을 것이다. 암살자의 삶은 담배 연기 같아서 어딘가에 뿌리내리기엔 너무 흐릿하기 때문일 것이다. 독한 담배를 폐 깊숙한 곳까지 빨아서 뱉어내고, 허공에 떠 있는 무기력과 역겨움을 멍하니 바라보는 것, 그리고 그 무기력과 역겨움이 무서워서 허겁지겁 다시 담배 연기를 깊게 빨아대는 삶. 그것은 비겁한 삶이다. 자신에게 너는 무엇을 진정으로 사랑하느냐고 묻지 않는 삶은 모두 비겁한 것이다.

래생은 첨탑처럼 천정이 아주 높은 집을 떠올렸다. 그런 집에서 살았다면 고양이들을 위해 잭의 콩나무 같은 높은 캣 타워를 놓고, 나뭇가지 끝에서 다람쥐처럼 뛰어다니며 즐거워하는 독서대와 스탠드를 바라볼 수 있었을 것이다. 훈련관 아저씨와 같이 여고 앞에서 파스타나 피자를 파는 포장마차를 열었어도 좋았을 것이다. 만날 천날 백과사전이나 읽어대는 너구리 영감에게 멋지게 감자를 먹이고, 그 빌어먹을 개들의 도서관을 박차고 나왔다면 근사했을 것이다. 훈련관 아저씨는 요리를 잘했고 여고생들은 언제나 쾌활하고 꾀꼬리처럼 큰 소리로 웃어대니까. 이따금 동네 건달들이 누구 허락을 받고 여기서 멋대로 장사를 하느냐고 시비를 걸면, 훈련관 아저씨와 래생은 한 번만 봐달라고 비굴하게 싹싹 빌다가 동네 건달들에게 실컷 두들겨 맞았을 것이다. 그리고 멍든 얼굴로 서로를 향해 웃어댔을 것이다.

래생은 공장에서 타던 분홍색 바구니가 달린 자전거를 떠올렸다. 바구니가 분홍색이 아니라 지중해의 애매랄드색이었다면 더 좋았을 것이다. 하지만 돌이켜 생각하면 분홍색 바구니도 그리 나쁜 것은 아니라고 래생은 생각했다. 무엇보다 그 여공은 분홍색 바구니를 사랑했으니까. 그 바구니에 생선과 과일과 야채를 잔뜩 싣고 함께 언덕길을 오르거나, 강변을 달렸다면 좋았을 것이다. 강 쪽에서 바람이 불어오고, 여공의 몸 어딘가에서 풍겼던 오후 내내 햇볕에 잘 마른 아기 기저귀 같은 냄새를 맡으면서. 공장의 3반 작업반장에게 열심히 기술을 배워서 선반기능사 자격증을 따고, 하루종일 쇠를 깎아내어 멋진 기계 부품을 만들었다면, 운이 좋아 여공을 닮은 예쁜 딸이 태어나고, 굳은살이 잔뜩 박인 손으로 아이의 작은 발가락을 만질 수 있었다면, 좋았을 것이다. 마치 그보다 더 좋은 삶은 없는 것처럼 가슴이 벅차올랐을 것이다.

"진정하고 일단 총을 내려놓아라. 그럼 우리가 당신의 요구사항을 들어주겠다."

메가폰을 든 경찰이 엘리베이터 바로 아래까지 와서 큰 소리로 떠들고 있었다. 래생이 피식 웃음을 터트렸다. '이제 와서 원하는 걸 들어주겠다네.' 래생은 엘리베이터 아래쪽에 주차된 차량을 향해 총을 두 방 쏘았다. 메가폰을 든 경찰이 바닥에 몸을 바짝 웅크리더니 차량 바깥으로 뒷걸음쳤다. 근처에 있던 경찰들과 사람들도 타원을 그리며 멀리 흩어졌다. 래생이 가방에서 화염병을 하나 꺼낸 다음 주차된 차를 향해 집어던졌다. 차에서 불길이 타올랐다. 맞은편 호텔에 저격수가 배치되어 있었다. 호텔 옥상에 한 명 맞은편 호텔 방에 한 명, 구름다리 위에 한 명. 보이는 건 세 명이지만 어딘가에 몇 명 더 숨어 있을 것이다. 광장 바깥쪽에 방송 차량들이 이제야 도착해서 카메라를 설치하고 있었다. 카메라맨들이 래생을 촬영하기 위해 군중 속을 헤집으며 앞으로 들어오고 있었다. 겁을 집어먹고 뒤로 물러난 메가폰을 잡은 경찰이 여전히 쉴새없이 뭐라고 떠들고 있었다. 래생은 가방에서 폭탄을 꺼내 왼손에 들고 마치 인사라도 하듯 광장을 향해 크게 흔들었다.

그때 갑자기 한자가 키득키득 웃어댔다. 래생이 고개를 돌려 한자를 쳐다봤다. 한자의 웃음이 멈추지 않았다. 래생이 한자를 향해 고개를 갸웃거리고는 리볼버를 들어 한자의 왼쪽 허벅지에 총을 한 방 쏘았다. 총소리가 나자 광장에 모인 사람들이 웅성거렸다. 한자가 잠시 신음소리를 내다가 그쳤다. 그리고 다시 입을 열었다.

"자넨 추가 되고 싶은 모양이군. 하지만 우리 같은 사람이 추처럼 될 수 있을까?"

"우리?"

래생이 여전히 총을 겨눈 채 한자를 쳐다봤다. 한자가 손등으로 입에서 흘러내린 피를 닦아냈다.

"자네가 왜 나를 그토록 싫어하는 줄 아나? 그건 자네와 내가 쌍둥이처럼 닮았기 때문이야. 자네가 화가 나는 건 네가 가장 증오하는 모습과 네 자신이 너무나 닮았기 때문이지. 하지만 어쩌겠나. 우린 원래부터 그렇게 생겨먹은 놈들인데."

떠들면 총을 맞을 줄 알면서도 한자는 아랑곳하지 않고 떠들고 있었다. 고통 때문에 얼굴을 찡그리면서도 한자는 그 특유의 빈정거리는 표정을 계속 짓고 있었다. 래생이 한자를 향해 총을 들어올렸다.

"어째서 내가 너 따위와 닮았다는 거지?"

"인간은 결국 자신이 가장 증오하는 것을 닮아가거든. 아들이 결국 아버지를 닮아가는 것처럼." 숨쉬기가 거북한지 한자가 몸을 틀어 깊게 숨을 쉬었다. 그리고 입속에 가득 고인 피를 바닥에 뱉어냈다. "그런데 말이야, 내가 정말 궁금한 건, 우리 둘 중에서 누가 너구리 영감과 더 닮았을 것 같냐는 거지? 너? 아님 나?" 한자가 여전히 웃음을 참지 못 하고 계속 키득거렸다.

한자와 나, 누가 더 닮았을까? 누가 더 닮았을까? 옥상에 있는 저격수가 라이플에 달린 망원렌즈로 래생을 노려보고 있었다. 늘 누군가를 망원렌즈의 십자선 위에 올려놓고 방아쇠를 당겼다. 이제 그 죽음의 십자선 위에는 래생의 얼굴이 혹은 가슴이 놓여 있을 것이다. 나는 지금 십자선 위에서 어떤 얼굴을 하고 있냐고 저격수에게 물어보고 싶었다. 문득 정원에 핀 꽃들에게 일일이 말을 건네며 물을 주던 노인의 얼굴을 떠올랐다. 바람 빠진 축구공을 쫓아다니던 늙은 개 산타도 떠올랐다. 완벽하다고 해도 좋을 청명하고 아름다운 가을날의 아침이었다. 래생의 망원렌즈 십자선 위에서 노인은 환하게 웃고 있었다. 냉장고도 없이, 소금도 없이, 찾아오는 사람도 없이, 그 깊은 숲 속에서 그토록 외로운 삶을 살던 노인은 마지막에 환하게 웃고 있었다. 마치 이제야 하회탈을 벗어버리고 진짜로 웃게 되었다는 듯 그토록 환하게.

래생이 한자를 향해 겨누고 있던 총을 내렸다.

"그럼 지금 내 얼굴은 어때?"

한자가 웃음을 멈추고 고개를 갸웃거렸다.

"무슨 뜻이지?"

"다시 살아간다면 내일부터는 아주 근사한 삶을 살아갈 것 같거든."

"어째서 그런 얼토당토안한 생각이 드는 거지?"

래생은 대답하지 않았다. 한자가 이해가 안 된다는 듯 이맛살을 찌푸렸다. 래생은 호텔 옥상에서 래생을 겨누고 있는 저격수를 쳐다봤다. 저격수가 망원렌즈에 대고 있던 얼굴을 떼고 잠시 래생을 본 다음 다시 망원렌즈에 눈을 갖다댔다. 메가폰을 잡은 경찰이 여전히 악을 쓰고 있었다. 방송국 카메라들이 래생을 더 자세하게 촬영하기 위해 분주히 자리를 옮기고 있었다. 래생은 하늘을 향해 고개를 들었다. 도시의 불빛들에 교란되어 밤하늘은 검고 흐릿했다. 그것은 마치 다른 세계로 들어가는 동굴의 입구처럼 혹은 뭔가를 집어삼키려는 거대한 물고기의 입처럼 보였다. 래생은 한참이나 밤하늘을 쳐다보다가 이제 그만하면 되었다는 듯 고개를 끄덕였다. 한자가 엘리베이터 구석에 몸을 반쯤 누이고 가쁜 숨을 쉬며 불안한 얼굴로 래생을 쳐다보고 있었다. 래생이 한자에게 한 걸음 다가갔다. 그리고 총을 들어 한자의 얼굴을 겨눴다.

"글쎄, 나는 이제야 겨우 지옥에서 빠져나온 느낌인데. 너는 어때?"

한자가 초점 없는 눈동자로 총의 구멍 속을 쳐다봤다. 래생이 광장 쪽으로 고개를 조금 돌렸다가 다시 한자를 쳐다봤다. 그리고 총구를 한자의 이마에 갖다댔다. 한자의 횡격막이 급하게 올라왔다가 내려가는 것을 느낄 수 있었다. 한자가 눈을 감았다.

그때 총소리가 들렸다. 래생이 고개를 내려 자신의 가슴을 바라봤다. 가슴에 구멍이 있었다. 래생이 손가락으로 구멍을 만졌다. 피가 검었다. 총알이 간을 뚫고 지나갔을 것이다. 래생이 총알이 날아온 방향으로 고개를 돌리려 할 때 두번째 총알이 폐를 관통하고 지나갔다. 래생이 뒷걸음치며 엘리베이터 손잡이를 붙잡았다. 몸에 난 총알구멍에서 쉴새없이 피가 쏟아졌다. 다리가 후들거렸다. 래생은 자신의 몸으로부터 아주 많은 것들이 급격하게 빠져나가고 있음을 분명히 느낄 수 있었다. 무엇이 빠져나가고 있는 것일까? 물과 피? 대변과 소변 같은 더러운 찌꺼기들? 아니라면 자신을 숙주로 삼아 살아가고 있던 무수한 기생충들? 어쩌면 지금 몸에서 빠져나가고 있는 것이 자신의 영혼일지도 모른다고 래생은 생각했다. 이 지구에 머물며 그가 소유했던 모든 기억들, 슬픔과 분노와 체념 같은 모든 감정들, 그리고 따뜻하고, 아팠고, 쓰라리고, 축축했던 모든 감각들까지. 하지만 일생 동안 질질 끌고 다녔던 거추장스럽고 무거웠던 영혼과 육신이었으므로 뭔가가 빠져나가서 가벼워지는 것은 나쁘지 않다고 래생은 생각했다. 피들이 다 빠져나가고, 살들이 모두 허물어지고, 작은 벌레들에 의해 분해되고, 아주 오래전 사막에서 죽은 거대한 낙타의 뼈처럼 래생의 뼈도 태양과 바람에 마르고 깎여서 한없이 가벼워진다면, 좋을 것이라고 래생은 생각했다. 한없이 작아지고 또 한없이 가벼워져서 바람을 따라 어디로든 날아다닐 수 있다면.

문득 귀에서 물소리가 들렸다. 자갈밭을 구르는 차가운 물소리. 래생의 기억 속에서 내내 그토록 차가웠던 물소리. 하지만 이제 그곳도 그리 나쁘지 않다는 생각이 들었다. 그 개울 속에서 돌멩이가 되거나, 낮은 이끼가 되거나, 물방울을 피해 날아오르는 나비가 되거나.

래생은 바닥에 무릎을 꿇었다. 그리고 그의 오랜 전매특허처럼 허공을 향해 피식 웃었다.

숲에 있다

한 해에 몇 달은 아내가 있는 집을 떠나 이 숲으로 온다. 여전히, 아내와 고양이 옆에서 소설을 쓰지 못한다. 그곳이 너무 평안해서일까. 나는 세상의 모든 소음에 눈을 감고 아내 곁에서 쉴새없이 재잘대고 까불고 장난질을 한다. "당신은 어린애예요." 아내가 말한다. 치, 치, 투덜거리며 나는 고라니와 다람쥐들이 사는 이 고요한 숲으로 터벅터벅 걸어온다.

어둠이 오면 나는 달빛이 내리는 창 아래서 스탠드를 켜고 책상에 앉는다. 그리고 소설을 쓰기 시작한다. 이따금 밖으로 나와 달빛 사이로 은밀한 그늘을 만드는 나무들 사이를 걷는다. 나는 어떤 슬픔에게도 쉽사리 위로를 건네지 않는 이 숲의 무뚝뚝한 나무들이 좋다. 각자의 자리에서, 제 모습 그대로 이 아름다운 숲의 일원이 된 나무들은 늘 무언가에 쫓기고 지쳐 있는 나에게 "굳이 무엇이 될 필요는 없다구" 하고 넌지시 충고한다. 네 모습 그대로, 그저 여기 있기만 하면 된다고 말해준다. 신의 뜻은 종의 다양성이니 같은 곳을 바라볼 필요도, 같은 목소리를 낼 필요도 없다고도 말한다. 모두들 그렇게 서 있으니 너도 여기서 같이, 그저 서 있기만 하면 된다고.

단지 같이 서 있어서 나는 이 아름다운 숲의 일원이 되었다. 나는 이 숲에서 침묵하고, 산책하고, 밤하늘을 바라보며 오래된 기억을 떠올린다. 남은 사람들과 떠나간 사람들을, 빛나던 시간들과 아팠던 날들을 떠올린다. 그리고 운다. 반딧불이 호기심 많은 눈망울처럼 어둠 속에서 깜박이는 이 황홀한 숲에서 혼자 울고 있노라면 마치 내가 근사한 인간이 된 느낌이 든다. 이 아름다운 숲이 나를 일원으로 받아준 것처럼 이제 나를 용서하고 다시 사랑할 수 있을 것 같은 느낌이 든다. 털어내야 할 것들과 꼭 붙잡아야 할 것들이 명료해진다. 자신에게 저질렀던 거짓을 참회하고 내가 부정했던 내 모습을, 내가 오해하고 미워했던 사람들을 다시 바라보게 해준다. 다행이다. 내 생이 끝나기 전에 당신의 얼굴을 다시 바라볼 수 있어서.

나는 이제 선과 악의 구분을, 명확한 정의와 분명한 진실을 믿지 않는다. 나는 단색으로 만들어진 세상을, 이분법을, 칼날처럼 날카로운 비판과 명쾌한 아포리즘을 믿지 않는다. 나는 누군가를 완벽한 악인으로 만드는 모든 구호들을 경계한다. 내가 만난 모든 사람들이 자신의 내면에 이 우주의 별들만큼이나 많은 얼굴들을 숨기고 있었으므로 나는 사람에게 들이댈 수 있는 리트머스 종이가 있다고 믿지 않는다.

인간은 누구나 이 우주만큼 복잡하고 신비로운 존재다. 내가 만난 모든 사람들이 그렇게 복잡했고 내가 만날 모든 사람들이 그렇게 신비로울 것이다. 하마터면 그 복잡함과 신비로움을 그냥 지나칠 뻔했다. 청년 시절 나는 함부로 단정짓고, 비판하고, 화내고, 미워했다. 그러고도 자신이 옳다고 믿었다.

하지만 놀랍게도 이 숲의 무뚝뚝한 나무들은 아무것도 단정짓지 않는다. 아무도 배제하지 않고, 아무도 자신의 뜻대로 왜곡하거나 변형시키지 않는다. 그러면서도 숲은 이 낱낱이 복잡한 모든 것들을 한자리에 같이 서 있게 하는 방법을 안다. 이 숲이 누구에게도 친절하게 문을 열어주지 않는 것은 단 한 번도 문을 닫아본 적이 없기 때문일 것이다. 이 숲의 당당한 무뚝뚝함은 그것 때문이다.

다시 밤이 오고 나는 노트북에 전원을 넣는다. 그리고 습관처럼 숲을 거닌다. 한밤중의 이 고요한 숲을 거닐고 있으면 내가 몹시 외로움을 타는 인간이라는 것을, 그래서 외로움의 힘으로 사람을 사랑하는 인간이라는 것을 알게 된다. 나에게 사람을 사랑하는 재능이 있다는 것을, 열렬히 그리워하는 재능이 있다는 것을 알게 된다. 그게 아마 내가 가진 재능의 전부일 것이다. 하지만 소설을 쓰기 위해서 필요한 재능은 그 정도면 충분하다고 생각한다. 나는 소설이 인간에 대한 이해라고 배웠고 여전히 그렇다고 생각한다. 그리고 인간을 이해하기 위해 가장 좋은 방법은 그를 사랑하는 것이라고 믿는다. 세상을 향해 멋지게 냉소를 날리는 것이, 실험적이고 참신한 작품을 만드는 것이 아니라, 사람을 사랑하는 힘이 바로 문학이라는 것을 나는 이제야 안다. 다행이다. 모두 다 이 숲 덕택이다. 그리고 여전히, 나에게, 사람을 사랑할 힘이 있다. 참 다행이다.

그러니 충분하다. 이 숲을 거닐고, 더 외로워져야겠다.

문학동네 장편소설
설계자들

1판 1쇄 2010년 8월 20일
1판 13쇄 2018년 3월 20일
2판 1쇄 2019년 1월 29일
2판 10쇄 2024년 8월 26일

지은이 김언수
책임편집 김영수 | 편집 김봉곤 강윤정
디자인 김이정 유현아 | 저작권 박지영 형소진 최은진 오서영
마케팅 정민호 서지화 한민아 이민경 안남영 왕지경 정경주 김수인 김혜원 김하연 김예진
브랜딩 함유지 함근아 박민재 김희숙 이송이 박다솔 조다현 정승민 배진성
제작 강신은 김동욱 이순호 | 제작처 한영문화사

펴낸곳 (주)문학동네 | 펴낸이 김소영
출판등록 1993년 10월 22일 제2003-000045호
주소 10881 경기도 파주시 회동길 210
전자우편 editor@munhak.com | 대표전화 031) 955-8888 | 팩스 031) 955-8855
문의전화 031) 955-2696(마케팅) 031) 955-2679(편집)
문학동네카페 http://cafe.naver.com/mhdn
인스타그램 @munhakdongne | 트위터 @munhakdongne
북클럽문학동네 http://bookclubmunhak.com

ISBN 978-89-546-5471-5 03810

잘못된 책은 구입하신 서점에서 교환해드립니다.
기타 교환 문의 031) 955-2661, 3580

www.munhak.com